Pour apprendre à t'aimer

Vengeance interdite

CHRISTINE RIMMER

Pour apprendre à t'aimer

Traduction française de
TANIA CAPRON

Passions

HARLEQUIN

Collection : PASSIONS

Titre original :
NO QUITE MARRIED

HARPERCOLLINS FRANCE
83-85, boulevard Vincent-Auriol, 75646 PARIS CEDEX 13
Service Lectrices — Tél. : 01 45 82 47 47

www.harlequin.fr

ISBN 978-2-2803-4832-4 — ISSN 1950-2761

- 1 -

Il était presque 18 heures en cet après-midi ensoleillé d'avril. Assis dans un parc, non loin de ses bureaux de Denver, Dalton Ames secouait la tête. Oui, il était en train de commettre une grave erreur.

Il aurait dû lui poser quelques questions avant d'accepter cette entrevue. S'enquérir, pour commencer, de la raison pour laquelle elle surgissait brusquement de nulle part pour demander à le voir. Franchement, que pourrait-il sortir de positif de cette rencontre ?

Il n'y avait rien à espérer.

Il le savait, et pourtant il était assis sur ce banc, son attaché-case posé à ses pieds, l'estomac noué. Impatient à l'idée de la revoir, contre toute logique. C'était ridicule. Cela ne pouvait mener nulle part, il en était conscient. Mais il attendait.

Toutes les pensées qui tourbillonnaient dans sa tête s'envolèrent dès qu'il l'aperçut. Clara Bravo, plus ravissante que jamais avec cette longue robe blanche et cette petite veste en jean. Ce qu'elle pouvait être craquante quand un sourire illuminait ses lèvres ! Mais en cet instant, elle ne souriait pas. Elle regardait ses pieds, l'air sombre.

Clara, si belle.

Et enceinte !

Dalton se mordit la lèvre. Le moins qu'on puisse dire, c'est que la voir avec ce ventre arrondi était un choc. Mais il aurait dû y être préparé. Le détective qu'il avait engagé pour la rechercher début décembre, plusieurs mois après leur brève idylle estivale, lui avait appris qu'elle était enceinte. Et sur le point d'épouser le père de l'enfant.

Elle leva les yeux vers lui, ces yeux immenses. Elle entrouvrit la bouche, la referma aussitôt, pinça les lèvres. Elle parut hésiter un instant mais se ressaisit et continua d'avancer vers lui.

Il se leva.

— Bonjour, Dalton, dit-elle de sa belle voix qui ne semblait pourtant guère assurée.

— Clara, fit-il avec un petit salut de la tête.

Il avait parlé d'une voix calme et égale, en gardant ses distances, comme il se l'était promis. Mais il s'efforça de ne pas baisser les yeux : interdiction de lorgner son ventre.

— Ça fait plaisir de te voir.

C'était un mensonge. Cela ne lui faisait nullement plaisir, c'était même douloureux. Même si elle portait l'enfant d'un autre, Clara était beaucoup trop attirante à son goût. Il sentit un élan de désir s'emparer de son corps, et l'idée qu'elle appartenait désormais à un autre homme le frappa comme un coup de poignard.

Elle leva la main d'un geste nerveux pour repousser une mèche de ses cheveux bruns derrière son oreille. Aucune alliance à sa main gauche. Etrange.

Allons, il serait grotesque de faire comme si de rien n'était, comment ne pas remarquer ce ventre ?

— Il semble que les félicitations soient de mise, dit Dalton avec raideur.

Elle releva la tête avec détermination.

— Asseyons-nous, tu veux bien ?

Clara se retourna pour s'asseoir précautionneusement, se retenant d'une main au dossier du banc. Il prit place à côté d'elle. Elle inspira, souffla avec force, puis finit par lâcher :

— Je te demande de me croire, je n'attends rien de toi. Mais je crois que tu as le droit de savoir.

Dalton haussa un sourcil.

— De savoir ? répéta-t-il.

Il lui jeta un regard dubitatif. De quoi pouvait-elle bien

parler ? Elle hocha alors vigoureusement la tête, comme pour appuyer ses paroles.

— Oui. Tu as le droit de savoir.

— Mais de savoir quoi ?

Il avait presque grogné d'un air menaçant pour poser cette question. Ce n'était pas son intention, loin de là. Seulement, Clara éveillait trop de choses en lui, trop de sentiments qu'il ne voulait pas assumer. Se montrer rude était une façon de les battre en brèche.

— Je... je suis tombée enceinte sur l'île, quand nous étions ensemble, l'été dernier. C'est ton bébé, Dalton.

Dalton sentit son esprit vaciller. Au prix d'un effort surhumain, il se reprit et parvint à articuler :

— Qu'est-ce que tu as dit ?

Il n'avait pas voulu parler durement, mais sans doute l'avait-il fait car elle se recula vers l'extrémité du banc. Pas de doute, on la sentait prête à bondir et à prendre ses jambes à son cou. S'il avait osé, il l'aurait prise dans ses bras pour la réconforter.

D'un ton inquiet, très doucement, Clara répéta alors :

— J'ai dit que c'était... ton bébé.

— Bon sang, j'ai bien entendu, alors ?

Dalton la vit pincer les lèvres, puis inspirer à fond avant de relever le menton d'un air de défi.

— Et donc, comme tu peux le constater, dit-elle en posant la main sur la courbe qui tendait sa robe, j'ai l'intention de garder cet enfant qui se trouve être aussi le tien.

Dalton eut à nouveau l'impression de recevoir un direct à l'estomac. Le bébé était de lui, c'était bien ce qu'elle avait dit ? Et apparemment, elle n'en avait pas terminé.

— Je ne te demande pas de me croire sur parole, bien sûr. Si tu veux en avoir la preuve, je me soumettrai sans problème à un test de paternité dans un mois, quand le bébé sera né.

Clara s'interrompit. Il continua de la fixer toujours du même œil vide, bouche bée, tandis qu'elle continuait d'un ton incertain.

— Et heu… Donc, comme je te l'ai dit, si tu ne veux pas entendre parler de ce bébé, ça me va parfaitement, je…

Sa voix trembla un peu mais elle poursuivit, après s'être éclairci la gorge :

— Tu n'as aucun souci à te faire. J'ai une grande famille, beaucoup d'amis, je suis très entourée. Et je gagne très bien ma vie. Donc, je ne te dérangerai pas plus. Si tu décides que tu souhaites t'occuper de ton enfant d'une manière ou d'une autre, ma foi, je suis ouverte à toutes les possibilités, nous verrons au fur et à mesure…

— Au fur et à mesure ?

Dalton fit la moue. Décidément, il semblait devenu incapable de former une phrase complète. Mais Clara reprit précipitamment :

— Hum, oui, quand les choses se présenteront… Je… Ecoute, je suis désolée de t'assener une chose pareille.

Il vit soudain ses grands yeux se voiler de larmes. Elle serra les dents et parut maîtriser son émotion.

— Je sais que tu as été très clair, quand nous nous sommes séparés. Nous avions un accord, tu préférais en rester là. C'était terminé et tu ne souhaitais pas me revoir.

— Quoi ? s'insurgea-t-il. Attends une minute, ce n'est pas du tout ce que j'ai dit. J'ai dit que ça ne pourrait pas marcher entre nous parce que je ne…

Clara leva alors la main pour couper court à ses protestations.

— Peu importe. Quoi qu'il en soit, je comprends que ça doit te faire un choc terrible et j'en suis désolée. En fait, je suis désolée pour tout. A commencer par le fait de m'être retrouvée enceinte. Pourtant, Dieu sait que nous avons pris nos précautions.

Clara reposa la main sur son ventre et baissa la tête en la secouant doucement de droite à gauche.

— Je ne comprends pas comment ça a pu arriver, vraiment. Mais c'est arrivé. Je sais que j'aurais dû te le dire plus tôt et je regrette de ne pas l'avoir fait. Je regrette…

Elle cessa de secouer la tête et enfouit brusquement son visage dans ses mains avant d'éclater en sanglots.

— Je regrette tout, balbutia-t-elle. Je suis désolée de chambouler ta vie de cette manière, désolée, désolée, désolée, OK ? Je… je ne sais pas quoi dire de plus…

Dalton écarquilla les yeux. Comment cela ? Il y avait énormément de choses à dire, au contraire.

— Mais je croyais que tu avais épousé le père du bébé en décembre ?

Elle ouvrit des yeux démesurément grands.

— D'où sors-tu ça ?

Dalton prit une grande inspiration. A quoi bon le nier ? Il n'en menait pas large. Lui qu'on disait distant, voire un peu froid, toujours courtois et mesuré… C'était bien grâce à ces qualités qu'il était devenu le président-directeur général de la banque Ames, qu'il connaissait pour ainsi dire depuis toujours. Seulement, à cet instant précis, il n'avait pas l'impression de contrôler quoi que ce soit. Il ne contrôlait plus rien du tout, à vrai dire, et il risquait de dire n'importe quoi s'il ne se ressaisissait pas rapidement.

Il réfléchit au mensonge qu'il pourrait servir à Clara mais n'en trouva pas. Il desserra alors sa cravate. Autant opter pour la vérité.

— J'ai engagé un détective pour te retrouver.

Clara hoqueta puis bredouilla :

— Un détective ?

— C'est bien ce que j'ai dit. Il m'a appris que tu vivais à Justice Creek. Il m'a également dit que tu devais te marier juste avant Noël et que tu étais enceinte de ton ami, Ryan McKellan. Je me rappelle parfaitement de lui, bien sûr, ou plutôt de ce que tu m'en avais dit.

Elle émit un petit son étranglé, comme si elle cherchait de l'air, mais ne dit rien.

— Tu ne te souviens pas ? insista Dalton

— Me souvenir de quoi ?

— De ce que tu m'as dit. Tu m'as souvent parlé de ton ami, quand nous étions sur l'île.

Deux fois, pour être exact. Et les deux fois, elle s'était mordu la lèvre en rougissant un peu et s'était excusée d'avoir fait une entorse à leur contrat : jouir du moment présent sans laisser leurs vraies vies interférer. Les deux fois, il avait haussé les épaules en assurant qu'elle n'avait pas à s'excuser. Mais pour être honnête, il n'avait pas aimé l'expression tendre qu'elle avait en prononçant le nom de ce type.

— Ça m'a fait un choc, je l'avoue, de découvrir que toi et ton fameux « meilleur ami » vous étiez un peu plus que des amis.

— Mais c'est faux, nous ne sommes rien de plus ! protesta-t-elle vivement.

Clara leva les mains pour les poser sur ses joues, comme pour les empêcher de s'empourprer davantage. Elle prit alors un air peiné et balbutia dans un souffle :

— Et de ton côté… Tu as engagé un détective pour me surveiller ?

Dalton se sentit soudain pitoyable. C'est vrai qu'il avait dépassé les bornes…

— Je voulais te retrouver, murmura-t-il d'un ton gêné. C'est ce qui m'a paru le plus simple.

Il vit alors les lèvres de Clara trembler.

— Tu voulais me retrouver ? Mais pourquoi ?

— Eh bien, je… je n'arrivais pas à t'oublier.

Elle sembla prendre une expression plus tendre, mais cela ne dura qu'un instant.

— Tu parles sérieusement ? lâcha-t-elle brusquement. Tu n'arrivais pas à m'oublier ?

— Je n'y arrivais pas.

— Mais alors pourquoi…

— Attends un peu ! coupa-t-il.

Dalton fronça les sourcils. Après tout, quelles raisons avait-il de se sentir si minable ? Elle n'avait pas agi mieux que lui.

— Comment est-ce que tu m'as retrouvé, toi ?

— Eh bien, j'ai cherché sur le Net et… OK, j'ai compris.

Je t'ai cherché et tu m'as cherchée, un partout, la balle au centre. Mais peu importe. Tout ça n'a plus tellement d'importance, à présent.

Dalton acquiesça. Clara avait raison. Cela importait peu, en tout cas pour lui. Ce qui importait, désormais, c'était le bébé. Son bébé.

Ce bébé changeait tout.

— Et ton mari, alors, demanda-t-il. Ryan ? Il sait que l'enfant n'est pas de lui ?

— Ryan n'est pas mon mari.

Dalton écarquilla les yeux. *Pardon ?*

— Il n'est pas…

— Mon mari, non. Nous avons renoncé à nous marier.

— Tu es en train de me dire que tu n'es pas mariée ?

Eh bien… Encore une révélation à encaisser. Dire qu'il avait laissé passer tous ces mois sans lui adresser un mot alors qu'elle attendait un enfant de lui ! Qu'elle avait compté se marier avec quelqu'un avant de renoncer ! C'était à n'y rien comprendre.

— Oui. Nous marier ne cadrait pas avec notre relation, à Ryan et moi, répondit Clara.

— Votre relation ? éructa-t-il d'un ton féroce

— Je veux dire, nous ne sommes pas ensemble, pas de cette façon. Nous sommes amis.

Au prix d'un effort suprême, Dalton tâcha de demander d'un ton plus posé :

— Tu vis avec lui ?

— Bien sûr que non, répliqua-t-elle avec indignation. Je te dis que nous sommes juste amis.

Il n'avait aucune envie d'avoir plus de détails, mais elle poursuivit :

— Ryan détestait l'idée que le bébé n'ait pas de père.

— Qu'est-ce que tu racontes ? Pas de père ? Ce bébé a un père, c'est moi, le père !

— Oui, mais…

— Mais quoi ? grogna-t-il.

— Dalton, ce n'est pas la peine de te mettre en colère.

— Je ne suis pas en colère.

Clara le dévisagea, l'air chagrin. Il se sentit encore plus nul. D'ailleurs, elle partageait visiblement cet avis. Elle reprit alors avec calme :

— Il voulait juste m'aider, voilà tout. Mais tu as raison, il n'est pas le père, et le père, c'est toi.

Sur ces mots, elle se releva d'un bond.

— Bon, je crois que j'ai dit tout ce que j'avais à te dire.

Dalton lui jeta un regard ahuri avant de bredouiller :

— Qu'est-ce que tu fais, tu t'en vas ?

— Oui.

— Tu ne peux pas t'en aller maintenant. Nous n'en avons pas terminé. Assieds-toi.

Ignorant son injonction, Clara tira une carte de la poche de sa veste.

— Voilà. Tu as mon adresse, mon numéro, tout est dessus. Au cas où… je veux dire, si tu choisis qu'on reste en contact, après tout ça.

— Après tout quoi ? Nous n'en avons pas terminé, je te dis, insista-t-il.

— Toi peut-être pas, Dalton, mais moi si. Ce n'était pas une démarche très facile et ça me suffit pour aujourd'hui. Je veux rentrer chez moi, à présent.

— Mais…

— Prends cette carte. S'il te plaît.

Dalton devait se rendre à l'évidence : il était en position de faiblesse, assis sur ce banc tandis que Clara était plantée debout devant lui. Il se leva à son tour et elle lui tendit sa carte à nouveau. Il se résigna et la prit. Cela dit, il n'en avait pas besoin. Il savait où elle habitait grâce à son détective. Mais il n'aurait jamais cru avoir à se servir de ces informations, ça non !

Ils se regardèrent. Allons, il devait trouver un moyen de la retenir, le temps de recouvrer ses esprits. Mais il était dépassé et son esprit vif semblait soudain aussi émoussé qu'un vieux canif.

— Eh bien, au revoir, dit-elle finalement.

Dalton sentit ses genoux flageoler un peu.

Un bébé. Elle attendait un bébé de lui. Pas d'un autre, de lui. Et elle n'était pas mariée.

Mais durant tous ces mois, il n'en avait rien su. Tout simplement parce qu'elle n'avait pas pris la peine de le lui dire. Jusqu'à maintenant.

Dalton secoua la tête. Il n'arrivait pas à déterminer s'il était fou de rage ou inquiet de savoir s'ils allaient bien, tous les deux, elle… et ce bébé. Clara paraissait fatiguée : ses yeux superbes étaient cernés d'ombres.

— Est-ce que tu vas bien ? s'enquit-il d'une voix mal assurée. Et le bébé ?

— Parfaitement bien. Vraiment. Nous allons bien tous les deux. Ecoute, tu n'as qu'à me téléphoner un de ces jours ?

— Te téléphoner ? répéta-t-il d'un air ahuri.

— Oui, quand tu… Je veux dire, si tu as envie d'en parler.

— Mais est-ce que je ne viens pas de te dire que je veux en parler ? Maintenant ?

Elle eut un bref mouvement de tête.

— Pas maintenant, non.

— Pourquoi pas ? renchérit-il.

— Eh bien… j'ai besoin d'un peu de temps, tu comprends ?

— Mais…

— Je dois partir, Dalton.

Et sur ces mots, Clara tourna les talons et le laissa en plan. Dalton fut tenté de courir à sa suite, de la rattraper et de l'obliger à se rasseoir. Mais il n'en fit rien.

Il resta planté là, à côté du banc, la mâchoire pendante, à la regarder s'éloigner.

Annoncer à Dalton Ames qu'elle était enceinte de lui était la chose la plus difficile que Clara ait jamais eu à faire.

Il avait paru si contrarié ! Et si raide dans son costume à la coupe impeccable et ses élégantes chaussures italiennes. On aurait dit le grand frère coincé de l'incroyable amant tendre et attentif avec qui elle avait partagé ces deux semaines magiques sur l'île. Elle avait dû se retenir de lui demander qui il était et où était passé le vrai Dalton, celui qu'elle avait connu.

Sur le chemin du retour, Clara dut s'arrêter à deux reprises tant les nausées étaient fortes. Le bébé ne cessait de gesticuler. Elle parvint toutefois cahin-caha jusqu'à sa ravissante villa de style victorien sur Park Drive, peinte de bleu et de marron.

Il était plus de 19 heures quand elle franchit le seuil de sa porte. Allez, il était important qu'elle s'alimente. Du coup, elle réchauffa quelques restes et se força à avaler quelques bouchées qu'elle fit descendre avec un verre de jus de fruits. Mais c'était déjà presque trop. Le temps de vider son assiette dans la poubelle puis de la rincer, elle regarda distraitement son petit jardin par la fenêtre au-dessus de l'évier. A quoi bon se mentir ? Elle devait parler à quelqu'un.

Voilà trop longtemps qu'elle gardait tout cela pour elle. Même si sa liaison avec Dalton n'avait été qu'une aventure un peu folle, elle avait éprouvé la nécessité d'aller lui annoncer la nouvelle en face. Lui dire qu'elle attendait un enfant et qu'elle le gardait.

Et à présent que c'était chose faite, elle avait besoin de réconfort, d'appeler une personne proche et de tout lui raconter.

Ryan, peut-être ? Il avait été là dès le début quand elle se demandait ce qu'elle allait faire. Il avait tout tenté pour l'aider !

Mais il fallait être raisonnable. La dernière chose dont il avait besoin, c'était qu'elle vienne pleurer sur son épaule à propos d'un type qu'il n'avait jamais vu. Après tout ce qu'elle lui avait fait endurer !

Non, dans ce genre de cas, une femme avait besoin de l'oreille d'une femme. Mieux, de sa meilleure amie.

Clara téléphona donc à sa cousine préférée, Rory, *alias* Son Altesse Royale Aurora Bravo-Calabretti. Rory était peut-être une princesse de sang, mais elle avait les pieds sur terre et du bon sens à revendre. On pouvait lui faire une confiance aveugle pour garder les secrets les plus inavouables. Son amie vivait avec Walker, dans son ranch, le Bar-N. Et Walker était le frère aîné de Ryan.

Son appel passé, Clara sortit s'asseoir sous le porche devant la maison. Vingt minutes plus tard, Rory garait son SUV dans son allée et en sortait pour venir vers elle d'un pas vif.

— Clara chérie ! Que se passe-t-il ? Est-ce que ça va ?

Clara se leva et ouvrit les bras pour faire un câlin à sa cousine. Elle colla son ventre arrondi contre celui parfaitement plat de Rory puis chuchota :

— Brownies au caramel et pépites de chocolat.

— Ça marche.

Elles allèrent directement à la cuisine, préparèrent le nécessaire puis s'installèrent à la petite table qui servait pour le petit déjeuner. Quand elles eurent englouti la moitié du pot de crème glacée, Rory prit la parole :

— Alors ?

Clara s'octroya une bouchée supplémentaire de glace parsemée d'éclats croustillants. Un régal. Seule une fille peut savourer le réconfort que procure la gourmandise totalement régressive !

Là-dessus, elle finit par répondre :

— Eh bien… J'ai annoncé au père de mon bébé qu'il allait être le père d'un bébé.

Rory se figea, la cuillère suspendue devant sa bouche, puis la reposa dans sa coupe.

— Sans blague ?

— Si, si, je t'assure.

— Comment ça s'est passé ?

Clara prit une grande inspiration avant de lâcher :

— Horrible. Ça a été horrible. J'avais l'impression d'être face à un parfait étranger. C'était tellement bizarre. J'avais envie de lui demander où était passé l'homme que j'avais connu. Enfin, que j'avais cru connaître.

A ces mots, Rory repoussa sa chaise et se leva pour faire le tour de la table et s'accroupir devant Clara.

— Donne-moi tes mains.

Elle s'exécuta et Rory les serra avec douceur.

— Clara, tu n'es pas juste ma cousine préférée, dit Rory. Tu es l'amie la plus gentille, la plus géniale, la plus adorable que je connaisse. Et pour couronner le tout, tu es une vraie bombe.

Clara eut un petit rire. Qui ressemblait fort à un sanglot.

— C'est sûr, il n'y a qu'à regarder mon ventre. On dirait un ballon de plage gonflé à bloc.

— Gros ventre ou pas, ça ne change rien à l'affaire. Tu es une bombe, point. S'il t'a mal traitée, c'est tant pis pour lui. Tu as une grande famille, tout le monde t'aime, sans parler de tes amis. Tu dois bien garder en tête que tu n'es pas seule. Tu as juste à passer un coup de fil, à n'importe quelle heure. Moi je suis là, et c'est pareil pour tous les autres, tous ceux qui t'adorent.

Clara ferma les yeux, serra longuement les paupières, et attendit d'être sûre qu'elle n'allait pas fondre en larmes pour répondre. C'était si émouvant à entendre !

— Je t'aime, Rory.

Sa cousine lui serra à nouveau les mains.

— Moi aussi, ma chérie, beaucoup, beaucoup. Mais j'ai une question.

— Je t'écoute, l'encouragea Clara avec un faible sourire.

— Donc, c'est bon ? Je veux dire, tu es prête ? Tu vas enfin pouvoir me dire comment tout ça est arrivé ?

Clara repoussa sa coupe. Voilà, le grand moment était arrivé.

— Oui, ça y est.

— Bonté divine. Je crois que je vais reprendre un peu de glace. Tu en veux ?

— J'ai assez mangé. Mais sers-toi, je t'en prie. Bon, tu te rappelles quand j'ai pris quinze jours de vacances, au mois d'août ? Dans cette île des Caraïbes ?

Rory hocha la tête.

— Bien sûr. Pour fêter tes trente ans. J'ai toujours soupçonné que c'était là que ça s'était passé.

— Tu te souviens dans quel état j'étais avant de partir ?

— Très bien. Tu étais surmenée et au bord du burn-out. Tu disais que tu ne faisais rien d'autre que travailler. Tu avais vraiment besoin de vacances.

Clara acquiesça. Cela faisait bientôt six ans qu'elle avait ouvert son restaurant, le Library Café. C'était un succès à tout point de vue. Mais il lui avait fallu faire beaucoup de sacrifices pour en arriver là.

— J'avais envie de me faire dorloter dans un endroit un peu glamour, tu te rappelles ? C'était mon cadeau pour avoir si bien travaillé.

— Et tu avais peut-être envie d'un peu de romance, aussi ? suggéra Rory à mi-voix.

— C'est vrai. J'avais ce fantasme que je pourrais rencontrer quelqu'un d'extraordinaire.

— Et t'offrir une folle aventure sous les tropiques ?

— Absolument.

— Et ton fantasme est devenu réalité.

Clara eut un sourire rêveur.

— C'est vrai. Je l'ai rencontré le premier soir de mon arrivée. Il s'appelle Dalton. Dalton Ames. Et quand je l'ai vu, grand et mince, avec ses cheveux noirs et ses yeux bleu électrique, je me suis sentie dans la peau d'une aventurière sortie d'un roman ultra… romanesque. Je veux dire, tu me connais. Tu peux toujours blaguer, dire que je suis sexy, mais en fait…

— Clara, la coupa sa cousine tout en léchant sa cuillère. Tu es sexy. Fais-toi à l'idée.

Clara reprit sa coupe et y pêcha un gros bout de brownie au chocolat dégoulinant de crème onctueuse.

— Je ne me sens pas du tout sexy. Je suis une fille pragmatique, réaliste, raisonnable. La diplomate en chef de la famille. Les hommes m'aiment bien comme copine.

— Comme copine super-sexy.

Clara ne put s'empêcher de rire.

— Arrête avec ça.

— Je suis sérieuse, ma chérie. Je sais de quoi je parle, insista sa cousine.

Clara leva les yeux au ciel.

— Bref, en tout cas, quand Dalton m'a regardée… Je ne sais pas comment te dire. J'ai eu l'impression de me mettre à frémir. Mais c'est vrai, il me trouvait sexy, je le voyais dans ses yeux bleus à tomber à la renverse. L'osmose a été immédiate entre nous, c'était incroyable. Je n'avais jamais connu une chose pareille de ma vie. Nous avons dansé, flirté. Il m'a dit qu'il était de Denver.

— Ah, il est du Colorado, lui aussi.

— Mouais. C'était écrit qu'on devait se rencontrer, tu vois.

Clara secoua la tête. Toute cette histoire lui semblait tellement absurde…

— Ne minimise pas les choses, la reprit Rory avec gravité. Je vois bien à la façon dont tu parles de lui que ça a été une belle rencontre, une vraie rencontre, avec un vrai lien.

— Pfouuuu.

— Raconte-moi tout, Clara, et cesse de te juger comme ça.

Clara poussa un soupir.

— Il m'a dit qu'il avait eu besoin d'une escapade. Son travail est très prenant, il voulait une parenthèse pour profiter de l'instant présent, sans se poser de question, pour souffler.

— Exactement comme toi.

— Mouais… Je lui ai dit que j'étais prête pour une aventure et un brin de folie. Pour ne plus penser à la vraie vie l'espace de quelques jours. Il m'a dit que c'était formidable.

— Je vois…, répondit Rory en hochant la tête. Mais je me demande…

— Quoi donc ?

— Tu ne t'es pas dit que tout ça était un peu trop beau ?

Clara eut un haussement d'épaules.

— Si, mais seulement un peu. On se serait cru dans un conte de fées. Les plages aux eaux cristallines, les kilomètres de sable blanc scintillant sous le ciel d'un bleu d'azur… L'océan qui s'étendait à perte de vue… Tout semblait magique. Et là, je rencontre cet homme de rêve.

Je ne touchais plus terre. Mais quand même, je n'avais pas perdu la tête au point de ne pas demander s'il n'avait pas une femme qui l'attendait à la maison.

— Bravo. Et ?

— Il m'a dit qu'il avait divorcé récemment. Il a voulu savoir aussi si j'avais quelqu'un dans ma vie, mais je lui ai dit que non. Je me sentais belle et désirable. J'étais si excitée à l'idée d'atteindre un peu mon rêve. Je suis allée dans sa suite et j'ai passé la nuit avec lui.

— Quelle effrontée !

Clara ne put s'empêcher de sourire. Malgré tout ce qui était advenu depuis, il lui restait le souvenir de cette première nuit, et de toutes les autres nuits sur l'île, comme un trésor que rien ni personne ne pourrait lui arracher.

— Oui, c'est ce que je me suis dit aussi. Mais cette nuit avec lui a été la plus belle que j'aie jamais connue. Incomparable. Au matin, nous avons décidé de passer ces deux semaines ensemble, sans nous soucier de rien d'autre, en ne pensant qu'à l'instant présent. Et quand le rêve serait terminé, nous reprendrions chacun notre route.

Rory se mordillait la lèvre. Et puis elle finit par lâcher :

— Mais le réel trouve toujours une façon de se rappeler à nous, c'est ça ?

— Malheureusement, oui, reconnut Clara. Mais tout au long de ces deux semaines exceptionnelles, parfaites en tout point, nous avons été amants. Nous étions tendres, passionnés, entièrement disponibles l'un pour l'autre, nous ne pensions à rien d'autre. Nous avons réussi à ne pas parler de notre vie, pour l'essentiel. Nous faisions l'amour divinement, nous partions escalader des volcans, faire du parapente, de la plongée… même du saut à l'élastique ! Le soir, nous dansions sous les étoiles, au clair de lune. A la fin, j'ai compris que j'étais en train de tomber amoureuse de lui.

Dans un murmure, Rory demanda :

— Le lui as-tu dit ?

Clara posa la main sur son ventre et le massa d'un geste lent et doux. Pas de doute : elle sentait l'amour qui l'emplissait, en dépit de tout le reste. Son bébé n'aurait peut-être pas de père, mais elle, elle serait une bonne mère. Elle ferait en sorte que son enfant ait une vie entourée d'amour et de joie.

— La dernière nuit, j'ai finalement trouvé le courage de lui parler. Je lui ai dit que j'avais envie de le revoir une fois de retour dans le Colorado.

— Et alors ? lança Rory.

— Le rêve s'est brisé net.

— Oh non…

Clara hocha la tête d'un air triste. C'était hélas la stricte vérité.

— Si. Il m'a dit qu'il avait passé un moment merveilleux avec moi et qu'il ne m'oublierait jamais. Mais que si nous demandions plus, il ne pourrait que tout gâcher.

Rory prit soudain un air étonné puis demanda :

— Tout gâcher ? Mais pourquoi ? Je ne comprends pas.

— Il m'a dit que ce serait différent. Que tout était différent ici, avec moi, et sur cette île. Que lui-même était différent. Il voulait garder ce souvenir de moi, de nous. Son mariage avait été brisé peu de temps auparavant et c'était par sa faute. Il n'était pas prêt pour s'engager dans une nouvelle relation. Il n'était pas sûr de pouvoir le faire un jour. Il préférait s'en tenir à notre pacte.

— C'est trop triste.

Clara haussa les épaules avant de répondre :

— Crois-moi, j'aurais voulu me battre, lui demander d'accepter au moins de tenter l'aventure. Mais j'étais un peu sonnée d'avoir reçu un refus aussi catégorique. Et puis c'était juste, nous avions cette espèce de contrat, ce n'était pas comme s'il m'avait fait des promesses, je ne pouvais pas exiger qu'il change d'avis parce que moi, j'avais changé d'avis. Alors je suis rentrée et je me suis efforcée de ne plus penser à lui. Mais malheureusement, quelques mois plus tard, j'ai découvert que j'étais enceinte. Ça m'a dévastée encore plus.

— Tu aurais dû m'appeler ! Je serais venue tout de suite.

Clara secoua la tête. Cela aurait été effectivement possible.

Quelques semaines plus tôt, Rory vivait encore au palais familial des Montedoro, sur la Côte d'Azur.

— Je n'y arrivais pas, finit-elle par avouer. Il me semblait que je devais le lui annoncer d'abord avant d'en parler à qui que ce soit.

— Oui, je comprends ton sentiment.

— Alors j'ai cherché comment reprendre contact…

Clara laissa errer son regard par la fenêtre de la cuisine. La nuit tombait et elle ne vit que son reflet rendu flou par les larmes qui lui brouillaient le regard. Elle cligna des yeux pour les repousser.

Rory se leva à nouveau pour la rejoindre. Elle resta debout à côté d'elle, un bras autour de ses épaules. Clara posa la tête contre sa cousine. C'était si réconfortant de l'avoir près d'elle.

— Et si je comprends bien, tu l'as retrouvé.

— Ça n'a pas été difficile, en fait. J'ai juste eu à taper son nom sur Internet pour découvrir qu'il faisait partie d'une grande famille de banquiers, à Denver.

— Attends voir. Dalton Ames… Comme la banque Ames ?

Clara acquiesça puis releva la tête pour regarder sa cousine. Il y avait une succursale de la société en centre-ville.

— C'est ça. Et quant à sa soi-disant ex-femme… Eh bien, elle n'était peut-être pas si *ex* que ça.

— Oh non ! s'exclama Rory. Il t'a menti ? Il était marié ?

— Non, ils ont bien divorcé, en effet. Mais je suis tombée sur des photos récentes où on le voyait avec elle, pour une soirée de gala de je ne sais quelle fondation. Elle est superbe, au fait. Le genre reine de beauté sublime, blonde et fine comme une liane. Parfaite, quoi. Ils se souriaient d'un air très complice. Intime, même. Les commentaires des photos suggéraient qu'il était question d'un remariage.

Rory se tut un instant en lui caressant toujours les cheveux.

— C'est pour ça que tu n'as pas repris contact plus tôt ?

— Oui, confirma Clara. Je n'ai pas eu le courage, tu comprends. Je ne voulais pas interférer dans ses retrouvailles avec sa femme. Et pour être honnête, je ne voulais pas avoir affaire à lui d'aucune façon.

— Je te comprends à cent pour cent.

— Je me suis dit qu'il n'y avait pas d'urgence, après tout. La naissance n'était pas prévue avant un moment.

— Bien sûr.

— Mais finalement, les mois ont passé et je continuais à retarder le moment où j'allais devoir lui faire face. Et après, tout s'est emballé avec cette histoire de mariage avec Ryan, qui n'a pas donné grand-chose, comme tu le sais. Et maintenant, on est en avril. Mon terme est dans six semaines. Je ne pouvais plus tergiverser.

— Donc tu l'as fait, tu lui as dit.

— Oui.

— Et… que va-t-il se passer ?

Clara se raidit brusquement avant de répliquer :

— Quoi, que va-t-il se passer ? Je lui ai dit, voilà tout.

— Mais qu'a-t-il l'intention de faire ?

— Comment saurais-je ce qu'il a l'intention de faire ?

A ces mots, Clara s'écarta vivement. Rory ne sembla pas insister pour la retenir et recula d'un pas. Puis elle reprit avec douceur :

— Eh bien, je pensais que peut-être il voudrait…

— Je ne sais rien, je te dis, la coupa-t-elle en se levant pour débarrasser la table. Nous ne sommes pas allés jusque-là.

Rory resta où elle était, l'air parfaitement calme.

— Donc tu n'as aucune idée de ses intentions par rapport au bébé ?

Clara posa les coupes dans l'évier et ouvrit le robinet.

— Nous n'avons pas vraiment discuté. Je lui ai dit que je suis enceinte, que je n'attends rien de lui, je lui ai donné ma carte avec les numéros où me joindre, pour qu'il puisse le faire s'il en a envie. C'est tout.

— Mais…

— Ecoute, dit Clara en se tournant vers sa cousine. Comment est-ce que je pourrais avoir la moindre idée de ce qu'il va faire ? Le plus probable, c'est qu'il est en train de chercher un moyen d'annoncer à son ex qu'une nana avec qui il a couché l'été dernier à Anguilla va avoir un enfant de lui.

A ces mots, Rory s'avança vers elle et coupa l'eau du robinet.

— Ma chérie, dit-elle en l'enlaçant. Ça va aller. Tu as fait ce que tu avais à faire et tu as été courageuse. Je ne te fais aucun reproche.

Clara se raidit à nouveau puis laissa retomber ses défenses et se blottit dans les bras de sa cousine. C'était trop dur, vraiment trop dur.

— Mon Dieu. Je déteste tout ça.

— Je sais.

Rory la serra encore un moment dans ses bras puis l'entraîna vers le salon. Quand elles eurent pris place côte à côte sur le canapé, elle demanda :

— Et donc, il est remarié, finalement ?

— Comment le saurais-je ? répondit Clara en haussant les épaules.

— Tu disais qu'il devait parler à sa femme à propos du bébé.

— C'était juste une supposition. Je n'en sais rien, d'accord ? J'imagine qu'ils se sont remariés, à ce que j'ai lu.

— Quand tu lui as parlé aujourd'hui, est-ce qu'il a mentionné sa femme ?

— Non.

Rory avança alors d'un ton prudent :

— Donc peut-être que tu tires des conclusions hâtives, tu ne crois pas ?

— Ça n'a aucune importance, de toute manière.

— Bien sûr que ça en a.

— Pas pour moi, dit Clara en enroulant les bras autour de son ventre et du précieux trésor qui s'y cachait. Je me fiche de ce qu'il fait. Il n'est rien pour moi.

— Clara…

— Par pitié, Rory, non. Ne me regarde pas comme ça

avec ton air plein de compréhension et d'affection. Je n'ai pas besoin qu'on me plaigne. Je vais très bien.

Clara baissa la tête. Pas de doute : elle n'allait pas tarder à craquer. C'était trop difficile à supporter !

— Je le sais, dit alors Rory d'un ton apaisant. Ecoute, ma chérie, je te connais et je t'aime. Je vois bien que tout ça a été très dur pour toi et que c'est toujours très dur en ce moment, voilà tout.

— Oh Rory…, gémit Clara.

— Allons, viens là.

Sans se faire prier plus longtemps, Clara se blottit à nouveau contre sa cousine qui la tint serrée dans ses bras en lui caressant la tête. Elle versa quelques larmes et Rory les sécha. Voilà, elle s'était libérée du poids qui l'opprimait.

Au bout d'un moment, elle put se remettre à parler.

— Je ne le reverrai sûrement plus jamais, tu sais ? Ce n'est pas un problème, ça me va. Certes, on est très loin de mes fantasmes sur la façon dont les choses devraient se passer dans l'idéal, mais c'est comme ça. Je vais avoir un bébé et tous les deux, nous formerons une famille. J'ai tant de motifs d'être reconnaissante de la vie que j'ai. J'ai autour de moi des gens sur qui je peux compter, j'ai une affaire florissante, une superbe maison… Il me manque peut-être un homme à mes côtés, c'est vrai, mais j'ai tout le reste et c'est déjà énorme. J'ai fait ce que je devais faire, j'ai dit à Dalton Ames ce qu'il devait savoir. Et à présent, je vais me donner un grand coup de pied aux fesses et aller de l'avant.

Quand Rory la quitta, une heure plus tard, Clara alla tout droit au lit. Elle dormit d'un sommeil sans rêve, d'une traite. Elle se sentait mieux, apaisée, et prête à faire face. Elle avait fait le plus dur, elle avait enfin pu se libérer en se confiant à son amie la plus proche et en pleurant un bon coup.

Elle pouvait à présent reprendre le cours de sa vie.

Mais à cet instant, elle était loin de s'imaginer que deux jours plus tard, Dalton Ames frapperait à sa porte.

- 2 -

Le café était en effervescence. Toutes les tables étaient prises et une file de clients qui attendaient leur tour s'allongeait à l'extérieur.

C'était le coup de feu de midi. A 15 heures, on finissait le quatrième service et Clara ne s'était pas assise une fois depuis 11 heures du matin. C'était épuisant, surtout dans son état, mais aussi jubilatoire. La popularité du Library Café ne se démentait pas.

Une fois le calme revenu, elle fit le point avec son équipe, reçut des fournisseurs qui avaient pris rendez-vous puis se rendit à la banque. Il était presque 18 heures quand elle passa la porte de chez elle.

Elle alla droit à la douche, se déshabillant en chemin. Vingt minutes plus tard, pieds nus et vêtue de son jogging le plus confortable, assorti d'un T-shirt rose XL avec l'inscription « Maman veut une glace », elle se prépara une collation légère. Après quoi, elle put enfin aller s'allonger sur le canapé du salon pour se détendre devant une série télévisée.

Elle avait à peine saisi la télécommande qu'on sonna à la porte.

Qu'est-ce que c'était, encore ? Elle n'attendait pas de visite et son corps se rebiffait à l'idée de devoir quitter le canapé moelleux pour se remettre à la verticale.

Mais Clara faisait partie de ces gens qui répondent au téléphone ou aux sonneries sans se poser de question. Cela pouvait être important, alors autant en finir plutôt que de devoir s'en occuper plus tard. Elle reposa donc la télécommande, se tira du canapé à grand-peine et se traîna jusqu'à la porte qu'elle ouvrit toute grande.

Pour voir apparaître Dalton. Plus grand, plus brun, plus séduisant que jamais, dans un costume encore plus chic et coûteux que celui qu'il portait deux jours avant.

Clara sentit son cœur bondir. De joie. A la vue de ce sale type. Bon sang, c'était ridicule. Elle était vraiment désespérante.

— Bonjour, Clara, dit-il.

Et de son regard bleu transparent comme le cristal, irréel, il la détailla de la tête aux pieds, s'arrêtant un instant sur son T-shirt rose et ses pieds nus, avant de remonter jusqu'à ses yeux.

— Dis-moi que c'est une blague ? dit-elle.

— Est-ce que je peux entrer ?

Il était raide, glacial. Tout l'inverse de l'homme dont elle avait été assez sotte pour se croire amoureuse.

— Il faut que nous parlions.

Tiens donc ?

Clara se carra contre l'embrasure de la porte et croisa les bras sur son ventre.

— Ah ? Et de quoi, au juste ?

Dalton prit un air vaguement chagriné.

— Pas devant ta porte. S'il te plaît.

La phrase avait sonné plus comme un ordre que comme une requête. Mais elle ne bougea pas et le dévisagea longuement, d'un œil noir.

— Je croyais t'avoir donné mon numéro de téléphone.

— En effet.

— Alors pourquoi n'as-tu pas téléphoné ? Prévenir de ta visite aurait été trop te demander ?

— Je suis désolé.

— Tu n'as pas l'air désolé du tout.

Le regard bleu de Dalton la parcourut à nouveau. Ce qui fit aussitôt monter en elle un frisson d'excitation qui n'avait absolument pas lieu d'être.

— Laisse-moi entrer, Clara.

Elle fut tentée de lui claquer la porte au nez. Elle était fatiguée, avait mal aux pieds, et il y avait un bon mélo sur la chaîne cinéma. Pourquoi discuter maintenant ? D'ailleurs, elle n'avait pas envie de discuter du tout, à la vérité.

Seulement, elle et cet homme distant qui se tenait là, debout sur le seuil de sa maison, avaient conçu un enfant ensemble. Et cet enfant passait avant tout le reste, à commencer par son envie de ne plus jamais revoir ce visage de sa vie.

Avec une moue qui se voulait indifférente, Clara décroisa les bras et recula d'un pas.

— Mais certainement, je t'en prie. Fais comme chez toi.

Dalton s'avança avec autorité pour ne pas lui laisser le temps de changer d'avis et entra chez elle. Clara cligna des yeux. Elle avait peine à croire que tout cela était vrai.

— Jolie maison, dit-il avec un sourire forcé.

— Trop aimable. Par ici.

Elle le précéda à travers la salle à manger jusqu'à la vaste cuisine ouverte où se trouvait également une petite table. Elle se retourna vers lui.

— Veux-tu boire quelque chose ? Un café ?

— Non, merci.

— Bon. Eh bien, assieds-toi, dit-elle en indiquant le salon de l'autre côté de la pièce.

Il passa devant elle pour aller vers le gros fauteuil qui flanquait le canapé, mais ne s'assit pas. Clara resta postée près du comptoir de la cuisine. Que faire ? S'approcher de lui ? Impossible à dire. Elle se sentait gagnée par la panique. Il avait un air lointain et paraissait comme statufié. Le silence se fit de plus en plus pesant.

Que voulait-il lui dire ? Quelque chose de terrible, forcément, à en juger par la gravité et la dureté de son regard.

A contrecœur, Clara se dirigea vers lui. Dalton attendait, immobile, les yeux fixés sur elle. Elle se figea à deux pas de lui.

— Tu ne t'assois pas ?

Il ne répondit pas et ne bougea pas. Mais il tendit la

main pour prendre la sienne. Le geste la surprit tant qu'elle ne réagit pas. Elle laissa les doigts de Dalton se refermer, chauds et fermes. Familiers. Elle sentit alors sa gorge se serrer et pinça les lèvres pour ravaler ses larmes.

— Que fais-tu ?

Sans répondre, d'un geste vif de l'autre main, Dalton glissa à son doigt une bague brillant de mille feux.

Clara baissa les yeux avec un petit hoquet stupéfait : c'était un solitaire énorme, serti de deux rangées de brillants, avec un double anneau lui aussi orné de diamants.

— Marions-nous, Clara. Sans attendre. Tu pourras t'installer à Denver et nous mettrons les choses en ordre pour former une vraie famille pour notre enfant.

Tout à coup, impossible de prononcer un mot.

Clara restait bouche bée devant la bague, étincelante, parfaite. Le souffle coupé, une brûlure dans la gorge, elle releva la tête pour regarder Dalton.

Le plus horrible dans tout cela, c'était qu'en un sens, au fond d'elle-même, son seul désir à ce moment était de se jeter dans ses bras en hurlant oui !

Cela la mit dans une rage indescriptible, contre elle autant que contre lui.

Connaissait-elle cet homme, au fond ? Quand il la touchait, elle était transportée. C'était comme si son corps le connaissait depuis toujours. Mais son âme et son cœur, blessés et troublés, en pensaient-ils autant ?

Allons, il fallait se rendre à l'évidence, ce n'était pas le cas.

Non. Elle ne le connaissait pas. Pas du tout.

Clara retira alors sa main et ôta la bague.

— Non, Dalton.

— Clara…

— Reprends cette bague. Je suis très sérieuse.

Dalton secoua la tête avec contrariété mais tendit la main, la paume ouverte. Elle y laissa tomber le précieux bijou.

— Il est hors de question que je t'épouse, et encore plus que je déménage à Denver. Je suis chez moi ici, à Justice

Creek, j'ai ici ma famille, mes amis, mon restaurant, et je n'ai aucune intention d'abandonner tout ça.

— Ecoute-moi, je…

— Stop.

Par chance, il se tut.

— Avant tout, il y a quelque chose qu'il faudrait clarifier dès à présent, poursuivit-elle.

Il lui lança un regard du coin de l'œil tout en rangeant la bague dans sa poche. Puis, de sa belle voix mâle si agaçante, il répondit d'un ton prudent :

— Très bien. Je ne sais pas de quoi tu parles, mais clarifions.

— Es-tu marié ou pas ?

— Pardon ? s'exclama-t-il en la regardant d'un air incrédule. Marié ? Moi ?

— C'est ça, marié. Est-ce que tu as une femme, si tu préfères ?

Les yeux de Dalton devinrent d'un bleu presque irréel et Clara vit sa mâchoire se crisper.

— Bien sûr que non. J'avais divorcé bien avant notre rencontre. Et tu le sais parfaitement, je te l'ai dit.

Brusquement, Clara éprouva le besoin de mettre de la distance, physiquement, entre eux deux. Elle alla près de la cheminée. Voilà qui était mieux. Elle se redressa et se retourna vers lui.

— Ecoute, je t'ai vu. J'ai vu des photos de toi sur le Net avec ta soi-disant ex-femme, à une soirée, vous aviez l'air très très copains, tous les deux.

— Copains ? Astrid et moi, nous sommes loin d'être copains.

— Et, bien, c'est pourtant ce qu'on dirait !

— Astrid est une femme adorable. Elle s'occupe d'une association d'aide aux enfants défavorisés et aux victimes de catastrophes naturelles, ce genre de choses. Elle est très investie et, de temps en temps, elle me demande mon soutien pour financer certaines actions, ce que je fais volontiers. Une fois ou deux, je l'ai accompagnée à des galas.

Clara secoua la tête. Dalton croyait-il qu'elle allait gober sa belle histoire ?

— Bravo, quel gentleman ! lança-t-elle d'un ton moqueur.

— Eh bien, oui, en effet. Qu'est-ce qu'il y a de mal à se comporter en gentleman ?

Elle préféra ne pas répondre.

— Il y avait des rumeurs selon lesquelles vous deviez vous remarier, finit-elle par dire.

— Des rumeurs ? Qui a dit ça ?

— Je ne sais pas, ce sont des commentaires que j'ai lus… quelque part sur le Net.

— Et tu prends pour argent comptant tout ce que tu lis « quelque part sur le Net » ?

Les yeux bleus de Dalton lançaient des éclairs, à présent.

Clara se sentit bouillir. Incroyable. C'était lui qui avait été traité comme une moins-que-rien, peut-être ? Elle croisa les bras d'un air buté puis lâcha :

— Je voudrais juste une réponse à ma question. Es-tu marié, oui ou non ?

— Non, grogna-t-il.

— Est-ce que tu sors avec ton ex ?

— Non et non. Je te l'ai dit, nous sommes restés en bons termes, ça a toujours été comme ça depuis notre séparation. Je te l'avais dit très clairement le premier soir, d'ailleurs.

Sans le vouloir, Clara laissa échapper un petit grognement dubitatif.

— Je t'entends, tu sais, marmonna Dalton. Que veux-tu que je te dise ? Il n'y a absolument plus rien entre moi et Astrid. Nous avons des relations cordiales. Elle a besoin d'appui pour certaines actions, je l'aide quand je peux.

C'était mesquin de sa part, elle en était consciente, mais elle ne put s'empêcher de continuer d'un ton piqué :

— Donc je dois te croire sur parole ?

Clara se retint de frémir. Dalton soutenait son regard sans sourciller. C'était comme si elle avait deux lasers bleus dardés sur elle.

— Tu penses que je te mens ? Tu crois vraiment que

je viendrais ici te demander de m'épouser si j'étais déjà marié ? poursuivit-il.

Elle se mordit la lèvre. Bon, il marquait un point, c'est sûr. Autant essayer de faire machine arrière.

— Tu ne m'as pas demandé, pour être précis. Tu m'as ordonné.

Bon sang, quel ton geignard elle avait pris pour lui dire ça ! Qu'est-ce qui était le pire ? Passer pour une gamine pleurnicheuse ou pour une cinglée persifleuse ?

— Est-ce que tu penses que je te mens ?

— Je…

Le temps de laisser tomber les bras le long de son corps, Clara poussa un long soupir. A quoi bon continuer ses rodomontades plus longtemps ?

— Je ne sais pas. Je ne comprends plus rien, je ne sais rien de toi, en fait. Sur l'île, tu étais… tu paraissais si différent de ce que tu es maintenant. C'est très perturbant.

Cet aveu parut décontenancer Dalton. Mais il se ressaisit très vite. Ses mâchoires se crispèrent de plus belle et il plissa les yeux.

— Je pense que tu devrais téléphoner à Astrid et lui demander s'il y a quelque chose entre nous.

Clara eut du mal à en croire ses oreilles. Que venait-il de proposer, là ?

— Attends, tu viens de dire que je devrais parler à ton ex ?

— Exactement.

— Il n'en est pas question, répliqua-t-elle fermement.

Dalton haussa les épaules avant de dire :

— Pourquoi pas ? Tu crains d'avoir la preuve que je ne suis pas un menteur bigame ?

— Bien sûr que non.

— Alors, appelle Astrid.

— Mais enfin, Dalton, tu as conscience de ce que tu dis ? La dernière chose dont j'ai envie, c'est de papoter avec ta femme.

— Mon ex-femme, rectifia-t-il d'un ton cassant.

Il leva la main pour se pincer l'arête du nez. Clara le

regarda d'un air étonné. Avait-il mal au crâne ? On sentait venir la migraine, en tout cas.

— Bon, reprit-il, cette conversation ne mène à rien. Je dois prendre le temps de réfléchir et trouver d'autres arguments pour te convaincre.

Clara fronça les sourcils et enchaîna aussitôt :

— Me convaincre de quoi ? Sois sérieux, Dalton. Un mariage forcé entre deux parfaits étrangers n'est certainement pas la solution à quoi que ce soit.

— Nous avons perdu des mois juste parce que tu t'es fiée à des imbécillités lues sur Internet.

— Tu oublies que toi, tu as mis un détective à mes trousses, fit-elle remarquer.

— Oui, et grâce à ça, j'ai découvert que tu étais sur le point de te marier, répondit-il.

— Mais je ne me suis pas mariée.

— Ce que je n'ai appris qu'avant-hier, quand tu as finalement daigné venir me parler. Le vrai problème, c'est que tu aurais dû venir me trouver tout de suite.

Clara fit claquer sa langue. Ce que Dalton pouvait être agaçant !

— C'est une analyse qui ne manque pas de sel ! lâcha-t-elle. Pourquoi serais-je venue te trouver ? Tu m'avais dit très clairement que tu ne voulais plus me revoir et qu'entre nous, c'était une affaire classée !

— Ce n'était pas une affaire classée, rétorqua-t-il.

— Ah, et comment l'aurais-je deviné ?

Dalton se pinça à nouveau l'arête du nez.

— C'était différent, sur l'île. J'étais différent.

— Ça, c'est le moins qu'on puisse dire.

— Je ne voulais pas gâcher ce qui s'était passé. J'avais peur que tout déraille, si on se revoyait.

Clara leva une main pour l'interrompre. Qu'essayait-il de lui dire exactement ?

— Si je comprends bien, pendant tout ce séjour, tu as fait semblant d'être un autre ?

— Non, je…

Il s'interrompit, lui jeta un regard en biais puis reprit avec un calme glacial :

— Bonté divine. Tu es vraiment la femme la plus horripilante que j'aie jamais vue.

Clara ressentit aussitôt une pointe de culpabilité. Dalton faisait des efforts, elle le voyait bien. Or elle ne l'aidait pas beaucoup. Seulement, il l'avait blessée et elle ne lui faisait pas confiance. Cette demande en mariage l'avait tout à la fois tentée et ulcérée au point d'avoir envie de le taper à coups de batte de base-ball.

Tout en réfléchissant à ce qu'elle pourrait dire pour sortir de cette impasse, elle le vit tirer son portable de sa poche et tapoter sur le clavier. La seconde d'après, elle entendit son téléphone vibrer sur la table basse.

— Je t'ai envoyé son numéro, dit-il en remettant son téléphone dans sa poche.

— Le numéro de qui ?

— D'Astrid. Tu as son numéro, tu peux l'appeler et elle se fera un plaisir de te confirmer que je n'ai aucun projet de remariage, que nous avons divorcé à l'amiable définitivement et que nous n'avons plus aucune relation intime.

Cette fois, ce fut au tour de Clara de se masser les tempes.

— Je n'ai pas besoin du numéro de ton ex-femme, articula-t-elle.

— Je pense vraiment ce que je dis. Appelle-la, et rappelle-moi ensuite. Nous sommes loin d'en avoir fini, Clara, très loin. Je te souhaite une bonne nuit.

Et sur ces mots, Dalton tourna les talons et sortit de la pièce. Le bruit de la porte qui s'ouvrait et se refermait la tira de sa stupeur. Elle courut, aussi vite que son ventre le lui permettait, à la fenêtre de la salle à manger qui donnait sur l'entrée et l'allée devant la maison. Elle arriva juste à temps pour le voir disparaître à l'arrière d'une limousine. Un instant plus tard, la voiture disparaissait dans le tournant de l'allée.

Clara serra les poings et se retint de rugir. *Plutôt mourir que d'appeler Astrid !*

*
* *

Clara n'appela pas Astrid.

Mais les jours qui suivirent, elle ne cessa de penser à Dalton. Elle s'en voulait de la façon dont elle s'était comportée. Elle s'était montrée si hostile et agressive !

La vérité, c'était qu'elle éprouvait toujours quelque chose pour lui. Pour les deux Dalton, en fait. L'homme irréel et merveilleux qu'elle avait connu sur l'île, mais aussi le macho guindé et pourtant si sexy qui avait sonné à sa porte, une bague dans la poche, sans douter un instant qu'elle allait faire ses valises et le suivre à Denver. Tout ça parce qu'il lui disait de le faire.

Allez, elle devait prendre sur elle et gérer mieux les choses. Malgré tout, il restait le père de son enfant et elle devait tout faire pour poser les bases d'une espèce de partage de la relation parentale.

Sauf que Clara ne fit rien du tout. Elle remit le problème à plus tard, comme elle avait remis à plus tard le moment de parler à Dalton. Et plus les jours passaient, plus la honte la taraudait.

Le dimanche soir, son ami Ryan arriva chez elle avec une pizza de chez Romano, le délicieux restaurant italien qui faisait face au sien. Elle lui offrit une bière et ils partagèrent la pizza tandis qu'il lui parlait de la nouvelle femme de sa vie, une rousse plantureuse dotée d'un sens de l'humour ravageur.

Clara eut un grand sourire. Elle avait hâte de faire sa connaissance ! Ryan lui adressa alors son sourire charmeur.

— Ouais, il faut que j'organise ça…

A l'entendre parler d'un ton si nonchalant, Clara comprit soudain une chose : la jolie rousse aurait sûrement tôt fait de disparaître du paysage. Quel dommage. Ryan adorait les femmes, mais il ne s'engageait jamais bien longtemps dans une relation.

Ils passèrent quelques heures à bavarder. Et puis tout d'un coup, Clara sentit que le moment était peut-être venu d'expliquer enfin à Ryan que c'était pendant ses vacances dans les Caraïbes qu'elle était tombée enceinte d'un banquier qui vivait à Denver et qui, trois jours plus tôt, lui avait demandé de l'épouser. Mais elle ne dit rien. Et pour cause : Ryan lui-même avait été prêt à l'épouser quelques mois plus tôt. Quand celui-ci lui demanda ce qui la tracassait, elle répondit simplement qu'elle se faisait du souci pour le futur, avec l'arrivée du bébé et le restaurant qui lui demandait tant de travail.

Ryan fronça les sourcils.

— Je croyais que Renée devait prendre le relais après la naissance.

Renée Beauchamp était à la fois chef de salle et gérante du restaurant.

— Renée est un cadeau du ciel et elle prend déjà une foule de choses en charge, admit Clara. Il n'y aura aucun problème, je le sais bien, mais je ne peux pas m'empêcher de stresser.

— Si tu as besoin de quoi que ce soit, tu sais que je suis là.

Elle remercia Ryan en lui disant qu'il était formidable et qu'elle n'hésiterait pas à profiter de lui au maximum.

Mais elle ne parla pas de Dalton.

Dès le lendemain, celui-ci téléphona.

— Astrid m'a dit que tu ne l'avais pas appelée.

En entendant sa voix grave, Clara sentit son cœur se serrer. *Allez, je dois dialoguer avec lui. Il le faut.*

— Combien de fois faudra-t-il que je te le répète ? Je n'ai absolument pas l'intention d'appeler ta femme.

— *Mon ex-femme*, reprit-il d'un ton agacé. Tu n'aurais plus aucun doute sur ce point si tu te donnais simplement la peine de lui parler.

Clara prit une grande inspiration. *Je dois dialoguer avec lui.*

— Bon, je, hum… Je vais y réfléchir.

— Réfléchis vite. La semaine dernière, tu m'as dit que la naissance était prévue dans six semaines.

— En effet. Le 16 mai, précisément.

— Ce qui ne fait plus que cinq semaines, maintenant. Nous n'avons plus beaucoup de temps.

Du temps pour quoi ? Elle se mordit la lèvre pour ne pas répondre. Il poursuivit :

— Je devrais être à tes côtés.

Clara eut un pâle sourire. Bon, c'était gentil à lui de dire cela. Allons, il fallait qu'elle trouve quelque chose d'aimable et de positif à lui dire. Mais il ne lui en laissa pas le temps.

— Le bébé peut arriver à tout moment, maintenant. Que se passera-t-il si je ne suis pas là ?

A vrai dire, elle n'avait jamais envisagé qu'il puisse être là. Du coup, elle ne sut pas quoi répondre.

— Tu es toujours là, Clara ? lança-t-il au bout d'un instant.

— Oui.

— Appelle Astrid. S'il te plaît.

Et il raccrocha.

Clara n'appela pas Astrid. Mais elle y réfléchit, en effet. Elle y réfléchit même beaucoup.

Le week-end suivant, Rory et Walker donnaient une petite fête au ranch. Clara était invitée, ainsi que sa sœur et trois de ses frères, mais aussi Ryan et plusieurs amis communs.

A un moment donné, Rory l'entraîna à l'écart pour lui demander comment elle allait et comment les choses se passaient avec Dalton. Clara lui fit des réponses brèves et si évasives que sa cousine finit par s'inquiéter. Est-ce qu'elle allait bien ?

Clara se fendit alors d'un grand sourire et d'un gros mensonge pour la rassurer puis lui avoua que non, elle n'avait rien dit à Ryan pour le moment. Elle n'avait même rien dit à personne d'autre qu'elle.

« Mais je vais le faire bientôt », promit-elle à sa cousine.

Le dimanche soir, Dalton la rappela.

La conversation fut sensiblement la même que celle de la semaine précédente. Il lui redit de prendre contact avec Astrid, elle lui redit qu'elle y réfléchirait.

— Il reste quatre semaines, dit-il d'un ton morose. Tu as tort d'agir ainsi, Clara. Tu as tort et tu le sais.

De fait, quand Dalton eut raccroché, Clara se sentait mal et déprimée. Parce qu'il avait raison.

Allez, il était temps de passer ce coup de téléphone.

La femme, enfin… l'ex-femme de Dalton décrocha dès la première sonnerie. Celle-ci fut très amicale et assura qu'elle serait ravie de la rencontrer à sa convenance.

— Voulez-vous venir chez moi ? proposa-t-elle. Nous serons mieux pour parler en privé.

Clara prit donc son adresse et elles convinrent d'un rendez-vous le lendemain, dans l'après-midi. Puis elle appela Renée pour lui demander de tenir seule le restaurant le jour suivant.

Clara ne put s'empêcher d'aller travailler le matin, malgré tout. Elle était peut-être enceinte mais son premier bébé, c'était le restaurant. Pas question d'abandonner l'équipe sans crier gare. Ce fut à nouveau un jour de grosse affluence. Elle avait bien fait d'être venue ! Mais quel dommage de devoir partir alors que le coup de feu battait son plein.

Renée la mit gentiment dehors en la rassurant et en lui disant qu'il était grand temps qu'elle lève le pied. Elle était à quelques semaines du terme et devait prendre soin d'elle.

Clara lui assura qu'elle était parfaitement en forme. Tout au long du trajet jusqu'à Denver, elle ne put s'empêcher de s'interroger. Pourquoi diable allait-elle voir cette Astrid ? Sans doute parce que, au fond, elle croyait ce que lui avait dit Dalton. Et il avait raison. Elle avait tiré des conclusions un peu vite, voilà tout.

Seulement elle était trop orgueilleuse pour baisser les armes et admettre qu'elle avait eu tort.

Astrid vivait dans un quartier résidentiel privé. Et elle était aussi belle que sur les photos. Elle fit les compliments d'usage à une future maman. Dalton lui avait-il dit que l'enfant était de lui ? Mystère.

Clara et elle déjeunèrent d'un délicieux plat de pennes aux brocolis, crème d'ail et parmesan, accompagné de saucisses au fenouil.

Tout en dégustant ses pâtes, Clara sentit qu'il était temps de prendre les devants. Allez, courage.

— Dalton est le père du bébé, dit-elle.

Astrid eut un petit hochement de tête.

— Oui, je me doutais que c'était ça. Je… je vous souhaite beaucoup de bonheur.

Que répondre à cela ?

— Merci.

Astrid confirma à Clara ce que lui avait dit Dalton. Il lui offrait son soutien pour certaines actions et l'avait accompagnée à deux reprises pour des soirées de gala.

— C'était déjà il y a plusieurs mois. Depuis, j'ai rencontré quelqu'un. Un homme exceptionnel, dit-elle avec un sourire rêveur. Dalton et moi, nous ne nous remettrons jamais ensemble. Notre mariage est terminé. Ça fait très longtemps.

— Qu'est-ce qui n'allait pas ? osa alors demander Clara.

Astrid secoua la tête puis répliqua :

— Ce n'est jamais une bonne idée de demander à une ex ce qui n'allait pas. Vous devriez plutôt en discuter avec Dalton.

Clara fit la moue. A vrai dire, elle se voyait mal discuter de quoi que ce soit avec Dalton. Mais elle acquiesça. C'était à lui qu'elle devait poser la question, en effet.

Elle repartit de chez Astrid un peu après 16 heures et dut affronter les embouteillages de l'heure de pointe pour sortir de la ville. Tout en roulant, elle n'arrivait pas à se sortir cette histoire de la tête. Autant se rendre à l'évidence. Il fallait vraiment qu'elle ait une conversation avec Dalton ! Elle devait accepter de collaborer avec lui au lieu de l'éviter comme elle le faisait. C'était la seule façon de mettre en place un mode de fonctionnement par rapport à leur enfant.

Une fois rentrée, Clara jeta son sac sur la table en prenant juste son téléphone et alla tout droit au salon en envoyant valser ses chaussures. Avec un soupir, elle se laissa tomber sur le canapé et renversa sa tête sur les coussins. Seigneur, quelle fatigue !

Inutile de se mentir : elle devait faire la paix avec Dalton, pour le bébé. Mais ce qui la contrariait, c'était d'éprouver toujours une telle attraction pour lui. Même s'il ne ressemblait guère à l'homme qu'elle avait connu sur cette île paradisiaque. Et même si elle-même était désormais enceinte jusqu'aux yeux.

A quoi bon le nier ? Elle était éreintée. Impossible de lui parler maintenant.

Appelle-le demain.

Oui. Voilà ce qui allait la sauver. Elle allait s'octroyer une bonne nuit réparatrice et prendre son téléphone dès le lendemain.

Au même instant, Clara sentit son téléphone sonner dans sa main. Elle regarda l'écran.

« Dalton Ames. »

Bon, il l'avait devancée. Impossible d'éviter cette conversation plus longtemps. Avec un soupir, elle décrocha.

— Quoi ?

— Astrid m'a dit que tu es allée la voir.

— Oui, Dalton, soupira-t-elle avec agacement. Astrid m'a tout expliqué.

— Parfait. Je t'invite à dîner ce soir.

Clara posa alors la main sur son gros ventre et poussa à nouveau un long soupir.

— Je suis enceinte de huit mois, Dalton. Je viens de faire un trajet de cinq heures aller-retour jusqu'à Castle Pines.

— Tu aurais dû m'appeler, je t'aurais envoyé une voiture.

— Bref, je ne vais nulle part ce soir, à part dans mon lit.

Il y eut un silence. Et puis Dalton demanda :

— Bon sang, Clara, est-ce que tu vas bien ?

Clara fit une grimace. A vrai dire, non, elle se sentait en miettes. Au point de ne pas avoir le courage de faire quoi que ce soit, ne serait-ce que pour que ça aille mieux.

— Dalton, nous discuterons, promis, insista-t-elle.

— Quand ?

— Bientôt. Je dois vraiment me coucher.

— Je serai là à 21 heures au plus tard.

Elle écarquilla les yeux. Là, où ? Que voulait-il dire ? Il n'allait tout de même pas…

— Quoi ? Mais non ! Pour quoi faire ? s'écria-t-elle.

— Je veux voir par moi-même si tu vas bien ou pas.

Clara rassembla ses dernières forces pour marteler d'un ton cassant :

— Ne t'avise pas de faire ça, Dalton. Tu n'as pas intérêt à te pointer chez moi ce soir.

Un silence s'installa à nouveau.

— Est-ce que tu es sûre que ça va ? demanda-t-il.

Non, elle n'en était pas sûre du tout, mais il était hors de question de le lui avouer.

— Oui, parfaitement sûre, tout va bien, répondit-elle.

— Bon, repose-toi, alors.

— C'est très exactement ce que j'ai l'intention de faire.

Dalton lui souhaita bonne nuit et Clara raccrocha avec soulagement. Elle traîna son pauvre corps fourbu jusqu'à sa chambre et se mit au lit. Enfin !

En dépit de sa fatigue, elle dormit mal. En ouvrant les yeux au matin, elle envisagea un moment de s'accorder une journée de repos. Seulement, elle avait déjà laissé l'équipe se débrouiller sans elle, la veille. Alors elle se tira du lit, enfila une robe bleue très ample, chaussa de confortables sandales plates et se fit une queue-de-cheval.

Quand elle parvint au restaurant, Clara s'arrêta net. Face à elle, il y avait Dalton, attablé près d'une fenêtre devant un café et une omelette aux poivrons. En le voyant, dans un autre costume de marque, l'air frais et dispos, elle sentit son cœur battre plus vite.

C'était quand même incroyable ! Que lui arrivait-il, à avoir des palpitations de la sorte ? Elle avait vraiment autre chose à faire que de s'agiter dès qu'elle était en présence de celui qui l'avait mise enceinte !

Eh bien, elle avait vraiment un cœur d'artichaut.

Au prix d'un effort considérable, elle afficha un sourire aimable et trottina vers lui.

— Tu as une mine épouvantable, déclara-t-il.

Charmante entrée en matière. Et ce n'était pas un scoop. Bien évidemment qu'elle avait une mine affreuse. Elle était exténuée. Ces mois de tension constante à s'inquiéter pour sa situation l'avaient épuisée.

Clara jeta un œil autour d'elle. Le restaurant était plein, comme toujours. Ce qui était formidable, bien sûr, si ce n'est que les clients semblaient très intéressés par le charmant monsieur si bien habillé qui l'examinait d'un œil critique, comme s'il avait des leçons à lui donner sur ce qu'elle avait à faire.

Merveilleux. Il ne manquait plus que ça. Toute la ville allait recommencer à parler d'elle comme quand elle avait failli se marier avec Ryan.

Et c'est le moment que Dalton choisit pour faire quelque chose de pire encore : il lui sourit. Oh non, il y avait de quoi la faire complètement fondre. Car il était vraiment craquant.

— J'aime beaucoup ton café, déclara-t-il.

Dalton parcourut de son regard bleu le grand mur couvert de rayonnages qui donnaient son nom au lieu et eut un signe de tête approbateur en s'arrêtant sur les grandes fenêtres qui ouvraient sur les montagnes, l'escalier en colimaçon métallique qui trônait au centre de la salle et menait à la deuxième salle en mezzanine, qu'on apercevait d'en bas.

— C'est superbe, Clara, et la nourriture est excellente.

— Merci, dit-elle d'un ton prudent, juste assez fort pour que lui seul puisse l'entendre. Ecoute, pourquoi ne viendrais-tu pas me rejoindre dans mon bureau quand tu auras fini ton petit déjeuner ? Nous pourrons discuter en privé. C'est après la porte voûtée, à droite du comptoir.

Dalton fronça les sourcils.

— Tu es sûre que tout va bien ?

— Pourquoi poses-tu sans arrêt cette question ? siffla-t-elle. Je vais très bien. Tu me rejoins dans mon bureau ?

— J'arrive.

— Aucune urgence, prends ton temps.

Prends tout ton temps, surtout. Prends l'éternité, par pitié.

Dalton acquiesça d'un signe de tête en reprenant sa fourchette et Clara en profita pour s'éclipser. Elle se dirigea vers les arrière-salles, son ventre monumental lui ouvrant la voie.

Elle ferma la porte de son bureau et se laissa aller contre le battant en bois, fixant d'un regard vide la minuscule fenêtre qui donnait sur la rue. A quoi bon le nier ? Elle ne se sentait pas bien du tout.

Elle avait les mains glacées, le front couvert de sueur, et son cœur battait comme une horde de mustangs emballés.

Que voulait Dalton ? Lui briser le cœur, une fois de plus ?

Depuis huit mois, elle avait vu sa vie bien ordonnée dérailler. Elle n'était plus qu'une boule d'angoisse et d'incertitude, sens dessus dessous.

Sauf que Dalton n'en était pas responsable. Ils avaient eu ce pacte, c'est elle qui ne s'en était pas contentée. Hélas, elle ne pouvait s'empêcher de lui en vouloir. De ne pas avoir été là. De l'avoir rejetée. De ne pas être l'homme idéal qu'elle s'était imaginé.

Soudain, elle entendit frapper à la porte. Allez. L'heure était venue de faire face.

Clara pressa ses doigts froids sur ses paupières brûlantes puis se redressa.

— Clara ?

C'était la voix de Dalton, derrière la porte. Elle semblait plus douce, un peu inquiète, même.

— Oui, oui, une minute.

Clara ouvrit grand la porte et il apparut devant elle. Seigneur, il était si beau qu'elle crut qu'elle allait se mettre à pleurer. Il n'avait songé qu'à fuir quand leurs vacances sur l'île avaient pris fin, et à présent, maintenant qu'il savait pour le bébé, elle ne savait plus quoi faire pour se débarrasser de lui.

Tout cela était tellement déroutant !

Elle ouvrit la bouche pour parler. Mais pour dire quoi ? Elle ne savait même pas ce qu'elle avait envie de lui dire.

Hélas, avant d'avoir pu prononcer un mot, Clara se sentit perdre connaissance.

- 3 -

— Clara ?

Dalton vit les yeux de Clara chavirer avant qu'elle ne chancelle. Oh non, pas ça !

Elle était pâle comme une morte et de la sueur perlait sur son front. Il la rattrapa au vol au moment où elle se laissait tomber par terre, comme si le poids de son ventre l'attirait vers le sol.

Pétrifié, il baissa les yeux. Il ne voyait que le dessus de sa tête, mais elle était aussi molle qu'une poupée de chiffon. Elle semblait glacée.

Bon sang, bon sang…

— Clara, pour l'amour du ciel, s'écria-t-il.

Mais elle ne répondit pas.

Le temps de glisser un bras derrière son dos, Dalton se pencha pour placer l'autre sous ses genoux avant qu'elle ne lui échappe, puis la cala contre son torse et la porta jusqu'au petit canapé placé sous la fenêtre. Il l'allongea précautionneusement.

— Clara, chuchota-t-il en posant la main sur son front.

Il était moite, mais pas chaud. Sa peau douce, elle, était beaucoup trop froide.

Dalton perçut alors les effluves du parfum de Clara, sucré et doux, et eut envie de poser la main sur son ventre pour les rassurer, elle et le bébé qu'elle portait. Pour leur dire que tout allait bien et qu'il allait s'occuper de tout.

Mais avant qu'il ait pu le faire, Clara gémit et bougea faiblement. Puis elle battit des paupières.

— Qu'est-ce que… Dalton ?

Elle posa la main sur son ventre, le geste qu'il avait voulu faire, et parcourut des yeux son corps étendu sur le canapé.

— Qu'est-ce qui…

— Tu t'es évanouie, dit-il en attrapant son téléphone.

Autant appeler les urgences sans tarder.

Au même instant, Clara voulut se lever.

— Oh ! je…

— Ne bouge pas, dit-il en posant la main avec autorité sur son épaule. Reste allongée.

— Mais je…

— Chut… Reste allongée.

Dalton fut surpris de la voir aussitôt s'exécuter. De fait, Clara reposa la tête sur l'accoudoir avec un soupir las en couvrant ses yeux du dos de sa main.

L'instant d'après, il entendit une voix lancer à l'autre bout du fil.

— Ici les urgences. Je vous écoute.

— Il faudrait une ambulance au Library Café, répondit Dalton.

Clara écarta sa main d'un geste vif pour lui lancer un regard furieux.

— Une ambulance ? Je n'ai pas besoin d'ambulance ! s'exclama-t-elle.

Dalton posa l'index sur sa bouche en faisant non de la tête. Cela suffit à la faire taire mais elle continua à lui lancer des regards assassins pendant qu'il répondait à la litanie de questions d'usage. Une fois raccroché, il fourra son téléphone dans sa poche en annonçant :

— Ils seront là dans cinq minutes.

Clara avait remis la main sur ses yeux.

— Je suis d'accord pour aller voir mon médecin, grommela-t-elle. Mais une ambulance, c'est un peu exagéré.

— Tu t'es déjà évanouie dans le passé ? demanda-t-il.

— C'est la première fois de ma vie.

— Pense au bébé, alors, et laisse-moi faire. Tu dois aller à l'hôpital.

— Si j'avais su que tu étais si tyrannique, je n'aurais jamais couché avec toi, grogna-t-elle.

Dalton eut un rire bref. Au moins, elle ne perdait pas son sens de la repartie !

— Trop tard. Donne-moi le numéro de ton médecin. Je vais appeler à son cabinet pour qu'il vienne nous retrouver là-bas.

— Nous ? protesta-t-elle. Tu veux dire que tu viens ?

— C'est exactement ce que je veux dire.

— Génial. Et à propos, c'est une femme.

— Donne-moi son numéro.

— Il est dans mon portable, soupira-t-elle. Dans mon sac, deuxième tiroir du bureau.

— Si je te laisse une minute, tu promets de ne pas te lever ? insista-t-il.

— Nan, mais quel casse-pieds ! soupira aussitôt Clara.

— Réponds-moi.

— Oui, chef. Je ne bougerai pas, chef.

A ces mots, Dalton se leva pour aller chercher son sac.

— Le téléphone est dans la poche sur le côté, précisa-t-elle. Dr Kapur.

La conversation ne dura que quelques instants.

Clara vit Dalton raccrocher puis ranger le téléphone dans sa poche. Il lui expliqua que la doctoresse les rejoindrait au plus vite. Aussitôt, la sirène d'une ambulance retentit au loin.

— Tu leur as bien dit de se garer sur le parking ? demanda Clara en se massant le ventre.

— C'est ça, devant l'entrée la plus proche du bureau.

— Je suppose que je dois te dire merci. Au moins, je n'aurai pas à être trimballée sur une civière sous le nez de mes clients…

Elle retint un soupir. A vrai dire, elle n'aurait pas dû fléchir et laisser Dalton prendre les choses en main. Elle aurait dû se montrer forte, sûre d'elle et autonome. En temps normal, elle l'était. Mais pas en ce moment précis.

Les auxiliaires médicaux arrivèrent très vite. Renée et l'équipe s'étaient rendu compte qu'il se passait quelque chose, et ils passaient la tête par la porte du bureau.

Dalton leur demanda de s'écarter et leur expliqua qu'elle avait eu un malaise, qu'on l'emmenait à l'hôpital de Justice Creek, qu'ils ne devaient pas se faire de souci, que son médecin allait la prendre en main et que tout irait bien.

Clara se sentit réconfortée. Dalton paraissait contrôler la situation et parlait d'un ton rassurant. Tout irait bien, naturellement, pour elle comme pour le bébé. Elle n'avait besoin de rien d'autre qu'une bonne nuit de sommeil.

Une fois terminé l'examen de ses signes vitaux, on installa Clara sur une civière avant de la conduire jusqu'à l'ambulance garée sur le parking de derrière. Dalton sortit avec eux.

— Je te retrouve à l'hôpital, dit-il.

— Ce n'est pas nécessaire, ça va aller.

Elle se prépara, avec une légère appréhension, à l'entendre acquiescer et lui souhaiter de se remettre rapidement. Mais la réponse qu'il prononça d'une voix à la fois bourrue et tendre ne fut pas celle qu'elle attendait.

— Tu ne te débarrasseras pas de moi si facilement, Clara.

Clara retint à grand-peine un sourire de gratitude. C'était tellement gentil à lui de s'occuper d'elle.

— Ah d'accord, bougonna-t-elle d'un ton maussade. Comme tu voudras.

— Pour ça, compte sur moi. Je t'apporte ton sac.

Les auxiliaires médicaux chargèrent la civière dans l'ambulance. Clara put constater que Dalton se tenait toujours debout devant les portières quand on les referma.

A l'hôpital, on fit asseoir Clara dans un fauteuil roulant et on l'emmena jusqu'à une petite salle d'examen où on l'allongea à nouveau avant de lui mettre une perfusion. Une simple solution de glucose pour éviter la déshydratation, lui expliqua-t-on. Dalton entra au moment où les infirmiers quittaient la pièce.

— Comment te sens-tu ?

Clara se sentit immensément heureuse de revoir son beau visage sérieux. C'était pour le moins absurde, d'ailleurs. On aurait dit qu'elle ne l'avait pas vu depuis des semaines !

— Me voilà réhydratée, répondit-elle.

— Parfait.

Dalton s'installa sur une des deux chaises en plastique posées près du lit.

— Il me semble que tout ça est un peu disproportionné, grogna-t-elle.

Elle s'obstinait à conserver son attitude renfrognée. A vrai dire, cela l'aidait à garder à l'esprit qu'elle ne voulait pas compter sur lui.

— Tu l'as déjà dit, fit-il remarquer.

— Et la banque ? Ils n'ont pas besoin de toi, aujourd'hui ?

Il lui décocha un regard impassible. Ce qu'il pouvait être insupportable, à se montrer aussi assuré…

— J'ai prévenu mon assistante et modifié mon planning.

— Tu es sûr que c'était bien nécessaire ?

Il eut un vague mouvement d'épaules.

— Il faut bien qu'il y ait des avantages à être le patron. Personne ne viendra me reprocher de prendre un jour de congé.

— Ah.

Clara baissa la tête. Que dire ? De toute évidence, Dalton était bien décidé à ne pas s'en aller. Il tira son téléphone de sa poche et se mit à tapoter. Elle fixa le plafond un instant. Soudain, sans qu'elle puisse s'en empêcher, ses yeux se fermèrent.

Elle se rendit compte qu'elle avait dû s'assoupir quand un géant noir athlétique avec des dreadlocks entra pour lui faire une prise de sang. Puis ce fut le tour d'une infirmière pour l'interroger sur ses antécédents médicaux.

Là-dessus, l'attente reprit. Seigneur, quel ennui ! Pourtant, Dalton resta silencieux et immobile, consultant de temps à autre son téléphone et tapant des textos. Pour un homme habitué à donner des ordres, c'était étonnant de le voir garder son calme ! Elle qui le pensait capable de très vite perdre patience.

Il était 11 h 30, quand le Dr Kapur se montra enfin. Clara lui expliqua ce qui s'était passé, puis le médecin s'éclipsa, ainsi que Dalton, le temps qu'elle se déshabille et enfile une chemise en papier. L'examen passé, il revint pour écouter le diagnostic du médecin.

— Votre bébé se porte comme un charme, aucun signe de souffrance fœtale, commença le Dr Kapur avec un grand sourire.

La doctoresse se tourna vers Dalton et lui sourit à lui aussi. Clara fit la moue. *Il lui a dit qu'il est le père du bébé.* Pour une raison étrange, cette idée la contraria. Et l'émut bizarrement. Elle eut presque envie de pleurer.

— Mais je crois que vous vous êtes surmenée, poursuivit le médecin. Vous êtes très déshydratée et vous avez besoin de repos. Je vous garde en observation pour la nuit et nous verrons demain où nous en sommes.

Clara fut tentée d'objecter qu'elle se sentait bien et préférait rentrer chez elle. Enfin, inutile de discuter les ordres du médecin. Elle dut prendre place dans un autre fauteuil roulant et on la mena jusqu'à une chambre où on lui fit enfiler une horrible chemise d'hôpital à fleurs roses — Dalton s'éclipsa à nouveau pendant la manœuvre, heureusement.

Quand elle fut confortablement installée dans le lit, on leur apporta de quoi manger, à elle et à Dalton. Là-dessus, elle voulut se lever pour aller prendre son sac que Dalton avait rangé dans le coffre de la chambre.

— Reste allongée, lui intima-t-il en se levant.

— J'aimerais mon téléphone, s'il te plaît.

— Pour quoi faire ?

— Voyons voir… Pour téléphoner ?

— Tu dois te reposer.

Clara se contenta de fixer Dalton droit dans les yeux jusqu'à ce qu'il cède et aille chercher son sac. Tout de même ! Elle appela Renée pour la rassurer et la prévenir qu'elle passait la nuit à l'hôpital, ce qui signifiait qu'elle ne serait peut-être pas là le lendemain. En tout cas pas pour le service du matin. Renée lui répéta que tout était sous contrôle et qu'elle devait se concentrer sur elle. Plus facile à dire qu'à faire !

La conversation terminée, Clara chercha le numéro de Rory.

— Tu es censée te reposer, dit Dalton d'un ton qui se voulait conciliant.

Seulement, elle le trouva surtout paternaliste et autoritaire.

— C'est ce que je fais. Je me repose tout en passant quelques coups de fil.

— Tu as dit à ta gérante que tu irais travailler demain, répliqua-t-il d'un ton accusateur.

— Pas du tout. J'ai dit que je ne viendrais probablement pas demain. Si tu as décidé de surveiller mes conversations, au moins, ouvre tes oreilles.

— Il n'y a pas de « probablement ». Tu n'iras pas travailler demain, point.

Clara leva la main puis répondit d'un ton posé :

— Nous verrons ça demain, moi et mon médecin.

— Clara, tu as perdu connaissance. Tu n'as pas été vigilante et tu as fini par être déshydratée. Tu as besoin de repos et je vais m'assurer que tu en prendras.

— Tu peux me dire depuis quand tu es mon boss, Dalton ?

Celui-ci ne lui fit même pas le plaisir d'avoir l'air contrarié et répondit sans l'ombre d'une hésitation :

— Depuis ce matin. Tu te rappelles le moment où tu t'es écroulée dans mes bras ? C'est là que j'ai réalisé que tu as besoin de quelqu'un pour veiller sur toi. Sans quoi, tu risques de tirer sur la corde jusqu'à ce que tu te fasses vraiment du mal, et au bébé aussi.

Clara fit la moue. Est-ce qu'il n'y avait pas une part de vérité là-dedans ? Bon, sans doute une petite part. Très, très petite.

Mais qu'est-ce que cela signifiait, *veiller sur elle* ? A la façon dont Dalton disait ça, elle avait l'impression d'être devenue un de ses dossiers en cours. Il n'allait tout de même pas s'éterniser ici ? Il faudrait bien qu'il rentre gérer son empire à Denver à un moment ou à un autre, n'est-ce pas ?

Il la fixait. Elle soutint son regard puis prit la parole avec le plus grand calme :

— Il y a un léger problème. Il va falloir modifier quelque peu tes façons de faire, parce que pour le moment, je ne trouve pas spécialement reposant de t'avoir dans les pattes.

Il cilla. Puis répondit d'un ton rogue :

— Tu as raison, je te dérange, je te fais mes excuses. Est-ce que tu veux bien ranger ce téléphone et te rallonger ?

Clara leva les yeux au plafond. Certes, Dalton avait l'air sincère, malgré ses manières guindées et autoritaires. Même si elle ne voulait pas se reposer sur lui, elle ne pouvait pas s'empêcher d'apprécier les efforts qu'il faisait. Malgré tout, il était trop tard, beaucoup trop tard. D'accord, c'était sa faute à elle autant qu'à lui. Elle s'était fait des idées et lui s'était engagé sur de fausses pistes. Mois après mois, ni l'un ni l'autre n'avait fait le premier pas pour dissiper le malentendu. Mais à présent, il semblait vraiment soucieux.

— Je te fais mes excuses, répéta-t-il, je suis désolé.

— Excuses acceptées, marmonna-t-elle avant de lever l'index. Juste un dernier appel et ensuite je me couche. Promis.

Il secoua la tête d'un air désapprobateur mais finit par hausser les épaules. Clara appela donc Rory pour la mettre au courant de la situation. Sa cousine lui redit qu'elle était là, qu'il ne fallait pas hésiter à l'appeler en cas de besoin.

Clara la remercia puis lui décrivit la chemise de nuit monstrueuse dont on l'avait affublée. Rory saisit immédiatement l'allusion.

— Je fonce chez toi et je te rapporte tout ce que tu veux. Tu es à l'hôpital central, c'est bien ça ?

— C'est ça. Et voilà une autre raison qui fait que tu es ma cousine préférée. Je n'ai même pas besoin de demander pour que tu saches ce que je veux.

Le temps que Clara donne ses instructions, Rory finit par dire :

— Je suis là dans une heure maxi.

Clara posa alors son téléphone sur la tablette roulante à son chevet. A vrai dire, elle se sentait beaucoup mieux. Dalton la regardait avec une expression très douce. Il ressemblait enfin à celui qu'elle avait connu dans les Caraïbes. Seulement, elle ne pouvait pas s'empêcher de s'interroger : qu'était devenu ce Dalton qu'elle avait tant aimé ?

— C'était ta cousine qui est une princesse ? demanda-t-il. Celle qui devait venir s'installer dans le Colorado ?

Clara fronça les sourcils. Lui avait-elle parlé de Rory ? Elle n'en avait aucun souvenir…

— Oui. Et elle vit dans le Colorado, à présent. Comment sais-tu tout ça ?

— Tu m'en avais parlé, cet été.

— Ah bon ? Mais nous ne parlions pas de nos vraies vies…

Elle sentit alors son cœur s'alourdir, plein d'une tristesse douce-amère. Ces deux semaines avaient été tellement belles.

Dalton esquissa un sourire.

— C'est ce que nous avions convenu, mais tu n'as pas réussi à t'y tenir.

— Oui, ça ne me surprend pas, admit-elle.

— Tu faisais attention pour les choses de base, tu n'as jamais mentionné Justice Creek, par exemple, ou le fait que tu avais un restaurant. Mais tu parlais de ta famille, de tes amis… Tous ces petits détails que tu laissais échapper ont beaucoup aidé mon détective.

— Tandis que toi, tu as été beaucoup plus prudent.

Le voyant acquiescer, Clara poursuivit :

— J'avais ton nom, je savais que tu vivais à Denver et que tu étais divorcé. Mais comme tu es un magnat de la finance, il m'a suffi de faire une recherche sur Google pour te trouver.

— Me trouver, décider que j'étais remarié, et ne plus

te soucier de me faire signe jusqu'à il y a trois semaines, répliqua-t-il d'un ton sarcastique.

— L'essentiel, c'est que moi, au moins, je t'ai contacté !

— Oui, *in extremis*.

Clara le fusilla du regard. Ça y est, il recommençait à être insupportable !

— Tu veux vraiment recommencer avec ça alors que je suis en train de me reposer ? gronda-t-elle.

Dalton la fixa de ses yeux si bleus, si attentifs, puis finit par répondre :

— Non, tu as raison.

Elle porta la main à sa queue-de-cheval qui pendait lamentablement, à demi défaite.

— Pourrais-je avoir mon sac, je te prie ?

Il se leva aussitôt et le lui apporta. Il se rassit tandis qu'elle fouillait dans la poche centrale pour trouver sa brosse. Quelques instants plus tard, elle eut l'impression d'avoir repris forme humaine.

— Voilà. C'est mieux comme ça.

Dalton se releva et remit le sac dans le casier. Au moment où il le refermait, Clara poussa un cri.

— Aïe !

Il fit volte-face, la mine affolée.

— Que se passe-t-il, Clara ?

Elle rit en massant un point sur son ventre.

— Ce n'est rien, c'est le bébé qui m'a donné un coup de pied. Elle a une sacrée détente.

— Elle ? répéta-t-il en venant à côté du lit.

Clara voulut prendre la main de Dalton pour la poser à l'endroit où elle sentait le pied du bébé, mais arrêta son geste. A vrai dire, elle se sentait soudain mal à l'aise.

C'était idiot. Depuis qu'elle était enceinte, elle devait régulièrement laisser de parfaits inconnus toucher son ventre. Mais avec Dalton, ce n'était pas la même chose. Il avait fait beaucoup de mal à son petit cœur d'artichaut, c'est vrai. Enfin, c'était tout de même lui le père. Et il faisait de gros efforts. Alors elle hocha la tête, écarta la couverture, prit sa main et la posa sur le renflement sur le côté de son ventre. Presque aussitôt, le bébé donna un nouveau coup de pied. Clara grimaça.

— Là. Tu as senti ?

— Oui.

Dalton semblait transfiguré. Devant son air émerveillé et stupéfait, elle se reprit à l'aimer un peu, en dépit de tout le reste. Pas à l'aimer, non, disons… à l'apprécier un peu plus, rien d'autre.

— Mon Dieu…, balbutia-t-il. Je le sens. Je le sens bouger.

C'était incroyable de voir ses beaux yeux bleus briller.

Clara rit à nouveau, sans lâcher sa main qu'il pressait contre son ventre. Encore un coup de pied. Elle gloussa. Que c'était bon de sentir sa main puissante, avec ses longs doigts fins, posée sur sa peau.

Leurs regards se rencontrèrent. Ils se regardèrent sans mot dire. Pourquoi avoir besoin de mots quand on partage la même joie ?

— Une fille, tu as dit ? murmura-t-il.

— Oui, je l'ai vue à l'échographie.

— Une fille, répéta-t-il, comme s'il n'avait rien entendu de plus extraordinaire de toute son existence. Je n'aurais jamais imaginé…

— Quoi ?

Clara sentit son cœur fondre. Dalton avait l'air perdu. C'était adorable.

— Je ne sais pas, dit-il d'une voix timide. Une fille. Une petite fille. Qu'est-ce que tu dis de ça ?

Clara le dévisagea et se remémora soudain l'homme doux, passionné et plein d'égards dont elle s'était éprise. Pourquoi se cachait-il ? Où se cachait-il ?

Elle était sur le point de lui poser la question quand elle aperçut deux têtes passer par la porte entrouverte. C'étaient ses deux demi-sœurs, Jod et Nell !

Dalton dut néanmoins percevoir le changement dans son regard car il retira sa main et se retourna.

Et voilà, le charme était rompu.

*
* *

A quoi bon le nier ? Dalton était bouleversé. Sentir le pied minuscule de sa fille taper contre sa paume avait été incroyable. Il regarda les deux femmes qui se tenaient dans l'encadrement de la porte. La première était d'une beauté classique, avec des cheveux châtain clair, à moitié cachée derrière une gerbe de fleurs plantée dans un vase imposant. La seconde portait une minijupe et des rangers typiques de la panoplie punk post-apocalyptique. Elle avait également l'avant-bras gauche couvert de tatouages aux vives couleurs.

Il y avait un air de famille très net entre les deux jeunes femmes et celle qui était allongée dans ce lit d'hôpital. C'étaient ses sœurs, vraisemblablement.

— Jody, Nell ! les accueillit alors Clara avec chaleur. Entrez, entrez ! Rory vous a téléphoné ?

La jeune au look punk s'avança la première et lança :

— Exactement ! Elle avait l'air un peu inquiète, d'ailleurs.

— Oh ! il n'y a rien de grave, dit alors Clara d'un ton désinvolte, ne vous en faites pas. Je suis ici juste pour une nuit, en observation.

Dalton fit la grimace. Devait-il intervenir pour rétablir la vérité ? Hélas, Clara ne lui en laissa pas le temps et se lança dans les présentations : Jody était celle qui portait les fleurs et Nell, la punk. Elle présenta alors Dalton, mais sans préciser la raison de sa présence dans sa chambre.

— J'ai improvisé ça en vitesse, juste pour que tu saches que nous t'aimons de tout notre cœur, dit fièrement Jody en tendant le bouquet.

Clara sourit avec chaleur, les yeux mouillés de larmes.

— C'est fabuleux. Merci, ma chérie.

La jeune femme alla poser le vase sur l'appui de la fenêtre.

— Jody est une fleuriste géniale, expliqua Clara à Dalton. Elle a une boutique sur Central Street.

— Elles sont superbes, dit-il sobrement.

C'est alors que Nell s'exclama :

— J'ai compris !

— Tu as compris quoi ? fit Jody.

Nell se tourna vers Dalton et plissa les yeux, l'air soupçonneux.

— C'est vous, hein ? Vous êtes le père !

Complètement pris au dépourvu, Dalton bafouilla :

— Je, oui…

— Joli costume, coupa Nell avec un petit reniflement dédaigneux.

Dalton fit la moue. Que dire ? Mieux valait le prendre comme un compliment.

— Merci.

— Pas de quoi. Vous étiez où, bon sang de bois ?

— Nell, par pitié, grimaça Jody.

Au même instant, Clara gloussa. Ce qui eut le mérite de détendre un peu l'atmosphère.

— Chère Nellie, tu n'y vas jamais par quatre chemins.

— Peut-être mais j'aimerais bien une réponse, reprit Nell en posant les poings sur ses hanches d'un air menaçant.

Dalton se racla la gorge. Bon, puisqu'il n'y avait pas moyen d'y couper…

— Il y a eu des petits malentendus, c'est une longue histoire…

Nell fit alors volte-face pour interpeller Clara :

— Ne dis pas que tu viens seulement de lui dire ?

— Pas juste maintenant…, répondit-elle d'un air un peu penaud. Je lui ai dit il y a quelques semaines.

— Et c'est seulement maintenant qu'il se manifeste ?

— Nous, heu… Nous nous sommes parlé. Comme l'a dit Dalton, c'est une histoire un peu compliquée.

Nell renifla dédaigneusement puis lâcha :

— Il aurait dû être là depuis longtemps.

— On cherche des solutions, Nellie. Je t'assure.

Dalton fronça les sourcils. Des solutions ? Pas très satisfaisantes à son goût, en tout cas. Mais il allait faire en sorte que cela change.

Nell se tourna à nouveau vers lui. Cette fille n'était pas

seulement sublime, mais elle avait une énergie presque effrayante. Autant ne pas l'avoir pour ennemie.

— Mais bon, maintenant que tu es là, c'est pour faire ce qu'il faut, n'est-ce pas, Dalton Ames ?

Enfin une question à laquelle il pouvait répondre sans hésitation.

— Absolument. Je vais veiller sur Clara et m'occuper de ma fille.

Clara ouvrit la bouche, sans doute pour objecter une fois de plus qu'elle n'avait besoin de personne pour veiller sur elle, mais Nell ne lui en laissa pas le temps.

— Tu as sacrément intérêt à veiller sur elle, déclara-t-elle. Clara, c'est la gentille de la famille. Mais on assure les arrières, nous, ses sœurs, ses trois frères et ses deux demi-frères. Ce sont tous des Bravo, des gaillards costauds qui gardent toujours un œil sur leurs sœurettes. Pas le genre de gars avec qui on veut avoir des histoires…

— Nell, l'interrompit Clara d'un ton indulgent. Je pense qu'il a compris le message.

L'intéressée renifla à nouveau puis lâcha :

— On verra.

C'est à ce moment que Jody choisit d'intervenir pour lancer :

— Est-ce que tu aurais besoin de quelque chose, Clara ?

— Ça va, je te remercie. Le simple fait de savoir que vous êtes là me suffit.

— N'hésite pas à nous dire, confirma Nell.

Celle-ci s'installa sur la chaise qu'occupait Dalton un peu plus tôt et Jody prit la deuxième. Dalton se passa une main sur le menton. Devait-il leur dire que Clara avait besoin de repos ? Après tout, elle restait allongée et semblait parfaitement détendue. Par conséquent, mieux valait se taire.

Quelques minutes plus tard arriva une autre sœur de Clara, Elise, accompagnée de Tracy, qu'on lui présenta comme étant la fille adoptive des Bravo.

Dalton s'éclipsa pour aller chercher des chaises au

moment où Nell leur annonçait qu'il était le père et qu'il s'était engagé à s'occuper de Clara.

Quand il revint dans la chambre, deux frères de Clara étaient là. Des grands gaillards, comme avait dit Nell. Mais personne n'eut l'air de vouloir lui casser le nez quand elle expliqua qui il était.

Les femmes repartirent une demi-heure plus tard et les hommes ne s'attardèrent guère plus longtemps. La princesse arriva à son tour. Rory avait les mêmes yeux et la même chevelure brune que Clara. Pour tout dire, elle était presque aussi jolie. Elle lui serra la main avec chaleur en insistant pour qu'il l'appelle Rory puis aida Clara à aller à la salle de bains en se chargeant de la perfusion. Quand elles en ressortirent, Clara avait enfilé un pyjama turquoise. Elle se remit au lit tandis que sa cousine jetait la chemise rose dans le panier destiné au linge sale.

Vinrent ensuite Jamie, le frère de Clara, et un autre de ses demi-frères, Quinn, revenu tout récemment s'installer à Justice Creek après une brillante carrière dans les arts martiaux. Il élevait seul sa fille de quatre ans, Annabelle. Ils firent une courte apparition et Rory s'en alla peu de temps après eux.

Dalton se sentait presque bouillir. Pourvu que Clara le laisse enfin éteindre la lumière et tirer les rideaux, afin qu'elle dorme un peu !

Hélas, une femme menue au sourire affable fit son entrée dans la chambre. Elle avait des cheveux blancs impeccablement coiffés, arborait d'énormes lunettes à la monture en plastique jaune, des boucles d'oreilles imposantes et un manteau de vison retenu sur la poitrine par une broche de la taille d'une tarentule. Des escarpins rouges à talons hauts complétaient l'ensemble.

Clara lui présenta Agnes Oldfield, sa grand-tante. Celle-ci réagit immédiatement quand sa nièce le présenta.

— Ames, de la banque Ames ? s'enquit-elle.

Dalton acquiesça. En effet, il était bien le P-DG de la grande compagnie. Il ne fallut que deux secondes supplémentaires à la vieille dame pour déduire qu'il était le père du bébé à venir.

— Eh bien ! Où vous cachiez-vous donc, jeune homme ? Votre enfant sera là d'une minute à l'autre, maintenant.

— Ma foi, je…

— Tante Agnes, intervint Clara, n'embête pas Dalton. Il est là pour m'aider et n'a pas besoin qu'on lui fasse la leçon.

Dalton fut un peu rasséréné en entendant ces mots. C'était la première fois que Clara reconnaissait ouvertement qu'il faisait son possible pour l'aider. Mais Agnes ne se laissa pas démonter.

— Mais voyons, je ne suis pas en train de lui faire la leçon. Je demande juste où il était pendant tous ces mois et quels sont ses projets, maintenant qu'il est là.

Clara reprit patiemment :

— Ça ne regarde que Dalton et moi, tante Agnes.

— Mais se rend-il bien compte que tu as failli épouser quelqu'un d'autre ? insista la vieille dame.

Derrière ses lunettes, ses yeux semblaient prêts à sortir de leurs orbites.

— Absolument. Il est au courant pour Ryan, il est au courant pour le mariage.

Agnes eut alors un petit claquement de langue réprobateur.

— Je ne vous comprends pas, vous, les jeunes. Un enfant a besoin d'un père et d'une mère qui soient unis l'un à l'autre. Le noyau familial, c'est important, c'est le fondement de notre société.

Dalton ne put résister à intervenir en entendant cette tirade enflammée :

— Je suis entièrement d'accord avec vous, glissa-t-il. Je lui ai demandé sa main, mais elle a refusé.

— Dalton ! s'exclama Clara avec indignation.

— Ah, tu vois ? reprit Agnes avec un signe de tête approbateur. Non seulement ce jeune homme est d'une excellente famille, mais il sait ce qu'il convient de faire. Je n'ose pas te demander pourquoi diable tu as pu refuser !

— Alors ne le demande pas, conseilla sa nièce.

Mais Agnes ne se laissa pas impressionner.

— Bien sûr, après la façon dont ton propre père s'est comporté, je comprends parfaitement que tu n'aies pas une vision très claire de ce que sont les responsabilités parentales, ma petite Clara.

La façon dont son père s'était comporté ? Dalton fronça les sourcils. Voilà qui mériterait d'être éclairci.

— Et je ne peux qu'imaginer à quel point ces derniers mois ont dû être terribles pour toi, poursuivit la vieille dame.

— Tu dramatises, tante Agnes.

— Pas du tout, je suis très soucieuse de ce qui t'arrive. Je t'aime beaucoup, tu le sais. Je suis de la vieille école, donc bien sûr, je n'irai pas jusqu'à dire que j'approuve que tu sois tombée enceinte sans être mariée, mais je…

— Tante Agnes, je t'en supplie, stop ! s'exclama Clara. Je t'aime énormément moi aussi, mais je voudrais que tu restes en dehors de ça, s'il te plaît.

— Mais je…

— S'il te plaît.

Dalton vit Agnes ronchonner encore un peu, mais la vieille dame se résigna à se taire. Dommage, car elle apportait clairement de l'eau à son moulin. La tante de Clara resta là une demi-heure à rapporter des nouvelles à propos de gens qu'il ne connaissait pas et à délivrer des prophéties funestes sur l'état effrayant du monde actuel.

A peine eut-elle quitté la chambre qu'une infirmière entra pour prendre la tension de Clara. Dalton sortit pour la laisser œuvrer. Quand elle quitta la pièce, l'infirmière l'informa que le dîner allait être servi et demanda s'il souhaitait un plateau lui aussi. Dalton accepta en la remerciant et retourna auprès de Clara.

Il avait à peine repris place sur sa chaise qu'un nouveau visiteur se présenta. Grand, les épaules bien découpées, les cheveux châtain clair, il était un peu trop beau. Il apportait un énorme ours en peluche qui tenait, attachés par des rubans, trois ballons de baudruche en forme de cœur d'un rouge éclatant.

Dalton le reconnut immédiatement. Il y avait des photos de lui dans le rapport du détective : c'était Ryan McKellan, l'homme que Clara avait failli épouser.

— Ryan, s'écria Clara avec un enthousiasme disproportionné en ouvrant grand les bras.

Le nouveau venu posa la peluche aux pieds de son amie et s'assit sur le rebord du lit pour la prendre dans ses bras.

— Je viens juste d'apprendre ce qui s'est passé.

— Merci d'être venu, dit Clara en le serrant dans ses bras.

Beaucoup trop étroitement, d'ailleurs.

Dalton eut l'impression que cette embrassade dura une éternité, mais Ryan finit par lâcher Clara, qui se cala contre ses oreillers. Quand celui-ci lui caressa la joue d'un geste beaucoup trop tendre, Dalton sentit monter l'envie de lui casser la figure.

— Comment vas-tu ? demanda M. Parfait.

Elle avait posé la main sur son épaule et la serra affectueusement. Avaient-ils vraiment besoin de se tripoter ainsi sans arrêt ?

— Franchement, Ryan, ce n'est rien du tout, je vais parfaitement bien.

Dalton se sentit obligé d'intervenir. Il ne pouvait laisser passer ça, quand même !

— La vérité, c'est qu'elle a perdu connaissance. Elle souffre de déshydratation et son médecin a tenu à ce qu'elle reste au moins une nuit en observation à l'hôpital.

Ryan se tourna pour le regarder et fronça les sourcils d'un air interrogateur.

Clara poussa un soupir.

— Ryan, je te présente…

— Dalton Ames, je suis le père du bébé de Clara.

Ryan sembla se rembrunir. Clara avait l'air contrariée, elle aussi. Dommage pour eux.

— Dalton, est-ce que tu veux bien nous laisser seuls quelques minutes, s'il te plaît ? finit-elle par demander.

Dalton haussa un sourcil. Non, il n'en avait aucune envie.

— Pourquoi ?

Ryan parut vouloir apaiser les choses car il s'empressa d'ajouter :

— Ce n'est pas grave, Clara, nous pourrons discuter plus tard, dit-il en se levant.

Mais Clara prit son bras et le retint.

— Non, je veux que nous parlions maintenant.

Là, Dalton vit le regard de défi qu'elle lui lançait. Un regard qui semblait dire : *Tu n'en as pas marre de te comporter comme un imbécile ?*

Eh bien ! En quoi aurait-il dû se sentir coupable ? Mais elle insista :

— Dalton, s'il te plaît, pourrais-tu sortir d'ici et fermer la porte derrière toi ?

Il ne bougea pas. Sans doute était-il en train de franchir une ligne rouge mais qu'importe…

— Dalton. S'il te plaît, répéta-t-elle.

Il brûlait d'envie de dire non, de lancer qu'il n'irait nulle part, et surtout pas tant que ce Ryan serait dans cette chambre.

Mais cela risquait de lui coûter cher, il le voyait aux éclairs que lançaient les grands yeux bruns de Clara. S'il ne se pliait pas à sa volonté, elle lui intimerait l'ordre de s'en aller, et de ne plus revenir.

Par conséquent, Dalton se leva sans un mot et sortit avec lenteur en claquant la porte derrière lui.

- 4 -

La porte refermée, Clara prit la main de Ryan.

— Merci pour l'ours et les ballons. Ils sont adorables.

Ryan haussa les épaules. Elle connaissait cette expression butée : il était blessé, c'était certain.

— Alors c'est lui ? Il a finalement refait surface ? dit-il en dégageant sa main.

Clara retint un soupir malheureux.

— C'est lui, oui.

— Finalement, tu lui as dit.

— En effet. Je suis désolée, Ryan…

— Il va faire ce qu'il a à faire ?

Clara eut un mouvement agacé.

— J'aimerais vraiment que tout le monde cesse de me poser cette question. Qu'est-ce que ça signifie, d'ailleurs, *faire ce qu'il a à faire* ?

— Tu ne le sais pas ?

— Bien sûr que je le sais.

— Alors pourquoi est-ce que tu le demandes ?

— Parce que j'en ai assez d'entendre ça. Et parce que le mariage n'est pas forcément la seule chose à faire dans ce genre de situation.

Ryan grimaça. Visiblement, il ne partageait pas cet avis mais le moment était mal choisi pour en débattre.

— La petite a besoin d'un père, d'un père qui soit présent.

— Vu la façon dont Dalton se comporte depuis que je lui ai appris la nouvelle, il y a trois semaines, je ne crois pas qu'il faille se faire de souci à ce sujet.

— Il y a trois semaines que tu lui as dit ? grogna Ryan.

Clara attendit qu'il lève enfin les yeux vers elle pour répondre :

— Je sais, j'aurais dû te parler, te dire ce qui se passait… C'est juste que… J'étais fatiguée. Je me sentais tellement épuisée… Je ne savais pas par où commencer.

Ryan haussa à nouveau les épaules.

— D'où vient-il ?

— De Denver. C'est un banquier.

Son ami eut un petit rire sec et hocha la tête.

— Il en a bien l'allure, en effet.

Clara reprit sa main et, cette fois, il se laissa faire. Finalement, elle lui dit tout ce qu'elle aurait dû lui dire bien avant pour qu'il puisse se préparer à cette rencontre. Elle lui raconta brièvement le séjour dans l'île et les malentendus de part et d'autre qui avaient retardé le moment où ils s'étaient revus, Dalton et elle.

Quand elle lui eut tout dit, Ryan demanda :

— Et donc il t'a repoussée, cet été ?

— Mouais.

— Quel imbécile.

Clara serra sa main.

— Je reconnais bien là mon meilleur ami.

— Et il t'a fait à nouveau des histoires, si je comprends bien ?

— Arrête, Ryan, il fait de son mieux.

— Ce n'est pas suffisant.

— Allons, laisse-lui une chance, OK ?

— Il faut qu'il sache qu'il y a des gens qui veillent au grain autour de toi.

Clara laissa échapper un soupir en levant les yeux au ciel.

— Tu plaisantes, j'espère ? Toute la famille est passée aujourd'hui : mes sœurs, tous mes frères, à l'exception d'un seul. Rory, et même tante Agnes. Et maintenant, toi. Crois-moi, je pense qu'il a parfaitement compris que j'étais très entourée.

— Parfait. On fera en sorte qu'il ne l'oublie pas.

Ryan la dévisagea longuement.

— Est-ce qu'il va passer la nuit ici ou est-ce que tu veux que je vienne te chercher demain matin ?

— Je n'en sais rien.

— Clara, est-ce que tu veux que je reste ?

Clara s'imagina Dalton, debout en train d'attendre dans le couloir. Il faisait vraiment des efforts et il était le papa du bébé. Elle pinça les lèvres en faisant non de la tête.

— Il vaut mieux que tu partes.

— Tu es sûre ?

Comme pour le confirmer, un petit coup sec se fit entendre aussitôt. Dalton passa la tête dans l'entrebâillement de la porte et regarda Clara droit dans les yeux en ignorant délibérément Ryan.

— Tu es censée te reposer.

Elle s'apprêta à l'envoyer au diable mais Ryan la devança :

— Je pense qu'il a raison.

A ces mots, il l'embrassa en la serrant longuement et lui chuchota à l'oreille :

— Je suis sérieux, tu sais. S'il te fait des misères, il aura affaire à moi.

Comme Ryan avait parlé sur le ton de la plaisanterie, Clara se sentit plus légère. Ils se firent un grand sourire et elle hocha la tête.

— D'accord.

— Si tu as besoin de quoi que ce soit, tu m'appelles.

— Merci, Ryan, compte sur moi.

Dalton, lui, était resté debout près de la porte, avec une expression qui disait clairement que seule sa bonne éducation le retenait de sauter sur Ryan. Celui-ci s'arrêta devant lui.

— Vous avez intérêt à prendre soin d'elle.

— J'en ai bien l'intention.

Ryan lui jeta alors un regard méfiant puis se retourna une dernière fois.

— A plus tard, Clara, lança-t-il d'un ton désinvolte avec un grand sourire charmeur.

Et il partit enfin.

Clara se sentit légèrement trembler. A vrai dire, elle s'attendait à ce que Dalton la questionne sur ce qu'ils s'étaient dit, Ryan et elle, mais il s'enquit simplement de son état.

— Comment te sens-tu ? As-tu besoin de quelque chose ?

Et cela suffit à faire fondre sa rancune. Elle le remercia en lui assurant qu'elle n'avait besoin de rien et il reprit sa place sur la chaise auprès d'elle. Elle s'assoupit et se réveilla quand on apporta le dîner. Après avoir mangé, Dalton partit une trentaine de minutes. Il revint avec une mallette de cuir. Quand elle le questionna, il répondit d'un ton neutre :

— J'ai pris un nécessaire de rasage et ce dont j'ai besoin pour la nuit.

Clara écarquilla les yeux puis balbutia :

— Tu… tu restes ici cette nuit ?

En toute honnêteté, elle n'était pas sûre d'en avoir envie.

Le regard de Dalton, ombré par ses cils noirs, se fit alors inquisiteur.

— Est-ce que ça t'ennuie ?

Est-ce que ça l'ennuyait ?

Comme elle aurait été bien en peine de le dire, elle se contenta d'un vague :

— C'est juste que ce n'est pas nécessaire.

— Tu préfères que je dorme dans la salle d'attente ?

— Eh bien…

— Je ne repartirai pas tant que nous n'aurons pas vu le médecin demain, Clara.

Celle-ci poussa un soupir résigné. En réalité, elle n'avait pas tellement envie qu'il s'en aille.

— Non, tu peux rester avec moi ici.

— Merci, dit-il avec une pointe d'ironie.

Un peu avant 21 heures, les infirmières apportèrent un lit d'appoint. Dalton s'enferma dans la salle de bains et en ressortit dans un jogging et un T-shirt bleu qui soulignait ses épaules et ses bras musclés. Clara éprouva à nouveau un pincement au creux de l'estomac. Ces bras puissants s'étaient refermés autour d'elle, chaque nuit passée sur l'île. Au prix d'un effort douloureux, elle repoussa ce souvenir et alla à son tour à la salle de bains. Là-dessus, ils s'installèrent pour la nuit et Dalton éteignit la lumière.

Dire qu'elle craignait de passer des heures à ressasser dans la pièce obscure, tout en écoutant les bruits étrangers de l'hôpital autour d'eux, à se demander à quoi pensait Dalton, à tenter de se convaincre qu'elle s'en moquait... Mais à peine eut-elle fermé les yeux qu'elle s'endormit d'un sommeil de plomb.

Très tôt le lendemain, Clara eut droit à une nouvelle prise de sang. Quand le Dr Kapur arriva, il était près de 9 h 30 et Dalton sortit pour la visite. Mais comme la veille, il reparut pour entendre le diagnostic.

— Vous êtes surmenée et stressée, déclara le médecin. Votre taux de cortisol et votre pression artérielle sont trop élevés. Vous devez prendre du repos.

Clara déglutit difficilement.

— Ça veut dire quoi, précisément ?

— Je veux que vous restiez allongée jusqu'à la naissance du bébé. Pas de travail, pas de trajets en voiture, activité minimale. Vous pouvez vous asseoir sur un canapé si vous avez besoin de votre ordinateur, vous mettre debout pour vous laver et vous faire un sandwich, mais pas plus. Vous devez rester au lit ou sur un canapé, les jambes surélevées, au maximum. Profitez-en pour vous remettre à jour dans vos séries télé, conclut le médecin avec un sourire.

Clara ne pouvait pas croire ce qu'elle entendait.

— Je ne regarde pas de séries télé. Je n'ai pas le temps de regarder des séries télé.

— Eh bien tu vas en avoir, intervint Dalton sur un ton un peu trop impérieux.

Elle allait lui dire de rester en dehors de tout ça quand le médecin reprit :

— Est-ce qu'il y a des escaliers à monter chez vous ?

Clara sentit alors le vertige la gagner.

— Oui, je...

— Il va falloir éviter de monter et descendre.

— Je... Eviter de monter et descendre ? Ne pas travailler ? Pas du tout ?

— Pas du tout. C'est impératif. Les dispositions que vous aviez prises pour l'accouchement et l'après doivent être mises en place dès aujourd'hui. Vous devez vraiment lever le pied.

Le médecin se tourna alors vers Dalton.

— Il faut lui éviter tout stress, c'est fondamental. Et être vigilant. Il faut s'assurer qu'elle boive beaucoup, également.

— Très bien, répondit-il avec gravité. Je vais veiller à ce qu'elle ait tous les soins nécessaires.

Clara se sentit brusquement alarmée. Mais il aurait été ridicule de commencer à polémiquer devant le médecin.

— Je ne peux pas conduire non plus ?

— C'est ça, confirma le Dr Kapur. Je veux vous revoir dans une semaine. Vous appellerez ma secrétaire pour prendre rendez-vous.

Clara se fit violence pour hocher la tête en signe d'assentiment.

— Parfait, dit le médecin. Je vous libère pour aujourd'hui. Reposez-vous au maximum et nous nous revoyons dans une semaine.

Dalton ne se faisait aucune illusion. Il savait bien que Clara allait râler et lui dire de s'en aller. Dès l'instant où le médecin quitta la chambre, elle le regarda avec un sourire. Pour dissimuler son affolement, bien entendu.

— Je te remercie pour tout ce que tu as fait, Dalton. Je sais que tu dois rentrer chez toi, je te téléphonerai...

— Je ne pars pas, coupa-t-il en se levant pour aller vers elle. Mon chauffeur attend pour te ramener à la maison.

Elle eut un hoquet anxieux et ouvrit de grands yeux éperdus.

— A la maison ? Tu veux dire, à Denver ?

— Est-ce que tu aurais envie de venir à Denver jusqu'à la naissance du bébé ? demanda-t-il d'un ton prudent.

— Certainement pas ! Je te l'ai déjà dit. Chez moi, c'est ici.

— C'est bien ce que j'avais prévu, je te ramène chez toi.

Elle se força à respirer calmement avant de répondre :

— Ecoute, ça va aller, franchement, tu n'as pas à…

Dalton s'assit alors sur le rebord du lit.

— Clara, laisse-moi te ramener chez toi. Je suis là et je veux m'occuper de toi.

— Mais tu imagines ! Rester allongée au maximum ? Je ne peux pas y croire.

— Tu es à trois semaines du terme, dit-il d'une voix posée. Honnêtement, tu ne crois pas qu'il est temps de te calmer ?

Il vit alors les épaules menues de Clara s'affaisser.

— Je… Oui, tu as raison. Le médecin a raison, je sais bien. C'est juste… Je suis quelqu'un de très actif, tu comprends ? Et j'ai l'habitude d'être autonome. Et là, tout à coup, il faudrait que je reste à la maison toute la journée les jambes en l'air, à ne rien faire d'autre que regarder la télé ?

— Il y a plein d'autres choses à faire. Lire, tricoter… Tu tricotes ?

— J'ai essayé une fois, admit-elle avec une adorable moue boudeuse. Je suis nulle pour ce genre de trucs.

Dalton prit la main de Clara et eut un léger sentiment de victoire en voyant qu'elle ne la retirait pas. C'était assez rare pour être signalé !

— C'est seulement pour quelques semaines, Clara.

Elle eut un rire étouffé qui ressemblait presque à un gémissement.

— C'est ça. Et après, il y aura le bébé. Et là, je ne dormirai plus.

— Ça ne sera pas si horrible que ça, dit-il d'un ton amusé.

— Qu'est-ce que tu en sais ? Tu n'as jamais eu d'enfant !

Dalton garda le silence. Un peu trop longtemps. Du coup, Clara ouvrit des yeux encore plus grands.

— Tu n'en as jamais eu, n'est-ce pas ?

A ces mots, il tendit son autre main pour écarter doucement des mèches de cheveux de son beau visage. La peau sur ses tempes était fraîche et douce comme du velours.

— Non. Notre fille est mon premier enfant.

Elle se mordilla la lèvre avec nervosité et il eut envie de se pencher pour l'embrasser. Mais c'était trop tôt, il le savait.

— Pourquoi es-tu si gentil avec moi, Dalton ? demanda-t-elle alors dans un souffle.

— Je veux m'occuper de toi.

C'était sincère. D'ailleurs, comment ne pas l'être en regardant ces beaux yeux immenses, ces lèvres si douces…

Clara eut alors un sourire et finit par dire :

— En ce moment, tu me fais penser à l'homme que tu étais, sur notre île. C'est très déconcertant. Où est-il passé, cet homme ?

Dalton se retint de hausser les épaules. Comment répondre à cela ? Du coup, il préféra ignorer la question et caressa doucement le dos de sa main.

— Laisse-moi te ramener chez toi, répéta-t-il.

— Je…

Clara soupira légèrement et sembla alors se résigner.

— D'accord.

Une fois chez elle, Dalton conduisit d'autorité Clara à sa chambre, au rez-de-chaussée. Elle était vaste et confortable avec sa salle de bains et ses toilettes privatives. Dans un coin de la pièce, elle avait installé un couffin, une table à langer ainsi que des étagères et un rocking-chair.

— Les premières semaines, j'ai prévu qu'elle dorme dans ma chambre, expliqua-t-elle. Ensuite, elle ira dans la sienne, à l'étage.

Dalton fronça les sourcils. Avait-elle déjà préparé la chambre du bébé ? Si ce n'était pas le cas, il s'en chargerait. Mais chaque chose en son temps. Il alla droit au grand lit à baldaquin de bois sombre et tira le dessus-de-lit aux vives couleurs. Clara, elle, était restée dans le couloir, téléphone à la main, l'air peu disposée à le suivre.

— Je dois téléphoner au restaurant, ensuite je prendrai une douche.

— Tu peux téléphoner de ton lit.

— Je veux prendre une douche avant de me mettre au lit, OK ? Et je ne veux pas que tu me dises ce que j'ai à faire.

— S'il te plaît, ajouta-t-il d'un ton conciliant.

Clara montra du doigt le fauteuil qui jouxtait le lit, assorti d'un joli repose-pieds moelleux.

— Je vais m'asseoir ici le temps de passer mon coup de fil si ça te convient…

— Ça marche, dit-il sans bouger.

Précautionneusement, Clara prit place dans le fauteuil, une main passée sous le ventre pour le soutenir.

— Voilà. Ça te va ?

Elle s'enfonça dans les coussins, sans ôter ses sandales, les pieds posés au sol. Dalton avança à pas lents mais elle le regarda d'un air suspicieux.

— Quoi encore ?

Dès qu'il s'agenouilla devant elle, elle lança d'un ton inquiet :

— Qu'est-ce que tu fabriques ?

Bon sang, elle devait croire qu'il allait lui refaire sa demande. Allons, quelle idée ! Il était peut-être maladroit, mais pas idiot. Cela n'avait pas marché la première fois, même en faisant apparaître comme par enchantement une énorme bague de diamants. La prochaine fois, il n'improviserait pas de la sorte.

Avec douceur, Dalton se contenta de débarrasser Clara de ses sandales.

— Je veux juste t'aider à te mettre à ton aise.

Heureusement, elle se laissa faire mais elle posa elle-même les pieds sur le pouf. Là, elle fit tourner ses chevilles et agita ses orteils peints en rose.

— Berk, de vrais jambonneaux.

— De quoi parles-tu ? demanda-t-il.

— De mes chevilles, dit-elle en se penchant pour rabattre sa jupe bleue sous ses genoux. On ne voit plus la limite entre mes pieds et mes mollets, c'est atroce.

Il devait avoir l'air de ne rien comprendre, car elle expliqua d'un ton patient :

— Mes chevilles sont toutes gonflées.

— Raison de plus pour ne pas rester debout, remarqua-t-il.

Dalton l'entendit grogner et elle se renfonça dans les coussins.

— Tu as été formidable, Dalton, et j'apprécie vraiment tout ce que tu as fait. Tu ne devrais pas rentrer chez toi ?

Non, je ne devrais pas.

— Plus tard, quand tu seras totalement installée, répondit-il simplement.

— Mais je suis installée.

Sans tenir compte de sa protestation, il se releva.

— Je te laisse téléphoner tranquillement, dit-il en tournant les talons avant qu'elle ait le temps d'ajouter quoi que ce soit.

Dalton entendit Clara souffler avec exaspération, mais elle ne dit rien, une chance pour lui. Il referma silencieusement la porte derrière lui puis entreprit de faire le tour du propriétaire. C'était le moment ou jamais d'en profiter, non ?

La maison était vraiment très jolie. Bien agencée, meublée dans un style à la fois simple et accueillant, et parfaitement entretenue. Clara était bien jeune pour posséder une telle demeure et un restaurant. De deux choses l'une : soit elle avait travaillé comme une folle depuis des années, soit elle avait touché un héritage. A moins que ce soit un mélange des deux. Vu le nombre de visites de proches qu'elle avait eues à l'hôpital, elle ne manquait pas d'appuis.

Pas de doute : Clara était indépendante et entourée d'une famille attentionnée. Tant mieux pour elle. Mais pas pour lui. Les choses auraient été plus simples si elle avait eu besoin de quelqu'un. Quelqu'un comme le père de son enfant, par exemple. Mais il devrait faire avec.

Dalton parcourut rapidement le rez-de-chaussée, le salon, la cuisine et la salle à manger ouverte sur le couloir, d'où partait un escalier. Il le gravit et parvint à un palier avec une balustrade en bois sculpté qui offrait un joli point de vue sur le salon et la grande cheminée, encadrée par deux baies vitrées.

Il poursuivit sa visite. Il y avait trois pièces à l'étage, et une grande salle de bains. La chambre du bébé donnait sur le jardin de derrière. Elle était peinte en rose, vert, jaune et blanc, avec un mur orné de papillons et d'animaux dans un style naïf. On voyait également des étagères blanches où s'alignaient des piles impeccables de vêtements d'enfant et de linge. Par terre, dans un coin de la pièce, étaient empilés plusieurs ouvrages sur la grossesse, l'accouchement et les soins aux nouveau-nés. Il les ramassa. Cela constituerait de très bonnes lectures pour les soirées à venir. Il avait bien l'intention de s'informer de tout ce qu'il fallait savoir avant la naissance pour assister Clara lors de cet événement. Avant de s'occuper de sa petite fille, bien sûr.

Pour tout dire, cette chambre était ravissante. Quel courage de la part de Clara qui avait trouvé le temps de l'aménager malgré ses longues heures de travail au restaurant. Pas étonnant qu'elle soit surmenée ! Cette femme ne savait pas s'arrêter. Mais elle n'avait plus le choix : elle devait se reposer à présent, que cela lui plaise ou non. Et il veillerait à ce qu'elle le fasse.

Le temps de prendre les livres avec lui, Dalton quitta la chambre et visita les deux autres pièces, une chambre d'amis et une sorte de bureau qui comptait une table d'appoint pliante, une chaise de bureau, un ordinateur portable et des rangées de dossiers. De larges étagères, garnies de boîtes de rangement, couvraient tout un mur.

Parfait. La chambre d'amis et le bureau étaient exactement ce qu'il lui fallait.

Dalton posa alors les livres sur la table puis redescendit s'asseoir à la petite table de la cuisine, sortit son téléphone et vérifia ses différents messages et SMS. Le temps de répondre à ce qui était le plus urgent, il ouvrit son agenda électronique et entreprit de faire une liste de tout ce qu'il lui fallait pour les semaines à venir.

Deux heures plus tard, Clara n'avait toujours pas donné signe de vie. Le téléphone avait sonné à deux reprises et elle avait sans doute répondu car, les deux fois, la sonnerie s'était interrompue presque immédiatement.

Il était presque midi, maintenant. Dalton resta planté devant le réfrigérateur quelques instants. Pouvait-il se risquer à se servir à sa guise de la cuisine ?

Non. Il devait y aller pas à pas. Sans quoi, Clara pourrait croire à une intrusion. Il devait se plier à ses règles tant qu'il n'avait pas son accord pour s'organiser.

Il appela donc son chauffeur, Earl, qui patientait dans la limousine et lui demanda d'aller chercher de quoi déjeuner. Vingt minutes plus tard, celui-ci était de retour, les bras chargés de sacs de plats à emporter. Dalton le débarrassa des sacs et lui annonça qu'il avait quartier libre.

— Revenez pour 15 heures.

— OK, patron.

Dalton refermait la porte et retournait à la cuisine quand il vit Clara, debout près de l'entrée de la salle à manger, dans un jogging rose et un T-shirt fuchsia extra-large sur lequel s'étalait l'inscription : « Vous me trouvez grosse ? »

Elle avait les joues roses, les paupières lourdes, et ses cheveux étaient tout aplatis sur un côté.

— J'ai pris une douche, annonça-t-elle.

— Très bien.

— J'ai reçu deux appels après avoir parlé à Renée et, ensuite, je crois bien que je me suis endormie.

— Encore mieux. Tout va bien au restaurant ?

— Oui, c'est dur à admettre, mais ils ont l'air de gérer parfaitement sans moi ! Il y a quelque chose qui sent délicieusement bon, là-dedans, qu'est-ce que c'est ?

Dalton eut un sourire puis répondit :

— Le déjeuner. Tu as faim ?

— A dévorer un buffle. Ne me dis pas que tu vas m'obliger à manger au lit, par pitié.

— Que dirais-tu du canapé ? Tu pourras allonger tes jambes.

— Tu étais infirmier dans une vie antérieure ? répliqua-t-elle d'un ton moqueur.

— Tu penses que j'ai loupé ma vocation ?

Clara appuya son épaule contre l'encadrement de la porte, croisa les bras sur son ventre et l'examina en inclinant légèrement la tête.

— Tu es parfait.

— Merci. Va pour le canapé, alors ?

— Pourquoi pas ?

Sans se faire prier, Clara alla prendre place sur le canapé après avoir récupéré plusieurs oreillers pour soutenir son dos et étendit ses jambes sur les coussins pendant que Dalton ouvrait les sacs et posait les plats sur la table basse.

Le temps qu'il s'installe dans un fauteuil, ils se régalèrent de bagels au pastrami et d'une soupe de nouilles au poulet qui venaient du merveilleux traiteur de Elk Street. Elle engloutit quelques morceaux énormes avant de demander :

— Comment connais-tu l'épicerie de David ?

— Je ne la connais pas. J'ai Earl.

— Earl ? Ton chauffeur ?

— Lui-même. Il sait où dégoter ce qu'il y a de meilleur n'importe où. Où qu'il me conduise, il sait où trouver à manger.

Clara ne put résister au plaisir de taquiner un peu Dalton.

— C'est un traiteur de première catégorie. Mais on mange mieux chez moi.

— C'est moi qui lui ai dit de ne pas aller chez toi. Tu y manges tout le temps, j'ai pensé qu'un peu de changement faisait toujours du bien.

Elle hocha la tête. C'était très juste.

— C'est un régal, dit-elle. Merci.

Dalton fit un signe de tête et ils mangèrent en silence

pendant quelques minutes avant qu'elle ne se décide à aborder le sujet qu'il faisait visiblement tout pour éviter.

Pourquoi tourner autour du pot plus longtemps ?

— Est-ce que tu as l'intention de rentrer à Denver un jour ? lui demanda-t-elle tout à coup.

— En fait, je dois t'avouer quelque chose.

— Super. Mais tu ne m'as pas répondu. Ça fait plusieurs fois que je te pose la question.

— Je suis monté à l'étage, j'ai visité. La chambre de la petite est superbe.

— Contente qu'elle te plaise. Et donc, quand repars-tu ?

Dalton leva la main pour l'interrompre.

— Tu es prête à m'écouter ?

Clara prit son bol de soupe et avala avec délice une grosse cuillerée.

— Je t'écoute.

— Je voudrais m'installer ici, avec toi.

Elle faillit s'étrangler avec une nouille. Pas possible, elle avait mal compris !

— Quoi ? Oh non, Dalton, ce n'est pas une bonne idée.

— Tu m'as dit que tu m'écouterais, fit-il d'un ton de reproche.

A ces mots, il se tut et attendit. Elle serra les lèvres et ouvrit des yeux exorbités pour lui montrer qu'elle était tout ouïe.

— Je pourrais dormir dans la chambre d'amis et m'installer un bureau provisoire dans la pièce d'à côté, celle où il y a la table pliante. Je pourrais aussi faire des allers-retours à mon bureau de Denver une ou deux fois par semaine. Nous avons une succursale ici, en ville, où je pourrais aussi aller si j'ai besoin d'organiser une réunion ou de travailler avec mon assistante. Je vais y passer pour m'assurer que c'est possible. D'ailleurs, je compte réduire mon temps de travail à partir de maintenant. Même un P-DG a des obligations familiales de temps à autre. De cette façon, je serai près de toi pour t'aider et m'occuper de tout jusqu'à la naissance du bébé.

Clara resta un instant bouche bée.

Voilà qui la prenait complètement au dépourvu. Certes, tout cela la rassurait considérablement pour l'avenir. Le fait que Dalton soit ainsi prêt à bouleverser son quotidien pour s'occuper d'elle laissait entrevoir le père qu'il serait pour leur fille.

Mais quand même… Non.

Pas question d'oublier qu'elle connaissait à peine cet homme. Et qu'il l'avait repoussée quelques mois plus tôt sans autre forme de procès. Elle ne pouvait pas se permettre de se rendre dépendante de lui, de lui accorder sa confiance et de le laisser approcher trop près. Si jamais les choses tournaient mal…

— L'accouchement est prévu dans trois semaines, rappela-t-il alors.

— Je sais quand est prévu l'accouchement, figure-toi.

Il poursuivit calmement :

— Je n'ai pas pu être là pour t'aider jusqu'à maintenant et je le regrette. Si tu y réfléchis de manière impartiale, tu admettras que tu ne m'as pas laissé le choix.

— Parce que tu m'as envoyée paître, sur l'île, répliqua-t-elle d'une voix qui se voulait neutre.

C'était un constat. D'ailleurs, ce n'était pas la fin du monde. Pourtant, Clara sentait encore son cœur se serrer à l'évocation de ce souvenir.

— J'ai eu tort.

— Mais c'est trop tard.

— Ce n'est pas juste, Clara.

Elle reposa avec précaution son bol de soupe à demi plein. Le moment était venu de dire à Dalton ce qu'elle avait sur le cœur.

— Tout ce que je te demandais, c'était de nous laisser une chance. D'essayer de se fréquenter dans nos vraies vies, de voir ce que ça pourrait donner, sans précipitation. Je me suis ouverte en confiance. Mais tu n'as même pas voulu y réfléchir, ne serait-ce que cinq minutes. Ça m'a terriblement blessée. Je… je n'avais jamais ressenti quoi que ce soit de ce genre pour quelqu'un avant toi. J'avais eu l'impression idiote que j'avais enfin trouvé l'homme de ma vie, il me semblait qu'il y avait quelque chose de spécial, entre nous deux.

— Et c'était vrai, admit-il d'un ton rogue. Et je ne voulais pas gâcher ça.

Clara eut un rire narquois et se rembrunit. Elle ne pouvait pas le laisser dire une chose pareille !

— Tu ne voulais pas gâcher ça, alors tu as préféré tirer un trait sur cette histoire ?

Dalton resta coi. Son beau visage avait pris cet air impénétrable qu'il avait parfois. Finalement, il dit d'un ton hésitant :

— Mon mariage avait été un échec. Mon divorce était récent. Je m'étais dit que je n'étais pas fait pour l'amour… Et puis tu es apparue sur cette île, avec ton sourire lumineux et tes beaux yeux débordants de sincérité. Tu m'as offert quelque chose qui semblait possible. Deux semaines de magie, hors du temps, loin de tout et de tout ce que je suis. Avec toi, je me suis autorisé à être quelqu'un… que je ne suis pas. Mais ça ne pouvait pas durer. Alors quand tu m'as demandé d'aller plus loin… J'ai tout fichu en l'air, voilà tout. Et quand j'ai voulu te retrouver, j'ai cru que tu avais quelqu'un dans ta vie.

Dalton fit alors un pas vers elle et Clara sentit sa résolution fléchir. Elle avait envie de le croire, bien sûr. Comment résister alors qu'il lui parlait de ce qu'avaient représenté ces deux semaines pour lui ?

Elle comprenait mieux son attitude, en fin de compte. Mais cela ne l'aidait pas beaucoup.

Le bébé donna soudain un coup de pied et elle massa machinalement son ventre. Comment lui faire comprendre ce qu'elle ressentait, elle ?

— C'est une période assez déstabilisante pour moi, tu comprends ? dit-elle d'une toute petite voix. J'ai ressenti tellement de stress et d'incertitude… Je ne sais plus trop ce que je veux ni ce que je dois faire. J'essaie de traverser tout ça le mieux possible, tu comprends ?

Dalton regarda Clara sans ciller avant de répondre d'un ton sans réplique :

— Je veux t'aider à traverser tout ça, justement. Mais il faut que tu me laisses faire.

— C'est pour ça que tu veux... venir vivre ici, chez moi ? Dalton, vraiment, je ne pense pas que ce soit une bonne idée.

— Pourquoi ? s'enquit-il de ce même ton patient et raisonnable.

Et toujours si sûr de lui.

— Parce que tu me perturbes, avoua-t-elle. Par moments, j'ai l'impression de te connaître. Mais en fait, ce n'est pas vrai. Nous avons eu une aventure pendant quinze jours, rien de plus. Je ne peux pas me permettre de compter sur toi.

— Bien sûr que si. Tu portes mon enfant.

— Oui, en effet. Et je veux que nous fassions tout pour être de bons parents, toi et moi, de manière durable.

— De manière durable ? Qu'est-ce que ça signifie ?

— Ça signifie que nous devons y aller progressivement, laisser le temps aux choses de se mettre en place, de voir comment nous allons nous organiser, chacun de son côté.

Clara jeta un regard appuyé à Dalton. Quelque chose vacilla dans ses beaux yeux.

— Il n'y a rien à voir, je serai présent pour ma fille, point.

Une chose était sûre : son ton ne laissait aucune place à la discussion.

Et le problème, c'est que cela lui plaisait. Cela lui plaisait même beaucoup. Elle aimait l'assurance de Dalton, il savait ce qu'il voulait : veiller sur son enfant et sur la mère de celui-ci.

Quelle femme n'aspirerait-elle pas à ce qu'il lui offrait ? Comment ne pas rêver d'un père résolu à tout faire pour les mettre à l'abri, elle et son enfant ? Un homme qui soit là dès qu'elle en avait besoin, dès que son enfant en avait besoin : que pouvait-elle espérer de plus ?

Néanmoins, c'était une tentation dangereuse. Un terrain glissant. Il fallait qu'elle le lui explique en douceur.

— C'est une excellente chose, Dalton. C'est comme ça que les choses doivent se passer et c'est bien que tu veuilles être là pour ta fille. Mais ce que j'essaie de te faire comprendre, c'est que pour ce qui me concerne, c'est plus compliqué. Je ne suis pas sûre que ça me fasse du bien que tu sois là, chez moi.

Clara marqua une pause avant de reprendre :

— Je sais que tu veux faire au mieux, Dalton, je le vois bien. Mais je n'ai pas encore digéré ce qui s'est passé cet été. C'est tout. J'ai renoncé à toi, complètement. Je me suis résignée à ce que tout ça n'ait été qu'un fantasme, une espèce de rêve. Et maintenant, tu es là, tout devient très réel, et ça me donne le vertige. Je ne peux pas simplement claquer des doigts en décidant que tout va s'arranger instantanément.

— Je ne demande pas que tout s'arrange instantanément, répliqua Dalton.

— Pourtant, deux jours seulement après que j'ai finalement trouvé le courage d'aller te voir, tu as débarqué chez moi avec une alliance en diamants. Comme s'il te suffisait de me passer une bague au doigt pour que tout soit réglé ? C'est absurde, tu ne trouves pas ?

A ces mots, Dalton se pencha pour prendre appui sur ses avant-bras, posés sur ses genoux.

— J'ai fait ce que j'avais à faire, rien de plus, rétorqua-t-il de ce ton assuré qui était pour ainsi dire sa marque de fabrique.

« Ce que j'avais à faire. »

— Est-ce que vous pourriez arrêter de répéter ça, tous, par pitié ? s'exclama Clara.

— Fais-toi une raison. Les gens le disent et continueront à le dire parce que c'est un fait, voilà tout. Un homme qui est sur le point de devenir père doit sauter le pas.

— Ce n'est pas une bonne solution, Dalton. Se marier sans réfléchir, en espérant que tout ira bien… C'est complètement absurde. La plupart du temps, dans le monde d'aujourd'hui, ça ne marche pas. Et ça ne fait qu'engendrer encore plus de peines et de problèmes quand tout part à vau-l'eau.

A ces mots, Dalton leva les yeux au ciel et répondit d'un ton navré :

— Formidable. Donc la réponse est non.

— En effet. Et à mon avis, c'est la bonne réponse, répliqua doucement Clara.

— Je ne suis pas d'accord. Et je ne le serai jamais.

— C'est bien ce que je redoute.

— Qu'est-ce que tu redoutes ? dit-il en lui lançant un regard où perçait toute sa contrariété. Que je continue à vouloir faire ce que je pense être bien ?

— Exactement. Que tu me harcèles jusqu'à ce que je cède à tes volontés.

— Tu es injuste, Clara.

Clara haussa les épaules. Pourquoi s'obstinait-il à ne pas la comprendre ?

— Est-ce que j'ai tort ?

— La situation est simple, répondit-il. Tu as refusé de m'épouser, j'ai accepté ta réponse. Ce que je te demande à présent, ce n'est pas de m'épouser, c'est juste de me laisser m'installer ici et faire ce que je dois pour toi et l'enfant.

— Ecoute…

— Quoi encore ?

— Il est trop tard, Dalton.

Celui-ci joignit alors les mains et serra les poings.

— Je ne comprends pas. Je te dis que j'ai compris que j'ai fait une erreur, que je suis allé jusqu'à engager quelqu'un pour te retrouver. Mais tu étais sur le point de te marier avec ton pote, là, Ryan. On m'a dit que le bébé était de lui. Quelle raison aurais-je eue d'en douter ? Du coup, je me suis tenu en retrait. Mais maintenant, je suis là. Et tu t'es tellement surmenée que tu as eu un malaise. Tu as besoin de quelqu'un pour t'aider. Je suis le père du bébé, donc il est logique que ce quelqu'un soit moi.

Clara hocha la tête. Dalton avait raison et cela la mettait

dans une colère folle. Du coup, il en profita pour pousser son avantage.

— Tu as besoin de moi, Clara, quoi que tu en dises. Tu as besoin de moi et le bébé aussi. Et moi, j'ai besoin d'être là, bon sang. J'ai besoin de m'assurer que tout va bien pour vous deux.

— Mais…

— Arrête avec tes *mais*. Laisse de côté ton orgueil, pour une fois, et accepte que je reste à tes côtés jusqu'à la naissance de notre fille.

- 5 -

Dalton sut qu'il avait obtenu gain de cause en voyant Clara prendre un air pensif.

— Tout était si facile, quand nous étions sur cette île, finit-elle par dire. Tu prenais les choses comme elles venaient, tu n'avais aucune exigence, tu étais tellement différent de l'homme qui est en face de moi maintenant, sérieux et catégorique.

Dalton secoua la tête. Il était grand temps qu'elle ouvre les yeux.

— Dans l'état actuel des choses, ce n'est certainement pas de l'homme que j'étais sur l'île que tu as besoin.

Elle lui lança alors un regard peiné.

— De toute façon, cet homme n'existe pas pour de vrai. Tout cela importe peu, désormais.

— C'est exact, dit-il d'un ton ferme mais sans dureté.

Pourtant, à certains égards, l'homme qu'il avait été durant cette escapade correspondait beaucoup plus à ce qu'il était, tout au fond de lui, que l'homme qui était assis dans ce fauteuil, en ce moment. Cet homme-là était ce qu'il aurait pu être avec des parents différents, une éducation différente. Mais il n'avait aucune envie de s'engager sur ce terrain, pas maintenant, en tout cas. Il devait obtenir le consentement de Clara pour mettre en œuvre ses plans. Il fallait en finir.

— Dis-moi que tu acceptes, insista-t-il.

— Combien de temps envisages-tu de rester ?

— Aussi longtemps que toi et le bébé, vous aurez besoin de moi.

— Et qui en décidera ?

Moi, c'est moi qui déciderai, et je ne partirai pas. Jamais.

— Nous le saurons quand le temps sera venu, je suppose, répondit-il.

— Et que se passera-t-il si ça ne va pas ?

Dalton retint un ricanement.

— Là-dessus, je te fais confiance pour me le faire comprendre très vite.

— Il faudra que tu partes si je te le demande, Dalton. C'est chez moi, ici.

— Entendu.

— Et tu ne pourras pas rester après la naissance. Dès que je serai remise sur pied, tu devras t'en aller.

— J'ai une autre proposition : nous en rediscuterons quand le bébé sera là, OK ?

— Sauf si je dis que tu dois partir. Dans ce cas, tu partiras, sans discussion.

— C'est d'accord.

Pour être honnête, Dalton était certain d'une chose : Clara et lui n'en arriveraient pas là. Elle avait besoin de lui. Il fallait juste qu'il l'en convainque.

— A présent, finis ta soupe.

— J'ai assez mangé, merci.

Il lui lança un regard impassible. Elle prit un air buté mais ne tint pas longtemps. Avec un soupir ostensible, elle reprit son bol et sa cuillère.

Dalton dormit dans la chambre d'amis. Clara, dans sa grande chambre du rez-de-chaussée, ne pouvait s'empêcher de penser à lui, juste au-dessus de sa tête, couché dans le lit qui avait été jadis le lit de jeune fille de la mère de sa mère.

La vie est étrange. Vous vous efforcez d'oublier un homme, vous vous résignez à vous dire qu'il n'était pas fait pour vous. Et six mois plus tard, il se retrouve à dormir dans votre chambre d'amis, fermement résolu à ne pas vous lâcher d'une semelle, alors que vous voudriez ne plus le voir.

Le lendemain matin, Clara laissa Dalton lui servir un grand bol de porridge au miel et aux raisins pour le petit déjeuner. Elle le dévora avidement puis s'installa au salon, avec la télécommande, son téléphone et son ordinateur portable à portée de main. Il était convenu avec Renée qu'elle l'appellerait chaque jour pour faire le point entre les rushs du matin et du midi, puis une deuxième fois à la fermeture.

Les affaires de Dalton arrivèrent de Denver après le rapport du matin. Clara entendit des allées et venues dans le couloir et l'escalier. Les livreurs s'efforçaient d'être discrets et elle ne put s'empêcher de sourire. Elle imaginait Dalton leur donnant des consignes d'un ton sévère pour qu'ils ne fassent pas de bruit car il y avait là une femme enceinte qui devait se reposer.

Le remue-ménage dura plus d'une heure. Ryan survint subitement pour prendre des nouvelles alors qu'on faisait monter Dieu sait quoi dans l'escalier. Il s'assit dans un fauteuil près du canapé.

— J'ai l'impression que ton petit ami ne m'apprécie pas beaucoup.

Clara se raidit. Oh non, ça n'allait pas recommencer…

— Ce n'est pas mon petit ami. Il t'a dit quelque chose ? Dis-moi franchement ? Qu'est-ce qu'il a fait ? Je vais lui parler.

Ryan lui lança son fameux sourire de séducteur.

— Laisse. Il m'a juste lancé un regard assassin.

— Je suis très sérieuse, Ryan. S'il se montre désagréable avec toi, tu as intérêt à me le dire.

— Allons, Clara, tu sais pertinemment que je ne ferai rien de tel. S'il y a un problème, nous réglerons ça tous les deux, à notre manière.

Clara fit la moue. Connaissant les hommes, cela ne promettait rien de bon…

— En *gentlemen*, j'espère.

— Ah ça, je ne te promets rien, blagua Ryan. Et dis-moi, c'est normal que j'aie l'impression qu'il est en train de s'installer ici ?

— Oui, parce que c'est la vérité. Je dois rester alitée, et il va être là pour m'aider.

— T'aider ? répliqua Ryan avec un autre regard de grand mâle viril.

Le genre de regard qui signifie que les femmes ne comprennent rien à rien.

— C'est ça, confirma Clara. Il vient pour m'aider.

— S'il veut t'aider, il devrait se comporter en homme et t'épouser.

Et c'est reparti !

Le mariage… Les gens ne pensaient qu'à ça, décidément ! Ils croyaient vraiment que c'était le remède à tous les problèmes ?

— Je t'adore, Ryan, mais là, j'ai juste envie de te tuer, lâcha Clara en lui jetant un regard noir.

— De me tuer, moi ? Attends, c'est lui qui…

— J'en ai plus qu'assez de ces histoires de mariage. Dalton m'a demandé de l'épouser, d'accord ? Et c'est moi qui ai refusé.

Ryan ouvrit la bouche, puis la referma. Après un silence, il reprit :

— Tu as refusé de l'épouser, mais tu le laisses s'installer chez toi ?

— Oui, qu'est-ce qu'il y a de si bizarre là-dedans ? Il veut se rendre utile, OK ? Il veut s'assurer que je vais bien.

— Je ne comprends pas, dit Ryan, les sourcils froncés.

— Il n'y a rien à comprendre.

A ces mots, Clara vit Ryan hausser les épaules d'un air excédé.

— Bon, puisque tu le dis.

— Voilà. Pouvons-nous changer de sujet, maintenant ?

Ils parlèrent de tout et de rien pendant un petit moment. Avant de repartir, Ryan lui redemanda si elle avait besoin de quoi que ce soit. Une fois de plus.

— J'aimerais juste que tu viennes me changer les idées quand tu as un moment. Apparemment, je risque d'être bloquée ici jusqu'à la naissance du bébé.

Ryan se pencha, lui posa un baiser sur le front et lui redemanda de l'appeler dès qu'elle voulait.

— A toute heure du jour et de la nuit !

Ryan reparti, Earl arriva ensuite avec le déjeuner. Clara vit alors Dalton la rejoindre. Elle attendit le moment où il allait faire une remarque désobligeante à propos de la visite de Ryan, mais elle avait sous-estimé son bon sens. Au contraire, il semblait d'humeur joyeuse et optimiste et ne mentionna pas une fois son ami.

Après cela, lassée d'être sur ce canapé, Clara alla s'allonger dans sa chambre et fit une longue sieste. Elle ne se réveilla que quand Renée appela pour le rapport du soir.

Ensuite, ce fut au tour de Rory de téléphoner. Clara secoua la tête avec un sourire. Sa cousine était déjà au courant de l'emménagement de Dalton, ce qui n'était pas si surprenant, d'ailleurs. Après tout, Rory vivait avec le frère de Ryan. Les nouvelles allaient vite, à Justice Creek.

Pour le dîner, Earl leur rapporta des plats italiens de chez Romano puis Dalton remonta travailler un moment dans le petit bureau. Il en redescendit à 20 heures, juste au moment où elle commençait à se sentir un peu seule, et il lui demanda si elle voulait regarder un film.

— C'est moi qui choisis ?

— A ta guise, répondit-il.

Clara porta son dévolu sur une comédie romantique que Dalton regarda de bout en bout sans ronchonner. Finalement, ce ne serait peut-être pas si terrible qu'il soit là. En tout cas, jusqu'ici, tout allait bien.

Le lendemain, elle se réveilla à 6 h 30, prit une douche rapide et revêtit un jogging et un grand T-shirt de grossesse sur lequel on lisait l'avertissement suivant : « Tant qu'il reste du chocolat, tout ira bien. » Elle alla ensuite à la cuisine voir si Dalton avait préparé le petit déjeuner, mais il n'y avait personne. Il devait dormir encore car la maison était totalement silencieuse.

Elle mit de l'eau à chauffer pour se faire un thé parfumé à la fraise et s'assit au comptoir. Devait-elle l'attendre ou se préparer un bol de céréales ?

Le bruit de la porte d'entrée la fit brusquement sursauter. Elle se releva et se dandina jusqu'au couloir où elle aperçut Dalton qui s'engageait dans l'escalier, vêtu d'un short et d'un T-shirt de sport. Sa peau était luisante de sueur et ses vêtements moulants épousaient parfaitement ses épaules larges et carrées. Cette tenue laissait également voir les muscles fins de ses bras et de ses jambes.

Il était vraiment, vraiment très beau.

Il s'arrêta pour la saluer.

— Bonjour.

Aussitôt, Clara se sentit assaillie par le souvenir de leurs nuits sur l'île : l'odeur de la peau de Dalton, la sensation de ses bras puissants et chauds autour d'elle, la façon dont il l'enveloppait de son corps dans leur sommeil… Au prix d'un effort surhumain, elle chassa ces images dans un recoin de sa tête. Elle aurait voulu les enfouir pour qu'elles ne reviennent plus jamais l'ébranler.

— Salut.

Dalton s'essuya le front de son avant-bras.

— Je suis allé faire un petit footing.

— Ah, super… Bonne idée. C'est bon pour la santé.

— J'ai croisé un de tes demi-frères, Quinn ? Il était sorti courir, lui aussi.

Clara hocha la tête d'un air presque absent. Décidément, tout le monde allait finir par connaître Dalton, à Justice Creek.

— Il a ouvert une salle de sport, finit-il par dire. J'irai peut-être. Il m'a dit qu'il y a des cours de fitness et d'arts martiaux, mais aussi une salle de musculation.

Mais tu ne vas pas rester suffisamment longtemps pour t'inscrire ! faillit-elle s'exclamer. Elle se mordit la lèvre. Allons, si Dalton voulait aller chez Quinn, après tout, grand bien lui fasse.

— Bonne idée, répéta-t-elle platement.

Il la dévisagea alors d'un air soucieux.

— Est-ce que tout va bien ?

— A merveille, pourquoi ?

— Tu sembles un peu tendue.

— Ah ? Non, non, pas du tout.

Au même moment, la bouilloire siffla. Clara retint un soupir de soulagement. Sauvée par le gong.

— Ah, mon thé !

Tout en soutenant son ventre avec le bras, elle se hâta vers la cuisine.

— Je prends une petite douche et je redescends préparer le petit déjeuner, lui lança-t-il en montant.

— Impec, dit-elle sans se retourner.

Il fallait absolument qu'elle s'interdise de le regarder.

En y repensant dans les jours qui suivirent, Clara réalisa que c'était à ce moment précis qu'elle avait commencé à perdre le contrôle. En voyant Dalton au petit matin, ce jeudi-là, en tenue de jogging, plein de santé, de force, la peau délicieusement brillante de sueur.

Jusque-là, elle avait eu le sentiment de maîtriser ses émotions et ses sentiments à son égard. Elle parvenait à les mettre à distance et se réfugiait dans un déni salutaire.

Mais cela parut devenir insurmontable après le trouble de ce moment fugace. Elle ressentait cet émoi de plus en plus fréquemment. Une espèce d'accès de… de quoi, au juste ? De mélancolie ? Ou de désir ?

Allons, cela n'avait aucun sens. Elle aurait dû avoir compris la leçon. Elle était devenue une grosse baleine essoufflée par ce bébé qu'ils avaient conçu tous deux, précisément parce qu'elle s'était laissée aller à ces accès dangereux. Et elle s'était retrouvée dans un trou noir, où elle s'était juré de ne plus retomber.

Hélas elle était retombée.

Dès que Dalton apparaissait devant elle, Clara sentait

sa gorge se serrer, son cœur battre plus vite. Le soir, quand ils étaient assis ensemble au salon devant la télé, elle se surprenait à le regarder du coin de l'œil, avec la même boule dure dans la gorge, le même battement de cœur précipité.

Cela n'avait pas de sens, et c'était exaspérant.

Mais c'était un fait.

Elle avait beau avoir renoncé à l'idée d'un avenir possible avec lui, s'être répété que tout ça était une affaire classée, le lui avoir répété, à lui… Dès les premiers jours où elle avait été contrainte de rester chez elle auprès de lui, elle avait dû admettre que son cœur, lui, n'en avait pas fini avec cet homme. Et son corps non plus.

A quoi bon le nier ? Clara avait envie de Dalton dès qu'elle le voyait. Et en plus de ce désir totalement irrationnel qui la tourmentait tant, elle ne pouvait s'empêcher de ressentir pour lui de la gratitude.

Car malgré tout, il était là. Présent, au moment où elle avait besoin de lui, présent pour son enfant à naître, au moment le plus important. Comment ne pas avoir la tentation de lui laisser une seconde chance ? Elle devait au moins saisir cette opportunité de le connaître mieux, d'apprendre ce qu'elle n'avait pu apprendre sur l'île.

Même si cela ne menait nulle part et qu'elle parvenait à la conclusion qu'il n'était vraiment pas l'homme qu'il lui fallait, cela ne pourrait pas avoir de conséquences néfastes. Dalton et elle ne passeraient peut-être pas leur vie ensemble, mais ils ne pourraient jamais se couper totalement l'un de l'autre, désormais. Il avait été très clair quant au rôle qu'il comptait jouer dans la vie de leur fille. Il leur faudrait s'accorder pendant une bonne vingtaine d'années, à tout le moins, le temps que leur fille vole de ses propres ailes.

Bref, Clara n'avait plus qu'une solution : faire des efforts et trouver un terrain d'entente avec Dalton.

Mais le lundi suivant, la réalité reparut de plein fouet : Dalton Ames était un despote qui croyait tout savoir et tout pouvoir régenter.

Ce matin-là, Earl avait conduit Dalton à Denver pour une journée de réunions et de rendez-vous. Clara était seule dans la maison, allongée dans sa chambre. Elle avait réglé quelques questions concernant le restaurant et s'était rendormie.

Elle n'entendit pas entrer la femme.

Un son inhabituel dut la troubler dans son sommeil, car elle ouvrit les yeux et regarda d'un œil embrumé son ordinateur qui n'avait pas bougé de ses genoux.

Un bruit sourd se fit entendre. Le claquement d'une porte de placard dans la cuisine ?

Rory avait une clé, de même que Ryan. Peut-être l'un d'eux était-il passé ? Non. Ils auraient frappé ou prévenu. Ils ne se servaient de ses clés qu'en cas de nécessité, ils ne se seraient pas permis de venir sans s'annoncer.

Clara posa son portable sur la table de chevet et se leva.

Que faire ? Devait-elle prendre quelque chose pour se défendre avant d'aller plus loin ? Mais quoi ?

Les bruits étouffés continuaient. Quelqu'un fouillait dans sa maison, aucun doute là-dessus. Elle parcourut la pièce du regard à la recherche de quelque chose qui pourrait servir d'arme de fortune. Peut-être pourrait-elle démonter le pied de la lampe de chevet pour s'en faire une massue ? Ou sortir ses chaussures de ski pour les lancer au visage de l'intrus ?

Non, ce n'était pas une bonne idée.

Autant jeter un coup d'œil. Si elle voyait quelque chose de louche, elle reviendrait s'enfermer dans sa chambre et appellerait la police.

Ce n'était pas un plan très brillant, mais elle n'arrivait pas à croire qu'un voleur s'était introduit chez elle à 10 heures du matin pour aller fouiner dans la cuisine. Clara sortit alors sur la pointe des pieds et avança dans le couloir qu'elle suivit jusqu'à la cuisine, où elle découvrit une femme entre deux âges, grande et mince, occupée à sortir la vaisselle propre du lave-vaisselle et à la ranger.

La femme eut un grand sourire en la voyant.

— Ah ! Vous voici, madame Bravo. Est-ce que je vous

ai réveillée ? J'ai passé la tête pour vous saluer en arrivant, mais vous dormiez si bien…

Clara repoussa une mèche de cheveux hirsutes de son visage. Mais enfin… De quoi parlait cette femme ?

— Heu, je ne sais pas trop ce qui m'a réveillée, mais il n'y a pas de mal. Vous êtes… ?

— Mlle Scruggs, votre nouvelle gouvernante, dit la femme en se remettant à empiler les assiettes sur le plan de travail. Je suis également nourrice, j'ai dit à M. Ames que je serais ravie de m'occuper de l'enfant après la naissance, si vous le souhaitez.

— Ah, M. Ames, grommela Clara.

Mlle Scruggs eut un nouveau sourire radieux.

— Je suis venue jeudi après-midi pour l'entretien, et il m'a appelée vendredi pour me dire que j'étais embauchée, expliqua-t-elle. Je serai là cinq jours par semaine, toute la journée du lundi pour faire le ménage et la cuisine et seulement l'après-midi les autres jours, pour m'occuper des repas.

Dalton. Naturellement. Décidément, ce type avait un sacré toupet.

La femme dut sentir que quelque chose n'allait pas puisqu'elle demanda aussitôt :

— Est-ce qu'il y a un problème, madame Bravo ?

— Pas du tout. Appelez-moi Clara, je vous prie. J'ai juste une question.

— Bien sûr, Clara.

— Jeudi, pour passer l'entretien, est-ce que vous êtes venue ici, à la maison ?

— Oui, absolument. Vers 14 heures. Je suppose que vous étiez en train de faire la sieste. Puisque vous êtes réveillée, est-ce que cela vous convient si j'en profite pour changer vos draps et passer l'aspirateur dans votre chambre ?

Clara fit la moue. Difficile de refuser, les moutons commençaient à faire des troupeaux sur le tapis. Et elle n'avait aucune raison d'en vouloir à Mlle Scruggs qui ne faisait que ce qu'on lui avait demandé de faire. C'était avec Dalton qu'elle allait avoir une petite explication.

— Oui, bien entendu, allez-y.

Celle-ci s'exécuta aussitôt. Elle passa l'aspirateur, changea les draps, fit la poussière, s'occupa du linge et mit à rôtir une superbe épaule d'agneau avec des pommes de terre nouvelles et des carottes. Elle prépara également une délicieuse salade d'asperges fraîches et un gâteau aux amandes pour le dessert. Elle s'en alla vers 16 heures en promettant d'être là le lendemain après-midi pour s'occuper du dîner.

Dalton rentra un peu avant 18 heures. Clara alla l'accueillir dans l'entrée. Il était vêtu d'un costume à la coupe impeccable qui avait dû coûter une fortune et avait à la main un attaché-case en peau de crocodile qui devait valoir aussi cher qu'une Porsche. Il avait une allure folle et elle eut envie de se lover contre lui pour sentir son parfum frais d'eau de toilette et lui offrir un baiser de bienvenue.

Mais elle n'en fit rien, bien sûr. Car elle était furieuse.

— Ah, Clara ! dit-il en souriant.

Il huma l'air longuement.

— Ça sent bon, ici.

— Ce doit être l'épaule d'agneau que nous a préparée la gouvernante que tu as engagée jeudi.

— L'impressionnante Mlle Scruggs.

— Elle-même, confirma Clara

— Comment se débrouille-t-elle ?

— Elle est fabuleuse. Ce n'est pas elle, le problème.

Elle vit alors le front de Dalton se plisser.

— Parce qu'il y a un problème ?

— Dalton, tu ne peux pas embaucher quelqu'un pour s'occuper de *ma* maison, préparer *mes* repas et même, apparemment, être la nounou de *mon* bébé, sans même m'en parler.

— Clara…, commença-t-il d'un ton grondeur.

Clara se sentit frémir. C'était plutôt sexy, cette petite moue indulgente et affectueuse à la fois. Un peu trop sexy et beaucoup trop familier. Cela finit de l'exaspérer.

— Je ne savais même pas qu'elle venait. Je me suis réveillée et je l'ai trouvée en train de ranger la vaisselle.

— C'est une femme de ménage. Ranger la vaisselle fait partie de ses attributions.

— Tu l'as engagée sans me demander mon avis, et tu n'as même pas pris la peine de me prévenir !

— J'en avais assez des plats à emporter, si bons soient-ils, expliqua Dalton. Je suis ravi de payer quelqu'un pour s'occuper de la maison et faire ce que je n'ai pas envie de faire. Et ce que tu ne dois pas faire.

— Peut-être que j'aurais été ravie d'engager quelqu'un, moi aussi. Si seulement tu m'avais consultée ! Ce que tu n'as pas fait.

— Je voulais te faire une surprise.

— C'est réussi. J'ai cru qu'il y avait un voleur chez moi.

Dalton parut frappé par ces mots, puis il prit un air un peu penaud. Qu'il ne garda pas longtemps.

— Je n'avais pas imaginé qu'elle puisse te faire peur.

Clara secoua la tête en signe de dénégation avant de répondre :

— Elle ne l'a pas fait exprès. Je dormais quand elle est arrivée, elle s'est efforcée de ne pas faire de bruit. Je m'en suis remise, ce n'est pas le problème. Le problème, c'est qu'ici, c'est chez moi, et que c'est à moi de décider qui a le droit d'y entrer ou pas. Tu lui as donné mes clés. Tu n'as aucun droit de donner les clés de chez moi à qui que ce soit.

— Elle a toutes les recommandations et les assurances nécessaires, essaya d'expliquer Dalton.

— Imagine que tu me confies les clés de chez toi et que je les donne à quelqu'un que tu ne connais pas sans même te prévenir. Comment réagirais-tu ?

— Clara, fit-il alors de son ton patient et tendre. Je trouve que tu as un caractère un peu emporté.

Clara en resta bouche bée. Pas possible, elle avait dû mal entendre…

— Un caractère un peu emporté ?

— Clara, répéta-t-il en faisant un pas vers elle.

— Arrête ça.

— Arrêter quoi ? demanda-t-il en avançant encore.

— Ne t'approche pas de moi, répondit-elle aussitôt.

Dalton sourit, l'air très satisfait de lui-même.

— J'aime bien m'approcher de toi.

Clara faillit reculer, mais cela aurait été un signe de faiblesse.

— Hum. Bon, pour ce qui est de Mlle Scruggs…

— Oui ?

— Je l'aime bien, grommela-t-elle. Elle peut rester.

— Ah, tu vois ? s'exclama-t-il d'un ton triomphant. Je savais qu'elle serait parfaite.

— Mais ne fais plus jamais une chose pareille. Si tu veux faire le moindre changement chez moi, tu me poses la question d'abord et nous en parlerons. Et c'est à moi de décider à qui je confie mes clés.

Clara vit Dalton hocher la tête. Allait-il enfin accepter les arguments qu'elle lui donnait ?

— Tu as raison. Entendu.

— Et combien coûte l'impressionnante Mlle Scruggs, par ailleurs ? demanda-t-elle.

— C'est moi qui l'ai engagée, rétorqua-t-il. C'est moi qui la paye.

— Ce n'est pas ce que je t'ai demandé, Dalton.

— Ecoute, dit-il alors avec une pointe d'irritation. Si je la paye, tu n'as pas à savoir combien.

— J'ai tout à fait le droit de savoir. Elle travaille pour moi, c'est moi qui la paierai.

Dalton leva alors les mains comme en signe d'apaisement.

— Clara, il est vraiment inutile de se quereller pour ça.

— En effet. Et d'ailleurs, nous ne nous querellons pas, nous discutons. Combien est-elle payée ?

— Tu es vraiment têtue comme une bourrique, tu sais ? lança-t-il d'un ton agacé.

— Tandis que toi, tu es l'homme le plus souple et accommodant du monde, répliqua Clara d'un ton sarcastique.

— J'essaye juste de me rendre utile et de faire au mieux pour t'aider.

— Je t'ai posé une question, j'aimerais que tu répondes.

— Quelle question ?

Clara croisa les bras puis lança sans trembler :

— Combien ma nouvelle gouvernante se fait-elle payer ?

— Tu devrais être allongée.

Cette fois, c'en était trop. Elle lui lança un regard furibond puis siffla d'un ton menaçant :

— Je ne me répéterai pas, Dalton.

Celui-ci soupira avec lassitude et répondit. C'était plus que ce qu'elle aurait envisagé, mais au vu de ce que Mlle Scruggs était capable d'accomplir en une journée, cela en valait la peine.

— Très bien, je me débrouillerai.

Clara vit un muscle de la mâchoire de Dalton se contracter.

— Tu n'as pas à te débrouiller, c'est moi qui la paye, et c'est tout à fait juste que ce soit moi qui le fasse.

— Tu te préoccupes de savoir ce qui est juste, tout à coup ?

— Je vis chez toi, j'ai investi deux pièces, et je ne verse aucun loyer pour ma chambre et le bureau. Payer la gouvernante que j'ai engagée, moi, est la moindre des choses.

Clara hocha la tête. Présenté de cette façon, le point de vue de Dalton se défendait.

— Soit. Disons que tu la payes le temps que tu restes ici. Mais dès que tu partiras, c'est moi qui m'en chargerai.

— Entendu.

Elle le regarda alors d'un air soupçonneux.

— Tu as les yeux qui brillent, je n'aime pas du tout ça.

— Qui brillent ? Je ne sais pas de quoi tu parles.

Au même instant, le bébé se manifesta. Clara fit une grimace et se massa le ventre.

— Je peux toucher ? demanda-t-il d'une voix pleine d'espoir.

Elle resta immobile tandis qu'il franchissait le dernier pas qui les séparait et posait sa grande main chaude sur elle. Il était si près d'elle, tout à coup ! Ah, ce qu'elle aimait ce contact, chaud et intime. Elle adorait cela.

— Hum… C'est ici, dit-elle d'une voix un peu étranglée.

Elle glissa la main sur la sienne pour la guider là où le bébé avait donné un coup.

— C'est là, dit-elle en souriant malgré elle.

— Je la sens, confirma-t-il.

Dalton fixait leurs mains jointes, toute son attention tournée sur les mouvements qu'il sentait sous sa paume. Puis il releva les yeux et croisa les siens.

— Clara…, fit-il d'une voix profonde.

Plus grave encore qu'à l'accoutumée.

Clara croisa son regard. Elle était toujours en colère contre lui mais se sentait exaltée par leur complicité, la magie de ce moment, les mouvements de leur bébé, leurs mains qui se touchaient… Elle aurait dû détourner les yeux.

Mais elle ne les détourna pas, et il vit l'attente dans son regard. Elle le comprit à la façon dont il répéta son prénom, une fois encore.

— Clara…

Allez, écarte-toi, Clara.

Hélas, elle n'écouta pas la voix de la raison. C'était trop merveilleux, d'être si proche de Dalton. Elle oublia sa colère, oublia sa blessure toujours ouverte, oublia qu'avant de l'embrasser, elle devait lui parler.

Lui parler pour de vrai. Du fond du cœur, en prenant le temps.

Clara voulait savoir tout ce qu'il ne lui avait jamais dit. Sur ses parents, son enfance, son travail. Est-ce qu'il aimait vraiment ce métier de banquier ? Pourquoi son mariage avec Astrid avait-il mal tourné ? Pourquoi paraissait-il y avoir deux personnes en lui, si étrangères l'une à l'autre ? D'un côté, le P-DG dominateur avec ses manières parfaites et, de l'autre, l'aventurier si sexy et adorable qu'elle avait connu dans les Caraïbes.

Qui, de ces deux hommes, Dalton était-il vraiment ?

Mais il y avait sa main virile posée sur son ventre, ses yeux envoûtants plantés dans les siens. L'attaché-case sembla se détacher de sa main gauche et tomba sur le sol avec un son mat.

Il se pencha sur elle et approcha sa bouche de la sienne, Clara ne put rien faire d'autre que se hausser sur la pointe des pieds et accueillir ses lèvres.

- 6 -

Bon sang. C'est si bon de la retrouver…

Dalton sentait Clara onduler contre lui.

Ses lèvres pulpeuses étaient encore plus douces que dans son souvenir. Il reconnut aussi le parfum suave de sa peau. Elle gémit doucement. Et rompit leur baiser. Beaucoup trop vite.

Mais cela ne le découragea pas. Il fit glisser sa main dans le creux de ses reins, l'attira vers lui, pressa son ventre contre lui. C'était une sensation extraordinaire que le contact de sa peau tendue derrière laquelle se cachait cette vie qu'ils avaient créée ensemble. Il leva l'autre main pour caresser sa joue.

— Ah, Clara…

Mais elle se renfrogna.

— Je ne sais pas ce qui m'a pris. Je n'aurais pas dû t'embrasser, ce n'est pas bien.

— C'est très bien, au contraire. Très très bien.

— Je suis vraiment fâchée contre toi, tu sais. Et il faut qu'on parle, avant toute chose. Il y a énormément de choses dont nous devons discuter.

Dalton se rapprocha encore de Clara et murmura :

— Chhhh…

— Tu vois ? dit-elle d'un air maussade. Tu ne me laisses même pas parler.

— Chut…

Il inclina alors la tête et leurs lèvres s'effleurèrent, puis se rejoignirent. A nouveau, il sentit ce parfum frais et pétillant, de savon et de pomme. Et cette fois, elle ne se déroba pas.

Elle entrouvrit les lèvres dans un soupir et il l'embrassa, délicatement. Il caressa ses dents du bout de la langue, avec lenteur. Parfois, sur l'île, il leur arrivait de s'embrasser ainsi pendant un temps infini, assis sur le sable blanc à l'ombre d'un parasol ou dans un lit, leurs corps étroitement enlacés, retenant la vague de plaisir qui affluait en eux, prolongeant la caresse... Ils s'embrassaient, encore et encore, jusqu'à ce qu'il ne puisse plus y tenir, jusqu'à ce qu'il arrive au point de se laisser aller à sa jouissance...

Dalton frémit. Le goût des lèvres de Clara était délicieux, un mélange de soleil et de biscuit. Un goût de liberté, aussi, cette liberté et ce plaisir nonchalant qu'il ne s'autorisait jamais.

Il avait connu des femmes avant elle, bien sûr. De nombreuses femmes. Avant de rencontrer Astrid et de se dire qu'il était temps pour lui de se ranger. De se rendre compte que l'excitation de la première rencontre et de la première nuit ne durait jamais au-delà.

Il avait renoncé aux aventures de passage, il avait courtisé Astrid, et l'avait épousée. Et tout était parti à vau-l'eau.

Et alors qu'il commençait tout juste à se remettre du désastre de cette rupture, de l'échec de cet engagement qui était supposé être pour la vie, il avait rencontré Clara.

Clara.

Dalton devait se rendre à l'évidence : il n'avait jamais pensé qu'une femme puisse être si désirable à tous égards. Elle était excitante, drôle et adorable. Superbe. Tout à la fois une séductrice et une compagne.

Il avait croisé sa route alors qu'il n'était pas prêt. Et il avait tout détruit. En la laissant partir.

Pas question de réitérer la même erreur.

C'était si bon, de retrouver ses lèvres. Bon au point d'être douloureux. Il sentit son désir s'accroître, il ne pensait plus à rien d'autre qu'à ce baiser. Il ne fallait pas que ça s'arrête.

Dalton fit alors glisser ses doigts sur la nuque de Clara,

à la naissance de ses cheveux, prit doucement sa tête et la rapprocha encore, imperceptiblement. Il sentit ses mains glisser sur son torse, hésiter, et il craignit un instant qu'elle le repousse.

Mais non. Avec un feulement assourdi, elle éleva les mains jusqu'à ses épaules, enroula les bras autour de son cou. Sans cesser de l'embrasser.

Il laissa prudemment glisser les mains sur sa peau soyeuse et ses formes magnifiques. Il prit sa taille élargie par l'enfant qu'elle portait. Les courbes si féminines de Clara n'avaient rien perdu de leur séduction.

Allons, autant être lucide : ce baiser ne pouvait durer éternellement, mais il ne put retenir un grognement frustré quand elle se détacha de lui. Elle le regarda, la bouche rose et humide, les joues délicieusement empourprées.

— On ne devrait pas faire ça, dit-elle d'un ton de reproche. Il ne faut pas.

— Trop tard, fit-il en se penchant pour passer un bras sous ses genoux, l'autre soutenant son dos.

— Dalton ! protesta-t-elle en riant malgré elle tandis qu'il la soulevait du sol. Repose-moi par terre !

— Le canapé ou le lit ?

— Laisse-moi descendre, ordonna-t-elle en le repoussant faiblement, mais sans cesser de rire.

Le lit était plus près. Dalton traversa le couloir, Clara dans les bras, tourna et entra dans sa chambre où il la porta tout droit au lit. Là, il la déposa et se laissa tomber sur le bord à côté d'elle.

— Pousse-toi un peu.

— Quoi ?

— Fais-moi une petite place, dit-il en se débarrassant d'une de ses chaussures et en l'envoyant valser sur le tapis.

— Du calme, Dalton, nous devrions…

— Trop tard.

Dalton envoya sa deuxième chaussure rejoindre la première et allongea les jambes sur le lit, poussant Clara de l'épaule pour l'obliger à se décaler vers le milieu du lit.

— Ahhh…, fit-il en croisant les mains derrière la nuque. Voilà qui est mieux.

— Ton costume si chic va être tout chiffonné.

— Nécessité fait loi.

Clara se tourna sur le côté pour lui faire face, accoudée sur l'oreiller, la tête dans la main.

— Tu me rappelles le Dalton de cet été, celui qui était si libre, si drôle, et si détendu.

— Je suis le Dalton de l'île.

Elle se contenta de le regarder d'un air grave.

— Parle-moi de tes parents.

Dalton fit la moue. Ce n'était pas un sujet qu'il avait particulièrement envie d'aborder. Ses parents avaient fait leur devoir en ce qui le concernait, l'avaient nourri, blanchi, élevé pour faire de lui un rouage efficace de la société. A présent, ils n'étaient plus là et il n'y avait pas grand-chose de plus à en dire.

Mais apparemment, c'était important pour elle. Très important. Pas de doute : pour obtenir d'elle ce qu'il désirait, il fallait aussi qu'il lui donne ce qu'elle désirait.

— Dalton ?

— Ils étaient âgés. Ma mère avait plus de quarante ans quand je suis né.

— Etaient ?

— Mon père est mort il y a une dizaine d'années d'une crise cardiaque. Ma mère d'un cancer, deux ans après lui.

Dalton tourna la tête vers Clara qui prit un air contrit.

— Je suis désolée…

— Pourquoi donc ? Tu n'y es pour rien.

Elle eut un petit rire triste.

— Mon Dieu, Dalton, c'est juste une façon de parler. C'est une chose qui se dit pour exprimer sa sympathie.

— Je sais. C'est ce qui se dit. Et je sais que tu es sincère. Il n'empêche : tu n'y es pour rien.

Elle tendit la main pour toucher sa joue. Dalton se laissa faire. C'était agréable, frais et doux.

— Est-ce qu'ils… t'ont fait du mal ?

Il la contemplait. Il aimait tellement ce visage, cet ovale gracieux, ces lèvres pleines. La première fois qu'il l'avait vue, elle l'avait séduit par son expression ouverte et confiante.

Mais elle attendait des réponses.

— Non, ils ne m'ont pas fait de mal. Ils étaient juste distants. Ils voulaient de l'ordre, tout le monde devait parler doucement à la maison. Je ne pense pas qu'ils désiraient vraiment un enfant. Mais il leur fallait un héritier, un Ames pour prendre la succession de mon père. Quand je suis enfin arrivé, ils étaient satisfaits. La banque resterait entre les mains des Ames, au moins pour une génération. Mais ils me trouvaient bruyant et pénible.

— Je n'arrive pas à imaginer que tu puisses être bruyant et pénible.

Dalton eut un rire sans joie puis poursuivit :

— Ils m'ont bien dressé. Au sens figuré, bien sûr : ils ne m'ont jamais brutalisé. Mais c'était une pression permanente, il fallait que je me conforme à la vie qu'ils avaient prévue pour moi.

— Et tu t'y es conformé ? demanda Clara.

— Oui. Il y a eu des passages à vide. Il m'est arrivé de ne pas sortir de ma chambre des jours durant. Je leur en voulais terriblement.

Dalton sentit son cœur se serrer en voyant les grands yeux de Clara déborder d'empathie.

— Ils ne... t'aimaient pas ?

— Je n'en sais rien.

Clara caressa à nouveau sa joue, d'un geste très tendre qui alla remuer quelque chose très loin au fond de lui. A un endroit qu'elle seule avait jamais su atteindre.

— Tu ne sais pas si tes parents t'ont aimé, répéta-t-elle tristement. Je suis tellement désolée...

Dalton haussa vaguement les épaules et ébaucha un sourire.

— Te voilà à nouveau désolée.

— Tu fais mine d'en rire, mais je pense qu'ils ont été durs avec toi. Très durs.

— C'est possible, admit-il. Ils attendaient beaucoup de

moi, et j'ai dû être à la hauteur. Je suis devenu l'homme qu'ils voulaient que je sois.

— Sauf… quand nous étions sur notre île ? demanda-t-elle timidement.

— Oui, reconnut-il.

Car c'était la stricte vérité. Aucun doute là-dessus.

— Donc, reprit-elle d'un ton songeur, sur l'île, tu étais toi-même. L'homme que tu aurais été, peut-être, si tes parents n'avaient pas été aussi sévères et intransigeants…

Dalton caressa alors les cheveux de Clara et elle le laissa faire.

— Je suppose qu'on peut voir les choses ainsi.

— Parce que c'est la vérité.

— Clara, qui peut dire ce que je serais devenu avec d'autres parents ? J'aurais pu aussi être un fainéant sans aucune ambition.

— Ça, j'en doute fort.

— Mais tu n'en sais rien.

Clara le dévisagea d'un air pénétrant puis lança :

— Est-ce que tu as l'intention d'être aussi strict et autoritaire avec notre fille ?

— J'ai l'intention de veiller sur elle et de faire en sorte qu'elle ne manque jamais de rien.

Elle prit alors un air solennel.

— Si tu te montres dur, tu auras affaire à moi.

— Ça, je n'en doute pas une seconde.

— C'est important d'avoir un cadre et des règles. Mais avoir de la liberté et de l'amour l'est tout autant.

Dalton se tourna à son tour sur le côté et appuya la tête dans sa main.

— Je te promets que je te laisserai me guider ou, en tout cas, que je t'écouterai si tu juges que je suis trop strict.

Il vit alors le beau visage de Clara s'éclairer.

— Tu le feras ?

— Je le jure.

Son sourire était comme le soleil sortant de derrière un gros nuage sombre.

— A ton tour, lança-t-il aussitôt.

— Mon tour de quoi ?

— De répondre à mes questions.

Elle pouffa à mi-voix.

— Tout ce que tu voudras.

— Quand tu étais à l'hôpital, ta tante Agnes a fait une allusion au « comportement » de ton père. De quoi parlait-elle ?

— Ton détective ne t'a rien dit ? répliqua Clara.

— Je ne l'ai pas payé pour enquêter sur ton père.

— C'est juste.

Dalton toucha alors le nez de Clara du bout du doigt.

— Alors, ton père ?

— C'est assez moche, ça ne va pas te plaire, répondit-elle en faisant la grimace.

— Dis toujours, insista-t-il.

— Bon. Mon père avait une maîtresse alors qu'il était marié avec ma mère. Cela a duré vingt ans.

Il écarquilla les yeux puis demanda :

— Tu veux dire que pendant vingt ans, il a eu des maîtresses ?

— Non, une seule. Elle s'appelait Willow Mooney et il a été avec elle pendant plus de vingt ans. En fait, il avait deux familles en même temps. Il y avait ma mère avec mes frères, ma sœur et moi, qui menions une vie très confortable dans la grande maison que mon père avait fait construire quand ils s'étaient mariés. Et il y avait Willow, avec ses cinq enfants, dans une maison plus petite de l'autre côté de la ville. Il a fait des allées et venues entre les deux pendant vingt ans et il a reconnu mes demi-frères et sœurs dès le début. Nous portons tous son nom, nous sommes tous des Bravo. J'en suis heureuse, parce que j'aime tous mes frères et sœurs, sans distinction. Mais pour ma mère, c'était dur, très dur, qu'il ait fondé une autre famille, comme ça, sous son nez. Le lendemain des obsèques de ma mère, il s'est remarié avec Willow et il l'a installée dans la maison qu'il avait construite pour ma mère. Maintenant il est mort, lui aussi, mais Willow est toujours là.

Dalton tâcha d'assimiler toute cette histoire. A vrai dire, c'était assez extraordinaire !

— Eh bien, apparemment ton père ne se souciait pas beaucoup du qu'en-dira-t-on ?

— Non, en effet. Ni de la souffrance des autres. Il faisait ce qu'il avait envie de faire, point barre. C'était un homme très charismatique. Quand il te regardait, quand il te parlait, tu avais l'impression d'être la seule personne qui comptait au monde.

Clara eut un sourire mélancolique.

— J'étais absolument persuadée que j'étais sa préférée, de tous ses enfants. Et puis, plus tard, ma sœur Elise m'a dit qu'elle savait que c'était elle qu'il préférait. Et ensuite ma demi-sœur, Nell. Tu vois qui est Nell ? La jolie fille avec les tatouages et les cheveux auburn ?

— Je vois parfaitement.

— Il y a un an, elle m'a avoué qu'elle avait toujours su que papa l'aimait plus que les autres. Même si tu n'approuvais pas ses actes, tu ne pouvais pas t'empêcher de l'aimer. Et il te donnait l'impression d'être à part.

Dalton écarquilla les yeux puis lança :

— Même à ta tante Agnes ?

— Excepté à ma tante Agnes. Elle ne l'a jamais aimé. Et elle n'en démord pas. Elle ne lui a jamais pardonné sa relation avec Willow, d'avoir eu d'autres enfants et de les avoir traités comme ses enfants légitimes. Mon père nous a tous envoyés à la fac, tous les neuf, du moins tous ceux qui ont voulu. Et quand il est mort, il nous a légué un pécule à chacun, des placements que nous pourrions utiliser à partir de nos vingt-cinq ans. Agnes a toujours considéré que nous aurions dû avoir plus que les enfants de Willow. Et aujourd'hui encore, elle est furieuse qu'elle ait hérité de la maison de ma mère.

Dalton hocha la tête. Cela correspondait bien à ce qu'il avait cru comprendre du personnage.

— Vous semblez bien vous entendre, tous. En tout cas pour ce que j'en ai vu à l'hôpital, fit-il remarquer.

Clara se pencha en avant pour replacer correctement l'oreiller entre ses cuisses.

— Il y a eu des moments difficiles, mais nous les avons surmontés, pour la plupart. Nous ne sommes pas responsables des choix de nos parents. Mais il a fait énormément de mal à ma mère. Elle avait sa fierté, venait d'une famille aisée, très respectée. Avant de mourir, elle m'a avoué qu'elle aurait voulu pouvoir haïr mon père, qu'il l'avait humiliée la majeure partie de son existence.

— Pourquoi ne l'a-t-elle pas quitté ? demanda-t-il.

— Elle l'aimait. Suffisamment pour endurer l'humiliation de devoir le partager avec une autre. L'avoir la moitié du temps restait mieux que pas du tout, à ses yeux.

— Et l'autre femme ?

— Willow ? dit Clara avec un petit rire triste. Personne ne sait ce qui se passe dans la tête de Willow. Personne, même pas ses propres enfants. Je suppose qu'elle aimait mon père, elle aussi. Leur liaison a commencé alors qu'elle n'avait que dix-huit ans. Et je suis à peu près certaine qu'elle lui a toujours été fidèle, bien qu'il n'ait jamais quitté ma mère. Quand il est mort, il n'y a jamais eu d'autre homme dans sa vie. Pas à ma connaissance, en tout cas. Et dans cette ville, si Willow Mooney-Bravo avait commencé à fréquenter quelqu'un, ça aurait fait la une des journaux immédiatement. Alors, qu'est-ce que tes parents auraient pensé d'une famille pareille ?

Dalton ne put s'empêcher de faire la grimace.

Ils n'auraient pas du tout aimé.

— Nous n'en saurons jamais rien, se contenta-t-il de répondre. Ils ne sont plus là pour rendre leur verdict.

— Rendre leur verdict ? C'est ce qu'ils auraient fait ?

Sans aucun doute possible.

— Je n'en sais strictement rien. Et je m'en moque.

Clara inclina la tête sur le côté et le sonda du regard.

— Menteur.

— Je suis sincère, répondit-il vivement. Franchement, je me moque de ce qu'ils auraient pu penser.

— Mais tu le sais.

— Ce n'est pas important, Clara.

Elle le jaugea longuement, puis son regard sembla s'attendrir.

— Ma foi, c'est plutôt mignon…

— Qu'est-ce qui est mignon ?

— Que tu essaies de me protéger.

Dalton secoua la tête en esquissant un sourire puis lança :

— Ce que j'essaye de faire, c'est de me concentrer sur ce qui importe vraiment. Et ce qui importe, c'est toi.

Il posa alors la main sur son ventre.

— Et notre enfant. La vie que nous allons lui donner, c'est ça qui importe.

— Nous allons devoir faire des efforts, tous les deux, fit remarquer Clara. Pour que les choses soient cohérentes, entre chez toi et chez moi, je veux dire.

Dalton fit la moue. Etait-il urgent de répondre à ça ? Ne valait-il pas mieux temporiser ? Impossible.

— Tu pars du principe que nous vivrons séparément.

Elle se mordilla la lèvre.

— C'est ce que nous avons convenu, tu te souviens ? Tu es là pour m'aider jusqu'à ce que le bébé arrive. Et après tu rentreras chez toi. Ou même avant, si je le décide.

Il ôta sa main de son ventre pour effleurer la joue douce de Clara.

— Ce que je crois, moi, c'est que tu auras besoin de moi plus longtemps que ça. Beaucoup plus longtemps.

Elle cessa alors de respirer et demanda d'une voix mal assurée :

— Qu'est-ce que tu entends par là ?

— Ce que j'entends par là…

Dalton se rapprocha, jusqu'à ce que la bouche sensuelle de Clara soit tout près de la sienne, jusqu'à sentir son haleine chaude. Il lui caressa les cheveux et murmura d'une voix très basse :

— Je ne partirai pas. Tu es à moi, et le bébé aussi. Je veux ce qui m'appartient. Tu ferais mieux de commencer à te faire à cette idée.

Les yeux de Clara s'écarquillèrent puis s'étrécirent.

— Alors tu recommences avec tes manières de dictateur ?

— J'en ai assez de tourner autour du pot, c'est tout.

— Qu'est-ce que tu crois ? Et Astrid, est-ce qu'elle n'était pas toute à toi ? Et qu'est-ce que ça a donné ?

Dalton secoua vigoureusement la tête et lâcha :

— C'était différent.

— Ah oui ? Et en quoi ? répliqua-t-elle.

— C'était différent, je n'ai rien de plus à dire.

— Qui tourne autour du pot, à présent ?

— Et, léger détail, je n'ai pas eu d'enfant avec Astrid.

Clara sembla réfléchir à ses dernières paroles puis finit par admettre :

— OK, c'est un argument. Mais ce n'est pas pour autant que je suis à toi.

Si, Clara, tu es à moi.

Mais au lieu de le lui dire, Dalton se contenta de déclarer :

— Je veux juste dire que tu dois accepter l'idée que je ne partirai pas.

— Et pourtant, ça ne t'a posé aucun problème de m'envoyer valser, cet été, fit-elle alors remarquer d'un ton légèrement ironique.

Dalton leva les yeux au plafond. Formidable, elle recommençait avec cette histoire. Allons, autant faire preuve de patience.

— J'ai fait une erreur, finit-il par avouer.

— Ah oui, et une belle.

— Je ne le nie pas. J'ai pensé que je pourrais prendre le large. Et que prendre le large était la meilleure chose à faire. J'ai eu tort, et il m'a fallu un moment pour le comprendre.

— Et donc la prochaine fois que tu auras un doute, tu m'enverras à nouveau valser, comme tu l'as fait ? demanda alors Clara.

Dalton répondit alors d'une voix sans réplique :

— Il n'y aura pas de prochaine fois.

— Je ne finirai pas comme ma mère, Dalton, l'avertit-elle. A pleurer des années, à me dire que j'ai été trompée toute ma vie et dépossédée de ce que j'aimais le plus au monde.

— Tu ne finiras pas comme ta mère.

— Ah oui ? Et comment peux-tu me le garantir ? « Si nous allons plus loin, nous ne pourrons que tout gâcher », tu te rappelles ?

Dalton prit une grande inspiration. Décidément, Clara avait le don pour le faire sortir de ses gonds.

— Est-ce que tu as écouté un seul mot de ce que je t'ai dit ? J'ai compris ce que je voulais, à présent, et je ne changerai plus d'avis. Je veux notre enfant et je te veux, toi. Je veux être là pour vous. Et il n'y aura pas d'autre femme dans une autre maison dans un autre coin de la ville. Je te serai fidèle, à toi, et à notre famille.

Au même instant, les quelques centimètres entre leurs lèvres semblèrent se volatiliser. Clara hoqueta quand il lui vola un baiser, presque avec rudesse.

— Il faut que tu oublies ce qui s'est passé cet été, et que nous allions de l'avant.

Dalton voulut la caresser, mais elle saisit son poignet et repoussa sa main.

— Le plus horrible, c'est que j'ai envie de te croire.

Il faillit sursauter en entendant cet aveu. C'était plus qu'il n'aurait espéré.

— Je prendrai soin de toi, Clara, s'empressa-t-il de dire.

— Je n'ai pas besoin qu'on prenne soin de moi, rétorqua-t-elle presque durement.

Il fit glisser le dos de sa main sur sa joue douce.

— Bien sûr que si.

Aussitôt, le beau regard de Clara se voila et ses lèvres s'entrouvrirent. Il se pencha à nouveau vers elle.

C'est là qu'on sonna à la porte.

Elle voulut se lever, mais Dalton posa une main sur son épaule et l'obligea à se rallonger.

— Reste ici. J'y vais.

Clara le regarda d'un air courroucé. Il s'apprêta à lui rappeler qu'elle était supposée rester allongée le plus possible, mais elle lui fit signe d'y aller et se rencogna dans ses oreillers en soupirant.

Le temps de remettre ses chaussures, Dalton se dirigea vers l'entrée. Une fois devant la porte, il rentra sa chemise dans son pantalon, défroissa sa veste et finit par ouvrir.

Tiens, tiens, quelle bonne surprise ! C'était ce cher Ryan, bien sûr. La personne qu'il avait le moins envie de voir en ce moment ! Que venait-il faire ici, encore ?

Ryan s'appuyait nonchalamment d'une main à l'encadrement de la porte, un grand sourire plaqué sur son visage un peu trop parfait.

— Je commençais à me demander s'il y avait quelqu'un.

— Désolé, dit froidement Dalton. Nous nous reposions dans la chambre… avec Clara.

Ryan leva un sourcil sans faire de commentaire.

— Je viens voir comment elle va, dit-il en se redressant.

Manifestement, il attendait qu'on s'écarte pour le laisser entrer.

Mais Dalton ne bougea pas.

— Elle va très bien. Elle se repose.

Le visiteur émit un grognement.

— Allons, mon vieux. Elle ne sera pas contente du tout si elle apprend que vous ne m'avez pas laissé entrer.

Il disait vrai, hélas.

Du coup, Dalton se résigna et se décala d'un pas. Ryan le contourna et alla droit à la chambre de Clara.

Dalton brûlait d'envie de lui emboîter le pas, mais il savait ce qui se passerait : Clara lui demanderait de quitter la pièce pour pouvoir rester en tête à tête avec son ami. Et il faudrait qu'il s'exécute. Tout ce qu'il gagnerait, c'est de passer pour un jaloux ridicule.

Alors inutile de se lancer dans un combat perdu d'avance. Dalton battit en retraite, pour cette fois tout du moins, et monta à l'étage pour se changer. Après avoir enfilé un jean et un T-shirt, il alla à son bureau improvisé et fit le tour de ses messages et mails tout en restant à l'affût du moindre bruit de pas dans le couloir au-dessous.

Mais il n'entendait pas Ryan repartir.

Après une heure, Dalton s'impatienta et redescendit. Il jeta un coup d'œil par la fenêtre de la salle à manger. Le 4x4 de Ryan n'était plus là.

— Dalton ?

C'était la voix de Clara, elle avait l'air d'être dans le salon. Il la trouva installée sur le canapé, son ordinateur ouvert sur les genoux. Elle le referma et le posa sur la table basse.

— Tu es prêt pour le dîner ?

Il hocha la tête.

— Je vais apporter le nécessaire.

— Est-ce que tu pourrais me faire le plaisir de me laisser manger assise à table, comme une personne normale ?

— Ma foi, ça devrait pouvoir se faire.

Dalton hocha la tête. De fait, ça ne semblait pas contre-indiqué. Clara semblait reposée, son visage avait repris des couleurs. Il mit la table, apporta le plat et ils s'assirent.

— C'est succulent, s'exclama Clara au bout de quelques bouchées. L'admirable Mlle Scruggs connaît son affaire.

Il aurait dû tenir sa langue, mais c'était plus fort que lui. Il avait quelque chose sur le cœur et il fallait que cela sorte !

— Alors, qu'est-ce que ton grand copain avait à raconter ?

Clara but une grande gorgée d'eau puis répondit :

— Rien de spécial. Il voulait juste prendre de mes nouvelles.

— Je ne l'ai pas entendu repartir, il est resté longtemps ?

— Une demi-heure, quelque chose comme ça.

Dalton fit la grimace. Pourquoi avait-elle pris un ton aussi désinvolte, tout à coup ?

Arrête-toi là avant de faire une bêtise, Dalton.

Hélas, il voulait à tout prix avoir une réponse à ses questions.

— Qu'est-ce qu'il y a au juste, entre vous deux ?

Clara reposa son verre avec une lenteur calculée puis finit par répondre :

— Ryan est mon ami. Il est mon ami depuis le CE1. Nous avons le même âge, nous avons fait toutes nos classes ensemble et nous sommes allés au même lycée. Nous passions le plus clair de notre temps ensemble. Nous aimons tous les deux la nature et les balades, et nous sommes très souvent partis camper et randonner.

— Et toujours en tant qu'amis… Rien d'autre ?

Elle s'accorda un temps de réflexion et répondit simplement :

— Ryan a toujours été là quand j'en avais besoin.

Dalton fronça les sourcils. Clara n'avait pas répondu à sa question. Du coup, il la reposa plus directement :

— Est-ce que tu es amoureuse de lui ?

— Non, affirma-t-elle.

— Est-ce que tu as été amoureuse de lui, jadis ?

Elle prit une carotte. La mâcha avec lenteur. Puis dit :

— Non. Où veux-tu en venir, au juste ?

— J'essaye juste de comprendre, se défendit-il.

— Tu n'as jamais eu d'amitié du sexe opposé ?

— Non.

— Tu me disais qu'Astrid était ton amie, fit-elle valoir.

Dalton haussa les épaules puis lâcha :

— Nous sommes en bons termes désormais, rien de plus. Nous ne sommes pas des amis proches.

— Eh bien, fais un effort d'imagination. Imagine que tu as un ami proche qui se trouve être une femme, voilà tout. C'est ce qu'est Ryan pour moi. Un ami intime qui se trouve être un homme. Nous nous faisons totalement confiance et nous aimons passer du temps ensemble. Nous nous amusons bien et nous sommes là quand l'autre en a besoin.

— Et lui, il n'a jamais été amoureux de toi ? insista-t-il.

Clara le regarda, puis détourna les yeux. Bingo.

— Je ne sais pas.

— Si, affirma Dalton. Tu le sais parfaitement. C'est juste que tu n'as pas envie de répondre.

L'espace d'un instant, Clara fut tentée de dire à Dalton de s'occuper de ses affaires, mais elle se retint.

Parce qu'il y avait eu ce baiser échangé dans l'entrée,

un moment plus tôt. Et cette discussion en toute confiance, quand ils s'étaient retrouvés allongés face à face sur son lit. Et cette façon dont il avait caressé son visage et ses cheveux, avec tendresse, comme si elle comptait vraiment pour lui.

Et parce qu'il avait dit qu'elle lui appartenait sans faire machine arrière quand elle s'était offusquée. Il avait même persisté à l'affirmer, et il semblait sincère en le disant.

Autant être honnête. Chaque jour qu'elle passait avec Dalton la persuadait un peu plus qu'il désirait faire plus que son devoir. Qu'il la désirait, qu'il voulait être avec elle, bien au-delà de la nécessité, à cause de leur enfant.

Oui, il avait fait un grand pas ce soir en lui permettant de mieux le comprendre. Et ce pas lui ouvrait un monde d'espoir plein de soleil. Alors elle dit la vérité.

— Ryan a toujours décrété qu'il était amoureux de moi.

Clara vit alors un muscle de la mâchoire de Dalton palpiter et son regard bleu s'assombrir.

— J'en étais sûr, murmura-t-il.

Elle prit le temps d'avaler un autre morceau de viande fondante. C'est là qu'elle l'entendit grogner :

— Tu reconnais que ce type te courtise et il y a une heure, il était seul dans ta chambre avec toi !

— Ce n'est pas ça du tout, tu fais fausse route. Et puis, au cas où tu aurais oublié, tu as vu l'allure que j'ai, depuis quelque temps ? railla-t-elle en tapotant la montagne qu'était devenu son ventre.

— Oui, j'ai vu, grommela-t-il. Je n'arrête pas de te regarder et tu es magnifique.

Clara sourit. C'était agréable à entendre. Ou du moins, ça l'aurait été si Dalton n'avait pas grincé des dents en sifflant ces mots.

— Avant l'arrivée de Ryan, j'étais en train de te dire que j'avais envie de toi. Ce qui veut dire que je ne suis pas d'accord pour qu'il entre dans ta chambre.

Elle secoua la tête. Que devait-elle faire ? Rire ou se fâcher ?

— Ryan est mon ami, Dalton, affirma-t-elle. Combien

de fois va-t-il falloir que je te le dise ? Il n'y a absolument rien de romantique ou de sexuel entre nous.

Malheureusement, il semblait incapable de se contenter de cette réponse. Qui était pourtant sincère.

— Tu as failli te marier avec lui. Et tu viens d'avouer qu'il est amoureux de toi.

— Il dit qu'il est amoureux de moi, ce n'est pas pareil, corrigea-t-elle.

— Cesse de couper les cheveux en quatre.

— Absolument pas. Je pense que ça l'arrange de se dire qu'il est amoureux de moi. C'est confortable parce que je suis son amie et que je n'attends rien de lui. Et il le sait parfaitement. Il n'est pas prêt à s'engager dans une relation sérieuse avec une femme, mais ça lui permet de se dire que c'est moi la responsable. Que si j'étais d'accord, il le ferait.

Sur ces mots, Clara se servit un autre morceau d'agneau.

— C'est un jeu pour lui. En réalité, les femmes vont et viennent dans sa vie.

Dalton lui jeta alors un regard par en dessous.

— Est-ce que tu lui as déjà dit ce que tu viens de me dire ?

— Cent fois, affirma-t-elle.

— Et lui te dit que tu te trompes, c'est ça ?

— Oui, parce que s'il admet que je dis la vérité, il devra commencer à se demander pourquoi il est incapable de tomber amoureux.

Clara vit alors Dalton secouer la tête. Et il finit par dire :

— C'est bien les femmes. Toujours des explications compliquées à des choses parfaitement limpides.

— Pardon ? dit-elle en mettant une main en cornet sur son oreille. Je n'ai pas bien entendu.

— Clara. C'est un homme. Les hommes n'ont pas de telles subtilités.

Clara n'en croyait pas ses oreilles. A quoi rimait cette réflexion ?

— C'est faux.

— Non, c'est vrai, répliqua Dalton. Il a envie de toi ou il n'en a pas envie, c'est l'un ou l'autre. Il te l'a dit et quand tu essayes de discuter, il continue à le dire. Il était prêt à t'épouser, bon sang ! Tu dois juste te fier à ce qu'il dit et garder tes distances.

Elle secoua la tête d'un air navré et lâcha :

— Tu ne m'as pas écoutée.

— Si, et je t'ai parfaitement entendue.

— Bien. Pour qu'il n'y ait aucun malentendu entre nous, je vais donc me répéter une fois encore. Premier point : Ryan est mon ami. Il est hors de question que je cesse de le voir et il sera toujours le bienvenu chez moi. Deuxième point : il est mon ami depuis plus de vingt ans. Je pense que je le connais mieux que toi.

— Pourrais-tu alors me faire une faveur ? demanda-t-il alors d'un ton courtois mais forcé.

— Laquelle ?

— Quand il te rend visite, pourrais-tu le recevoir ici, au salon ?

Clara leva les yeux au ciel. Seigneur, Dalton était vraiment ridicule avec sa jalousie mal placée et totalement injustifiée. Il n'empêche : cela semblait avoir de l'importance pour lui. Allons, il aurait été stupide de mettre des obstacles à cette tendresse et cette proximité qu'elle sentait naître entre eux. D'ailleurs, il n'y avait aucune nécessité à voir Ryan dans sa chambre. Le canapé du salon serait parfait, si cela pouvait rassurer Dalton.

— D'accord, je le verrai ici, au salon, acquiesça-t-elle. Mais il faut que tu gardes à l'esprit que l'amitié de Ryan est très importante pour moi. Il sera toujours dans les parages et il ne va pas disparaître.

— Tu me l'as déjà dit.

— Oui, mais est-ce que tu m'as écoutée ?

— Oui.

Dalton avait pris un ton neutre. En réalité, il semblait un peu fatigué de cette discussion.

— Ecoute, nous réglerons ça, lui et moi, à notre façon.

Clara en resta bouche bée. « Nous réglerons ça, lui et moi, à notre façon. » C'était mot pour mot ce que lui avait dit Ryan. C'était un code entre mâles ? Qu'est-ce qu'ils voulaient dire, au juste ?

Dalton avait dû remarquer son étonnement car Clara l'entendit demander :

— Qu'est-ce qu'il y a, encore ?

— Comment comptes-tu « régler ça » avec lui, au juste ?

Il ne répondit pas, comme s'il était soudain absorbé dans la contemplation de son épaule d'agneau.

— Ne te mêle pas de ça, finit-il par dire.

— S'il doit y avoir des histoires entre vous deux, je vais m'en mêler, et plutôt deux fois qu'une ! affirma-t-elle.

— Je n'ai pas dit qu'il y aurait des histoires.

— Tu n'as pas dit non plus qu'il n'y en aurait pas.

Dalton se servit des asperges. Clara attendit, la mine sévère. Il lui lança finalement un regard sinistre.

— Ne t'en fais pas, Clara, il n'y aura pas d'histoires.

Pouvait-elle le croire ? Pas vraiment. Il avait pris un air buté et elle avait la très nette impression qu'il souhaitait en découdre avec Ryan, en tête à tête.

Bref, tout ça n'annonçait rien de bon.

Et puis après tout… Est-ce qu'il ne fallait pas les laisser s'expliquer, sans interférer, puisqu'ils semblaient tous deux en éprouver le besoin ?

Allons, elle allait se ronger les sangs si elle continuait à y penser. Elle regrettait déjà d'avoir parlé si ouvertement à Dalton de sa relation avec Ryan. C'était un sujet sensible et il n'avait pas besoin de s'entendre dire que Ryan s'imaginait être amoureux d'elle.

D'un autre côté, s'ils essayaient vraiment de progresser, tous les deux, Dalton avait le droit de savoir la vérité. Surtout sur des questions de ce genre, n'est-ce pas ? En fait, elle ne savait pas. Elle n'était plus très sûre de rien.

— Mange, la pressa-t-il alors gentiment.

Mais au lieu de reprendre ses couverts, Clara leva le menton d'un air de défi et planta les yeux dans les siens.

— Il est indispensable que vous vous entendiez, avec Ryan.

— Je vais arranger ça, la rassura-t-il.

— Mais tu seras courtois ? Tu feras des efforts ? insista-t-elle.

— Oui, je m'expliquerai avec lui.

— C'est promis ?

Sans sourciller, Dalton répondit alors :

— Tu as ma parole.

- 7 -

Dalton regretta sa promesse à la minute où il la fit. Quand deux hommes s'affrontent à cause d'une femme, on ne sait jamais jusqu'où cela peut aller. Parfois, il faut mettre les choses au point, une fois pour toutes. Et parfois, la discussion ne suffit pas. Il arrive qu'il y ait de la casse.

Lui-même se considérait comme un être civilisé. Il avait reçu une bonne éducation et savait se tenir. Ses parents y avaient veillé en lui donnant l'exemple d'un sang-froid imperturbable et d'un comportement toujours correct. Il avait été élevé pour être exemplaire et savoir se tenir dans le monde. Mais au fond de lui, il y avait des tendances rebelles et une certaine violence, à quoi bon se mentir ?

Ces tendances n'étaient pas sans avantages : il était devenu un battant, son esprit guerrier et affûté lui avait permis de diriger la société de main de maître. En revanche, elles lui demandaient de la vigilance. Il avait appris au fil du temps à contenir son tempérament impétueux. Les trois clés pour garder le contrôle étaient simples : faire du sport, avoir des relations sexuelles et éviter de s'émouvoir de quoi que ce soit.

Le sport était un dérivatif efficace et il en faisait tous les jours. Il pratiquait le tennis, le squash, et avait même joué au football au temps de l'université. Rien de tel pour se défouler que de s'empoigner avec des copains autour d'un ballon.

Pour ce qui était des femmes, cela n'avait jamais été un problème pendant toutes ces années où il avait enchaîné les aventures, l'une après l'autre. Pour être honnête, s'il avait pu faire l'amour avec Clara, sans arrière-pensée, ces jours-ci, il n'aurait sûrement pas été ainsi obnubilé par l'idée d'écarter Ryan du paysage. Mais Clara n'était pas vraiment en état d'avoir des relations enthousiastes et désinhibées. Et de toute façon, ce n'était pas d'actualité entre eux.

Quant à l'idée de ne pas s'émouvoir, ce n'était pas envisageable. Il tenait à Clara. Enormément. D'emblée, lors de leur rencontre, elle était parvenue à percer les défenses qu'il avait soigneusement établies tout autour de lui. Mettre fin à leur aventure à la fin des vacances n'avait pas eu l'effet escompté. Au lieu de ne plus penser à elle, il s'était mis à y penser de plus en plus.

Et maintenant, il y avait un enfant en jeu.

On en était donc là : il ne cessait de penser à Clara, elle ne voulait pas l'épouser, et ils ne pouvaient pas faire l'amour ! Se jeter dans son travail à corps perdu ne pouvait suffire. Il lui fallait un exutoire. Comme se battre avec un rival, par exemple.

Sauf qu'il avait promis de ne pas faire d'histoires et de s'entendre avec Ryan. Pour Clara, cela ne signifiait certainement pas en venir aux mains avec lui.

Bref, il avait un sacré problème.

Dalton s'efforça donc de penser à autre chose. Il courut cinq kilomètres le lendemain matin, ainsi que le suivant, et se rendit à la salle de sport de Quinn Bravo pour y faire deux séances intensives. Avec un peu de chance, ce serait un bon moyen de se libérer du sentiment de frustration qui le rongeait.

Le jour suivant, un jeudi, il emmena Clara à son rendez-vous avec le Dr Kapur. Après l'examen, celle-ci se déclara satisfaite : la tension artérielle avait baissé et les cernes avaient disparu. Clara avait bien meilleure mine. La conclusion fut donc qu'elle devait continuer exactement de la même façon.

Clara ronchonna durant tout le trajet du retour. Elle en avait plus qu'assez de passer ses journées enfermée entre son lit et son canapé. Au prochain rendez-vous, elle insisterait pour que le médecin l'autorise à sortir quelques heures par jour. C'était du moins ce qu'elle s'était promis de faire.

Dalton fit son possible pour se montrer compatissant. Ce n'était pas son point fort, mais il savait d'expérience que les gens en ont besoin, en général. Et pour Clara, il était prêt à faire des efforts. Il lui assura qu'il comprenait sa frustration.

— J'aimerais bien t'y voir, toi, bougonna-t-elle, si tu étais obligé de rester enfermé sans bouger alors que tu as une foule de choses à faire. Tu verrais comme c'est agréable.

Il lui rappela que tout ce qu'elle avait à faire pour le moment, c'était prendre soin d'elle et du bébé. Elle s'en sortait à merveille, alors autant qu'elle se concentre sur les aspects positifs, au lieu de ne penser qu'à ces petits inconvénients, qui n'étaient que temporaires.

Ces propos semblèrent néanmoins la hérisser. Quand ils arrivèrent à la maison, Clara alla tout droit à sa chambre et claqua la porte derrière elle.

Raté pour la compassion.

Dalton s'interrogea. Devait-il aller lui parler ? Vouloir la raisonner en ce moment risquait de ne faire qu'empirer les choses. Il regagna donc son bureau et se remit au travail.

Clara resta mutique durant tout le dîner, qu'ils prirent assis à table comme elle l'avait exigé. Finalement, elle reposa sa fourchette, s'essuya la bouche et le regarda.

Qu'avait-elle à lui dire ?

— Bon, je me suis comportée comme une peste ce matin, commença-t-elle. Ce n'est pas ta faute si je suis coincée au lit et je sais que tu voulais essayer de me réconforter. Je te fais mes excuses, je n'aurais pas dû réagir comme ça.

Sans laisser paraître sa surprise, Dalton reposa sa fourchette, s'essuya la bouche et repoussa sa chaise pour se lever.

Clara le regarda avec de grands yeux inquiets faire le tour de la table. Il s'arrêta devant elle et lui présenta sa main. Avec circonspection, elle la prit. Il la fit se lever tout en repoussant sa chaise de sa main libre.

— Qu'y a-t-il ? demanda-t-elle nerveusement.

— Rien.

Dalton lâcha alors sa main pour passer les bras autour de sa taille.

— J'accepte tes excuses.

Elle posa les paumes sur son torse, sans lever les yeux.

— Je déteste tellement tourner en rond comme ça, fit-elle avec une moue irrésistible.

— Oui, j'avais cru comprendre.

Clara le regarda enfin.

— Tu es vraiment adorable avec moi.

— Tu préférerais que je sois méchant ? lança-t-il d'un ton moqueur.

A vrai dire, il mourait d'envie de l'embrasser, mais il n'osa pas. Il n'était pas certain qu'elle était d'humeur à ça.

— Je…

— Tu ? dit-il en faisant glisser doucement une main sur ses hanches.

Ce faisant, Dalton apprécia les formes douces de Clara et le contact de son ventre arrondi pressé contre le sien.

— Il y a des choses dont je voudrais qu'on parle, murmura-t-elle tout à coup.

Parler. Il aurait dû s'y attendre. Il leva la main, enroula une de ses boucles brunes autour de son index.

— Quel genre de choses ?

— Tu aimes vraiment ton métier ?

— Oui, vraiment.

— Qu'est-ce qui te plaît là-dedans ? demanda-t-elle d'un air intrigué.

Dalton haussa les épaules avant de répondre :

— C'est très varié. La finance requiert des compétences très diverses. Il faut être rapide pour prendre des décisions et les mettre en œuvre. Ça me plaît, j'aime que les choses aillent vite. Je suis quelqu'un de tenace et pointilleux, ce sont des qualités nécessaires pour gérer une banque. Mais il faut aussi savoir s'adapter. Quand une méthode ne fonctionne pas, il faut en inventer une autre. Et puis j'aime les choses concrètes et rationnelles. Dans une banque, tout est rationnel et fonctionne selon des règles bien définies. Un financier doit être droit et probe. Ce qui est mon cas. Je sais ce qu'il est juste de faire, et je m'y tiens.

A la fin de sa tirade, Clara éclata de rire puis s'interrompit en rougissant et en mettant la main devant sa bouche.

— Excuse-moi.

Dalton ne se formalisa pourtant pas. Pourquoi se serait-il senti offensé ?

— Tu n'as pas à t'excuser. Tu as une vision du monde différente de la mienne, moins carrée, plus nuancée, ce n'est pas un mystère, je crois.

— Ah, dit-elle simplement, le visage levé vers lui.

Bon sang… Clara était si lumineuse que Dalton se sentit incapable de tenir plus longtemps. Il se pencha et prit sa bouche douce et sucrée. Elle se raidit, puis se laissa finalement aller et lui rendit son baiser. Ils s'embrassèrent avec langueur mais en veillant à ne pas s'embraser.

Quand Dalton releva la tête, Clara reprit :

— Tu es conscient que les qualités que tu viens d'énumérer sont valables dans une foule de domaines ?

— Peut-être, mais je suis un Ames. J'ai grandi dans une famille de banquiers, c'est plutôt une chance pour moi que j'aime ce à quoi on m'a destiné depuis ma naissance. Et sinon, as-tu assez mangé ?

Clara acquiesça. Dalton la prit alors dans ses bras et la souleva du sol. Elle poussa un petit cri de protestation, mais il chuchota :

— Laisse-moi te remettre à l'horizontale.

— Comme si j'avais le choix, maugréa-t-elle sans animosité.

Il l'amena jusqu'au salon et la déposa délicatement sur le canapé, lui ôta ses sandales et lui étendit les jambes.

— Te revoilà dans la bonne position.

Elle fit une grimace, mais ne bougea pas.

— J'ai une autre question.

— Je m'y attendais un peu, dit-il en se laissant tomber dans un fauteuil.

— Quand je suis allée voir Astrid…

Astrid, encore ! Est-ce qu'ils n'avaient pas épuisé le sujet ?

— Oui ? dit-il avec circonspection.

— Eh bien... je lui ai demandé ce qui n'avait pas marché entre vous. Elle a répondu que c'était à toi que je devais demander ça. Donc, heu, voilà.

Clara déglutit et humecta ses lèvres pulpeuses de la pointe de la langue. Dalton eut plus que jamais envie de l'embrasser. De la prendre dans ses bras et de la porter à son lit, de passer la nuit à son côté en l'enlaçant et en gardant ses mains posées sur son ventre, pour sentir tous les mouvements de son bébé.

— Pourquoi avez-vous divorcé, Dalton ?

Dalton prit une grande inspiration. Par où commencer ?

— Bon. Peut-être que le plus simple pour résumer les choses, c'est de dire que je ne la comprenais pas. Je croyais que nous attendions la même chose du mariage, elle et moi. Mais je faisais erreur.

— Comment ça ?

— J'ai épousé Astrid parce que je l'appréciais.

— Tu l'appréciais ? répéta-t-elle d'un air incrédule.

A son expression, on aurait cru qu'il avait dit un gros mot. Il fit mine de ne pas s'en rendre compte.

— Oui, j'appréciais Astrid. Je la respectais. Elle est intelligente, je trouvais sa compagnie agréable, nous nous entendions bien. Elle était très belle, avait des relations, savait tenir une maison. Elle me semblait l'épouse idéale.

Clara serrait les lèvres. Elle se retenait de poser *la* question gênante, c'était évident. Alors Dalton se résigna.

— Vas-y, dis-le.

— Je... heu, je note que tu n'as pas dit que tu l'aimais.

— Il était temps pour moi de me marier. Et Astrid était la personne idéale.

— Dois-je comprendre que tu n'étais pas amoureux d'elle ? reprit Clara.

Dalton haussa les épaules puis finit par répondre :

— Je la trouvais parfaite à tout point de vue et je pensais que nous nous accorderions à merveille.

— Dalton, faut-il que je repose la question une fois encore ? T'est-il arrivé de lui dire que tu l'aimais ?

— Je le lui ai dit, bien sûr. Apparemment, c'est le genre de choses qu'on doit dire à sa femme.

— Qu'on *doit* dire ? croassa Clara. Oh ! Dalton, comment te dire… ?

— Ma foi, ne dis rien ! proposa-t-il d'un ton plein d'espoir.

Mais Clara soupira lourdement.

— Voyons voir, laisse-moi deviner. Tu le lui disais, mais elle ne te croyait pas.

— C'est exact, confirma Dalton.

— Parce que tu ne l'aimais pas ! Elle représentait juste une fonction pour toi. Tu l'as épousée pour de mauvaises raisons.

Pour de mauvaises raisons ? Ah non ! Il ne pouvait pas la laisser dire une chose pareille.

— Je te demande pardon, mais je l'admirais. J'aimais être avec elle, je la trouvais intelligente, séduisante. Je l'aimais beaucoup. Je ne vois pas de mauvaise raison dans tout ça.

— Hormis qu'il manquait l'essentiel, fit remarquer Clara. Tu n'avais pas d'amour pour elle. Or le mariage, pour que ça fonctionne, ça doit commencer par de l'amour.

— Je ne suis pas d'accord, argua Dalton. L'amour n'est pas une donnée quantifiable. Ce n'est pas une base sur laquelle fonder quoi que ce soit.

— Oh Dalton, dit-elle en secouant la tête d'un air consterné. Tu n'as pas conscience de ce que tu dis. L'amour est la base de tout.

Dalton agita l'index en signe de dénégation.

— Je ne suis pas d'accord. Partager les mêmes vues, se respecter, bien s'entendre : voilà les fondements d'un mariage heureux. J'appréciais énormément Astrid, et c'est toujours le cas, sache-le.

— Tu l'appréciais ?

A ces mots, Clara écarquilla les yeux. Eh bien ! Il ne l'avait jamais vue aussi effarée.

— Oui. Beaucoup. Inutile de rouler des yeux pareils, tu as raison de toute façon : pour Astrid, l'amour comptait.

— Bien sûr que l'amour comptait, s'écria Clara. L'amour est fondamental !

Dalton fit la moue. Ce n'était pas le cas pour lui. Mais le dire ne ferait qu'aggraver son cas, il le savait bien.

— J'avais énormément d'estime pour elle et j'étais heureux avec elle. Mais je ne lui donnais pas ce dont elle avait besoin. Alors elle a fini par me quitter. Au début, j'ai été fou de rage, puis totalement perdu. Je croyais que nous étions sur la même longueur d'onde, que nous attendions la même chose de la vie, de notre couple. Je ne l'ai pas comprise et je n'ai jamais essayé de lui donner ce qu'elle désirait.

L'expression outragée de Clara sembla alors s'adoucir. D'un air incrédule, comme sous le coup d'une révélation, elle murmura :

— C'était donc ça que tu voulais dire quand nous nous sommes quittés. Que tu ne voulais pas qu'on continue à se voir car tu risquais de tout gâcher. Tu avais tout gâché avec Astrid et tu redoutais de refaire la même chose avec moi ?

— C'est exactement ce que je t'avais dit, non ? fit remarquer Dalton.

— Ecoute, entre le fait que tu me le dises et le fait que je le comprenne, il y a une grosse différence, voilà tout.

Dalton retint un soupir. Décidément, il ne comprenait pas grand-chose à la gent féminine.

— Quand nous nous sommes connus, j'avais surmonté le choc et j'étais arrivé à la conclusion qu'il y avait chez moi quelque chose qui clochait. Que j'étais incapable de comprendre les femmes.

— Je ne pense pas qu'il y ait quoi que ce soit qui cloche chez toi, Dalton, lui assura Clara. Vraiment pas. Mais il faut reconnaître que tu as beaucoup de choses à apprendre au sujet des femmes.

Dalton se sentit frémir. Surtout, rester calme et patient.

— Tout s'était si bien passé avec toi, je me disais qu'il valait mieux s'épargner le moment où tout irait mal.

— Mouais, fit-elle avec une petite moue.

— Quoi, mouais ?

— A l'époque, je n'ai pas compris tout ça. Je me suis dit que c'était juste ce genre de truc qu'on dit : ne le prends pas pour toi, c'est ma faute, des banalités pour ne pas avoir l'air de me larguer et éviter une scène.

D'un ton prudent, Dalton osa alors avancer :

— Je ne pouvais pas te larguer puisqu'il était convenu de ne pas aller au-delà de ces deux semaines, et…

Clara leva la main pour l'interrompre, d'un geste sec.

— Je me souviens parfaitement de ce qui était convenu. Inutile de revenir en permanence là-dessus.

Voyant que ses joues s'étaient empourprées, Dalton crut tout à coup bon de dire :

— Ne t'énerve pas, ce n'est pas bon pour toi.

— Au contraire, ça me fait du bien de dire ce que j'ai sur le cœur, lança-t-elle.

Ah bon ? Ça faisait du bien ? Pour sa part, il avait de plus en plus l'impression de perdre pied et de couler à pic.

— J'avais trente ans quand nous nous sommes rencontrés, Dalton, poursuivit-elle. A trente ans, si une femme n'est pas mariée, il y a de grandes chances qu'elle ait eu son compte de baratin à la noix et n'ait pas envie d'en entendre davantage.

— D'où sors-tu que c'était du baratin ? s'insurgea Dalton. Tu as dit que tu venais de comprendre ce que je voulais t'expliquer, non ?

— Je… c'est vrai.

Clara le regarda, les yeux plissés par la méfiance. Puis elle se rencogna dans le canapé.

— Je me suis toujours méfiée des aventures romantiques, tu comprends ?

Dalton émit un grognement qui pouvait passer pour une approbation. Ce devait être ce qu'elle attendait, car elle continua :

— J'ai vu à quel point ma mère avait souffert. Parfois mon père disparaissait des jours durant. Pour elle, c'était comme si son mari ne lui appartenait pas. Je me suis juré de ne jamais connaître ça. Du coup, j'ai été très prudente. Trop, peut-être. J'ai fréquenté des garçons, j'ai eu deux relations sérieuses mais je n'ai pas voulu m'engager plus loin. J'avais ma famille, j'avais mes amis. J'avais Ryan.

Dalton serra les mâchoires. Il n'avait pas envie de l'entendre parler de son précieux Ryan, et elle le savait pertinemment.

D'un ton voilé de reproche, Clara lui dit aussitôt :

— Dalton, il n'y a jamais eu ce genre de choses entre Ryan et moi.

— Quel genre de choses ? aboya-t-il.

A vrai dire, il craignait d'entendre sa réponse.

— J'ai couché avec deux hommes avant toi, avoua-t-elle finalement. Pas avec Ryan. Nous n'avons jamais été amants. Mais nous sommes amis. C'est tout.

Dans son estomac, Dalton eut l'impression qu'un nœud s'était dénoué d'un coup. Finalement, c'était une bonne chose d'avoir posé la question.

— Bon. D'accord. Donc, pour résumer, tu as eu des aventures, mais tu ne t'es jamais engagée plus loin ?

— C'est ça, confirma Clara. J'ai toujours été une forcenée du travail, à vrai dire, et j'ai toujours su que je voulais ouvrir mon propre restaurant. Alors je me suis démenée pour y parvenir, puis je me suis démenée pour qu'il connaisse le succès. Je n'ai jamais eu l'impression de passer à côté de quelque chose en ce qui concernait les hommes, jamais avant l'été dernier. Je me suis retrouvée à trente ans et j'ai subitement pris conscience que je ne rencontrerais peut-être jamais la perle rare. Et puis il y a eu ce voyage, et puis il y a eu toi, et…

Hélas, Clara laissa mourir sa phrase. Juste quand cela devenait vraiment intéressant.

— Continue.

Elle leva l'index d'un air grondeur.

— Ne t'avise pas de te moquer.

— Je ne me moquerai pas, lui assura Dalton.

Elle rejeta alors la tête en arrière et fixa le plafond.

— Et c'était comme s'il était écrit que nous devions nous rencontrer, toi et moi.

« Comme s'il était écrit que nous devions nous rencontrer. »

Dalton sentit son cœur se serrer. A vrai dire, il se considérait comme un homme pragmatique, peu porté sur la romance. Mais ces paroles étaient tellement agréables à entendre quand c'était Clara qui les prononçait.

— A la fin de ces deux semaines que nous avions passées ensemble, poursuivit-elle, je m'étais fait tout un tas d'idées sur ce qui pourrait advenir entre nous deux.

Clara tourna la tête vers lui et lui décocha un regard noir.

— J'ai vraiment tout fichu en l'air, hein ? dit-il.

Elle sourit avec mélancolie.

— Tu peux le dire.

— Par peur de tout gâcher, j'ai encore plus tout gâché ?

— Voilà.

Au moins, elle avait parlé gentiment. Ses joues avaient rosi. Dalton se mordit alors la lèvre et hasarda :

— Est-ce qu'il ne serait pas possible d'oublier ça, peut-être pas tout de suite, mais un jour, dans quelque temps ?

Clara le dévisagea pendant des secondes interminables. Il valait mieux se résigner : jamais elle ne pourrait oublier qu'il l'avait repoussée.

Pourtant, elle leva la main et la tendit vers lui. Ce fut un moment magique. Il la prit en se levant et vint s'asseoir sur le rebord du canapé, tout près d'elle.

— J'y travaille, murmura-t-elle.

Dalton sentit soudain son cœur bondir dans sa poitrine. Tout allait s'arranger, c'était certain. Tôt ou tard, elle l'épouserait, il le fallait, pour leur bien, le sien et celui de leur petite fille. Il eut aussitôt un accès d'impatience. Il aurait voulu que tout soit réglé, qu'elle ait dit oui, qu'ils puissent s'occuper des papiers, se rendre à l'église ou devant le maire et tout mettre en ordre avant l'arrivée du bébé.

Mais il fallait aussi que Clara accepte de venir s'installer à Denver. Inutile de se leurrer : ce ne serait pas une mince affaire de la convaincre. Elle était profondément attachée à sa ville natale. Il y avait beaucoup de chemin à parcourir et la première étape était d'obtenir son consentement.

— Je suis contente qu'on puisse profiter de ce temps ensemble pour apprendre à se connaître, ajouta-t-elle. Pour voir si nous pourrions avoir un avenir ensemble… Je veux dire, au-delà du fait d'avoir un enfant, peut-être.

Dalton eut du mal à en croire ses oreilles. « Peut-être » ? Clara en était toujours au stade du peut-être ? Ce n'était pas du tout ce qu'il avait espéré.

— Dalton ? Il y a quelque chose qui ne va pas ?

Les grands yeux suppliants de Clara le pressaient de parler. Mais ce qu'il aurait voulu dire n'était pas ce qu'elle voulait entendre.

Allons, pas question de se décourager. Ils avançaient, malgré tout. S'il en demandait trop et trop vite, il ne ferait que perdre le terrain gagné.

— Non, absolument rien.

— Je ne te crois pas, gronda-t-elle.

Dalton se pencha alors tout près d'elle, murmura que tout allait très bien et l'embrassa. Un baiser langoureux et profond.

Quand leurs bouches se séparèrent, Clara avait un regard rêveur. Oui, tout irait bien. Il devait juste lui laisser un peu de temps.

Dalton se sentit soudain rasséréné, confiant. Ils progressaient.

Le lendemain, Ryan vint frapper à la porte.

Comme promis, Clara le reçut au salon et proposa même à Dalton de se joindre à eux. Il prit un fauteuil et Ryan, le second.

Inutile de se mentir : il se sentait mal à l'aise. Ils parlèrent du bar de Ryan, du restaurant de Clara, de divers amis communs, mais aussi de la façon dont Dalton s'organisait pour ses affaires depuis le petit bureau de fortune installé à l'étage.

Une chose était sûre : Dalton avait été soulagé d'apprendre que Clara et son ami n'avaient jamais été amants. Mais désormais, en le regardant assis là devant lui, il se disait qu'il aurait peut-être mieux valu, finalement. Clara avait dit que Ryan multipliait les conquêtes. C'était un séducteur, très beau gosse, avec un sourire ravageur. Pour ce type d'homme, une femme qui lui résiste est une proie de grande valeur.

Il était là depuis un quart d'heure quand Dalton reçut un appel auquel il devait répondre. Il monta au bureau et eut ensuite plusieurs coups de téléphone et consignes à donner. Quand il redescendit, il entendit Clara qui riait aux éclats.

— Rye, arrête, veux-tu ? Stop ! s'exclamait-elle en riant de plus belle.

Dalton se sentit frémir. Elle semblait tellement joyeuse. L'avait-il déjà entendue rire comme ça avec lui ? Pas très souvent. Pas assez, pour sûr. Il entra au salon au moment où Ryan se penchait sur elle pour lui poser un baiser sur la joue. Certes, ce n'était qu'un baiser amical mais il détesta l'air de dévotion qu'il lut sur le visage de Ryan.

— Appelle si tu as besoin de moi, dit celui-ci en restant penché vers elle, une main posée sur le dossier du canapé.

— Sans faute.

Là-dessus, Ryan se redressa et aperçut Dalton.

— A un de ces quatre, lança-t-il négligemment avec un petit mouvement du menton.

Dalton opina.

— A plus, dit-il entre ses dents serrées.

L'autre passa devant lui pour aller à la porte. C'était le moment d'avoir une explication avec ce fameux meilleur-ami-pour-toujours.

— Je le raccompagne, dit-il à Clara.

Hélas, Clara ne lui en laissa pas l'occasion.

— Ne sois pas ridicule, il connaît le chemin.

Peu importe : Dalton avait pris sa décision. Ils devaient s'expliquer, Ryan et lui, tous les deux, sans Clara, d'homme à homme.

Loin de chez elle. Et sans tarder.

*
* *

Ce ne fut pas difficile. L'après-midi même, Dalton appela Ryan à son bar, le McKellan's.

— Dalton Ames à l'appareil. Il faut qu'on parle.

Ryan n'eut pas l'air surpris.

— Ça marche, répondit-il. Vous voulez me rejoindre ici ?

— Parfait. Dans dix minutes ?

— Je vous attends, dit Ryan avant de raccrocher.

Quand Dalton redescendit, Clara avait disparu et la porte de sa chambre était fermée. Sans doute faisait-elle une sieste, ce qui tombait à point nommé. Inutile de la déranger et de devoir mentir au sujet de l'endroit où il se rendait.

Il alla retrouver Mlle Scruggs dans la cuisine et la prévint qu'il s'absentait. Il serait de retour dans une heure environ.

— Pas de problème, dit la gouvernante. Si j'ai terminé avant que vous ne reveniez, je laisserai un message à Clara.

— Parfait, merci.

Le McKellan's était un pub de belle taille sur Marmot Drive. Des tables étaient alignées dehors sous des auvents bleus. L'intérieur, où se mêlaient bois sombre et vieux murs de pierre pittoresques, était aménagé en petites niches confortables où on pouvait partager pintes de bière et hamburgers.

Ryan attendait Dalton à une extrémité du long comptoir de bois derrière lequel s'alignaient des bouteilles d'alcool et de liqueurs, et pas moins de trois séries de robinets de bières à la pression. Il n'était que 14 h 30, mais les clients étaient suffisamment nombreux pour témoigner de la popularité de l'endroit.

— Je vous offre une bière ? demanda-t-il quand Dalton le rejoignit.

— Non merci.

— Asseyez-vous, lança Ryan en indiquant un tabouret à côté de lui.

— Je préférerais un entretien en privé.
— Dans mon bureau ? proposa Ryan.
— Ça marche.
Ryan le précéda vers l'autre bout du bar et passa sous une arche ouvrant sur un petit couloir jusqu'à une porte battante qui conduisait aux cuisines, où les employés les saluèrent. Ils arrivèrent à une autre porte ouvrant sur une réserve. Sur les étagères qui couvraient les murs étaient entreposées des quantités de victuailles pour le bar et le restaurant. Ils longèrent ensuite un autre couloir avant d'arriver enfin au bureau de Ryan.
Le propriétaire des lieux ferma la porte derrière eux et fit le tour du bureau pour aller s'asseoir.
— Prenez place.
Dalton s'assit à côté d'une plante qui faisait triste mine et réfléchit à ce qu'il allait dire tandis qu'ils se regardaient. Ou plutôt : tandis qu'ils se jaugeaient du regard. Et puis il se lança.
— J'ai l'intention d'épouser Clara.
Ryan posa les pieds sur son bureau en se renversant dans son fauteuil.
— Oui, c'est ce qu'elle m'a dit.
Il eut alors son petit sourire provocateur.
— Mais malheureusement pour vous, vous n'avez aucune chance qu'elle accepte.
Dalton se força à respirer tranquillement.
— Elle attend un enfant de moi, je vis chez elle, nous en discutons.
Ryan eut aussitôt un claquement de langue dubitatif.
— Ouais, disons plutôt qu'elle vous a dit non, mais qu'elle accepte que vous restiez parce que vous êtes le père du bébé et qu'elle a un cœur gros comme ça.
Dalton se mordit la lèvre. Il avait frappé fort, le bougre. Allez, il était temps de changer de cible.
— Clara m'a dit que vous pensez être amoureux d'elle.
Ryan resta impassible.
— C'est du Clara tout craché. Ne l'écoutez pas : je

l'aime et je l'ai toujours aimée. Elle n'a jamais cédé à mes avances, mais j'ai bien failli lui passer la bague au doigt, à Noël dernier. Je ne désespère pas d'y parvenir, un jour.

Dalton serra les poings. Ah oui, vraiment ? Il faudrait qu'il lui marche sur le corps avant d'y parvenir !

— Si elle avait voulu de vous, ce serait déjà fait, vous ne croyez pas ?

— Je pourrais vous retourner la question, rétorqua Ryan en regardant ses bottes. Bon, vous pourriez en venir au fait ?

— Elle attend un enfant de moi. Elle a besoin de moi et mon enfant a besoin de son père.

— Et alors ?

— Alors tenez-vous à l'écart. Arrêtez de me mettre des bâtons dans les roues.

A ces mots, Ryan leva brusquement la tête. Son regard et celui de Dalton se croisèrent.

— Je ne vous mets pas de bâtons dans les roues, mon vieux. Vous vous compliquez la vie tout seul. N'espérez pas que Clara va vous épouser parce qu'elle est enceinte de vous. C'est une romantique indécrottable. Il lui faut le grand jeu : votre vie, votre cœur sur un plateau. Rien de moins.

Rien que Dalton ne sache déjà.

— Vous l'empêchez de prendre la bonne décision.

Ryan ignora son intervention et poursuivit :

— Qui plus est, Clara a toujours été un peu chatouilleuse. Elle m'a dit qu'elle était vraiment tombée amoureuse, quand vous étiez dans les Caraïbes. Et vous l'avez envoyée paître. Grave erreur. Elle ne vous le pardonnera peut-être jamais.

— Je vous le répète, vous l'empêchez de faire ce qu'elle a à faire.

— Faux. Je suis son ami. Dans un moment comme celui-ci, elle a besoin de ses amis plus que tout.

— Vous ne savez pas ce que vous racontez, reprit Dalton d'un ton accusateur. D'un côté vous dites que vous êtes amoureux d'elle, et de l'autre que vous ne vous mettez pas en travers de mon chemin.

Dalton leva un instant les yeux au plafond. Allez, il était

temps de sortir la grosse artillerie. Et grâce à Clara, il avait les armes nécessaires.

— Ce que je pense, c'est que ça vous convient de lui courir après. Ça vous convient parce que ça ne porte pas à conséquence. Vous savez qu'elle ne cédera pas et du coup, vous n'aurez jamais à sauter le pas et à vous confronter à la réalité.

Dalton eut alors la sensation d'avoir touché une corde sensible, car Ryan ôta ses pieds du bureau et se leva d'un bond. Il fit le tour du bureau, le regard furibond. De son côté, Dalton sentit monter l'adrénaline et se leva à son tour. Ils n'étaient plus qu'à un pas l'un de l'autre.

— Tu ne sais rien du tout de notre relation, à moi et Clara, siffla Ryan.

— J'en sais suffisamment. Conduis-toi en homme, cherche-toi une femme.

Ryan lui lança alors un regard noir, les yeux plissés, tous les muscles tendus. Dalton lui donna aussitôt le coup de pouce qu'il attendait.

— Vas-y, tape.

Ryan s'exécuta. Il feinta à gauche puis envoya un bon uppercut qui le saisit en pleine mâchoire. Dalton vit des étoiles tandis que sa tête partait vers l'arrière. Il se ressaisit aussitôt, reprit son équilibre et planta ses yeux dans ceux de Ryan. Lentement, il porta la main à sa mâchoire et la fit bouger de droite à gauche, ce qui provoqua un craquement.

Ryan écarta tout à coup les mains en levant les yeux au ciel.

— Alors, mon vieux, on y va ou quoi ?

Dalton sentit le goût cuivré du sang sur sa langue. Il se massa à nouveau la mâchoire et avoua :

— J'ai dit à Clara que je m'entendrais avec toi.

Ryan ricana.

— Trop tard. Et de toute façon, elle en demande un peu trop, là.

— Tu sais quoi ? grogna Dalton. T'as raison.

Sur ces mots, il fit deux crochets du gauche en direction de son rival. Ryan les évita d'un mouvement souple et rit de plus belle avant de recevoir un coup de poing magistral sur son nez parfait. Touché.

- 8 -

Ryan partit en arrière avec un halètement sourd et se rattrapa au bureau en vacillant. Il secoua la tête et du sang coula de son nez. Il bondit et se jeta sur Dalton. Celui-ci l'accueillit avec un crochet du gauche, que Ryan bloqua pour lui donner un coup étourdissant du poing droit.

Ils s'en donnèrent à cœur joie, renversant les chaises, fracassant le pot de la plante rachitique qui alla finir sa morne vie sur le plancher, puis roulèrent à terre, chacun cherchant à prendre le dessus. Du sang coulait du nez de Ryan et cela empira quand Dalton, juché sur lui, lui donna un autre coup en plein visage. Ils roulèrent à nouveau et Ryan, ayant pris l'avantage, flanqua à son rival un grand coup de poing entre les deux yeux. Ils continuèrent ainsi quelque temps, se cognant tour à tour, haletant et se coupant avec les éclats du pot, noirs de terreau.

La porte s'ouvrit brusquement et un homme coiffé d'une toque de chef passa la tête dans l'encadrement.

— Ça suffit comme ça, arrêtez !

Dalton était bien conscient qu'ils se conduisaient comme des idiots. D'ailleurs, Ryan dut penser la même chose car il se mit à rire. Il était dans un état pitoyable, avec du sang plein la figure. Il avait le nez et l'œil gauche qui avaient doublé de volume. Mais lui-même devait avoir à peu près la même allure.

Ils s'écartèrent et s'assirent par terre, les jambes écartées, les coudes appuyés sur les genoux, le souffle court.

— Est-ce que l'un de vous a besoin d'un médecin ? demanda le chef.

Ryan jeta un coup d'œil interrogateur à Dalton qui secoua la tête en signe de dénégation.

— Merci Roberto, dit-il. Ça va.

Le chef le regarda avec un mélange de résignation et de réprobation.

— Tim, de chez Diageo, t'attend au bar, annonça-t-il.

— Demande à Benny de s'en occuper, dit Ryan en tâtant la coupure sous son œil gauche.

— Si je vous laisse, vous allez vous tenir correctement ? demanda Roberto en les fusillant du regard l'un après l'autre.

— Ouais, fit Ryan.

— On a notre compte, confirma Dalton.

Le chef disparut. Dalton se leva et tendit la main à Ryan qui la prit, puis le tira pour le remettre sur pied.

— Bon, ça ne résout rien.

— Mais ça fait du bien quand même, dit Ryan en haussant les épaules.

Dalton parcourut la pièce du regard.

— Désolé pour le bureau.

— Pas grave, cette plante était à moitié crevée, de toute façon.

Dalton baissa les yeux sur sa chemise et son pantalon couverts de sang et de terre. Eh bien, quelle allure !

— Il faut que je me lave un peu avant de rentrer.

— Ça ne servira à rien, prévint Ryan en essuyant du sang séché sous son nez. Elle va comprendre immédiatement ce que tu as fait.

Dalton le regarda sans piper.

— Les toilettes des hommes sont après la cuisine, grogna finalement Ryan.

Clara travaillait sur son portable, allongée dans le salon. L'odeur appétissante du poulet cuisiné par Mlle Scruggs flottait dans le couloir : ils allaient se régaler ! C'est là qu'elle entendit Dalton rentrer.

Sans doute allait-il venir la voir, comme il le faisait à chaque fois qu'il rentrait. Le bébé donna un coup et elle posa la main sur son ventre, un grand sourire aux lèvres. Il allait vouloir sentir le bébé, lui aussi. Hélas, son sourire s'évanouit quand elle l'entendit gravir les marches pour aller directement à l'étage. Bon, il devait avoir quelque chose d'urgent à faire. Mais la minute d'après, elle entendit le bruit de l'eau qui coulait dans la salle de bains. Une douche à 4 heures de l'après-midi ? Elle haussa les épaules. Il était peut-être allé à la salle de sport, finalement.

Elle reporta alors son attention sur la comptabilité du restaurant, et s'interrompit pour prendre l'appel de Renée.

Clara finissait avec sa gérante quand elle entendit Dalton redescendre. Elle se redressa un peu sur les coussins et se tourna vers le couloir, souriant à nouveau, prête à l'accueillir.

Mais à nouveau, son sourire s'éteignit. Il s'était arrêté sur le seuil de la cuisine et la regardait d'un œil. L'autre était tellement gonflé qu'il ne pouvait l'ouvrir.

Mais ce n'était pas tout. Un énorme bleu s'étalait sur le côté gauche de sa mâchoire, son front portait une entaille refermée par des pansements de suture et sa lèvre était fendue. Mais enfin, que lui était-il arrivé ?

— Excuse-moi, Renée, il faut que je te laisse, dit-elle au téléphone. A plus tard.

Elle raccrocha et se leva.

— Reste assise, dit Dalton en s'avançant vers elle.

Ignorant son injonction, elle s'approcha en soutenant son ventre d'une main.

— Mon Dieu, Dalton ! Que s'est-il passé ? Tu t'es fait agresser ?

Clara leva la main dans un geste instinctif pour effleurer le bleu terrible sur le menton de Dalton. Il attrapa ses doigts au vol et les porta à sa pauvre bouche pour les embrasser.

— Ce n'est rien.

— Comment ça, ce n'est rien ? dit-elle en sentant son

estomac se retourner. C'est terrible, tu veux dire ! Tu t'es vu ? Tu as peut-être quelque chose de cassé, il faut appeler…

— Clara, il n'est pas nécessaire d'appeler qui que ce soit, ne t'agite pas, OK ?

— Bien sûr que si, s'exclama-t-elle en massant son ventre, s'efforçant de calmer sa respiration. C'est affreux, il faut aller à l'hôpital, tu as peut-être une fracture…

— Chut…, fit-il doucement d'un air très tendre en clignant son œil valide.

Clara écarquilla les yeux. Un clin d'œil ? Dalton venait de se faire rouer de coups et il lui faisait un clin d'œil ?

— Pas de *chut* qui tienne, répliqua-t-elle d'un ton vif. Si quelqu'un t'a agressé, il faut absolument…

— Personne ne m'a agressé, dit-il en posant les mains sur ses épaules pour lui faire faire demi-tour et la pousser doucement vers le canapé. Allons, rallonge-toi, s'il te plaît.

Mais elle se débarrassa de ses mains d'un mouvement d'épaules et fit volte-face.

— OK, maintenant tu vas me dire ce qui t'est arrivé.

Dalton ne cligna pas de l'œil et s'assombrit. Clara l'examina avec une attention redoublée. Il semblait un peu penaud.

— Dis-moi ce qui s'est passé, ordonna-t-elle.

Il porta la main à son menton et le toucha en grimaçant.

— Tu vois, dit-elle d'un ton accusateur. Tu as la mâchoire cassée.

— Je n'ai pas la mâchoire cassée, soupira-t-il avec agacement. Retourne sur ce canapé.

— Très bien, dit-elle en tendant le bras en arrière pour se masser le bas de la colonne vertébrale. Je m'assois, je remets les pieds en l'air, et toi, tu me dis ce qui s'est passé.

Le temps d'atteindre le canapé, Clara se rallongea avec précaution et étendit ses jambes en travers des coussins.

— Voilà, je suis allongée, dit-elle en se serrant contre le dossier pour lui faire une place et en tapotant le coussin du canapé pour l'inviter à la rejoindre. Viens ici.

Dalton parut hésiter puis, de l'air d'un condamné s'apprêtant à monter sur sa galère, vint prendre place. Elle posa alors la main sur sa cuisse.

— Tu es sûr que tu n'as pas besoin de voir un médecin ?

— Certain.

— Soit. Raconte.

Dalton hésita à nouveau, puis finit par lâcher :

— Je suis allé voir Ryan.

En un éclair, Clara sentit son inquiétude et le souci qu'elle s'était fait pour lui s'évanouir. Aussitôt, une colère noire l'envahit.

— Quoi ? Non, attends, je ne peux pas le croire !

— Clara, je…

— Tu t'es battu avec Ryan ? le coupa-t-elle.

Il leva les mains en signe d'apaisement.

— Clara, calme-toi. Ce n'est pas bon pour toi et le bébé que tu t'énerves.

— Réponds-moi, martela-t-elle.

— Clara, je…

— Est-ce que tu t'es battu avec Ryan ?

Dalton jura à mi-voix.

— Oui.

Clara le regarda avec stupéfaction. Sa fureur grandissait de seconde en seconde.

— Je ne peux pas le croire, répéta-t-elle. Je suis en train de rêver, ce n'est pas possible. Tu es un banquier, c'est ça ? Depuis quand les banquiers se bagarrent-ils ?

— Ecoute-moi, je suis désolé. Ça n'aurait pas dû arriver.

— Tu es désolé ? s'écria-t-elle. Tu n'y vois plus d'un œil, tu as la lèvre fendue en deux, la moitié du visage de la couleur d'une aubergine, et tout ce que tu trouves à dire, c'est que tu es désolé ?

— Clara, je…, bredouilla Dalton.

— Je t'avais demandé une chose. Une seule. T'expliquer et arranger les choses avec Ryan.

— Clara, allons…, dit-il en tendant la main dans un geste d'apaisement.

Brusquement, Clara le repoussa.

— Et lui, dans quel état est-il ?

Dalton se renfrogna sous ses bleus puis lâcha :

— Ça va, il est à peu près dans le même état que moi.

Elle écarquilla les yeux. Non, pas possible, elle était en train de rêver !

— Dans le même état que toi ? parvint-elle à articuler.

— C'est ce que je viens de dire, non ?

— Et tu appelles ça « aller » ?

— Bon sang, Clara, je…

— Où est-il, là ?

Dalton massa à nouveau sa mâchoire douloureuse.

— Il était toujours à son pub quand je l'ai quitté.

Clara sentit son cœur s'emballer. Elle avait beau être folle de rage, elle ne pouvait s'empêcher d'être inquiète. Est-ce que Dalton n'avait vraiment pas besoin de soins ? Et pouvait-elle lui faire confiance quant à l'état de Ryan ? Elle devait en avoir le cœur net. Du coup, elle prit son téléphone.

— Clara, allez, je te dis qu'il va bien.

Clara lui décocha un regard assassin et lui fit signe de se taire. Ryan décrocha presque immédiatement.

— Comment va ton chéri ? lança aussitôt celui-ci d'un ton bravache.

Il osait plaisanter ! Elle allait tuer cet imbécile dès qu'elle en aurait fini avec celui qui se trouvait devant elle en ce moment. L'œil posé sur Dalton, elle grommela :

— Ça veut dire que tu vas bien, je suppose ?

A l'autre bout du fil, Ryan pouffa de rire et elle crut qu'elle allait exploser.

— Je ne suis pas très beau à voir en ce moment, mais je pense que lui non plus, non ?

— Je te jure, Ryan, si tu étais en face de moi, je te flanquerais moi-même ma main sur la figure. Tu devais vraiment en arriver là ?

— Bonne question… Voyons, réfléchissons. Ma foi, je crois bien que oui. Et si tu lui demandes, je parie qu'il te dira la même chose.

Clara secoua la tête. Elle avait du mal à en croire ses oreilles, c'était le moins qu'on puisse dire.

— Les hommes…, pesta-t-elle. Ecoute, je ne veux pas discuter maintenant.

— Je te signale que c'est toi qui m'as appelé !

— Salut, Ryan, dit-elle en coupant la communication.

Dalton attendit qu'elle raccroche pour faire remarquer :

— Tu vois ? Il va très bien. Nous allons très bien l'un comme l'autre.

Clara croisa les bras sur le dessus de son ventre.

— Vous auriez pu vous casser quelque chose, vous fracturer le crâne, vous retrouver à l'hôpital à respirer avec un tube dans le nez.

— Allons Clara, arrête, tu sais très bien que tu dramatises. Nous avions juste besoin de mettre deux ou trois choses au point…

— En vous flanquant une raclée ?

Dalton jura sous cape et n'ajouta rien.

— Et donc ? reprit-elle d'un ton de mépris. A présent, tout est réglé ?

— Ce sont des histoires d'hommes, tu ne peux pas comprendre.

Clara se força à compter jusqu'à cinq avant de répliquer. Allons, du calme. Elle ne pouvait pas supporter cette comédie plus longtemps. Elle ne voulait plus leur parler, ni à lui ni à Ryan.

— Lève-toi, je te prie.

— Pourquoi ? répondit Dalton en fronçant les sourcils.

Ou tout au moins, un de ses sourcils.

— Parce que je veux retourner dans ma chambre et tu m'empêches de passer.

— Clara…

— Lève-toi ! ordonna-t-elle.

Dalton prit un air pincé. Comme si c'était elle qui faisait des histoires, et non ces deux imbéciles grotesques !

— Tu as raison, admit-il en se levant à contrecœur, il vaut peut-être mieux que tu ailles te détendre un peu.

Lèvres serrées, Clara se leva, empoigna son téléphone et son portable puis partit vers sa chambre.

— Je vais t'apporter à manger, lança-t-il dans son dos. Ce poulet sent divinement bon.

Elle s'arrêta dans l'entrée et se retourna vers lui.

— Je n'ai pas faim, merci. Tout ce que je veux, c'est que tu me fiches la paix.

Sur ces mots, elle tourna les talons et s'éloigna. Elle ne put s'empêcher de claquer la porte pour la refermer.

Clara resta dans sa chambre toute la soirée, n'ouvrant qu'au moment où Dalton vint frapper vers 19 heures en insistant pour qu'elle mange quelque chose. Elle lui prit le plateau des mains et lui referma la porte au nez.

Le lendemain était un samedi. Elle prit son petit déjeuner à la cuisine, assise en face de lui, mais ne céda pas à son baratin. Elle retourna à sa chambre immédiatement après déjeuner.

A vrai dire, elle n'était plus vraiment fâchée. Mais terriblement déçue, et par lui, et par son ami de toujours.

Bien entendu, tout le monde dans sa famille fut très vite mis au courant de la rixe qui avait eu lieu au McKellan's.

Elise et Tracy lui rendirent visite dans l'après-midi. Elles poussèrent des petits cris compatissants en voyant Dalton, dont le visage avait pris les couleurs de l'arc-en-ciel : son menton avait doublé de volume et son œil semblait ne plus jamais devoir se rouvrir.

Clara sortit sur la terrasse avec elles et leur servit du thé glacé qu'elles burent avec des gloussements étouffés.

— Tu devrais voir Ryan, chuchota Tracy. Il est aussi moche que Dalton. Son nez a l'air d'une tomate géante.

Elle eut alors un petit soupir rêveur. Ah non, elle n'allait tout de même pas trouver un intérêt à ce combat de coqs !

— Il y a des gens qui trouvent ça très romantique, qu'ils se soient battus pour toi, ajouta-t-elle.

— Il y a des gens complètement idiots, répliqua Clara.

A ces mots, Tracy sembla revenir sur terre.

— Heu, oui, bien entendu, c'est idiot, en effet.

— Ce sont les chiens qui se battent. Et les chats sauvages. Les hommes civilisés ne se battent pas.

— Absolument, abonda Elise, c'est parfaitement vrai.

Mais le regard qu'elle lança à Tracy n'échappa pas à Clara. Pas plus que le sourire qu'elles s'efforçaient de dissimuler.

Tante Agnes passa à son tour après la messe. Quand elle vit Dalton, elle porta sa main parfaitement manucurée à son cou ceint d'un énorme collier de turquoises et poussa une petite exclamation horrifiée.

— Oh ! mon pauvre garçon ! déclara-t-elle d'un ton théâtral. J'ai appris ce qui s'était passé. Je suis désolée que vous vous soyez fait agresser.

Ah non, Clara ne pouvait pas laisser passer une telle contre-vérité !

— Il ne s'est pas fait agresser, il s'est battu comme un chiffonnier. Dalton n'a eu que ce qu'il méritait.

Agnes eut un petit claquement de langue désapprobateur et se tourna vers lui.

— Ryan McKellan n'est pas ce qu'on appelle un homme très éduqué. Clara vous a raconté que son père les avait abandonnés quand il était encore bébé ? Sa mère les a élevés seule, lui et son frère, avec le soutien d'un oncle célibataire.

Elle eut alors un regard éloquent en direction de Clara.

— Sans autorité paternelle, les enfants deviennent de vrais sauvages, indisciplinés et incapables de se tenir.

Son regard revint à Dalton et elle continua sur sa lancée :

— J'espère que Clara vous dorlote.

— A vrai dire, tante Agnes, intervint celle-ci, je ne suis pas vraiment en état de m'occuper de quiconque. D'ailleurs, c'est Dalton qui est censé être ici pour s'occuper de moi, je te rappelle.

— Oui, je sais. Je ne suis pas encore sénile, tu sais. Mais l'homme et la femme sont là pour s'épauler dans les moments difficiles. Même si tu n'es pas très alerte, tu peux tout à fait le soutenir, moralement parlant.

Clara resta bouche bée. Bon, inutile de discuter avec tante Agnes, cela ne servait à rien. Celle-ci gratifia Dalton d'un sourire extatique.

— J'espère juste que vous n'avez rien de cassé.

Dalton répondit que tout allait bien. Tante Agnes s'extasia ensuite sur le temps magnifique qu'il faisait et fit savoir qu'elle aimerait passer un petit moment sur la terrasse avec sa nièce.

Clara retint un soupir. Ce genre de tête-à-tête était la dernière chose dont elle avait besoin en ce moment, mais sa grand-tante semblait y tenir. Elles sortirent donc et Dalton se retira après leur avoir apporté des rafraîchissements. Agnes entreprit aussitôt de lui faire la leçon.

— Tu dois épouser cet homme, ma chérie. Au plus tôt. Il est d'une excellente famille. Avec un homme tel que lui, tu seras toujours à l'abri du besoin.

— Je suis déjà à l'abri du besoin, répliqua Clara. Je gagne très bien ma vie.

— L'argent n'est pas tout, et tu le sais. Regarde les choses en face, tu dois bien admettre que ce qui est arrivé avec Ryan a été provoqué par la frustration que ce pauvre garçon doit ressentir parce que tu as refusé de l'épouser. Tu l'as poussé à bout, avec tes tergiversations. Tu dois cesser de te dérober et faire ce qu'il faut pour toi et l'enfant.

— Je ne me dérobe pas. Et je ne suis pas responsable du fait qu'ils se comportent comme des voyous et qu'ils se soient battus comme des sales gosses. D'autre part, je n'ai jamais dit que je ne l'épouserais pas.

— Bien entendu que tu l'épouseras.

Clara leva les yeux au ciel et soupira :

— Tante Agnes, je t'en prie, arrête. Nous y… travaillons, Dalton et moi.

Du moins, ils le faisaient jusqu'à ce qu'ils en viennent aux mains avec Ryan. Ce qui l'avait mise hors d'elle.

— Vous y travaillez ? Qu'est-ce que ça peut bien vouloir dire ?

— Ça veut dire ce que ça veut dire, tante Agnes. Nous discutons et tentons de voir si nous pourrions nous accorder.

— Il n'y a rien à voir.

— Je ne suis pas d'accord, répliqua Clara.

— Cet homme veut t'épouser. Et toi tu fais l'effarouchée et tu tergiverses, tout ça parce que tu as été traumatisée par ton père, qui a renié ses vœux et brisé le cœur de ta pauvre mère.

Clara secoua la tête. Sa tante avait sûrement raison, mais elle n'était pas prête à l'admettre.

— C'est ton opinion.

— Une opinion fondée sur des faits tangibles.

— Tu dois nous laisser agir à notre manière, tante Agnes. Cette décision ne t'appartient pas.

Agnes renifla avec contrariété.

— Bien, au moins tu admets que tu dois réfléchir, dit-elle en poussant un soupir exagéré. J'espère simplement que tu reviendras à la raison avant que ton enfant ne devienne un voyou sans père et ne finisse par traîner dans les bars, comme un asocial.

Clara écouta sa tante poursuivre un moment sur le même mode jusqu'à ce qu'elle n'ait plus de nouvel argument à invoquer. Elle vida finalement son verre de limonade et fit des compliments à Clara sur son jardin de rocaille avant de se lever et de venir lui poser un baiser sur la joue.

— Tout ce que je souhaite, c'est votre bonheur, à toi et à ton enfant.

— Je le sais bien, tante Agnes. Je t'aime, tu sais.

— Moi aussi, ma chérie. Allez, je file. Inutile de me raccompagner.

Clara demeura un moment seule sur sa terrasse. Autant profiter du soleil de mai ! Seigneur… Sa grand-tante était horripilante mais n'avait pas complètement tort. Oui, les souffrances de sa mère du fait de la trahison de son père l'avaient marquée et l'avaient rendue méfiante.

Ce soir-là, quand ils prirent place pour dîner, elle interrompit Dalton qui s'efforçait de la rasséréner.

— Dalton, il y a deux choses que je n'accepterai en aucun cas si jamais nous devions vivre ensemble.

Il la fixa de son œil valide.

— Laisse-moi deviner : que je te trompe et que je te mente.

A ces mots, Clara s'adoucit un peu. Un tout petit peu.

— Gagné, dit-elle d'une voix presque tendre.

— Je te l'ai dit, jamais je ne te tromperai, répondit-il d'une voix douce. Jamais. Je ne t'ai jamais menti et ne te mentirai jamais.

Elle sentit alors son cœur se serrer. Mais c'était une erreur. Elle reposa sa fourchette d'un geste brusque, son assiette tinta tandis qu'elle s'étouffait à demi.

— Epargne-moi les discours, Dalton. Est-ce que tu ne m'avais pas assuré que tu arrangerais les choses avec Ryan ?

— C'est ce que j'ai dit, oui, et c'est ce que j'ai fait. Les choses s'arrangent.

— Tu t'es regardé dans un miroir ?

Dalton reposa sa fourchette calmement et dégusta un peu de l'excellent vin qu'il s'était servi.

— On peut voir les choses de manière assez différente selon qu'on est une femme ou un homme.

A nouveau, Clara sentit la moutarde lui monter au nez.

— Alors quand tu m'as assuré que tu réglerais les choses avec Ryan, il était évident pour toi que vous vous taperiez dessus ? C'est ça que je dois comprendre ?

— Non, affirma-t-il. Quand je t'ai dit que je réglerais les choses avec lui, tu ne pensais pas qu'on pourrait se battre ou quoi que ce soit de ce genre.

— Donc, tu m'as menti, conclut-elle.

— Non. J'ai fait ce que je pensais devoir faire pour mettre les choses au clair avec ton cher copain. Je suis allé le voir pour lui parler, mais ça ne nous a menés nulle part et… nous avons fait ce que font les hommes. Ce n'était pas un combat à mort, Clara. Plutôt une sorte… d'explication musclée.

Clara secoua la tête. Seigneur, elle avait du mal à en croire ses oreilles !

— *Une explication...*

— Voilà.

— Tu as raison, Dalton, je crois que nous ne vivons pas sur la même planète.

Dalton but une autre gorgée de vin.

— Je ne suis pas un menteur. Je regrette de t'avoir promis de m'entendre avec ton ami, je l'admets. Parce que pour toi, s'entendre ne signifie pas tout à fait la même chose que pour nous. Mais il faut quand même préciser que tu nous en demandais un peu trop.

— C'est trop demander de s'entendre entre gens civilisés sans se démolir le nez ? explosa-t-elle. Ce que tu dis est grotesque.

— Pas du tout. Demande à Ryan. Il dit la même chose.

— Qu'est-ce que tu en sais ?

— Il me l'a dit, affirma Dalton. Après m'avoir flanqué le premier coup de poing, et avant que je ne réplique.

Tout à coup, Clara écarquilla les yeux. Que venait-il de dire ?

— Attends un peu. C'est Ryan qui t'a frappé en premier ?

— Absolument. Mais parce que je l'avais provoqué.

— Bon, arrêtons, j'en ai par-dessus la tête, de ces absurdités.

A ces mots, Dalton reprit sa fourchette et lâcha :

— Peut-être que tu devrais demander à Ryan ce qu'il pense.

— Ce qu'il pense de quoi ?

— S'il pense que nous avons progressé, lui et moi.

Interroger Ryan. Voilà exactement ce que fit Clara dès qu'elle fut de retour dans sa chambre. Celui-ci répondit dès la première sonnerie. Sa voix était joviale.

— Hello, beauté ! Comment vas-tu ?

— Comment vas-tu, toi ?

— Oh ! beaucoup mieux qu'on peut le penser quand on me voit. Ton chéri se remet ?

— Comme toi. Dis voir, j'ai une question à te poser. Est-ce que tu serais prêt à dire que vous avez progressé, toi et Dalton ?

— Tout à fait, répondit-il sans même un instant de réflexion. J'avais des doutes au sujet de ce type. Je savais qu'il t'avait fait du mal et ça ne m'avait pas plu. Les premiers temps, il avait l'air d'être sacrément coincé. Mais je commence à mieux le cerner, je crois qu'il est réglo. Après notre explication de l'autre jour, je commence à penser que c'est un type bien.

— *Votre explication...*

Clara se passa une main sur le visage. C'était le même terme qu'avait utilisé Dalton. Incroyable.

— Oui, tu sais bien. L'autre fois, quand on a commencé par discuter et qu'on a fini dans le décor...

— Je... Rye, je n'arrive pas à comprendre.

Seigneur, elle en balbutiait. Seulement, toute cette histoire était si invraisemblable !

— A comprendre quoi ?

— Toi et Dalton. Que vous vous soyez battus pour vous... *expliquer.*

Ryan eut un petit rire.

— Tu réfléchis trop. Les gars ne sont pas si compliqués.

Clara n'en revenait pas. Elle avait l'impression d'entendre Dalton. L'instant d'après, Ryan poursuivit d'un ton amical :

— Je crois que tu devrais lui laisser une chance, tu sais.

A ces mots, elle sentit aussitôt sa gorge se nouer.

— Oh ! Ryan...

— Nous sommes de grands amis, toi et moi, Clara. Pendant des années j'ai voulu me convaincre qu'on pourrait aller plus loin. Mais je me suis fait une raison, à présent. Cela n'arrivera jamais, n'est-ce pas ?

— Non, souffla-t-elle d'une voix à peine perceptible. Non, ça n'arrivera jamais.

— Ouais, j'ai bien compris.

Clara sentit son cœur se serrer. Il y avait de la peine dans la voix de son ami, mais il semblait serein.

— Toi et lui, vous avez besoin de temps pour avancer, ajouta-t-il. Je suis un peu nul parfois, mais j'ai compris, maintenant. Je ne vous gênerai plus.

— Tu ne gênes personne, assura-t-elle d'un ton ferme.

— Si, maugréa-t-il. Je me suis un peu mis en travers de votre route. Mais je ne le ferai plus.

Clara sentit les larmes lui monter aux yeux. Elle déglutit avec difficulté.

— Qu'est-ce que tu veux dire ? Tu es prêt à renoncer à notre amitié ? parvint-elle à articuler.

— Jamais de la vie. Je suis ton ami, Clara, et je serai toujours là pour toi. Toujours.

Elle ne comprenait toujours pas ce que voulait dire Ryan. Pas complètement, du moins, mais elle voyait que lui et Dalton avaient trouvé un terrain d'entente, à leur façon. Peut-être devait-elle juste ne plus s'en mêler pour le moment. Et peut-être était-ce la conclusion à laquelle Ryan en était arrivé de son côté, car il passa à tout autre chose :

— Bon, sinon, comment vas-tu, toi ? Comment est-ce que tu te sens ?

Clara s'assit sur le bord du lit pour masser ses lombaires engourdies. Elle ressentait des élancements dans le bas du dos. En plus des remontées acides et des chevilles enflées. Un vrai bonheur !

— J'ai l'impression d'avoir avalé une baleine. J'ai hâte que cette petite demoiselle soit née.

— Suis bien les ordres du docteur. Les pattes en l'air !

— Oui, oui, je fais tout comme il faut.

— Et appelle-moi si tu as besoin de quelque chose, insista-t-il.

— Promis.

Clara le remercia et lui souhaita bonne nuit.

Le son de la télévision lui parvenait faiblement depuis le salon. Dalton n'était pas remonté. Et si elle allait le retrouver pour faire la paix et lui raconter sa conversation surprenante avec Ryan ? Hélas, son dos la faisait trop souffrir et elle avait des espèces de crampes. Impossible de se relever. Elle avait besoin de se reposer un peu. Peut-être qu'après un petit somme, ils pourraient discuter s'il n'était pas couché.

Elle se tourna sur le côté, cala un oreiller entre ses genoux et un autre sous son ventre. Elle vit l'heure entre ses paupières alourdies : 21 h 30. Elle avait mal partout. Pourvu qu'elle parvienne à s'endormir…

Clara s'éveilla avec un petit hoquet de surprise.

Elle regarda son réveil sans comprendre. Le temps s'était envolé pendant qu'elle dormait. Il était 1 heure du matin !

Et une brûlure lui contractait le ventre.

Tout en soutenant son ventre des deux mains, le regard fixé sur le réveil, elle s'efforça de se décontracter avec de profondes respirations. Mais parfois, les élancements devenaient trop vifs.

Au bout d'une longue minute qui lui parut durer une heure, la douleur cessa.

C'est alors qu'elle s'aperçut que son lit était mouillé. Avec un petit piaulement, Clara repoussa les couvertures et regarda les draps détrempés d'un œil vide.

Elle avait perdu les eaux.

- 9 -

Clara s'extirpa de son lit et tituba jusqu'à la porte de sa chambre, qu'elle ouvrit à la volée en criant dans le couloir plongé dans l'obscurité :

— Dalton !

Après quoi, elle s'appuya sur le chambranle et attendit qu'il arrive. Vingt secondes plus tard, il dévala les marches, vêtu uniquement d'un caleçon, ses cheveux noirs hirsutes, le visage encore tout bouffi de sommeil. Il grimaça.

— Le bébé ?

Elle ne savait pas si elle avait envie de rire ou de pleurer. Alors elle fit un peu des deux en laissant échapper un gloussement étranglé.

— Je me suis réveillée, j'ai perdu les eaux.

Dalton la prit par l'épaule, de sa grande main chaude, réconfortante et douce.

— Veux-tu que j'appelle une ambulance ?

Clara releva la tête en se mordant la lèvre puis croisa ses yeux magnifiques. Ou plus exactement son œil magnifique, l'autre étant toujours fermé par l'hématome.

Mon Dieu, faites que notre enfant ait ses yeux.

— Je veux juste que tu t'habilles, que tu prennes mes affaires et que tu m'emmènes à l'hôpital.

— C'est comme si c'était fait.

Dalton la prit dans ses bras et la serra rapidement en posant son nez sur le bout du sien. Que cette petite caresse était douce et rassurante.

— Ne bouge pas, je reviens tout de suite.

Clara se força à sourire et fit un petit signe de tête.

Il desserra son étreinte et tourna les talons, et aussitôt elle eut envie de le rappeler et de se serrer encore contre lui. Elle ravala alors le sanglot qu'elle sentit monter dans sa gorge et s'affala à nouveau contre la porte en regardant Dalton monter l'escalier quatre à quatre.

— M'habiller, se dit-elle à voix haute, comme pour se réveiller. C'est ça que…

Clara fut soudain saisie d'une violente contraction. En gémissant, elle se laissa glisser le long du mur, jusqu'au sol.

Quand la douleur s'apaisa, Dalton était de retour derrière elle, vêtu d'un jean et d'un T-shirt. Il s'accroupit immédiatement à son côté et posa sa grande main chaude sur le bas de son dos.

— Tu es sûre que tu ne préfères pas une ambulance ?

— Non. Non, ça va bien.

Bien étant un terme très relatif quand vous êtes aux prises avec un bébé qui est prêt à sortir de vous.

— Peut-être que nous devrions chronométrer le temps entre les contractions et appeler le Dr Kapur pour être sûrs qu'il ne faut pas attendre avant d'aller à la clinique ? dit-elle d'une voix douloureuse.

— Clara, tu es à quatre pattes par terre et tu as perdu les eaux ! s'écria Dalton. Il est largement temps d'aller à l'hôpital. Tu appelleras ton médecin en route.

En grognant, Clara parvint à s'asseoir puis articula péniblement :

— C'est d'accord. Mais il faut que je m'habille.

Il l'attira alors légèrement vers lui pour poser un baiser sur son front. Le contact de ses lèvres douces et chaudes la réconforta.

— Je t'apporte le nécessaire. Ne bouge pas, dit-il doucement.

— Pas de risque, gémit-elle.

Dalton se leva et alla à sa commode où il trouva des vêtements propres qu'il l'aida à enfiler entre deux contractions.

Puis il alla chercher son sac à main, attrapa sa valise et la soutint pour aller à la porte de derrière.

— Les clés de ta voiture ?

— Dans mon sac à main.

Clara laissa Dalton l'aider à monter côté passager puis à attacher sa ceinture. Il tira ensuite les clés de contact de son sac tout en allant s'asseoir au volant. Une autre contraction la saisit tandis qu'il manœuvrait pour gagner l'allée. Elle grinça des dents et se mit à haleter tandis qu'il accélérait dans la rue obscure. Dès que la contraction s'arrêta, elle appela le service du Dr Kapur. L'assistant de garde qui prit l'appel lui assura que le médecin rappellerait « au plus vite ».

Le trajet fut rapide jusqu'au centre hospitalier, dans le grand virage d'Arrowhead Drive, au sud-est de la ville.

Dalton s'arrêta devant l'entrée des urgences et accompagna Clara dans le bâtiment. Il la laissa appuyée contre le comptoir des admissions, en proie à une nouvelle contraction, pour aller garer la voiture.

Quand il revint, elle était appuyée contre un mur, pantelante. Elle avait procédé aux formalités d'inscription le mois précédent et n'eut donc qu'à signer l'admission.

Le service était plutôt calme cette nuit-là et elle n'eut pas longtemps à attendre avant qu'on vienne la chercher. On lui fit traverser dans un fauteuil roulant une succession de couloirs jusqu'à la maternité où on l'installa dans une chambre individuelle.

Une infirmière arriva pour lui poser quelques questions et procéder à un examen rapide. Après quoi, Clara sentit que tout devenait quelque peu brumeux. Les contractions allaient et venaient, elle avait l'impression d'avoir des glaçons dans la bouche, elle entendait des gens parler, prodiguer des paroles d'encouragement…

Tout à coup, le Dr Kapur fit son apparition et lui dit que tout se passait à merveille.

Clara l'entendit parler de dilatation, d'effacement du col et de tous ces mots dont elle avait appris l'existence quand elle se documentait pour se préparer à l'arrivée du bébé.

Ces mots qui lui paraissaient totalement dénués de sens à présent que le grand moment arrivait pour de vrai.

Durant tout ce temps, Dalton était là, à ses côtés, la laissant agripper sa main et broyer ses doigts chaque fois que la douleur devenait trop forte.

Finalement, alors qu'elle avait la chemise relevée sur le ventre, les jambes largement écartées, des mèches de cheveux moites devant les yeux, on lui dit qu'il était temps de pousser. Alors elle poussa et poussa encore en criant tout son soûl.

A un moment, en entendant le médecin annoncer qu'il apercevait la tête, Clara se tourna vers Dalton qui n'avait pas bougé de son poste. Sans pouvoir comprendre ce qui lui arrivait, elle se mit à l'invectiver ; tout ça était sa faute, elle n'y arriverait jamais !

— Tu vas y arriver, mon amour, répondit-il pourtant. Tu sais que tu vas y arriver.

Clara cligna des yeux pour chasser la sueur. Dalton l'avait-il vraiment appelée « mon amour » ? Ou avait-elle cru l'entendre, du fond de sa lente agonie ? Ce n'était pas le genre de choses que pouvait dire Dalton Ames, le riche banquier de Denver. Mais peut-être que le Dalton de l'île aurait pu dire quelque chose de ce genre, lui. Et maintenant qu'elle y pensait, il l'avait dit, souvent. « Mon amour. »

— Est-ce que tu m'as appelée « mon amour » ?

Mais avant qu'il ait pu répondre, le Dr Kapur reprit :

— Poussez, Clara, poussez.

Tandis que la douleur devenait intolérable, Clara s'arc-boutait, pleurant et gémissant, serrant la main de Dalton en y plantant ses ongles.

— Elle arrive, dit le médecin. Allez, encore un petit effort.

Alors Clara poussa encore, une longue poussée torturante et interminable. Et finalement, elle se sentit libérée d'un poids. Sa fille était venue au monde.

D'abord, il n'y eut pas un bruit, le bébé resta muet. Clara agrippa la main de Dalton et la serra à lui briser les os.

— Est-ce qu'elle va bien ? Est-ce que…

— Tout va bien, elle est magnifique, assura le Dr Kapur en dégageant les narines du bébé d'un geste rapide du pouce et de l'index.

Le médecin souleva alors le petit corps sanguinolent et gluant, toujours relié à elle par le cordon ombilical et le posa sur son ventre.

Clara toucha la petite tête couverte de fins cheveux noirs. Seigneur, tout cela était tellement incroyable…

— Tout va bien ? demanda-t-elle dans un souffle hésitant au bébé.

Alors la bouche minuscule s'ouvrit, laissa échapper une petite plainte suivie d'un cri perçant, puis pleura à pleins poumons. Elle était vivante, bien vivante !

Clara couvrit le petit corps de ses mains et tourna des yeux brillants de larmes vers Dalton.

— Oh Dalton, regarde, ça y est. Tout va bien. Elle est là.

Il se pencha sur elle et embrassa son front trempé de sueur.

— Beau travail, mon amour, chuchota-t-il contre sa peau humide.

Alors elle se remit à pleurer. Parce que leur bébé était là, sain et sauf. Parce que Dalton était là, qu'il était formidable, et l'avait appelée « mon amour » alors qu'elle avait passé tous ces mois à se préparer à accueillir son enfant toute seule.

Il se redressa et Clara leva les yeux vers lui. Il regardait le bébé, un sourire flottant au coin de sa belle bouche bleue et noire, les yeux comme éclairés de l'intérieur : même son œil meurtri semblait briller. La paupière avait juste assez dégonflé pour qu'elle entrevoie sa pupille.

Mon Dieu… Je l'aime.

Tout à coup, comme s'il l'avait entendue, Dalton tourna les yeux vers elle.

— Clara ? Qu'y a-t-il ?

Elle déglutit, ravala un sanglot et choisit de mentir.

— Rien. C'est juste que… je suis heureuse, c'est tout.

— Tu es sûre ? Tu as l'air…

Elle l'interrompit avant qu'il puisse préciser de quoi elle avait l'air.

— Certaine.

Mais son cœur chantait : *Dalton je t'aime. Je t'aime tellement.*

Dehors, le jour se levait. Clara pleura encore un peu en regardant la lueur du soleil s'élever derrière les montagnes. Elle serrait son nouveau-né contre son cœur et se fit la promesse de ne plus penser à son amour pour Dalton. Pour le moment.

- 10 -

Deux heures plus tard, le temps de prendre le petit déjeuner et d'allaiter la petite pour la première fois, Clara et Dalton se retrouvèrent seuls avec le bébé dans la chambre. Lui avait pris place dans le fauteuil ergonomique qui jouxtait le lit, leur fille lovée dans ses bras. Il s'arracha à la contemplation de son minuscule visage pour regarder Clara.

Elle lui sourit et se reprit à songer combien elle l'aimait. Non, c'était une mauvaise idée : autant chasser cette idée de son esprit.

— Tu veux me dire quelque chose ? demanda-t-elle.

Il toucha le bout du nez du bébé et lissa ses fins cheveux. Un soupir presque imperceptible s'échappa de la petite bouche. Un soupir qui semblait d'ailleurs exprimer une confiance totale.

— Je me disais qu'il allait falloir lui donner un prénom.

— Je n'y ai pas vraiment réfléchi, avoua-t-elle. Je sais, c'est bizarre.

— Pas tant que ça, dit-il d'une voix grave et pleine de tendresse. Tu as eu beaucoup de choses à penser, ces derniers mois.

— Je parie que tu vas vouloir lui donner le nom de quelque fameux ancêtre de ta dynastie de banquiers, le taquina-t-elle. Ou de ta mère ?

— Pas de danger. Je préférerais qu'elle ne porte le nom de personne, en fait. Je veux dire, qu'elle ait son prénom à elle ; enfin, si ça te convient.

— Oui. C'est une belle idée, je trouve.

Clara devait bien l'avouer : c'était aussi une idée surprenante. Elle aurait cru que Dalton souhaiterait un nom classique et sage, un prénom adapté à un Ames.

La petite bâilla en ouvrant une bouche démesurée et il rajusta la couverture autour du petit visage chiffonné.

— Je me disais que tu pourrais choisir son premier prénom, reprit-il, et moi le deuxième ?

— D'accord.

Et c'est alors que le prénom apparut à Clara, comme s'il avait été là tout ce temps, à attendre qu'elle le prononce.

— Kiera. Je voudrais qu'elle s'appelle Kiera.

Dalton inclina la tête, parut réfléchir.

— Ça me plaît, dit-il en touchant la petite joue rouge avant de chuchoter : Kiera.

Le bébé émit un roucoulement ténu.

— Ça lui plaît aussi.

— C'est bien. Et son deuxième prénom ?

— Anne, dit-il sans hésiter.

Dalton s'arrêta et lança à Clara un regard à la fois plein d'espoir et un peu inquiet. Un regard qui la remua tout au fond de son cœur.

— C'est trop vieux jeu, peut-être ?

— Non, j'aime ce prénom.

— Kiera Anne, alors, reprit-il d'une voix douce.

— Ce sera Kiera Anne, acquiesça-t-elle.

Clara passa la journée et la nuit suivante à l'hôpital, toujours avec Dalton à ses côtés.

Sa famille et ses amis défilèrent à tour de rôle. D'abord chacun de ses frères et sœurs, suivis de Rory et de son fiancé Walker, et bien sûr de tante Agnes.

Ryan vint également, avec un coquard, un nez enflé couleur prune, mais aussi un grand panier débordant d'accessoires pour bébé, dont un énorme lapin en peluche rose. Lui et Dalton bavardèrent cordialement, comme deux vieux copains. Des vieux copains qui se seraient flanqué une rouste quelques jours plus tôt. Et Dalton ne sembla pas contrarié le moins du monde quand Ryan se pencha sur elle pour l'embrasser avant de repartir.

Earl arriva plus tard avec l'assistante de Dalton, Myra, et deux collègues de la banque qu'il avait amenés de Denver.

Myra était une belle femme longiligne entre deux âges, vêtue d'une veste légère de prix et d'une élégante jupe crayon. En regardant Dalton, celle-ci s'enquit :

— Dieu du ciel, que vous est-il arrivé ?

— J'ai fait une chute dans des escaliers.

— C'est ça, et vous êtes tombé sur un poing qui passait par là, murmura Earl avec un petit rire.

Myra s'abstint sagement de poser plus de questions. Les visiteurs restèrent une demi-heure et repartirent pour Denver, les laissant à nouveau seuls tous les trois. La journée ayant été longue, ils s'endormirent rapidement.

Mais désormais, il fallait compter avec Kiera Anne. A quoi bon le nier ? Ils ne purent pas dormir bien longtemps.

La petite se réveilla trois fois cette nuit-là et Clara s'habitua très vite à l'allaiter. Kiera trouva tout de suite le sein, s'y agrippa, et téta comme une championne. Quand Clara levait les yeux, elle croisait ceux de Dalton, grands ouverts dans l'obscurité. Ils échangeaient des sourires complices et attendris. Ils avaient parcouru tant de chemin depuis leurs retrouvailles dans ce parc de Denver !

Il était enfin temps de se l'avouer : elle était amoureuse de lui et elle ne doutait pas qu'il soit toujours prêt à l'épouser. Pour le bien de Kiera, bien sûr.

Mais eux-mêmes, étaient-ils prêts pour le mariage ? Impossible à dire.

Clara faillit se mordre la lèvre. Comment être sûre ? Elle avait trente et un ans et était amoureuse pour la première fois de sa vie, sans expérience véritable de vie commune. Tout ce qu'elle savait, c'est que si elle se mariait, elle ne voulait pas commettre une erreur. Elle voulait l'amour, la passion, la confiance, un engagement réel, et pour la vie.

— Ce jour-là, murmura-t-elle, à Denver, quand je t'ai donné rendez-vous dans ce parc pour te dire pour le bébé...

Dalton émit un petit son pour l'encourager à poursuivre.

— Je n'aurais jamais imaginé que tu serais là avec moi aujourd'hui.

A ces mots, il se releva du matelas qu'on avait apporté pour qu'il reste dormir avec elles et, sur la pointe des pieds, s'approcha du lit. Il s'accroupit, le visage juste au niveau de Kiera.

— Tu dois apprendre à me faire confiance.

Clara faillit faire une remarque ironique. La façon dont il l'avait traitée sur l'île n'était pas vraiment propre à lui inspirer confiance. Mais autant ne rien dire. Elle commençait à faire table rase de ce qui s'était passé là-bas. Du coup, elle préféra se plonger dans la contemplation de son beau visage tuméfié et bouleversé.

— Tu as raison, dit-elle très doucement. Je dois apprendre à te faire confiance.

Dalton regarda le bébé, leva la main pour le toucher, fit glisser un doigt sur sa joue puis, plus loin, jusque sur le sein de Clara. Celle-ci retint sa respiration, tandis que son doigt se promenait avec lenteur sur le globe pâle veiné de bleu, laissant dans son sillage un picotement doux.

Kiera tétait toujours.

Et le doigt de Dalton poursuivait sa course au-dessus de ses seins puis remonta dans une caresse experte sur sa gorge et la pointe de son menton.

— Dalton ? fit-elle, le souffle court.

Clara souleva la tête pour le regarder tandis qu'il se redressait vers elle. Il eut un petit sourire et se pencha, de plus en plus, tout près...

Elle soupira quand ses lèvres touchèrent les siennes.

— Dalton...

Il l'embrassa au moment où elle prononçait son nom. Trop vite, il se sépara d'elle mais elle le prit par l'épaule pour le retenir et l'attira à elle.

— Encore, lui intima-t-elle.

Dalton eut un petit rire et fit ce qu'elle lui demandait.

C'était un baiser langoureux et d'une tendresse infinie.

Dalton les ramena à la maison le jour suivant.

Clara s'attendait à ce qu'il lui redemande de venir vivre avec lui à Denver, mais il n'en fit rien.

Elle-même n'en parla pas non plus. Après tout, il s'occupait d'elle et du bébé à la perfection. Alors pourquoi lui demander de repartir, maintenant ou plus tard ?

Néanmoins, le temps viendrait de penser à tout ça, à leur avenir ensemble, à son espoir de le voir s'installer pour de bon à Justice Creek. Mais ce serait plus tard. Il n'y avait aucune urgence à prendre des décisions aussi importantes, à se poser des questions angoissantes. Des questions qui mettaient en jeu son amour et toute sa vie future.

Un enfant venait de naître et c'était bien assez pour le moment. Ils passèrent la moitié de leurs nuits éveillés, cette première semaine. Dalton avait installé un babyphone dans sa chambre et descendait à toute heure du jour et de la nuit dès que Clara l'appelait. Parfois aussi, alors qu'elle ne demandait rien, juste parce qu'il avait entendu des pleurs de Kiera et voulait s'assurer que tout allait bien.

Clara sentait son cœur gonflé de tendresse. Dalton se montrait aimant et plein d'attentions, lui prodiguait sans cesse des baisers tendres et langoureux, la caressait chaque fois qu'il en avait l'occasion. Quand ils restaient au salon, le soir, il s'asseyait tout près d'elle, passait son bras autour de ses épaules et la collait contre lui. Il caressait ses cheveux et ses joues, entrelaçant ses doigts avec les siens.

Il les emmena toutes les deux pour une visite au Dr Kapur à la fin de cette première semaine. Tout allait pour le mieux, l'allaitement se passait à merveille, Kiera avait pris du poids et la tension artérielle de Clara était revenue à la normale, de même que son taux de globules blancs et de fer. Ses chevilles avaient dégonflé également et elle avait la permission de reprendre aussi bien ses activités que le volant.

— Mais allez-y en douceur, la chapitra le Dr Kapur. J'imagine que vous allez vouloir retourner au restaurant, mais limitez-vous à quelques heures par jour, deux ou trois maximum. Si vous en faites trop, vous allez vous épuiser et je vous assignerai de nouveau à domicile, je vous préviens !

Clara promit qu'elle serait raisonnable et Dalton marmonna qu'il y veillerait personnellement. Elle lui décocha alors un regard furibond qu'il feignit de ne pas voir.

Ce soir-là, tandis qu'ils dégustaient un nouveau savoureux dîner concocté par Mlle Scruggs, elle lui expliqua qu'elle voulait qu'il cesse de la traiter comme une enfant devant sa gynécologue.

— Comme une enfant ? s'insurgea-t-il. Qu'est-ce que tu racontes, Clara ? Quand est-ce que je t'ai traitée comme une enfant ?

— Bon, admettons que le terme soit un peu fort. Disons que tu n'as pas à te sentir obligé de dire que tu vas me surveiller comme le lait sur le feu.

— Pourquoi pas ? C'est la vérité, si tu ne prends pas assez soin de toi, je te rappellerai à l'ordre.

Clara le fixa sans répondre. Seigneur, pourquoi avait-elle engagé cette discussion avec Dalton ? Elle choisit de le taquiner, d'une voix enjouée un peu forcée :

— Ah, est-ce que ça va être notre première chamaillerie depuis la naissance de Kiera ?

— Réponds-moi, dit-il sans se départir de son sérieux. Est-ce que je t'ai déjà traitée comme une enfant ?

Elle reposa sa fourchette. C'était mauvais signe. Quand on commençait à poser ses couverts sur la table, c'est que la dispute couvait.

— Tout ce que je veux te dire, c'est que quand je promets à mon médecin que je vais être vigilante, tu n'as pas à t'en mêler et à me donner des ordres.

— Comment ça, des ordres ? Je ne te donne pas d'ordres. J'ai dit ça parce que je tiens à veiller sur toi, pour que tu ne te surmènes pas.

— Eh bien moi, j'entends ça comme un ordre.

A son tour, Dalton reposa sa fourchette.

— Je n'ordonne rien du tout, j'énonce juste un fait.

Clara le dévisagea. Le bleu n'était plus qu'une ombre à présent sur sa mâchoire volontaire. Elle ne savait pas si elle avait envie de lancer sur son beau visage son assiette de côtelettes de porc ou de se lever pour l'embrasser jusqu'au vertige. Finalement, elle ne fit ni l'un ni l'autre et se mit à rire.

— Qu'y a-t-il ? demanda-t-il d'un air perplexe.

Elle rit de plus belle.

— Tu es en train de faire une crise de nerfs ? s'enquit-il.

Elle était secouée par un fou rire, et des larmes apparurent au coin de ses yeux. Elle agita sa main devant elle, en hoquetant.

— Non… C'est…

Dalton repoussa sa chaise et se précipita vers elle.

— Clara ? Mon amour…

Elle leva les yeux vers lui. Il fronçait les sourcils, l'air inquiet et totalement dérouté. Elle se calma peu à peu, puis reprit d'un ton timide :

— Tu m'as encore appelée « mon amour »…

Dalton prit alors Clara par le bras pour la faire se lever et l'enlaça. Elle posa les mains sur son torse musclé et se pressa contre lui. Elle sentait battre son cœur, juste sous sa paume. *Serait-il possible que tu m'aimes ? Est-ce que tu veux toujours m'épouser ?*

Mille questions lui brûlaient la langue, mais elle ne les posa pas. Elle avait trop peur de ses réponses. Etait-ce vraiment ce qu'elle voulait ? Elle l'aimait, elle n'avait plus aucun doute à ce sujet… Mais un mariage ?

A vrai dire, cette idée la terrifiait. Ils avaient fait beaucoup de chemin, c'est vrai, mais se marier était un fossé si grand à franchir. Un acte si définitif. Etait-elle prête à s'engager ainsi ? Sans doute pas.

— Clara, dit-il alors en la serrant avec une tendresse irrésistible. Est-ce que tu vas bien ?

Clara leva les yeux. Il l'examinait avec une interrogation

anxieuse dans les yeux. Elle soutint son regard et hocha la tête.

— Oui, parfaitement bien. C'est juste que tout ça m'a paru tellement ridicule, tout à coup. Toi et moi, qui posions nos fourchettes comme si on s'apprêtait à se battre.

Avec ses pouces, il essuya les larmes qui avaient coulé sur ses joues.

— Je ne peux pas te promettre que je ne me montrerai jamais autoritaire. Je suis quelqu'un d'autoritaire par nature.

— C'est vrai, dit-elle.

Elle avait parlé d'un ton ému, avec un léger tremblement dans la voix. Il l'attrapa alors par le menton et inclina son visage.

— Clara…

Et il prit sa bouche.

Clara se sentit frissonner. On aurait dit que c'était la seule chose à faire à ce moment. Dalton avec ses bras rassurants autour d'elle, ses lèvres chaudes sur les siennes. Elle laissa échapper un petit gémissement de plénitude et de désir, et enroula les bras autour de sa nuque.

Jamais ils ne s'étaient encore embrassés de cette façon, depuis leur séjour sur l'île. Il glissa délicatement sa langue entre ses lèvres, et elle les ouvrit pour l'accueillir.

C'était délicieux. Elle avait des frissons dans tout le corps, comme s'il reprenait vie. Sa peau réagissait aux caresses chaudes et électriques de Dalton avec une sensibilité exacerbée. Elle sentit alors ses seins se tendre, presque douloureusement.

A quoi bon se mentir ? Clara aurait pu rester ainsi des heures durant, à s'enivrer des baisers de Dalton. Mais il releva la tête et prit son visage entre ses deux mains. Pendant un long moment, ils restèrent ainsi, sans dire un mot, à se contempler. Elle aurait voulu ne plus jamais regarder autre chose que ces yeux, si bleus.

— Je voudrais…, commença-t-il.

Mais il se tut. Un accès de tendresse la submergea. Lui qui était toujours si déterminé et si sûr de ce qu'il disait, il semblait tout à coup adorablement gauche. D'une voix câline, elle l'encouragea :

— Tu voudrais ? Dis-moi, je t'en prie.

Dalton leva la main vers sa tête et caressa ses cheveux.

— Je voudrais dormir avec toi, dit-il aussitôt. Je voudrais déménager et m'installer dans ta chambre.

Oh ! quelle belle idée. Quelle merveilleuse idée.

— Mais il faut que tu saches que je ne peux pas avoir de relations sexuelles pendant…

Il l'arrêta en posant le doigt sur ses lèvres avec un sourire.

— Quatre semaines minimum, voir cinq ou six, je sais. J'ai lu les livres.

— Quels livres ?

— Les livres qui étaient par terre dans la chambre de Kiera.

Alors que quelques secondes plus tôt elle riait de façon inextinguible et un peu hystérique, Clara avait à présent envie de pleurer. Mais c'était une sensation agréable.

— Tu as lu mes livres ? parvint-elle à articuler.

Une expression alarmée apparut alors sur le visage de Dalton.

— Heu, je ne t'ai pas demandé, c'est ça ? Tu es en colère parce que je ne t'ai pas demandé la permission…

— Dalton, je trouve ça formidable que tu les aies lus.

Il se racla la gorge avec un embarras émouvant.

— Bon, n'exagérons rien, c'était juste… pragmatique. J'avais besoin d'informations et j'ai trouvé tout ce qu'il fallait dans ces livres.

— D'informations…

— Pour savoir quoi faire, comment t'aider, comment prendre soin de toi et de Kiera aussi.

Clara sentit alors ses yeux se mouiller de larmes.

— Dalton.

— Bon, voilà que tu te mets à pleurer, maintenant. Pourquoi est-ce que tu pleures ?

— Je ne pleure pas. Pas vraiment.

— Tu es sûre que tu vas bien ? insista Dalton.

— Tout à fait sûre. C'est la joie qui me donne envie de pleurer, en fait.

— La joie.

— La joie.

En voyant le beau visage de Dalton s'éclairer, Clara sentit son cœur battre plus vite.

— Bon, et donc, pour dormir…, dit-il avec un sourire coquin.

Elle prit le temps de rajuster le col de sa chemise, qui n'en avait pourtant nul besoin.

— Je veux dire, dormir avec toi…

Il s'éclaircit la gorge à nouveau, avec l'air grave d'un banquier en pleine négociation. Ce qu'il pouvait être craquant !

— Je trouve que c'est une nouvelle étape logique dans notre relation.

Clara retint un nouvel éclat de rire. Allez, inutile de le mettre plus mal à l'aise.

— Logique, hein ?

Elle fit mine de réfléchir.

— Ce serait plus pratique pour moi, c'est sûr. Tu serais là tout de suite si Kiera pleure.

— Exactement, confirma Dalton. Il faut que je sois sur place au lieu de devoir dévaler toutes ces marches quand vous avez besoin de moi.

— Mais tu dormiras beaucoup moins, le taquina-t-elle.

— J'en doute fort. Je pense plutôt que je dormirai beaucoup mieux, à tes côtés.

Clara hocha la tête. Elle aussi, elle dormirait mieux. Surtout si Dalton la prenait dans ses bras et l'enlaçait dans son sommeil, comme il le faisait sur leur île.

— Dis oui, la pressa-t-il d'une voix bourrue.

Peut-être n'était-ce pas si mal qu'il se montre parfois un peu autoritaire, finalement. Peut-être était-ce même très excitant, de temps en temps. Très viril.

Il l'embrassa encore.

— Répète après moi, c'est un tout petit mot : oui.

Dalton chuchotait contre ses lèvres, comme s'il lui faisait boire ses paroles.

— Dalton…

— Oui.

Clara s'écarta d'un tout petit millimètre.

— Il y a des fois où il est inutile de lutter contre toi, n'est-ce pas ?

Un autre baiser.

— Dis-le. Oui.

Elle enroula à nouveau les bras autour de son cou, c'était trop fort, c'était trop bon.

— D'accord. Oui.

— Magnifique.

Dalton la prit aussitôt par la taille, la hissa jusqu'à son visage et l'embrassa, longuement, passionnément, en la laissant glisser délicatement le long de son corps robuste jusqu'à ce qu'elle touche le sol de la pointe des pieds.

C'est ce moment que Kiera choisit pour se rappeler à leur attention : elle avait besoin qu'on la change et qu'on la nourrisse. Dalton la changea, puis la promena en lui tapotant le dos pendant que Clara mangeait ses côtelettes et ses haricots verts. Puis il lui tendit le bébé et finit son dîner, tandis qu'elle s'installait pour lui donner le sein.

Dalton vint s'installer dans la chambre de Clara le soir même. Il y avait toute la place voulue dans le dressing pour qu'il y range ses affaires, ce qu'il fit gaiement, très satisfait de lui-même. Les baisers échangés lors du dîner étaient de vrais baisers et elle avait eu l'air de les apprécier autant que lui. Demander à dormir avec elle avait été un coup de génie. Désormais, il serait en permanence auprès d'elle. Rester allongé dans un lit avec elle, sans pouvoir lui faire l'amour pendant plusieurs semaines, risquait de le rendre fou, c'est vrai. Mais qu'importe.

— Tu es bien joyeux ! constata Clara qui sortait de la salle de bains, pieds nus, dans un short et un T-shirt à rayures.

Dalton referma le tiroir dans lequel il venait de ranger ses caleçons et se tourna vers elle.

— Je peaufine mon plan de conquête, maintenant que j'ai réussi à accéder à ton lit.

Elle avait un grand sourire, elle aussi.

— Vous êtes un homme machiavélique, Dalton Ames.

— Pas du tout. Organisé, c'est tout.

Clara plissa alors les yeux d'un air méfiant.

— Et qu'es-tu en train d'organiser, au juste ?

— Viens là, murmura-t-il d'une voix suave.

— Tu n'as pas répondu à ma question.

— Et je n'y répondrai pas. Viens là.

Elle avança d'un pas, s'arrêta et inclina gracieusement la tête sur le côté. Ses cheveux d'un brun chaud coulèrent en cascade le long de son bras.

— Qu'est-ce que tu manigances ?

— Viens. Je vais te montrer.

Elle eut un rire joyeux qui le combla.

Alors Dalton s'avança, prit les poignets de Clara et l'attira jusqu'à lui. Elle leva son joli visage d'un air de défi.

— Eh bien, montre-moi ?

Et c'est ce qu'il fit. Là, debout dans le dressing, il l'embrassa, en prenant tout son temps. Et ondulant contre lui, elle l'embrassa à son tour.

Les jours passèrent.

De très beaux jours, d'ailleurs. De longues journées riches et bien remplies. Dalton était comblé. Sa fille le ravissait. Il n'avait jamais été dans ses projets d'avoir des enfants. Pour être honnête, il se jugeait trop distant, trop rigide pour faire un bon père. Tout ça à cause de l'éducation sévère qu'il avait reçue de ses parents.

Mais à présent que Kiera était là, il était incapable de se remémorer ce temps où avoir des enfants lui paraissait une mauvaise idée. Quand elle le regardait, ses petits doigts serrés autour de son pouce et en faisant ces petits gloussements bizarres et primitifs de bébé, il était subjugué. Kiera le possédait corps et âme.

Et il y avait Clara. Que c'était bon d'être avec elle jour et nuit, de dormir avec elle dans ses bras, comme il l'avait fait chacune de ces nuits inoubliables l'été précédent, à deux pas du berceau de leur fille.

Deux fois par semaine, Dalton se faisait conduire à Denver pour assister à des réunions et gérer ce qu'il ne pouvait pas régler à distance. Et cela fonctionnait parfaitement. Il pouvait effectuer l'essentiel de son travail depuis Justice Creek et, quand c'était nécessaire, une heure et demie de voiture suffisait pour qu'il soit à pied d'œuvre. Oui, s'installer dans cette ville que Clara ne voulait pas quitter était tout à fait viable.

D'ailleurs, il pouvait parfaitement vendre la maison de mille mètres carrés qu'il possédait à Cherry Hill Village et en faire construire une ici. Mais aussi développer la succursale de Justice Creek pour s'y installer un bureau. Son assistante ne voudrait certainement pas le suivre ici, mais il pourrait sans peine en trouver une autre et laisser Myra à Denver. Elle était de toute façon presque aussi apte que lui à diriger la banque. Le directeur général, Dan, n'était pas loin de la retraite et elle serait parfaite pour lui succéder. Ce serait même enfin pour elle l'occasion de déployer tout son potentiel !

Bref, tout se présentait le mieux du monde.

Dalton n'attendait désormais plus qu'une chose avec impatience : la visite de contrôle avec le Dr Kapur, qui dirait à Clara si elle avait sa bénédiction pour faire avec lui autre chose dans son lit que dormir.

Quand il pourrait enfin lui faire l'amour, plus rien ne pourrait l'empêcher d'accepter sa demande en mariage, il en était certain.

Pas question d'envisager toute autre perspective. Il fallait qu'elle accepte. Il fallait qu'ils se marient. Kiera avait pris place dans leur vie et ils devaient tout faire pour elle. Elle méritait d'avoir un papa et une maman mariés.

- 11 -

— Je vais reporter mes rendez-vous à demain pour venir avec toi, dit Dalton tandis qu'ils étaient attablés pour le petit déjeuner.

Clara secoua la tête en signe de refus.

— Il y a des choses qu'une femme doit faire seule.

Discuter avec sa gynécologue pour savoir si son corps était prêt à ce qu'elle reprenne sa vie de femme, par exemple.

Certes cela pouvait sembler un peu bête, c'est vrai. Dalton et elle s'étaient vus nus des dizaines de fois. D'ailleurs, il était si beau, nu ! Plus beau encore que l'été dernier. Elle dormait dans ses bras toutes les nuits, désormais, et il leur était arrivé de batifoler un peu, de manière complice et joueuse. Elle aspirait à présent à ce que leur intimité puisse se libérer de toute contrainte, aller jusqu'où leurs sentiments les guideraient.

Seulement, elle n'avait pas envie de le savoir assis dans son dos pendant qu'elle discuterait avec le Dr Kapur. C'était impossible, voilà tout.

— Si tu préfères, je n'entrerai pas dans le cabinet, je resterai dans la salle d'attente avec Kiera.

— Dalton, c'est non.

Il la considéra quelques instants, cherchant sans doute des arguments à lui opposer. Mais elle ne céderait pas.

Pourtant, par un miracle à peine croyable, il baissa les bras.

— Si tu as besoin de moi, tu n'auras qu'à m'appeler.

Clara sentit son cœur fondre. C'était vraiment un amour. Un peu trop protecteur, peut-être, un peu beaucoup, même.

Mais tellement viril, tellement sexy, tellement attentionné, tellement adorable…

— C'est promis.

Une demi-heure plus tard, Kiera dans les bras, Clara accompagna Dalton sur le pas de la porte pour lui dire au revoir.

— Je serai de retour à 18 heures au plus tard, précisa-t-il. Si tu as besoin de moi…

— Passe une bonne journée.

Dalton ouvrit la bouche pour répliquer et elle se prépara à devoir batailler à nouveau, mais il se ravisa, écarta un coin de la couverture du visage de Kiera et embrassa sa fille sur la joue. Tout en berçant le bébé, elle le regarda s'éloigner dans l'allée et lui faire un petit signe de la main avant de monter dans la voiture.

A 17 h 45, Clara se trouvait au même endroit et dans la même position quand elle aperçut Earl garer la voiture devant la maison. Aussitôt, Dalton grimpa à la volée les marches du perron, les yeux rivés sur elle.

Elle s'effaça pour le laisser entrer. Il referma la porte du bout de sa chaussure italienne et laissa tomber son attaché-case en cuir sur le sol.

— Alors ?

Clara se sentit rougir. Même si c'était parfaitement ridicule. Mais elle sourit et acquiesça d'un signe de tête.

— Dis-moi que ça veut dire oui ? insista-t-il.

— Oui, Dalton, ça veut dire oui. Nous avons le… hum, feu vert.

Il leva alors la main, la prit par la nuque et l'attira contre lui pour lui offrir un baiser torride. Seigneur, s'il n'y avait pas eu le bébé entre eux à ce moment-là, elle l'aurait entraîné tout droit dans son lit.

Ni une ni deux, Dalton partit échanger son costume contre un jean et un polo. Kiera s'endormit pendant qu'il mettait la table et Clara alla la coucher dans son berceau.

Ils dînèrent en silence, n'échangeant que quelques paroles mais en se dévorant des yeux. Chaque fois que leurs regards se croisaient, elle sentait une vague de chaleur courir sur sa peau. Les battements de son cœur s'accéléraient à l'idée que la nuit n'allait pas tarder à arriver.

— Mange, intima-t-il de ce ton abrupt qui lui ressemblait tant. Tu n'as pratiquement pas touché à ton assiette.

— C'est à cause des papillons, murmura-t-elle.

— Pardon ?

— Dans mon estomac. Ils prennent toute la place.

Dalton regarda Clara avec un mélange de tendresse et de désir, puis posa sa serviette et repoussa sa chaise. Elle se leva en même temps que lui pour le rejoindre et laissa échapper un petit cri joyeux et fébrile quand il la prit dans ses bras.

— Embrasse-moi. S'il te plaît.

Il obéit sans se faire prier et elle frissonna quand il glissa sa langue entre ses lèvres entrouvertes.

A ce moment précis, des petits vagissements inquiets s'élevèrent du babyphone posé sur le comptoir de la cuisine.

Dalton continua à embrasser Clara et elle ne s'interrompit pas non plus. Il arrivait que Kiera s'agite ainsi quelques minutes avant de sombrer à nouveau dans le sommeil. Mais ce ne fut pas le cas cette fois. Les pleurs duraient. Ils s'intensifièrent, devinrent des hurlements. Il releva alors la tête.

— Elle a un radar pour choisir le pire moment ? dit-il tout en tendant l'oreille. Je reconnais ce rugissement, elle réclame son papa…

Clara se mit à rire et lui donna une bourrade enjouée.

— A toi de jouer.

Elle débarrassa et rangea la cuisine pendant que Dalton allait s'occuper de leur fille.

Quand elle le rejoignit dans la chambre, il était assis dans le fauteuil à bascule. Il lui lança un sourire déconfit sans cesser de balancer le berceau. Elle alla au dressing puis à la salle de bains.

En relevant les yeux du berceau où Kiera s'était endormie, Dalton découvrit Clara dans l'encadrement de la porte, vêtue de cette robe bain de soleil aux motifs rouges et jaunes flamboyants et au décolleté vertigineux qu'elle portait le soir de leur première rencontre. Quelques semaines seulement avaient passé depuis l'accouchement, mais elle lui allait comme une seconde peau. Ses yeux sombres brillaient, pleins de mystère, et un sourire tentateur relevait le coin de ses lèvres. Il sentit une boule se former dans sa gorge, et sa cage thoracique lui parut soudain trop étroite pour son cœur qui battait la chamade. Il voulut parler, lui dire qu'elle était la femme la plus belle qu'il ait jamais connue.

Sauf que Clara lui fit signe de se taire, l'index posé sur sa bouche, en s'avançant vers lui. Il la regardait, la bouche sèche, le cœur battant follement. Elle s'arrêta à quelques pas de lui. Il se leva, voulut la prendre dans ses bras mais elle secoua la tête et lui tendit la main. Il la prit et se laissa guider sans un mot dans le couloir, vers la cuisine où elle saisit au vol le babyphone puis vers la salle à manger…

— Où allons-nous ? parvint-il à articuler.

A vrai dire, Dalton se sentait ridicule, le corps tendu par le désir. Bon sang, pourquoi Clara le promenait-elle comme ça dans toute la maison ?

— Tu verras.

Elle le précéda dans l'escalier. Arrivé à l'étage, il vit de la lumière provenant de la chambre qu'il occupait encore trois semaines plus tôt. Elle le fit entrer. Le lit avait été ouvert et des bougies étaient allumées. Elle posa le babyphone sur la table de chevet, à côté d'une pochette de préservatifs. Alors, seulement, elle lâcha sa main et se tourna pour lui présenter son dos en relevant sa chevelure pour dégager la fermeture Eclair.

Dalton se sentit frémir. Clara était si belle dans cette robe. C'était presque scandaleux de la lui ôter si vite. D'un autre côté, plus vite il la lui enlèverait, plus vite elle serait nue devant lui. Il fit alors glisser la fermeture jusqu'en bas. En dégageant ses épaules des fines bretelles, elle laissa tomber sa robe sur le tapis. Elle était entièrement nue en dessous et quand elle se retourna pour lui faire face, il n'y avait plus que ses courbes, féminines, magnifiques, parfaites.

— A toi maintenant.

Comme il ne pouvait pas faire aussi vite, elle le regarda avec un sourire rêveur se débarrasser de son T-shirt, déboucler sa ceinture puis faire glisser d'un seul geste son pantalon et son boxer. Elle le poussa alors sur le lit, où il tomba, le pantalon tire-bouchonné sur ses chevilles. Bon sang, ce qu'il pouvait aimer la façon dont elle menait les choses ! Du coup, il la laissa faire. Elle s'accroupit devant lui pour le débarrasser de ses chaussures et de ses chaussettes puis il envoya le reste valser d'un mouvement du pied. Elle ramassa le tout pour le jeter sur une chaise.

Dalton et Clara étaient tous les deux nus, à présent, et c'était tout ce qu'il demandait.

— Viens, dit-il.

Pour une fois, elle lui obéit sans discuter et se pencha vers lui en rejetant le flot de sa chevelure sombre dans son dos. Il se recula en ramenant les jambes sur le lit, pour lui faire de la place.

Dalton frémit. Enfin, Clara était avec lui, étendue sur ce lit. Il attira alors à lui son corps tendre au parfum sucré et l'enlaça.

Il avait tellement besoin de l'embrasser ! Il fit donc courir des baisers sur tout son corps — sur sa bouche pulpeuse, son nez ravissant, sur le lobe velouté de son oreille, la fine peau soyeuse de sa gorge. Puis sur ses seins magnifiques qu'il embrassa avec une douceur extrême.

Là-dessus, il la fit rouler sur le ventre, promena ses lèvres le long de ses vertèbres jusqu'aux rondeurs affolantes de ses fesses, puis à l'arrière de ses cuisses, sur la peau si sensible derrière les genoux.

Clara gémit. Un imperceptible « oh oui… » s'échappa de sa bouche quand il la retourna pour enfouir son visage dans la toison sombre à l'endroit où ses cuisses se joignaient. Elle gémit plus fort et s'ouvrit à lui.

Pour la première fois après tous ces mois, Dalton goûta à nouveau sa saveur douce et musquée. Elle était déjà humide mais il restait attentif à ses réactions. Tout à coup, elle remonta les hanches pour se presser contre lui et ondula fébrilement.

Il souleva alors les jambes de Clara et posa ses cuisses soyeuses sur ses épaules. Puis il observa son visage tandis qu'il la caressait de la langue, des doigts, du bout des dents…

— Viens, implora-t-elle.

Dalton frissonna en entendant cette supplique qui lui donna envie de se donner à elle sans attendre un instant de plus.

Mais il résista et continua à l'embrasser longuement, lentement. Il voulait la voir s'abandonner sous sa bouche.

Et là, Clara succomba. Elle se rendit totalement à lui. Il poursuivait sa caresse, se délectait de sa moiteur. Enfin, une fois arrivée à l'orgasme, elle agrippa ses épaules en pleurant presque son nom. Mais il la retenait encore, égaré par son parfum et sa saveur.

Quand, finalement, elle soupira en relâchant tout son corps, Dalton prit conscience qu'il ne pouvait attendre plus longtemps. Impossible de se contenir davantage.

Il tendit alors le bras vers la table de chevet. En tâtonnant fiévreusement, il faillit faire tomber la boîte de préservatifs mais réussit à les rattraper et parvint à déchirer une pochette pour en sortir un.

Clara rit doucement.

— Laisse-moi faire, dit-elle en le lui prenant des mains. Viens là…

Dalton se redressa, à genoux devant elle. Clara le regardait, les lèvres entrouvertes, ses immenses yeux bruns pleins de désir et de confiance. Il sentit ses doigts délicats se resserrer autour de lui et poussa un grondement sourd d'animal affamé tandis qu'elle déroulait le fin latex sur son sexe dressé.

Quand elle leva à nouveau les yeux vers lui, il se pencha pour prendre sa bouche tandis qu'elle l'attrapait par les épaules, l'attirait contre elle, l'accueillait sur son corps.

Avec un gémissement rauque, il lui écarta les cuisses et il plongea en elle, doucement, avec l'impression que son cœur allait s'arrêter sous un tel afflux de plaisir.

Elle enroula ses bras fins et ses cuisses nerveuses autour de lui. Alors il perdit la notion du temps, ne sentant plus que son parfum, sa douceur et sa force, la façon dont elle se donnait tout entière à lui. Elle le serrait en caressant son dos, ses épaules, sa nuque et ses tempes, en plongeant les doigts dans ses cheveux. Ils s'embrassaient avec fougue, leurs langues s'enlaçant au rythme de leurs ondulations. Leur étreinte lui parut interminable. Il aurait voulu qu'elle dure toujours. D'ailleurs, allait-il pouvoir tenir assez longtemps ?

Sans savoir comment, Dalton résista. Il attendit que Clara parvienne à nouveau jusqu'au seuil de l'orgasme. Quand il la sentit se contracter, étroite et brûlante autour de lui, il se laissa enfin aller à sa propre jouissance, se laissa submerger par le plaisir. La sensation afflua dans chacun de ses nerfs, jusqu'aux extrémités de ses membres, dans une extase vertigineuse. Et Clara était là, entre ses bras.

Clara ne se souvenait pas de s'être jamais sentie aussi comblée que cette nuit-là. Difficile de dire le contraire !

Dalton et elle avaient encore deux heures devant eux, avant que Kiera ne s'éveille. Ils prirent une douche à l'étage, une longue douche qu'ils firent durer au point d'avoir besoin d'un autre préservatif avant de pouvoir finalement se sécher.

— Je meurs de faim, déclara-t-elle.

Le temps de prendre deux vieux peignoirs dans l'armoire de la chambre d'amis, ils partirent en expédition jusqu'au réfrigérateur. Ensuite, lovés sur le sofa de manière à ce qu'elle puisse se pencher pour l'embrasser dès que l'envie lui en prenait, ils regardèrent distraitement la télévision.

Finalement, Kiera se rappela à leur souvenir. Après lui avoir prodigué les soins qu'elle réclamait, ils retournèrent se coucher dans la chambre.

C'est là que Clara s'endormit, dans l'étreinte protectrice

de Dalton. C'était la conclusion parfaite à cette parfaite nuit d'amour.

Le bébé ne se réveilla qu'une seule fois cette nuit-là. Elle lui donna le sein puis Dalton la changea et la berça le temps qu'elle se rendorme.

Quand elle s'éveilla, Clara était seule dans le lit et le jour se levait. Elle s'assit, remit de l'ordre dans sa chevelure en bataille et découvrit Dalton, en short, torse nu, assis dans le fauteuil à bascule, Kiera nichée dans ses bras. Quel spectacle magnifique...

Elle se pencha pour attraper un des peignoirs laissés par terre et l'enfila tandis que Dalton se levait avec mille précautions. Il fut à peine debout que Kiera se mit à pleurer.

Clara serra la ceinture de son peignoir et alla lui prendre leur enfant. Il lui adressa un sourire aimant et sexy à la fois pendant qu'elle prenait place à son tour dans le fauteuil. Comme toujours, Kiera se mit aussitôt à téter vigoureusement, son petit poing rose posé sur le sein de Clara. Dalton disparut dans le dressing et en émergea vêtu d'un T-shirt et d'un pantalon kaki. Il se pencha sur Clara pour déposer un baiser sur son front.

— Je vais préparer le petit déjeuner, chuchota-t-il en quittant la pièce.

Une demi-heure plus tard, après avoir recouché Kiera, Clara se rendit dans la cuisine, où l'attendait Dalton avec des œufs au bacon et des toasts.

— Je commence à penser que tu es l'homme idéal, dit-elle en s'asseyant.

— Garde bien ça en tête.

Comme elle mourait de faim, elle ne releva pas le nez de son assiette avant de l'avoir vidée. Quand elle le fit, elle vit que Dalton l'observait, de ses incroyables yeux aussi bleus que les mers du Sud.

Je t'aime, Dalton ! Oh ! je t'aime tant...

Il fallait qu'elle le lui dise, enfin. Hélas, alors qu'elle ouvrait la bouche, le courage lui manqua. Et elle ne put que murmurer :

— Merci. Merci pour ce petit déjeuner. Merci pour cette nuit. Merci pour l'île. Merci de m'avoir accompagnée et d'avoir pris soin de moi tous ces jours, toutes ces semaines, quand je ne voulais pas admettre que j'avais besoin d'aide, besoin de toi. Merci pour…

A ces mots, Dalton se leva brusquement. Clara s'interrompit. Eh bien ! Pourquoi ce mouvement soudain ? Le regard de Dalton était devenu brûlant, que se passait-il ?

— Dalton, qu'est-ce que…

— Epouse-moi.

Clara sentit son cœur s'arrêter un instant, puis se mettre à battre à tout rompre. Elle porta les mains à ses joues enflammées.

— Oh ! Dalton…

Celui-ci s'approcha, lui tendit la main, l'aida à se relever.

— Nous sommes bien ensemble, déclara-t-il en prenant son visage entre ses mains. Ça marche entre nous, tu le sais. Je veux vendre ma maison de Denver, venir m'installer ici avec toi, dans ta ville, et tout faire pour que ça aille, pour moi et pour toi.

Clara était captivée par le regard de Dalton. Impossible de s'en détacher.

Elle voulait évidemment dire oui. Mais n'était-ce pas trop tôt ? Tout cela était tellement rapide. C'était trop tôt, n'est-ce pas ?

— Dis oui, insista-t-il.

Il effleura ses lèvres d'un baiser rapide, chaud et ferme.

— Dis oui.

— Je… Tout ça va tellement vite, tu ne crois pas ? J'ai besoin d'être sûre.

— Moi, je suis sûr, dit-il, sans l'ombre d'un doute dans sa voix virile. Epouse-moi.

Clara devait se rendre à l'évidence : elle le voulait aussi. Elle voulait dire oui, s'engager avec lui, pour toujours. Pour bâtir ensemble la vie dont leur fille avait besoin, la vie dont elle-même avait toujours rêvé.

Mais toujours, c'était si long. Pouvait-elle faire confiance à Dalton pour l'avenir, pour tous les jours à venir ? Comment être certaine qu'il ne déciderait pas soudain qu'elle ne lui suffisait plus, qu'il avait besoin d'autre chose ?

Mon Dieu, qu'adviendrait-il si tout se mettait à aller de travers ? Comment avoir la certitude que les choses iraient bien ?

Non, il lui fallait encore un peu de temps.

Clara leva les yeux. Dalton la regardait. Il attendait de voir ce qu'elle allait répondre. Mais ce qu'elle allait répondre n'allait pas lui plaire.

Finalement, elle parvint à bredouiller :

— Oh ! Dalton, je t'aime. Je t'aime plus que tout. Tu es tout pour moi.

Car c'était ce qu'elle ressentait pour lui.

— Bien. Je t'aime, moi aussi, répondit-il aussitôt avec un empressement presque expéditif. Marions-nous, Clara.

Mais elle ne put que le dévisager. Impossible de dire un mot de plus. Au bout du compte, Dalton lâcha son visage puis recula d'un pas.

— Clara, reprit-il d'un ton insistant, c'est important, tu le sais. Le mariage est la base de la famille, son fondement. Et Kiera en a besoin. Vivre ensemble de cette façon, sans être unis par les liens du mariage, ce n'est pas suffisant.

Tandis qu'il parlait, Clara se noyait dans la contemplation du beau visage de Dalton. Impossible de ne pas y percevoir l'ombre du petit garçon de jadis, celui qui ne devait pas faire de bruit ni réclamer de câlins.

Elle aurait dû dire oui, bien sûr. Dalton avait besoin de l'entendre. Et elle voulait tout lui donner.

Pourtant… Pourtant non. Non, vraiment.

Elle avait besoin de plus que ça. Elle voulait…

— Oh ! Dalton, je veux tout, tu comprends ?

Clara vit alors les yeux de Dalton devenir d'un bleu de glace.

— Non, Clara. Je ne comprends pas.

Seigneur, comment lui expliquer ?

— Je veux que tu me donnes ton cœur, comme moi je

t'ai donné le mien. Je ne veux pas que tu te maries avec moi seulement parce qu'il y a Kiera.

— Mais ce n'est pas ça, je…

— Si. Si, c'est ça. Comprends-moi. J'ai vu ma mère souffrir des années durant parce que mon père ne lui donnait pas tout ce qu'elle désirait de tout son cœur. Oh ! je sais que tu seras fidèle, je te crois. Mais… Vois-tu, j'ai failli faire une erreur terrible en épousant Ryan pour de mauvaises raisons. Je ne recommencerai pas. Et je refuse de finir comme ton ex-femme : je ne veux pas avoir à me rendre compte que l'homme que j'aime ne m'aimera jamais en retour.

— Mais je viens de te dire que je t'aimais ! s'insurgea-t-il.

— Oui. Tu l'as dit. Très vite, d'un ton qui était loin d'être convaincant.

— Mais je l'ai dit. Et je le pense. Ce qu'on vit tous les deux n'a rien à voir avec ce qu'il a pu se passer avec Astrid. Pourquoi est-ce que tu ne peux pas comprendre ça ? Pourquoi est-ce que tu ne me fais pas confiance ?

— Je te fais confiance. Mais je ne crois pas que nous soyons prêts pour le mariage. Pas encore.

Clara vit alors la bouche de Dalton se tordre presque en un rictus douloureux.

— Comment ça, *pas encore prêts* ? Nous avons un enfant ensemble ! Que faut-il faire de plus pour être prêt ?

— L'existence de Kiera ne signifie pas automatiquement que nous sommes prêts. Allons, Dalton, tu le sais très bien.

Dalton ne répondit rien mais l'expression de son visage était éloquente. Clara secoua la tête. Non, en effet, il ne le savait pas. Il continuait à croire que leur enfant était une raison suffisante pour qu'elle lui dise oui.

Or elle ne partageait pas cet avis.

— Dalton, je t'en prie, insista-t-elle. Ça n'est pas possible. Le moment n'est pas encore venu, c'est trop tôt.

— Attends une minute, dit-il alors en reculant un peu plus. Qu'est-ce que tu essayes de me dire, exactement ? Que tu veux que je m'en aille ?

— Quoi ? Où vas-tu chercher une chose pareille ? Non, bien sûr que non, je ne veux pas que tu partes, est-ce que j'ai dit ça ?

Dalton haussa alors les épaules et lâcha :

— Je n'en sais rien. Comment s'y retrouver dans ce que tu dis et ce que tu penses ? Je n'y comprends rien, alors je pose la question, point. Est-ce une façon de me dire que je dois partir ?

Clara se mordit la lèvre. Oh ! par pitié ! Que se passait-il ? Tout d'un coup, tout allait de travers. Elle avança vers lui. Mais il la regardait d'un œil furibond et défiant.

— Reste, dit-elle d'un ton apaisant. Je ne veux pas que tu partes. J'aime être avec toi, j'aime notre vie ensemble.

Elle fit un autre pas, puis un troisième, jusqu'à être assez près de lui pour le toucher.

— Je…

— Arrête, siffla-t-il en s'écartant d'elle pour l'empêcher de le toucher.

Clara laissa retomber sa main mais ne renonça pas.

— Je t'en prie, Dalton. Je t'aime et j'aime que tu sois là avec moi.

Clara baissa la tête. Il y eut un flottement qui lui sembla durer un temps infini. Elle était à la torture. Son refus avait blessé Dalton, c'était évident, et ce n'était pas son intention. Le blesser était la dernière chose qu'elle voulait. Non, ce qu'elle voulait, c'était être avec lui, elle avait juste besoin d'un peu de temps.

Au bout d'un long moment, il finit par dire d'une voix grave et contrôlée :

— Je sors faire un tour.

Clara chercha désespérément quelque chose à dire pour le retenir, pour l'obliger à continuer de discuter, jusqu'à ce qu'ils parviennent à s'accorder. Mais rien ne vint.

— OK. D'accord…, lâcha-t-elle dans un murmure.

— Si tu as besoin de moi…

Dalton laissa sa phrase en suspens, comme s'il ne savait

pas quoi dire. Formidable. Il ne savait pas quoi dire, et elle non plus.

— Bon, ne t'en fais pas, ça va aller. Je dois juste…

Il la prit par les épaules et elle se tut, le cœur battant. Elle reprit espoir. Il suffirait qu'il la serre dans ses bras, qu'il l'embrasse, qu'il accepte d'être patient, qu'il dise un mot réconfortant, qu'il comprenne qu'elle avait besoin d'un peu de temps pour franchir un pas aussi décisif…

Mais bien sûr, il ne comprit pas. Il ne fit que l'écarter doucement de son chemin pour sortir de la pièce.

Clara se retourna pour regarder Dalton s'éloigner. Elle pinça les lèvres pour se retenir de le supplier de rester. Un gémissement de frustration et de tristesse lui échappa, mais s'il l'entendit, il n'en laissa rien paraître. Il ne s'arrêta pas.

Elle resta debout à regarder dans le vide, puis elle entendit la porte d'entrée s'ouvrir et se refermer.

- 12 -

Dalton bouillonnait de rage. Il avait eu le projet vague d'aller tout droit à la salle de sport pour taper dans un sac de sable jusqu'à ce que ses mains soient en sang et que ses muscles demandent grâce. Mais sans trop savoir comment, il se retrouva en train de se garer devant le McKellan's.

Pas de lumière à l'intérieur. Le bar était encore fermé. Il n'avait aucune raison de venir voir Ryan. Pourtant il resta là, planté devant la pancarte « Fermé » accrochée à la porte, puis leva lentement la tête pour regarder les grandes baies vitrées de l'étage.

Et comme par hasard, Ryan était juste là, en jogging et T-shirt aux couleurs de l'université du Colorado, un mug à la main, le regard posé sur lui. Quelques secondes passèrent puis il leva l'index.

Dalton hocha la tête. Ryan disparut et, deux minutes plus tard, la porte du pub s'ouvrit.

— Un café ?

— Un café serait le bienvenu, s'entendit répondre Dalton.

— Allons en haut.

Dalton entra et Ryan referma la porte à clé derrière eux, puis le précéda à travers le bar vide vers un escalier au fond de la salle. Ils montèrent à un grand appartement, d'où l'on avait une vue magnifique sur les montagnes environnantes. Dalton s'assit sur le tabouret que Ryan lui indiqua, au comptoir d'une vaste cuisine parfaitement équipée. Son hôte lui tendit un café délicieux, préparé en un éclair avec un percolateur, puis s'accouda devant lui.

— Tu as un drôle d'air.
— Ah bon ?
— Oui, tu as l'air en rogne. Comme un type qui vient de se faire envoyer bouler.
— Je suis en rogne, en effet. Pour le reste, non, pas exactement.
Dalton regarda autour de lui d'un air absent, notant au passage tous les ustensiles professionnels, la vue splendide sur les montagnes qui apparaissaient derrière la fenêtre, au-dessus d'un grand plan de travail.
— Je n'arrive pas à croire que je suis venu ici…
Ryan eut un rire bref.
— Et pourquoi pas ? Qui mieux que moi pourrait comprendre ce qui t'arrive avec elle ?
— J'ai le vague espoir que tu pourrais être de mon côté, à présent.
— Ça se pourrait, fit Ryan avec un haussement d'épaules nonchalant.
— Tu peux faire une réponse claire ? Tu es avec moi, ou pas.
Ryan alla remplir son mug puis fit le tour du comptoir pour venir s'asseoir à côté de Dalton.
— Elle a eu un enfant avec toi. Elle veut être avec toi. Je veux qu'elle ait ce qu'elle veut.
— Bon, donc ça signifie que tu es de mon côté.
— Ouais. Je suis de ton côté. Je crois qu'elle est vraiment amoureuse de toi.
— Exact. Elle me l'a dit ce matin.
A ces mots, Ryan leva un sourcil. Il avait l'air abasourdi.
— Elle t'a dit qu'elle t'aime et tu es furieux ? Tu es vraiment tordu, mon vieux.
— Avant qu'elle me dise ça, je lui ai demandé, pour la deuxième fois, de m'épouser, expliqua Dalton.
— Ça se complique. Et elle a dit non.
— Elle n'a pas dit vraiment non. Elle a dit : *pas maintenant*.
— Et c'est ça qui te fout en rogne.

— Bien sûr que ça me met en rogne ! C'est la deuxième fois que je la demande en mariage. Je lui ai dit que je suis prêt à venir vivre ici. Je lui ai dit que j'étais prêt à tout, en résumé. Et c'est vrai. Je ferais n'importe quoi, tout ce qu'elle voudra. Tout ce que je lui demande, c'est de m'épouser.

Là-dessus, Dalton vida sa tasse d'un trait. Ce qu'il pouvait se sentir impuissant, à cet instant !

— Mais apparemment, pour Clara, tout et n'importe quoi, ce n'est pas encore assez.

Au même moment, Ryan se leva pour refaire des cafés, mais cette fois, il sortit d'un placard une bouteille de Crown Black et en versa une double rasade dans chaque tasse. L'heure était un peu matinale pour passer au whisky, mais qu'importe. Dalton but une longue gorgée qui lui réchauffa agréablement la gorge.

— C'est simple, reprit Ryan. Clara a peur de s'engager. De faire une bêtise. Alors tu n'as plus qu'à patienter, mon vieux. Tenir bon, et patienter.

Dalton but une longue lampée de café alcoolisé. Ce n'était pas de ça qu'il avait envie.

— Moi, je voudrais que les choses soient claires.

— Eh bien, pour le moment, tu ne peux pas avoir ce que tu voudrais.

— Ça ne me plaît pas.

— Je vois ça.

Dalton secoua la tête puis lâcha d'un ton presque désabusé :

— Je suis un banquier. Un Ames. Les Ames sont des gens établis, qui tiennent leur rang dans la société. Ils ne vivent pas en concubinage avec la mère de leur enfant. Quand un Ames a un enfant, il a le bon sens et l'honnêteté de convoler en justes noces.

Ryan hocha la tête d'un air compatissant avant de dire :

— Je comprends ton point de vue. Mais tu dois t'accrocher.

Dalton reposa son mug d'un geste un peu plus brusque que nécessaire puis rétorqua :

— M'accrocher, c'est tout ce que tu as à dire ?

— Désolé de te décevoir, mon vieux. Mais pour le moment, c'est tout ce que tu peux faire.

*
* *

En sortant de chez Ryan, Dalton se rendit à la salle de sport. Il s'entraîna pendant deux bonnes heures puis se doucha, se changea et retourna chez Clara.

Elle sortit précipitamment de la salle à manger pour venir à sa rencontre.

— Dalton, commença-t-elle avec hésitation, un pli soucieux entre ses fins sourcils. Est-ce que ça va ?

Accroche-toi.

— Je devrais survivre, se contenta-t-il de dire.

Elle laissa échapper un petit sanglot et courut vers lui. Il ouvrit les bras pour l'accueillir contre sa poitrine. Que faire d'autre.

— Dalton…

Clara se tut aussitôt pour l'embrasser, et il lui rendit son baiser. Un baiser impétueux, presque dur.

— Kiera ? demanda-t-il.

— Elle dort.

— Bien.

Dalton se pencha alors pour attraper Clara au niveau des genoux et la soulever du sol, très haut.

— Dalton, qu'est-ce que…

— A quelle heure Mlle Scruggs arrive-t-elle ?

— Un peu après le déjeuner.

— Bien.

— Dalton, qu'est-ce que tu fais ?

Dalton fit taire Clara d'un nouveau baiser et avança dans le couloir sans la lâcher ni cesser de l'embrasser.

— Le babyphone ?

Elle pointa le doigt vers le comptoir de la cuisine.

Il la porta jusque-là.

— Prends-le, ordonna-t-il.

Clara s'exécuta et il continua à l'embrasser tout en

gravissant les marches. Une fois en haut, il alla tout droit à la chambre d'amis. Là, il la déshabilla, se déshabilla et lui fit l'amour avec fièvre jusqu'à ce que Kiera se manifeste.

Autant se rendre à l'évidence. Tant qu'il aurait Clara dans ses bras toutes les nuits, la situation restait supportable, en principe.

Au terme de ce moment de plaisir échevelé, Dalton prit une grande inspiration. Oui, il tiendrait bon, et il patienterait. Il voulait être là pour elle, pour Kiera, de la façon qui lui conviendrait, jusqu'à ce qu'elle soit prête, jusqu'à ce qu'elle ait surmonté les freins qui la retenaient de lui dire oui. Jusqu'à ce qu'elle soit prête à devenir sa femme.

Les jours qui suivirent, Dalton ne cessa de se répéter qu'il avait une place importante dans la vie de Clara : il vivait dans sa maison, couchait dans son lit, parce qu'elle l'avait voulu. Il se redisait combien il tenait à elle, combien il était bien ici. Dans le lit de Clara, bien sûr, mais pas seulement. Cette maison était bien plus chaleureuse que le gigantesque mausolée de style géorgien dans lequel il avait grandi ou n'importe laquelle des grandes maisons de standing qu'il avait pu posséder. Et c'était parce que Clara et Kiera y étaient avec lui.

Deux semaines plus tard pourtant, Dalton ne put s'empêcher d'expliquer une nouvelle fois à Clara pourquoi se marier était pour lui une telle nécessité. Il avait été élevé selon ces principes et il y croyait. Tous les trois formaient une famille et devaient en retirer tous les droits et les avantages. Ce qui ne serait possible qu'après s'être juré fidélité devant un juge ou un prêtre. Il faudrait qu'ils signent tous les deux un acte qui officialiserait leur relation devant la loi et les engagerait l'un envers l'autre. Ils avaient besoin tous les deux de ce lien réel et symbolique pour se présenter ensemble à la face du monde.

Clara écouta attentivement tous ces arguments sans le contredire ni montrer de désapprobation. Puis elle lui répondit qu'elle l'aimait et qu'elle avait encore besoin de temps. Bref, c'était encore raté.

Dalton fonça aussitôt à la salle de musculation et s'entraîna jusqu'à ne plus pouvoir lever les bras. Il avait désormais des contractures dans chaque muscle de ses jambes. Après quoi il rentra et se mit au travail dans son bureau de fortune dont il ne ressortit pas avant 20 heures.

Clara et lui se retrouvèrent au lit, avec une tendresse décuplée. Il se laissa engloutir dans la douceur de son corps voluptueux et elle lui cria qu'elle l'aimait au moment où elle atteignait l'orgasme.

Allez, accroche-toi.

Les jours passèrent. Clara s'était organisée pour passer six à sept heures au restaurant. Elle commençait à 10 heures, rentrait une fois ou deux allaiter Kiera, tandis que Dalton s'occupait de leur fille en son absence. Il travaillait pendant que Kiera dormait et, les jours où il devait se rendre au bureau local ou à Denver, Mlle Scruggs prenait le relais.

Tout allait pour le mieux. Ou tout du moins, il tentait de s'en persuader. Mais en son for intérieur, il bouillait. Il aspirait à ce que leur situation soit clarifiée. Ce qui ne serait pas le cas tant que Clara n'aurait pas un anneau au doigt. Tant qu'elle ne lui aurait pas dit oui.

Clara voyait bien que Dalton souffrait. Inutile de faire semblant du contraire.

Elle voyait tous les efforts qu'il faisait, combien il prenait sur lui car il voulait que les choses se passent autrement.

Et elle était amoureuse. Vraiment, elle l'aimait de toute son âme.

Il n'empêche qu'elle se posait des questions. Pourquoi était-elle si braquée, si craintive ? D'où venait cette angoisse irrépressible d'un échec ? Elle commençait à comprendre, du coup, l'attitude qu'avait eue Dalton quand il l'avait repoussée. Il avait peur, lui aussi, et avait voulu se protéger. Jusqu'alors, la peine provoquée par ce rejet l'avait rendue imperméable à ce qu'il pouvait ressentir de son côté. Si seulement elle avait su à l'époque tout ce qu'elle savait maintenant, elle aurait pu lui pardonner bien plus tôt ! Elle aurait pu aussi partir à sa recherche sans attendre, se débarrasser plus vite de sa jalousie hors de propos envers Astrid. Elle n'aurait pas embarqué ce pauvre Ryan dans cette absurde histoire de mariage non plus. Bref, tous ces petits désastres si tristes auraient pu être évités.

Dalton aurait été là, d'emblée. Ils auraient passé tous ces mois ensemble, auraient appris à se connaître. Elle aurait eu le temps d'apprendre à se fier à son instinct, à avoir foi en ce qu'elle ressentait.

Clara soupira. Au lieu de quoi, c'était elle à présent qui était paralysée par la peur alors que lui était prêt à aller de l'avant. Pendant quelque temps, elle avait eu des raisons de penser qu'il était le fautif, qu'il ne l'aimait pas comme elle avait besoin d'être aimée. Mais les semaines passant, il fallait se rendre à l'évidence : cette conviction ne reposait sur rien. Dalton lui prouvait son amour par chacun de ses actes. Le voir avec Kiera dans ses bras aurait suffi à n'importe quelle femme dotée d'un peu de jugeote pour comprendre que cet homme ferait un époux formidable.

Bref, Clara devait sortir de cette impasse absurde, passer outre à ses appréhensions et avoir le courage de dire oui.

Hélas, elle n'y parvenait pas. Elle restait prisonnière de ses craintes, incapable de sauter le pas, comme pétrifiée.

Un mois avait passé depuis qu'il lui avait reparlé de mariage, elle devait lui dire oui. Dalton était toujours là, dans sa maison, dans son lit, avec leur fille. Il ne faisait aucun chantage, aucune scène, ne posait aucun ultimatum. Il lui faisait l'amour avec passion et elle sortait de leurs ébats ivre et comblée.

Mais elle le voyait se replier, prendre ses distances de manière imperceptible. Son humour pince-sans-rire avait perdu de son mordant, il restait à son bureau un peu plus tard chaque soir, passait plus de temps à l'agence de Justice Creek et partait pour Denver tous les quatre matins.

Oh ! Clara était lucide : Dalton faisait tout son possible pour ne pas exprimer sa frustration et sa contrariété. Alors pourquoi lui faire des reproches. Malheureusement, le voir aussi réservé et froid ne l'aidait pas à se rassurer. Elle avait besoin d'être en confiance, d'avoir près d'elle un homme capable de lui prodiguer des câlins réconfortants et des encouragements chaleureux. Elle aurait eu besoin d'un coup de pouce, de parler à quelqu'un qui l'aurait aidée à avancer. Hélas, Rory était partie à Montedoro avec son fiancé pour assister à un gala donné en l'honneur de sa mère, la princesse régnante.

En temps normal, Clara se serait tournée vers Ryan, mais en l'occurrence, cela ne lui paraissait pas être la bonne chose à faire. Aller demander un avis sur sa vie sentimentale à l'homme qui devait la conduire à l'autel six mois plus tôt ne semblait pas très intelligent, sans compter l'animosité qui régnait entre lui et Dalton, même si les choses s'étaient manifestement améliorées. Quoi qu'il en soit, discuter avec Ryan de ce sujet précis aurait été un peu retors.

Allez, elle attendrait le retour de Rory au début du mois de juillet et elles auraient une bonne conversation devant un gros pot de glace. Tout finirait par s'arranger, elle devait cesser de se faire du souci. Tout irait bien.

Mais chaque jour, Dalton semblait se couper d'elle un peu plus.

Le dernier jour de juin, Clara eut une dispute avec Dalton. Et, qui plus est, pour une stupide histoire de cartons !

Du fait d'une erreur du secrétariat, apparemment, plusieurs cartons de serviettes en papier, couverts et emballages recyclables pour les plats à emporter furent livrés à la maison au lieu du restaurant.

Clara, gênée par Kiera qui pleurait dans ses bras, demanda au livreur d'empiler le tout devant la porte d'entrée, signa le bordereau et le laissa repartir sans plus de discussion.

Quand Dalton rentra de la salle de sport cinq minutes plus tard, il demanda ce que faisait ce tas de cartons sur le perron. Quand elle lui expliqua l'erreur qui s'était produite, il essuya son front moite de sueur avant de demander, d'une voix contenue :

— Tu l'as laissé poser tout ici et repartir comme ça ?

Clara tapotait le dos de Kiera qui continuait de pleurer.

— Je vais les mettre dans mon SUV et je les emporterai moi-même au restaurant, dit-elle.

Rien de plus simple ! Le restaurant n'était qu'à deux rues de là et elle disposait d'une place de parking réservée, juste à côté de la porte de service. Elle n'en aurait pas pour longtemps à tout décharger.

Dalton lui lança aussitôt un regard noir.

— Tu vas les mettre dans ton SUV toi-même ? gronda-t-il.

Au même moment, Kiera se remit à pleurer. Clara lui posa un baiser sur la tempe tout en lui massant le dos.

— Ce n'est pas si terrible, ils sont très légers. Si tu veux bien prendre Kiera un instant, je vais…

— Je suis couvert de sueur.

— Dalton, je ne pense pas que ça puisse la gêner.

Mais il sembla s'assombrir encore.

— Le vrai problème, c'est que tu refuses d'admettre que tu ne peux pas faire tout toute seule, répliqua-t-il. Pire : tu refuses de me demander de l'aide. Je ne vais quand même pas te laisser porter tous ces cartons jusqu'au garage !

Les pleurs du bébé redoublèrent.

Ne réponds pas. Laisse-le faire.

Seulement, avec ses manières d'homme de Cro-Magnon, Dalton était vraiment insupportable.

— Ne recommence pas avec tes « laisse-moi faire », tu sais que je ne supporte pas ça.

Kiera hurlait à présent. Dalton fixait Clara de ses yeux bleus pleins de ressentiment. Un instant, elle crut qu'il allait la prendre par le bras pour la secouer, mais il finit par se détourner et ressortit sans dire un mot sur le perron. Elle le regarda saisir une pile de trois cartons et redescendre la volée de marches pour aller au garage. Cette vision la mit dans une colère folle et elle envisagea très sérieusement de se ruer derrière lui, leur fille hurlant dans les bras, pour lui crier d'arrêter ça tout de suite et de la laisser s'occuper elle-même de ses affaires.

Mais quelque chose la retint. Clara rentra à l'intérieur et emmena Kiera à la chambre pour la changer et lui donner le sein. Assise dans le fauteuil, le bébé enfin apaisé, elle réfléchit à la scène qui venait d'avoir lieu. Dalton avait été odieux et tout cela dépassait les bornes. Et elle-même avait été incapable de lâcher prise. Entendre tous ces reproches lui avait donné envie de pleurer.

Elle ne cessait de le laisser faire, cela faisait des mois qu'il l'aidait, comment pouvait-il lui dire une chose pareille ? Pourquoi ne comprenait-il rien ?

Clara soupira profondément. Elle connaissait parfaitement les raisons de toute cette situation. Ils tournaient en rond. Dalton ne pouvait faire ce qu'il jugeait être dans l'obligation de faire tandis qu'elle n'était pas prête. Elle l'entendit rentrer et monter directement à l'étage. Il ne redescendit pas.

Profitant du fait que Kiera était plus tranquille, elle la coucha pour faire une toilette rapide et s'habiller puis alla à la cuisine grignoter quelque chose avant de partir travailler.

Mais quand Kiera se remit à pleurer, Dalton ne se montra pas. Clara finit par manger debout devant le comptoir de la cuisine, Kiera en larmes dans ses bras. Elle la promena dans toute la maison dans l'espoir de la clamer. Le temps passait. Hélas, aucun signe de Dalton. Pourtant, il savait parfaitement qu'elle aimait pouvoir partir travailler vers 10 heures ! Sans compter que ce n'était pas son genre de faire la sourde oreille quand sa fille réclamait de l'attention. Il se montrait toujours très attentif et se rendait toujours disponible quand elle avait besoin qu'il prenne le relais. Mais pas cette fois.

Bien sûr, Clara aurait pu aller le trouver et lui dire qu'elle voulait partir. Mais elle n'en fit rien. Elle ressassait ses paroles blessantes. Hors de question de s'abaisser à lui demander quoi que ce soit.

Quand Dalton se montra enfin, il était près de 11 heures.

— Désolé, j'avais des coups de fil à passer, dit-il d'un ton cassant.

Tu aurais pu me prévenir, eut-elle envie de le lui jeter au visage. Mais qu'aurait-elle allégué ? Qu'il devait l'informer de ce qu'il faisait ? Qu'il faisait exprès de la retarder pour la faire sortir de ses gonds ?

Clara prit une grande inspiration. Non, elle n'entrerait pas dans ce petit jeu. Elle serait au-dessus de ces mesquineries.

— Aucun problème, dit-elle finalement en lui tendant la petite qui continuait de s'agiter. Je dois y aller.

Et elle quitta la pièce avant de se laisser aller à dire des choses qu'elle risquait de regretter.

Quand Clara vint se garer à sa place réservée, le parking du restaurant et la rue adjacente étaient déjà pleins de véhicules. Elle alla ouvrir son coffre et commença à décharger. Au moment où elle se redressait pour fermer le coffre, les bras chargés d'un énorme carton, elle aperçut quatre garçons qui tournaient autour de la superbe Mustang 1965 décapotable bleu cobalt que Renée venait de faire remettre à neuf. Quatre lycéens, mignons et bien coiffés. L'un s'était appuyé contre la voiture, bras croisés, et regardait autour de lui avec nonchalance. Un autre était penché côté conducteur et regardait l'intérieur du véhicule, tandis qu'un troisième riait sous cape. Elle entendit très distinctement le quatrième dire :

— Vas-y, Derek, dépêche-toi avant qu'on nous voie.

Clara claqua le coffre avec bruit. Quatre têtes se tournèrent vers elle à l'unisson et quatre paires d'yeux la dévisagèrent.

— Vous cherchez quelque chose, les gars ? leur lança-t-elle. Je peux vous aider ?

Celui qui était adossé à la Mustang voulut jouer les durs.

— Vas-y, occupe-toi de tes affaires, grosse bourge, répliqua-t-il avec un regard fuyant.

Aussitôt, Clara lâcha le carton pour chercher son téléphone portable dans son sac. Elle fouilla un instant sans le trouver.

Mince, c'est vrai qu'elle l'avait laissé sur le plan de travail, dans la cuisine ! Génial. Au même moment, elle sentit sous ses doigts la forme rectangulaire de son poudrier. Cela ferait l'affaire. Elle le sortit, fit mine de composer le 911 puis le porta à son oreille tout en disant d'une voix forte :

— Oui, je voudrais signaler un vol de voiture…

Heureusement, les garçons battaient déjà en retraite. Le petit caïd lui cria une nouvelle insulte puis ils firent volte-face et prirent leurs jambes à leur cou. Un instant plus tard, ils avaient disparu à l'angle de la rue. Et voilà le travail !

Clara remit le poudrier dans son sac et, laissant le carton où elle l'avait posé, les suivit à distance respectueuse pour voir où ils allaient. Toujours en courant, ils traversèrent Oldfield Avenue en direction de la bibliothèque qui se trouvait entre la mairie et le commissariat de police de Justice Creek.

Clara eut un petit sourire. Ils ne devaient pas être du coin, sinon ils n'auraient probablement pas pris ce chemin. Quoi qu'il en soit, ils cherchaient visiblement les ennuis. Pourvu qu'elle les ait suffisamment effrayés pour qu'ils décident de se tenir tranquilles. Elle resta à les regarder jusqu'à ce qu'ils aient disparu derrière la bibliothèque, puis repartit au restaurant non sans s'arrêter devant la Mustang de Renée pour s'assurer qu'elle n'avait pas subi de dégâts. Le carton dans les bras, elle entra dans le café.

La salle était noire de monde, c'était un de ces jours d'affluence ininterrompue comme celui, trois mois plus tôt, où Dalton s'était présenté à sa porte avec son énorme bague et sa demande en mariage.

Mon Dieu, trois mois seulement ? Il lui semblait que cela faisait des siècles. Comme si cela avait eu lieu dans une autre vie. Une fois dans la cuisine, Clara resta plantée là, hantée par le souvenir de cette soirée, tandis que les cuisiniers s'occupaient de préparer les commandes et que les serveurs allaient et venaient à toute allure par les portes battantes, chargés d'assiettes fumantes. Elle se revit ouvrir la porte, pieds nus et vêtue d'un T-shirt grand comme une tente, se rappela la façon dont son cœur avait chaviré en voyant Dalton. Même à cet instant, alors qu'elle croyait n'éprouver que de la colère à son égard, son cœur savait.

Clara prit soudain conscience d'une chose. La fureur qui l'avait saisie quelques heures plus tôt à cause de leur ridicule dispute s'évanouit d'un coup. A quoi bon se voiler la face ? Elle n'avait jamais cessé de l'aimer. Dalton était l'homme qu'elle attendait, comme son père avait été l'homme de sa vie pour sa pauvre maman, malgré toutes ses souffrances.

Oui, Dalton Ames était l'homme de sa vie. Mais il n'était pas comme son père. Il ne lui ressemblait en rien et elle le savait. L'amour qu'il avait pour elle était aussi grand que celui qu'elle avait pour lui. Il ne la trahirait pas.

Alors pourquoi s'obstiner à lui refuser ce dont il avait tant besoin, assumer pleinement son rôle de père et d'époux, former une vraie famille ? Au même instant, l'un des plongeurs, Ivan, passa derrière elle avec un plateau plein de verres étincelants.

— Pardon Clara…

Clara secoua la tête. Allons, du nerf ! Le moment était mal venu pour battre sa coulpe. Il fallait se mettre au travail. Le temps de porter le carton dans la réserve et de poser son sac dans son bureau, elle se lança dans la mêlée, intervenant avec efficacité partout où le besoin s'en faisait sentir, transmettant les commandes, accueillant les clients, aidant à débarrasser et préparer les tables.

Le coup de feu se prolongea sans faiblir, les services se succédant après 14 heures. Clara commença alors à sentir la fatigue. Sans compter que ses seins étaient un peu douloureux. D'ailleurs, l'heure était passée pour rentrer allaiter Kiera. Elle alla à son bureau et téléphona à Dalton.

— Tu as oublié ton portable, dit-il. Veux-tu que je passe te l'apporter ?

Ah, elle aurait tant voulu qu'il soit devant elle à cet instant, pour pouvoir le prendre dans ses bras et se serrer contre lui ! Il avait toujours mille attentions pour elle, il fallait qu'elle en tienne compte plus qu'elle ne le faisait.

Pourquoi être si orgueilleuse et si susceptible dès qu'il s'agissait de partager son territoire ? Ils formaient une équipe, ils devaient s'épauler.

— Non, ne t'en fais pas, répondit-elle, je n'en ai pas véritablement besoin. Je sais que je suis en retard pour nourrir Kiera, mais je ne vais probablement pas pouvoir être là avant 16 heures. Il y a un monde de dingue, aujourd'hui. Est-ce que tu peux sortir un sachet de lait du congélateur ?

Elle prélevait régulièrement son lait et le conservait pour ce genre de circonstances.

— Je m'en occupe.

Au même moment, Clara entendit Kiera pleurer à l'autre bout du fil.

— Elle ne s'est pas calmée ? demanda-t-elle.

— Si, elle a été très calme, elle vient juste de se réveiller.

Dalton parlait d'un ton neutre, distant. Il vivait sûrement très mal cette situation ! Tout ça parce qu'elle ne voulait pas accepter ce qu'il voulait lui donner, son cœur, sa main, son nom, pour de bon et sans réserve.

Au prix d'un effort douloureux, elle ravala les larmes qui montaient dans sa gorge.

— Bon… je te vois vers 16 heures, alors ?

— D'accord, dit-il.

Et il raccrocha.

Clara resta debout dans l'étroit couloir qui menait aux toilettes, perdue dans ses pensées.

Je dois dire oui. Il faut que je le fasse, pour nous trois.

Le calme revint après 15 heures. Clara vida la caisse, prit les reçus de cartes de crédit et retourna à son bureau où, après avoir verrouillé la porte, elle ouvrit le coffre pour rassembler l'argent à déposer à la banque.

La banque se trouvait juste à un pâté de maisons plus loin. Sortir prendre l'air lui ferait le plus grand bien, après cette journée frénétique. Peut-être pourrait-elle s'accorder quelques minutes de pause sur son banc préféré du Library Park pour prendre le temps de réfléchir à la situation avec Dalton et à cette décision qu'elle ne pouvait plus repousser.

Clara n'avait toujours pas déchargé le SUV mais il n'y avait pas d'urgence. Elle rassembla l'argent dans un simple sac à bandoulière et sortit par la porte de service.

Par la fenêtre de son bureau au premier étage, Dalton entendit des sirènes dans le lointain. De quoi pouvait-il s'agir ? Un incendie domestique, une course-poursuite, une urgence médicale ? Quoi qu'il en soit, c'était un son inhabituel à Justice Creek.

Le bruit des sirènes sembla alors s'éloigner vers le sud-est de la ville.

Quelques instants plus tard, le téléphone sonnait. Il décrocha aussitôt. Clara allait sans doute lui annoncer qu'elle était toujours coincée au travail.

De fait, c'était une voix de femme à l'autre bout du fil. Mais pas celle de Clara.

— Bonjour, c'est Renée à l'appareil, Renée Beauchamp, je travaille au café.

Ah oui, Renée !

Dalton se rappelait la jolie petite femme brune. Il jeta un coup d'œil au babyphone, miraculeusement silencieux, tandis qu'elle poursuivait d'une voix étrangement tendue :

— Vous êtes bien Dalton ?

— Oui, c'est moi.

— Dalton, est-ce que Clara est là ? Je ne parviens pas à la joindre sur son portable.

Il sentit aussitôt un accès d'inquiétude le frapper comme un coup de couteau.

— Elle l'a oublié ce matin. Elle n'est pas encore là, non.

Dalton vérifia alors l'heure dans l'angle de l'écran de son ordinateur. 16 h 20.

— Elle devrait rentrer d'une minute à l'autre, je pense.

Il entendit un petit soupir étranglé à l'autre bout du fil. Son inquiétude monta d'un cran.

— Renée, que se passe-t-il ?

— Clara est partie à la banque pour déposer du cash,

et elle n’est pas revenue. Ça fait quarante-cinq minutes, expliqua la jeune femme d’un ton nerveux.

— Peut-être qu’elle avait une autre course à faire ?

— Je ne sais pas, mais je ne crois pas.

— Avez-vous appelé la banque ?

— Oui, je viens de le faire. Elle n’est pas là-bas, je…

Renée sembla hésiter un moment. Et puis elle finit par dire :

— Il y a cinq minutes, j’ai reçu un appel d’Archie Sims, un policier qui vient souvent manger chez nous. Il a reconnu son SUV, il m’a dit qu’il était en flammes.

- 13 -

Dalton n'arrivait pas à en croire ses oreilles. Non, il devait avoir mal entendu.

— En flammes ? répéta-t-il bêtement.

— Oui. Archie a dit que la voiture était stoppée à cheval sur la voie de chemin de fer, dans le bas de la ville, à l'endroit où elle croise Arrowhead Drive, vous voyez ?

— Mon Dieu, elle… ?

Non, une telle question était imprononçable. La pensée de tous les cartons entassés à l'arrière du SUV surgit dans son esprit. Clara avait-elle pu les décharger ? C'était une cargaison hautement inflammable…

— Archie ne savait pas s'il y avait quelqu'un à l'intérieur. Quand il a appelé, les pompiers s'attaquaient tout juste à l'incendie.

Le bruit des sirènes… C'était pour Clara ? Les sirènes avaient retenti pour Clara ? Ça ne pouvait pas être ça. Ce n'était même pas pensable.

— J'appelle la police, dit-il. Je vais voir ce qu'ils disent.

— Oui. D'accord. Je…

— Il faut que je raccroche.

Dalton coupa la communication et composa le 911, mais réalisa ce faisant que cela n'avait pas beaucoup de sens d'appeler les urgences. Il ne s'agissait pas d'une urgence à proprement parler. Il y avait urgence pour Clara, mais comment expliquer… Non, ça n'allait pas. Il se mit en quête du numéro du commissariat central.

Après deux minutes de discussion, il comprit qu'il

n'obtiendrait rien ainsi. Les standardistes de la police n'étaient pas autorisés à diffuser au hasard leurs informations concernant ce genre d'accidents et le nom des personnes qui pouvaient être impliquées. Il remercia son interlocutrice et raccrocha avec un sentiment terrifiant. Tôt ou tard, c'est la police qui chercherait à le joindre, aucun doute là-dessus. Et entre-temps, que faire ?

Dalton se mit à faire les cent pas en jurant.

Clara. Pour l'amour du ciel. Si elle était dans la voiture…

Non, il ne devait pas commencer à s'imaginer n'importe quoi !

Arrowhead Drive. Les voies de chemin de fer au niveau d'Arrowhead Drive, c'était ce qu'avait dit Renée. Il voyait l'endroit, à une courte distance de la maison.

Il commença à descendre l'escalier mais s'arrêta net. Et Kiera ? Que faire avec elle ? La prendre avec lui n'était pas une bonne idée pour aller jusqu'à une scène de… De quoi, au juste ? Non, il ne pouvait pas l'emmener, ni bien sûr la laisser seule à la maison. Et Mlle Scruggs était repartie à peine une demi-heure plus tôt.

Dalton appela aussitôt la gouvernante, qui par miracle répondit immédiatement. Il bredouilla quelques propos confus, une urgence, la voiture de Clara en flammes.

— Je reviens, dit la gouvernante.

— Vous me sauvez la vie, mademoiselle Scruggs.

— Je suis là dans cinq minutes.

— Oui, faites vite.

A peine eut-il raccroché que Kiera commença à pleurer. Il remit le téléphone dans sa poche, alla sortir la petite de son berceau et l'installa contre son épaule. Le contact du petit corps chaud et son odeur de bébé lui firent monter les larmes aux yeux. Il redescendit dans la chambre de Clara en la berçant doucement.

— Tout va bien. Ça va aller, elle va bien, chuchotait-il à l'oreille du bébé.

Heureusement, la petite parut comprendre et cessa de

pleurer et de se tortiller avec un petit soupir, en se pelotonnant contre sa clavicule.

Dalton continua à aller et venir dans la chambre en la balançant doucement, tandis que des souvenirs des dernières semaines envahissaient tour à tour son esprit.

A quoi bon le nier ? Il s'était montré froid avec Clara. Distant et froid, pour l'obliger à se soumettre et à accepter ce qu'il exigeait. De plus en plus froid à mesure que les jours passaient. Et, ce matin même, il avait provoqué une querelle pour un détail insignifiant. Il s'était conduit comme un sale type, l'avait mise en retard à son travail et ne l'avait même pas embrassée quand elle était partie. Quand elle l'avait appelé pour lui dire qu'elle rentrerait plus tard, il n'avait pas eu un mot gentil, il n'avait pas fait l'effort de lui dire un « à tout à l'heure » un peu tendre. Juste un « d'accord » sec avant de raccrocher.

« D'accord. » C'était le mot qu'il garderait en tête si les choses devaient tourner mal. « D'accord. » Le dernier mot distant et maussade qu'il lui aurait accordé. Il s'était conduit de manière lamentable.

Dalton ferma les yeux et berça Kiera de plus belle.

— Faites qu'elle nous revienne. Faites qu'elle nous revienne saine et sauve. Je vous en supplie, faites qu'elle soit saine et sauve…

Il murmurait cette petite prière d'une voix brisée quand le téléphone sonna. Kiera sursauta mais ne broncha pas et se lova contre lui tandis qu'il fonçait vers le combiné posé près du lit.

— Oui, allô ? lança-t-il.

— Dalton, c'est Renée, Clara m'a demandé de vous appeler.

L'espoir lui fit bondir le cœur comme s'il allait exploser. Clara était vivante !

— Clara ? Où est-elle, est-ce que…

— Elle vient de repartir, tout va bien. Elle était à la banque et était allée faire un petit tour dans le parc. Elle ne savait même pas que son SUV avait été volé.

Dalton avait la gorge si serrée qu'il était incapable de parler. Il toussa avec force.

— Oui, la voiture. Elle n'était pas dedans ? insista-t-il.

— Non. Elle va bien, elle est passée et elle est en route pour chez vous.

— Chez nous ? Je…

— Elle devrait être là d'une minute à l'autre. Elle m'a dit qu'elle devait vous voir. Elle voulait que je vous prévienne tout de suite que tout allait bien.

Au même instant, Dalton entendit la porte d'entrée s'ouvrir et la voix de Clara résonner dans la maison.

— Dalton ?

— Je suis là ! lança-t-il.

Le temps de rassurer Renée, il reposa le téléphone et avança vers le couloir en écoutant les pas vifs de Clara. Elle apparut. Un peu essoufflée, mais saine et sauve. Debout dans l'encadrement de la porte, ses grands yeux pleins d'amour et de sollicitude. Qu'elle était belle.

— Tu es là. Renée m'a dit qu'elle t'avait appelé pour la voiture, tu as dû te faire un sang d'encre.

Clara ferma à demi les yeux.

— Je suis allée marcher un peu dans le parc, j'avais besoin de réfléchir, je ne savais pas que ma voiture avait été volée, je ne savais pas ce qui était en train de se passer.

— Clara…

En trois enjambées, Dalton la rejoignit. Elle était dans ses bras. Elle tremblait un peu.

— Oh Dalton…, dit-elle en levant son beau visage vers lui.

— Chut…, fit-il en l'embrassant, d'abord sur le front puis sur les sourcils et sur le bout du nez. Tout va bien. Tu es là, tu vas bien, tout va bien.

— Je t'aime, Dalton.

Allez, la seule chose à faire était de lui dire en retour tout ce qu'il avait refusé de dire, d'exprimer les sentiments qu'il avait voulu taire et qui débordaient de son cœur battant.

— Moi aussi, Clara. Je t'aime plus que je ne peux le dire.

Dalton sentit son cœur fondre quand le visage si doux de Clara parut s'illuminer de l'intérieur.

— Tu as entendu ? Ce que tu viens de dire ? murmura-t-elle.

Du bout du pouce, il essuya délicatement les larmes qui coulaient sur ses joues veloutées.

— Je t'aime, répéta-t-il d'une voix forte et claire.

Puis il la serra encore plus fort en caressant ses cheveux. Clara l'enlaça, les enlaça tous les deux, et Kiera fit une de ses petites roucoulades de bébé. Dalton sourit. Elles étaient là toutes les deux et c'était le monde entier qu'il tenait dans ses bras. Clara et Kiera, saines et sauves, avec lui.

Mlle Scruggs arriva deux minutes plus tard.

Avec Clara, Dalton lui expliqua ce qui s'était passé dans la mesure des informations qu'ils avaient, ils la remercièrent ensuite avec chaleur et la renvoyèrent chez elle.

La police arriva peu de temps après. Ils avaient déjà attrapé les responsables, quatre adolescents venus de Boulder, les mêmes que Clara avait interpellés le matin même. Ils étaient revenus, avaient trafiqué le contact et étaient partis en virée avec son SUV parce qu'elle « les avait fait chier », comme l'avait expliqué l'un d'eux. Quand ils en avaient eu assez, ils avaient laissé la voiture sur la voie ferrée et y avaient mis le feu. Mais deux personnes avaient assisté à la scène et prévenu les autorités. Les garçons avaient été retrouvés presque tout de suite ; et les parents, prévenus. Ils s'apprêtaient à passer un mauvais quart d'heure.

Comme les deux officiers de police étaient de vieilles connaissances, Clara leur offrit un café. Elle dut ensuite répondre aux appels de la famille et des amis, qui voulaient savoir ce qui s'était passé et être rassurés. Dalton et elle se relayèrent pour répéter l'histoire au fil des appels.

Dalton ne fut pas surpris de voir surgir Ryan qui voulait s'assurer *de visu* que Clara n'avait rien. La tante Agnes se déplaça elle aussi, tant et si bien que l'heure de dîner étant arrivée, ils ajoutèrent deux couverts à table et se régalèrent du divin rôti de bœuf braisé de Mlle Scruggs. Tante Agnes ne manqua pas de faire mille allusions à la nécessité de donner une famille en bonne et due forme à ses enfants. Clara ne répondit que par des regards patients.

— Clara a besoin d'un peu de temps pour prendre sa décision, Agnes, intervint Dalton. Il faut respecter ça.

Clara le regarda, les yeux embués, la bouche entrouverte.

— Je progresse, assura-t-elle. J'y arrive…

— Ma foi, je l'espère bien, repartit tante Agnes.

Mais elle continua à marmonner ses poncifs cent fois ressassés sur la famille. Il fallait s'y attendre…

— Allons, laissez-les un peu tranquilles, lui dit soudain Ryan. Regardez-les, ils se débrouillent très bien.

Dalton eut un sourire. C'était gentil de sa part de venir à leur rescousse !

Quand leurs hôtes repartirent, il était plus de 20 heures. A peine la porte refermée derrière eux, Kiera, fidèle à son sens du timing, se mit à pleurer.

— Je m'en occupe, proposa Dalton. Je vais voir si elle a besoin d'être changée et je la redescends.

— OK, je débarrasse.

Dalton se sentit frémir. Ce soir, Clara était très appétissante avec son jean moulant et son petit haut rouge très ajusté. Impossible de quitter la pièce sans la caresser.

— Viens ici, dit-il.

Elle vint à lui en souriant et il posa la main sur le triangle moelleux de sa nuque, sous la masse chaude et soyeuse de ses cheveux. Sa peau était fraîche et douce comme du velours, et il l'embrassa langoureusement en mordillant un peu sa lèvre pleine. Elle soupira en accueillant sa langue et il se sentit fondre tandis qu'elle levait les bras pour les enrouler autour de ses épaules. Kiera pleurait toujours.

Bon, le devoir l'appelait.

Dalton lâcha Clara à regret et monta voir le bébé.

Une heure plus tard, une fois la petite nourrie, changée et

câlinée longuement, il alla la recoucher. Quand il se redressa du berceau sur lequel il était penché, il découvrit Clara.

Elle avait passé une chemise de nuit de satin boutonnée sur le devant qui lui arrivait à mi-cuisse, et sa chevelure descendait en cascade sur ses épaules.

— Tu es tellement belle.

Il déglutit difficilement. Ces simples mots s'étaient brisés dans sa gorge.

Clara prit aussitôt le babyphone et lui tendit sa main libre. Il toucha ses doigts fins et sentit un éclair brûlant et voluptueux fuser dans son bras et aller droit à son cœur.

— Montons, chuchota-t-elle.

Dalton la suivit sans hésiter jusqu'à la chambre du haut et s'assit sur le lit pour retirer ses chaussures et ses chaussettes sans la quitter des yeux pendant qu'elle plaçait le babyphone sur la table de chevet.

— Viens t'asseoir à côté de moi, demanda-t-il. Je voudrais te dire quelque chose.

Clara posa sur lui ses grands yeux brillants et confiants.

— Dalton…

— Viens, dit-il en lui prenant la main.

Elle s'assit en s'éclaircissant la gorge avec nervosité et il l'attira doucement. Elle se laissa faire et replia ses jambes sur le lit en se tournant vers lui.

Dalton et elle restèrent à se regarder en silence un long moment. Il savait quels étaient les mots qu'il devait prononcer. Il devait juste les laisser sortir.

— Je t'aime, Clara Bravo. Tu es tout pour moi. Je t'aime et je veux vivre avec toi. Je veux que nous formions une famille, toi, moi et Kiera. Je veux être avec toi pour toujours.

Clara émit un petit son très doux, comme venu de très loin. Du bout des doigts, il suivit la ligne de ses fins sourcils, la naissance de ses cheveux sur la tempe, le long de sa joue.

— Aujourd'hui, j'ai appris quelque chose de très important.

— Oui, fit-elle dans un souffle.

— J'ai compris qu'il serait bien plus horrible de te perdre que de ne pas t'épouser. Je souhaite toujours t'épouser. Mais si tu ne veux pas, ce n'est pas grave. Tant que tu es avec moi et que nous formons une famille, je vais apprendre à être heureux comme ça, à ta façon.

Dalton sentit son cœur se serrer. Les yeux de Clara brillaient comme des pierres précieuses.

— Tu le penses vraiment ? Tu serais prêt à faire ça ? Vivre avec moi sans qu'on soit tout à fait mariés ? Tu ne seras plus distant et dur, tu ne feras plus d'histoires pour de bêtes cartons ?

— J'ai eu tort de me comporter de cette façon ce matin. Et j'ai eu tort de m'écarter de toi comme ça. Je ne le ferai plus. La vie est trop courte, et on ne sait jamais ce qui peut arriver. Je ne veux plus gâcher le temps que j'ai à passer avec toi. Je veux être avec toi, pour de bon, chaque jour, chaque heure, chaque seconde.

Clara posa alors une main sur sa poitrine, haletante.

— Oh ! Dalton. Je t'aime. Je t'aime tant.

— Moi aussi, je t'aime. Et je te le répéterai chaque fois que j'en aurai l'occasion, de tout mon cœur.

— Tu le penses vraiment.

Ce n'était pas une question, mais il répondit néanmoins :

— Oui, vraiment.

Elle se pencha vers lui.

— Un baiser pour sceller notre amour.

— Je t'aime, dit-il.

— Je t'aime, approuva-t-elle.

Dalton se pencha vers Clara et leurs lèvres se rejoignirent dans un baiser tendre qui devint aussitôt ardent.

— Clara…

Il avait besoin de la toucher, de la caresser, de sentir son corps contre le sien. Il la prit sur ses genoux, lovée entre ses bras. Ses grands yeux le contemplaient, pleins de confiance en lui et en ce qui les liait.

— C'est très important pour moi que tu sois capable de me dire ça, que tu sois prêt à renoncer à ce que tu désires, à ce à quoi tu crois profondément, juste pour que ça fonctionne entre nous. Tu le sais, n'est-ce pas ?

Dalton fit glisser le dos de ses doigts le long de la gorge de Clara. Il n'avait plus envie de parler. Il ouvrit le premier bouton de sa chemise soyeuse. Mais elle prit sa main.

— Tu m'écoutes ?

Il s'inclina, posa les lèvres avec force sur cette bouche qu'il ne se lasserait jamais d'embrasser.

— Bien sûr.

— Bien. Je me suis assise un moment dans le parc, cet après-midi, alors que j'aurais dû être là, avec toi.

En hochant la tête, Dalton défit le deuxième bouton, écarta un peu le fin tissu, fit courir son doigt sur son sein. Clara eut un petit gémissement délicieux.

— Tu ne savais pas ce qui se passait, rappela-t-il. Comment aurais-tu pu deviner ?

— Ce n'est pas ça l'important.

— Je suis d'accord, il y a beaucoup plus important…

Elle ne put s'empêcher de rire et lui donna une petite bourrade sur l'épaule.

— Arrête.

— Dis-moi ce qui est important.

— L'important, c'est que j'ai pris une décision quand j'étais là-bas, assise dans ce parc. Enfin, j'ai plutôt eu une illumination. L'illumination, c'est que je crois en toi. Je crois en nous. J'ai confiance dans notre relation, je sais qu'elle va durer. Je sais que tu me seras fidèle, que tu seras toujours là pour moi, comme je le serai pour toi. Tu es un homme droit, le plus honnête que j'aie jamais connu. Et c'est comme ça que j'ai compris que nous étions prêts.

— Prêts ? dit-il d'une voix sourde.

Dalton oublia presque ce qu'il était en train de faire quand Clara le regarda d'un air solennel.

— Je t'aime, finit-elle par dire. Je resterai toujours avec toi. Comme tu l'as dit il y a une minute, nous formons une famille. Une vraie famille, dans tout ce qu'elle a de fondamental. Mis à part une chose.

Il sentit son cœur battre à tout rompre. Quoi ? Où était le problème ?

— Clara. Parle. J'ai besoin de savoir. Est-ce qu'il serait possible que tu aies changé d'avis ? Que tu… ?

Il ne put en dire plus. Pourrait-il l'entendre lui dire non à nouveau ? Heureusement, Clara ne dit pas non. Elle hocha la tête, les yeux brillant d'un tel éclat qu'ils l'aveuglaient.

— Oui, Dalton. Je t'aime. Je veux être avec toi. Et devenir ta femme.

TRACY WOLFF

Vengeance interdite

Traduction française de
EDOUARD DIAZ

Passions

HARLEQUIN

Titre original : PURSUED

83-85, boulevard Vincent-Auriol, 75646 PARIS CEDEX 13.

Service Lectrices — Tél. : 01 45 82 47 47

www.harlequin.fr

- 1 -

Desi Maddox n'en croyait pas ses yeux. Elle n'avait jamais vu un homme aussi beau.

Certes, on aurait pu trouver sa réaction exagérée étant donné qu'elle se trouvait dans une pièce remplie de gens très beaux et suprêmement élégants. Seulement, plus elle restait là à le dévorer des yeux et plus elle en était convaincue. Cet homme était fa-bu-leux. Durant de longues secondes, elle cessa même de voir tout ce qui l'entourait, y compris le scintillement des pierres précieuses et tous ces gens très haut placés qu'il aurait été impossible d'ignorer dans des circonstances normales.

Hélas, les circonstances présentes étaient tout sauf normales. Comment auraient-elles pu l'être, alors que le regard d'émeraude de cet inconnu plongeait dans le sien malgré la foule compacte qui les séparait ? Alors qu'elle sentait ses jambes trembler ? Car elles tremblaient vraiment.

Jusqu'à cet instant, Desi avait toujours cru que ce phénomène n'était qu'un cliché digne d'un film sentimental. Mais elle était pourtant là, plantée au milieu d'une salle de bal bondée, et son cœur battait la chamade. Elle avait les mains moites et ses genoux flageolaient face à un homme qu'elle n'avait jamais vu auparavant et qu'elle ne reverrait sans doute plus jamais.

Ce qui était sûrement une bonne chose. Pas question d'oublier qu'elle ne le reverrait jamais. Si elle était ici ce soir, parmi la crème de la crème de la haute société de San

Diego, ce n'était pas pour faire la rencontre d'un homme ultra-sexy. Son patron ne la payait pas pour cela.

Dommage, d'ailleurs.

Au prix d'un effort surhumain, Desi s'obligea à se détourner de ce regard envoûtant. Allez, autant essayer de se concentrer sur ce cadre somptueux et sur ces gens encore plus somptueux qui l'entouraient de toutes parts. C'était un véritable concours d'élégance ! A vrai dire, elle avait rarement vu autant de gens aussi bien vêtus. Et *lui* — cet homme trop grand, trop brun et trop séduisant — était aussi élégant qu'eux, avec son smoking noir et les diamants qui scintillaient aux manchettes de sa chemise. Une tout autre classe que la sienne.

D'ailleurs, cela lui était égal. Pour tout dire, elle se sentait totalement étrangère à ce milieu. De toute manière, dès qu'elle aurait accompli cette mission, son patron l'enverrait ailleurs, à un poste où son travail pourrait réellement avoir une utilité. Après tout, quelle importance si l'épouse du maire de San Diego portait des escarpins Manolo ou des Louboutin à ses jolis petits pieds si bien soignés ?

Hélas, cela avait une énorme importance. Pour trop de gens, c'était une information d'importance capitale.

Voilà pourquoi, cette fois-ci, Desi balaya lentement la salle du regard en s'obligeant à étudier — et à identifier — chaque visage autour d'elle. Devait-elle se réjouir ou se sentir horrifiée par le fait qu'elle reconnaissait pratiquement chaque personne présente ? Difficile à dire. Après tout, c'était son travail. Etudier de vieux articles de presse et des photos n'avait pas été inutile, finalement.

A la différence de ces gens qui l'entouraient, Desi n'était pas ici pour siroter du champagne et donner de grosses sommes à la vente de charité. Son rôle — son *travail* — était de rester attentive à ce que faisaient tous les autres afin de pouvoir écrire son article en rentrant chez elle. Si elle avait de la chance — et si elle ouvrait grands les yeux et fermait sa bouche —, quelqu'un dirait ou ferait quelque chose de réellement scandaleux ou important. De cette façon, elle aurait l'occasion d'écrire un article digne de ce nom, un article qui ne parlerait pas des mets servis au buffet, des vins ou du dernier couturier en vogue chez les élites de San Diego.

Et, même si les choses ne se passaient pas comme elle le voulait, elle devait tout de même rester attentive. Noter qui sortait avec qui. Déterminer qui avait commis une faute de goût vestimentaire et qui ne l'avait pas fait…

Oui, d'accord, son job de reporter aux pages mondaines du journal local était très ennuyeux. Inutile de remuer le couteau dans la plaie et de trop penser au fait que ces quatre années passées à la prestigieuse Columbia School of Journalism n'avaient servi qu'à la faire échouer ici. Son père aurait été si fier d'elle… Si seulement il n'avait pas été tué six mois plus tôt lors d'un reportage au Moyen-Orient !

Desi vit alors un serveur passer à proximité avec un plateau chargé de flûtes de champagne et elle tendit la main pour en prendre une qu'elle but lentement, d'un seul trait, en s'efforçant de le faire avec grâce. Là-dessus, elle tâcha de chasser ce pénible souvenir. Et l'idée que son père serait tout sauf fier de la voir s'occuper de sujets aussi superficiels. Allez, elle devait se concentrer sur sa mission présente. Qui consistait à écrire un article sur cette ridicule soirée.

Pour bien faire son travail, cependant, elle devait se fondre dans son environnement. Bien sûr, elle n'avait pas de grandes chances d'y réussir avec sa robe toute simple et ses chaussures achetées en solde, mais il fallait au moins essayer ! Au moins jusqu'à ce que son patron prenne conscience de la professionnelle qu'elle était vraiment et qu'il la sorte de ce travail absurde pour lui confier des missions un peu plus importantes.

Et, si possible, plus intéressantes. Car entendre une énième conversation sur les progrès de la liposuccion n'était pas à proprement parler d'un grand intérêt, loin de là.

Pour avoir les mains libres, Desi se tourna et reposa sa flûte vide sur le plateau d'un autre serveur. C'est là qu'elle se figea net. Le regard d'émeraude. Il était à nouveau posé sur elle. Et cette fois-ci, le mystérieux inconnu ne se trouvait plus à l'autre bout de la salle de bal, mais à moins d'un mètre d'elle.

Devait-elle s'enfuir ou se réjouir ? Impossible de le savoir.

Au bout du compte, Desi ne fit ni l'un ni l'autre. Au lieu de cela, elle se contenta de fixer le beau visage de cet homme sans pouvoir s'en détacher. Allez, il fallait réagir sans quoi elle allait passer pour une demeurée. Hélas, c'était peine perdue. Elle sentait bien que son esprit, habituellement si vif, était englué dans une sorte de brouillard où elle ne voyait que lui. Avec ses pommettes hautes. Ses épais cheveux noirs un peu en désordre qui retombaient sur son front. Ses yeux verts brillants, ses lèvres sensuelles qu'étirait un sourire charmeur. Ses larges épaules et ses hanches étroites. Bon sang, il était immense, si grand qu'elle devait lever les yeux pour le regarder, même si, dans ses escarpins à hauts talons, elle mesurait elle-même presque un mètre quatre-vingts.

A vrai dire, le mot « magnifique » ne lui rendait pas réellement justice. Pas plus que les autres qualificatifs auxquels elle avait pu songer.

Il n'empêche : Desi sentait à nouveau ses jambes flageoler, pour la seconde fois de la soirée. A vrai dire, elle n'avait jamais vu un homme comme lui d'aussi près. Et pourtant, il était là, et il lui tendait une flûte de champagne.

— Vous m'avez l'air d'avoir soif, déclara-t-il d'une voix grave et profonde, et dans laquelle perçait une note d'amusement.

Soudain, Desi constata que ses jambes n'étaient plus les seules à trembler. Sa main, qu'elle tendait pour prendre la coupe qu'il lui offrait, tremblait aussi.

Que lui arrivait-il ?

A l'évidence, tous ses sens en éveil avaient fait disjoncter son cerveau. Vite, elle devait de toute urgence trouver le moyen de le faire fonctionner à nouveau. Car, visiblement, cet homme ne comptait pas s'en aller avant d'avoir obtenu une réponse…

— C’est curieux, parvint-elle finalement à articuler, je pensais justement la même chose à votre sujet.

— Vraiment ? dit-il en lui lançant un sourire qui la fit frémir. En réalité, vous n’aviez pas tort.

L’inconnu porta sa flûte de champagne à ses lèvres généreuses et but une longue gorgée. Desi l’observa d’un air fasciné durant de longues secondes avant de recouvrer ses esprits. *Seigneur !* Pourquoi ressentait-elle une telle montée de désir rien qu’en le regardant boire ? Le mieux serait peut-être de s’éloigner tout de suite de lui et de limiter les dégâts pendant qu’elle le pouvait encore.

Hélas, alors même qu’elle se faisait cette réflexion, Desi savait déjà qu’elle n’en ferait rien. D’une part, parce qu’elle n’était pas sûre que ses jambes la portent si elle tentait de s’en aller. Et d’autre part… parce qu’à cet instant, c’est ici qu’elle voulait être. Face à cet homme fabuleux à qui elle souriait et qui lui souriait en retour.

— A propos, je m’appelle Nic, lança-t-il alors qu’elle sirotait une gorgée de champagne pour essayer de se calmer.

— Et moi, je suis Desi.

Joignant le geste à la parole, elle lui tendit la main. Il la prit, mais au lieu de la serrer brièvement, il la garda serrée dans la sienne, effleurant délicatement sa paume avec son pouce.

Desi se sentit frissonner. Cette caresse était si douce, si intime, si inattendue que, durant de longues secondes, elle ne sut plus ce qu’elle devait faire. Ce qu’elle devait dire. Une petite voix lui criait de s’éloigner de lui, de briser ce sortilège. Hélas, l’attirance irrépressible, le désir incandescent qui la poussaient vers lui étaient trop forts. La voix de la raison était devenue inaudible.

— Voulez-vous danser, Desi ? proposa alors le bel inconnu en la débarrassant de sa flûte de champagne.

Desi aurait dû refuser. Elle avait mille choses à faire ici, ce soir, mais cela n’incluait pas de se laisser entraîner sur la piste de danse par un homme très riche et très séduisant qui n’en était probablement pas à sa première aventure.

Pas de doute : elle jouait avec le feu. Malheureusement, savoir qu'elle risquait de se brûler les ailes ne l'empêcha pas d'accepter. Et elle se laissa guider gentiment jusqu'au centre de la salle.

L'orchestre jouait un morceau lent — naturellement ! — et le bel inconnu la serra dans ses bras pour évoluer avec elle au milieu de la foule compacte qui se pressait sur la piste de danse. Il la serrait d'assez près, plus que ne l'autorisait une première danse entre inconnus en tout cas.

Desi sentait l'une de ses mains posée dans le creux de son dos, les doigts refermés sur sa hanche. L'autre serrait toujours la sienne et poursuivait ses caresses sensuelles tandis qu'elle laissait ce large torse aux muscles durs effleurer sa poitrine à chacun de leurs pas.

A quoi bon le nier ? Elle se sentait littéralement fondre dans ses bras. Pas de doute, elle était sous le charme. Certes, c'était stupide, ridicule. *C'était de la folie, même.* Mais, pour la première fois de sa vie, cela lui était égal. Tant pis si c'était une mauvaise idée de permettre à cet homme de la toucher, tant pis si elle devait le regretter plus tard. Qu'importe si elle s'attirait les foudres de son patron parce qu'elle avait passé sa soirée avec Nic au lieu d'essayer de soutirer des informations intéressantes aux célébrités.

Une minute… Ce n'était pas une bonne idée, loin de là !

Pour être honnête, Desi adorait son travail de journaliste, et elle entendait bien se faire un nom dans la profession. L'idée de tout mettre en péril pour un homme qu'elle venait tout juste de rencontrer était tout bonnement absurde.

Elle n'était pas *ce* genre de femme. Elle ne l'avait jamais été et ne voulait jamais le devenir. Et pourtant, elle se rapprochait de l'inconnu au lieu de reculer. Elle se cambrait afin que ses seins et ses cuisses soient collés à son corps viril au lieu de s'écarter de lui. Elle capitulait au lieu de lutter.

Cette lueur au fond des yeux de Nic et son bas-ventre pressé tout contre elle ne laissaient aucun doute sur ses intentions. Pourtant, au lieu de se sentir offensée, elle ressentait une délicieuse excitation.

Allons, une nuit d'amour n'avait jamais tué personne. Et un petit baiser non plus. En tout cas, c'était ce qu'elle voulait croire, ce soir.

Voilà pourquoi Desi glissa sa main derrière la nuque de l'inconnu et elle l'attira à elle jusqu'à ce que leurs deux corps soient plaqués l'un contre l'autre. Là, elle posa les lèvres sur les siennes.

- 2 -

Elle était délicieuse. Voilà tout ce que Nic Durand arrivait encore à se dire alors que ses lèvres rencontraient celles de la ravissante jeune femme blonde qu'il serrait dans ses bras. Et elle s'appelait Desi.

A quoi bon se mentir ? Il luttait de toutes ses forces pour ne pas se laisser emporter par la sensation de ses mains douces sur sa nuque et celle de son corps épanoui collé tout contre le sien.

Et ce n'était pas facile, loin de là. Cela n'avait même jamais été aussi difficile. Certes, il avait rencontré — et charmé — beaucoup de femmes avant elle, mais aucune ne lui avait jamais fait un tel effet. Il n'avait jamais été aussi près d'oublier qui il était et où il était, même avec des femmes aussi belles et aussi amusantes que Desi. Assister à son premier gala de charité depuis que son frère et lui avaient délocalisé le siège social de leur conglomérat diamantaire à San Diego n'avait plus d'importance. La seule idée qui occupait son esprit, c'était de couvrir de baisers et de caresses une femme qu'il venait tout juste de rencontrer.

En tant que numéro deux de la société Bijoux, Nic était en charge du marketing, de la communication et des relations publiques. Se rendre à ces galas ridicules faisait partie de son travail. Il s'y faisait des relations utiles, donnait quelques pierres pour les ventes aux enchères de charité et entretenait ainsi l'image philanthropique de la société que son frère Marc et lui avaient mis dix ans à bâtir.

Le problème, c'était qu'il s'y ennuyait à mourir. Oh ! il

aurait préféré (et de loin !) donner de l'argent directement à ces œuvres caritatives, mais être vu à ces galas prétentieux était une très bonne publicité pour leur société. Il fallait faire parler de soi lorsqu'on était un nouveau venu dans la cour des grands. Et tout particulièrement une jeune société décidée à bousculer l'ancien système, à rompre avec les anciennes pratiques. C'était le meilleur moyen de se faire connaître.

Bref, Nic était venu ici dans un but précis — rencontrer des gens et faire des affaires — mais il lui avait suffi de poser les yeux sur Desi, d'échanger quelques mots avec elle, de sentir son corps merveilleux tout contre le sien pour que tous ces projets soient instantanément oubliés.

Et cela lui était égal.

C'était étrange. C'était même complètement fou. Pourtant, il n'avait plus envie de lutter. A quoi bon, puisqu'un simple baiser d'elle provoquait en lui ce sentiment qu'il n'avait jamais éprouvé avec une autre femme ?

Fort de cette décision, il la serra plus étroitement contre lui. Il l'entendit gémir et elle entrouvrit les lèvres. Il en profita aussitôt pour les embrasser avec gourmandise l'une après l'autre. Il sentit alors qu'elle cessait de respirer et il laissa ses mains remonter jusqu'à son torse pour agripper la soie de sa chemise de smoking.

Il ne lui en fallut pas plus.

Nic embrassa alors Desi à pleine bouche, caressant, *savourant* le nectar de ses lèvres… Goûtant tous ses secrets.

Derrière son air de froide sophistication — ses cheveux blond platine, ses yeux bleu glacé, son beau visage aristocratique, et son corps mince et élancé —, Desi avait quelque chose de fougueux et d'enfiévré. Elle était aussi d'une douceur incroyable… Bref, impossible de ne plus penser qu'à elle, de ne plus désirer qu'elle.

Nic glissa son autre main dans l'or soyeux de ses cheveux et elle inclina la tête en arrière pour lui offrir encore mieux sa bouche. Alors il cessa de penser et il l'embrassa en y mettant toute son âme.

Desi gémit et se blottit encore plus étroitement contre

lui lorsque son baiser devint plus appuyé. Le goût de sa bouche, la sensation de son corps étaient délicieux. Ah, si seulement cet instant pouvait ne jamais finir.

Mais, au même instant, Nic sentit quelqu'un le bousculer en passant. Cette légère secousse rompit le charme et il retrouva lentement ses esprits. Il reprit conscience de l'environnement où ils se trouvaient. Bon sang, il avait été à deux doigts de déshabiller cette jeune femme en plein milieu du plus grand événement mondain de la saison en Californie du Sud. Il aurait dû se sentir choqué, ou au moins un peu gêné d'avoir laissé la situation déraper. Mais ce n'était pas du tout le cas. A vrai dire, il se fichait pas mal de ce que pouvaient penser tous ces gens autour d'eux.

Tout ce qui lui importait, c'était d'emmener Desi loin d'ici… et de se perdre en elle le plus tôt possible.

Nic s'écarta à regret de son corps voluptueux en s'efforçant d'ignorer son gémissement de protestation — et la réaction que celui-ci avait produite chez lui : tous ses sens étaient désormais en éveil. Ce n'était pas facile, loin de là. Impossible d'ignorer le feu des joues de cette magnifique jeune femme, ses lèvres gonflées, son regard chaviré. Mais s'il ne le faisait pas, il allait perdre le contrôle et se donner à elle, là, au milieu de la piste de danse, devant tout le monde. Là où tout le monde pourrait voir qu'il était à elle, désormais.

Tout cela était d'ailleurs très étrange, étant donné qu'il ne connaissait pas du tout cette femme…

Le temps de poser une main dans le creux de son dos, Nic guida Desi à travers la foule bigarrée jusqu'à la pénombre de la terrasse, au bout de la salle de bal. En passant, il fit de son mieux pour ignorer les regards qu'on leur lançait. Les hommes, surtout, la dévoraient des yeux et il était à deux doigts de rugir comme un homme des cavernes pour les repousser. Mais il continua à avancer.

Nic voyait que Desi le suivait sans opposer la moindre résistance, docilement même, ce qui était plutôt rassurant. Mais une fois dehors — alors que la porte se refermait à peine derrière eux —, elle se jeta sur lui. Ses bras noués autour de son cou, son corps épousant étroitement chaque courbe du sien, sa bouche cherchant désespérément la sienne.

Il sentait la même passion embraser son corps comme un incendie. Son sang battait à ses tempes. Il avait l'impression d'avoir été frappé par la foudre et c'était une sensation divine.

Il la désirait. Il ne désirait qu'elle.

C'était assez bouleversant, d'ailleurs. Certes, il adorait les femmes. Il avait toujours adoré leur façon d'être. Mais ce désir insensé qu'il ressentait pour Desi, ce besoin inouï de la posséder de toutes les manières possibles, étaient des choses totalement nouvelles pour lui. C'était un sentiment aussi inattendu qu'excitant.

Sans cesser de l'embrasser, Nic l'adossa contre le mur extérieur de la salle de bal et elle gémit doucement lorsque son dos nu entra en contact avec la fraîcheur de la pierre.

— Allez…, murmura-t-elle en tiraillant fiévreusement sa chemise.

Histoire de lui venir en aide — et de poser les mains sur sa peau nue —, Nic s'écarta un peu pour déboutonner sa chemise. Desi poussa un gémissement et ses mains délicates se glissèrent sous le tissu.

Le contact de ses doigts fins sur ses hanches, sur son abdomen, était si délicieux — *elle* était si délicieuse — qu'il se contenta de rester là, à la laisser explorer son corps comme il brûlait d'explorer le sien. Mais le désir qui le consumait ne lui permit pas de rester passif très longtemps.

Nic reprit très vite le contrôle de la situation en faisant glisser le haut de sa robe jusqu'à sa taille pour pouvoir la caresser, l'embrasser.

— Eh ! protesta-t-elle d'une voix essoufflée. Je n'avais pas encore terminé.

— Désolé, répondit-il en contemplant sa peau dorée par le soleil.

Desi ne portait pas de soutien-gorge, mais, de toute manière, elle n'en avait pas besoin. Ses seins étaient parfaits, petits et hauts, avec des pointes rose pâle qu'il brûlait déjà de goûter.

— Je te laisserai me toucher partout où il te plaira, promis. Plus tard. Pour le moment, je dois…

Sans même terminer sa phrase, Nic entreprit de couvrir son cou et le creux de son épaule de baisers brûlants avant de descendre jusqu'à ses seins, tandis qu'elle glissait les doigts dans ses cheveux.

Nic se sentit frémir. La peau de Desi était aussi douce et parfumée qu'il l'avait imaginé. Et lorsqu'il titilla ses tétons roses et durcis entre ses lèvres et qu'elle ne put réprimer un petit cri de plaisir, il eut soudain une certitude. S'il ne lui faisait pas bientôt l'amour, il allait en mourir.

— J'ai besoin de me sentir en toi ! murmura-t-il, les lèvres tout contre sa poitrine.

— Oui, répondit-elle d'une voix haletante en laissant glisser ses doigts sur ses pectoraux.

L'instant d'après, Desi s'occupait de la boucle de sa ceinture. Tout de suite.

Nic se mordit la lèvre. C'étaient les mots les plus merveilleux qu'il ait jamais entendus. Il glissa alors la main sous l'ourlet de sa robe bleue et la laissa remonter sur sa cuisse jusqu'à ce que ses doigts rencontrent sa culotte — et son intimité. Il suivit du bout d'un doigt le contour de l'élastique. Bon sang, ce qu'elle était douce, brûlante, humide. S'il n'arrivait pas à puiser dans toutes ses ressources de volonté, il allait lui faire l'amour ici, tout de suite.

Nic ne put cependant s'empêcher de glisser deux doigts sous la dentelle. De caresser Desi jusqu'à ce que ses jambes ne la portent plus et qu'elle s'accroche à lui pour garder l'équilibre.

Il ne put s'empêcher d'introduire un doigt, puis un second dans son intimité, de plus en plus profondément.

— Nic !

C'était un ordre et une prière — et à cet instant, il ne demandait pas mieux que de lui donner ce qu'elle exigeait de lui. Mais, tout d'abord…

Nic enleva la fragile dentelle d'un geste vif puis il tomba à genoux devant elle.

— Oh ! oui ! gémit-elle en levant une jambe pour la poser sur son épaule.

Ça y est, Desi s'offrait entièrement à son regard, à ses mains, à sa bouche.

Il se pencha alors pour souffler doucement sur le point le plus sensible de son corps et elle ne put retenir un petit cri étranglé qui le rendit fou de désir. Seulement, il ne pouvait pas penser à lui seul. Ceci n'était pas une rencontre sexuelle rapide et anonyme. En tout cas, pas pour lui. Et même s'il ignorait encore ce qui l'intriguait tant chez Desi, il était déjà sûr d'une chose : il désirait la revoir. La connaître.

En parcourant de ses lèvres son ventre plat, en explorant, en goûtant chaque centimètre de sa peau, Nic dut cependant reconnaître une chose : il était très heureux de la découvrir de cette manière fiévreuse et passionnée. Extrêmement heureux.

Desi lâcha soudain ses épaules pour attraper ses cheveux d'un geste convulsif qui le fit frémir de désir. Un éclair de plaisir s'empara de tout son corps et il laissa échapper un gémissement avant de lui mordre la hanche en guise de représailles.

Elle cria à nouveau et tituba un peu avant de se rattraper à ses épaules pour retrouver l'équilibre.

La voir emportée par le plaisir était un spectacle extraordinaire. Nic ne put s'empêcher de sentir encore plus excité et il la mordilla gentiment une deuxième fois. Et une troisième. Puis il déposa une pluie de baisers là où il l'avait mordue avant de continuer à explorer sa peau satinée. Au fait, avait-il laissé des marques ? En se regardant dans le miroir le lendemain, Desi allait-elle voir ces signes de sa passion sur ses hanches, sur son ventre, sur ses cuisses ? Allait-elle penser à lui comme il allait certainement penser à elle ?

— Je t'en supplie ! gémit-elle alors.

Nic frémit. Bon sang, il n'avait jamais entendu une voix aussi sexy…

Pour toute réponse, il rit doucement et laissa sa bouche glisser le long de son ventre jusqu'à son mont de Vénus.

Desi tremblait désormais comme une feuille et l'entourait de ses bras autant pour se rapprocher de lui que pour éviter de s'effondrer. La sensation de son corps voluptueux enveloppant le sien de sa tiède douceur était merveilleuse. Mais la savoir éblouie par ce qui se produisait entre eux l'était tout autant.

En réponse à sa prière silencieuse, Nic se rapprocha pour lui écarter un peu les jambes et il laissa sa bouche descendre un peu plus bas. Elle attrapa aussitôt son visage entre ses mains pour effleurer, caresser sa joue. Ah, cette sensation était tellement divine qu'il sentit faiblir sa volonté. Il avait *besoin* d'être en elle. Un besoin vital, presque insensé.

Mais il désirait autre chose encore davantage. Plus que tout au monde, il avait besoin de contempler Desi au moment où elle atteindrait l'orgasme. De la voir, de l'entendre, de la goûter au moment de la conduire au bord de l'extase. Avant de la faire basculer.

Oui, cette volonté le guidait comme un phare dans la tempête de son propre désir.

C'est alors que Nic posa la bouche au milieu de l'intimité de Desi. Mais il faillit à nouveau perdre le contrôle de ses sens lorsqu'elle sembla faire un effort surhumain pour étouffer le cri qui montait à ses lèvres.

Desi était au bord de l'explosion. Son système nerveux tout entier était troublé par des sensations délicieuses. Nic avait plongé ses doigts en elle et sa bouche brûlante la dévorait de baisers.

C'était tellement divin qu'il ne lui fallut pas très longtemps pour arriver au bord du précipice. Pas de doute : il en était conscient, lui aussi. Elle le devinait à la tension de ses épaules et à la lenteur de ses caresses. Seulement, elle n'en pouvait plus d'attendre car un incendie ravageait son corps. Aussitôt, elle tirailla fiévreusement sa chemise, ses cheveux et le nœud papillon défait qui pendait à son col.

— Vas-y ! gémit-elle en se cambrant pour aller à la rencontre de sa bouche. Vas-y !

Alors Nic lui accorda ce qu'elle désirait. Les caresses de ses doigts et de sa bouche devinrent plus hardies, elles se concentrèrent sur les points les plus sensibles, et Desi bascula dans un abîme infini d'extase. Un long frisson la parcourut, plus intense, plus puissant, plus dévastateur que tout ce qu'elle avait pu ressentir par le passé.

— Nic !

Dans le tourbillon de sensations qui l'emportait, elle continuait de sentir les mains expertes de Nic la caresser, tandis qu'il l'emportait toujours plus haut. Plus haut que les étoiles qui brillaient au-dessus d'eux dans le ciel de la nuit.

Lorsque les vagues de plaisir s'atténuèrent, lorsqu'elle commença enfin à retrouver ses sens, Desi sentit soudain que Nic n'entendait pas en rester là. Car il se releva vivement et défit les boutons de son pantalon de smoking. Puis ses grandes mains attrapèrent ses hanches et il la remit debout.

Desi était encore tout enivrée de plaisir et, à vrai dire, pas tout à fait consciente. Malgré tout, son instinct la poussa à nouer ses jambes autour de la taille mince de Nic, les bras enroulés autour de ses larges épaules, et elle s'adossa à nouveau au mur pour un meilleur appui.

C'est là qu'elle le sentit contre son ventre, dur et brûlant, alors même qu'elle venait d'avoir un orgasme extraordinaire ! Pourtant, elle ne put que répondre à cette tendre sollicitation.

Nic s'était montré si patient, tellement désireux de la satisfaire… Il aurait été tout à fait normal qu'il devienne impatient, pressé, un peu rude.

Au lieu de ça, il prit tout son temps, se penchant pour lui murmurer à l'oreille qu'elle était belle et couvrant sa joue de doux baisers.

Desi frissonna sans pouvoir s'en empêcher. Ces paroles, ajoutées à la sensation délicieuse du sexe brûlant de Nic tout contre elle, l'emportèrent sur les cimes du plaisir. Alors, lorsqu'il entra lentement en elle, elle était prête. Elle avait envie de le sentir tout entier en elle.

— Oui, murmura-t-elle dans un souffle. J'ai envie de toi.

Nic n'eut pas besoin de se faire prier plus longtemps. Il entra profondément en elle avec une telle énergie qu'il la plaqua contre le mur. Mais elle était plus que prête pour lui. Une immense vague de plaisir la souleva dès le premier coup de reins, irradiant dans tous ses nerfs jusqu'à lui donner la sensation qu'un feu d'artifice s'allumait dans son corps.

— Tu es merveilleuse, murmura-t-il tout contre sa bouche.

Desi écarquilla les yeux. A vrai dire, elle s'attendait à subir un assaut passionné, presque brutal, mais il la surprit encore en déposant une pluie de baisers sur son front, sur ses joues, sur ses lèvres. Il attendait qu'elle se rapproche fiévreusement de lui pour poursuivre sa douce invasion.

Nic commença alors à aller et venir lentement entre ses hanches et elle s'accrocha fermement à ses épaules tandis que son désir atteignait des sommets vertigineux. Très vite — trop vite —, elle se sentit une nouvelle fois au bord de l'explosion. Mais cette fois, elle n'entendait pas entrer seule dans ce monde d'extase. Elle voulait s'y perdre avec lui.

Elle lui murmura alors à l'oreille combien elle le désirait tout en cambrant les reins pour répondre à chacun de ses assauts. Très vite, Nic laissa échapper un gémissement et ses coups de reins devinrent plus rapides, plus puissants. Ça y est, elle avait réussi.

— Embrasse-moi, murmura-t-il tout contre ses lèvres.

Desi répondit à cette supplique en mordillant sa lèvre, comme il l'avait fait plus tôt avec elle. Elle voulait davantage de lui. Elle le voulait tout entier, avec une intensité qui avait transformé son désir en incendie rugissant. Elle le mordilla à nouveau, plus fort cette fois-ci. Ce devait être le signal qu'il attendait, car il gémit tandis que tout son corps était secoué par un orgasme monumental.

Au prix d'un effort douloureux, elle s'écarta pour reprendre sa respiration mais Nic n'entendait pas renoncer si facilement à elle. Il suivit le mouvement et sa bouche continua à la dévorer tandis qu'elle sentait son corps brûler partout où il la touchait. L'instant d'après, une gigantesque vague de plaisir montait en elle, la submergeait tout entière. Et elle bascula avec lui dans un abîme de plaisir infini.

- 3 -

Lorsque tout fut terminé, lorsqu'elle put reprendre son souffle et être à nouveau en mesure de penser, Desi ne savait vraiment plus quoi faire. Quoi dire.

Une partie d'elle-même était en état de choc. Une partie d'elle-même n'arrivait pas à croire qu'elle venait de faire l'amour avec un inconnu *en public*. Et pas seulement en public mais sur la terrasse d'un grand hôtel, durant un gala de charité qu'elle était censée couvrir pour son travail. Si on lui avait affirmé une heure plus tôt qu'elle se retrouverait avant la fin de la soirée adossée à un mur, les jambes serrées autour de la taille d'un dénommé Nic dont elle ignorait jusqu'au nom de famille, et ce, après avoir ressenti l'orgasme le plus intense de toute sa vie, elle aurait éclaté de rire en pensant que c'était du pur délire.

Hélas, c'était la vérité. Et le plus drôle, c'était qu'elle ne regrettait rien. Comment se sentir coupable alors que tout son corps vibrait encore de plaisir ? Elle n'était même pas sûre que ses jambes pourraient la porter lorsque Nic se déciderait enfin à la reposer sur le sol !

— Comment te sens-tu ? s'enquit-il au bout d'un moment en déposant un baiser sur son cou.

— Je ne sais pas. C'était…

— Fantastique, termina-t-il à sa place en laissant glisser ses lèvres jusque dans le creux de son épaule. Incroyable. Cosmique.

Desi pouffa de rire. Tous ces adjectifs pouvaient sembler exagérés. Et pourtant, si elle était tout à fait honnête, c'était la vérité. De fait, elle n'avait absolument aucune envie de bouger. Et pas le moindre regret.

Nic releva la tête pour lui lancer un regard faussement réprobateur. Mais ses magnifiques yeux verts à peine visibles dans la pénombre brillaient intensément.

— Essaies-tu de me dire que faire l'amour avec moi n'était pas une expérience cosmique ? murmura-t-il.

Il glissa alors une main entre eux pour caresser sa moiteur brûlante et Desi cessa de respirer. Oui, il la taquinait mais, face à lui, elle était comme sans défense. Tout chez lui la fascinait, provoquait en elle des réactions qu'elle était incapable de contrôler. Il y avait son sens de l'humour, l'intelligence qu'elle lisait dans ses yeux, sa douceur lorsqu'il la serrait dans ses bras, la caressait, l'embrassait. Et, bien sûr, le fait qu'il soit l'homme le plus sexy qu'elle ait jamais rencontré.

— Ce que j'essaie de dire, répondit-elle d'une voix mal assurée, c'est que j'ai adoré faire l'amour avec toi.

— Vraiment ? murmura-t-il en appuyant légèrement sa caresse.

Desi se sentit frémir. Ce simple geste avait suffi à provoquer un choc électrique qui se répercuta dans tout son corps.

Seigneur… Sans le moindre effort, cet homme avait le pouvoir de rallumer l'incendie en elle.

— Nic ! gémit-elle en appuyant sa nuque au mur.

— Desi…

La voix de Nic était douce, caressante, mais elle y détectait une soudaine note de tension. Tout comme elle sentait encore son sexe viril enfoncé en elle.

— Ne joue pas avec moi, supplia-t-elle.

— Je pensais que tu aimais bien que je joue avec toi…, chuchota-t-il en laissant glisser ses lèvres sensuelles sur sa joue.

Jusqu'au point ultrasensible derrière son oreille.

— Tu sais très bien ce que j'essaie de dire.

Desi accompagna cette réponse en contractant ses muscles intimes et elle constata avec plaisir qu'il cessait de respirer à son tour. Nic ferma les yeux et se pencha pour appuyer son front contre le sien. Ravie de cette petite victoire, elle répéta le même geste encore et encore.

Nic réprima un juron et Desi se sentit à nouveau gagné par le désir. Depuis le moment où il l'avait conduite sur cette terrasse — et même depuis l'instant où il l'avait embrassée sur la piste de danse —, Nic avait pris l'avantage sur elle. Elle aurait menti en prétendant qu'elle ne tirait pas une certaine satisfaction à rééquilibrer le rapport de force. D'autant que cette petite revanche leur procurait un immense plaisir, à lui comme à elle.

Desi laissa alors la main de Nic se glisser sous ses hanches. Il la souleva sans effort apparent avant de la laisser redescendre lentement sur lui. Il répéta ce mouvement une deuxième fois, puis une troisième, sans cesser de la caresser. Il ne fallut qu'une minute ou deux pour qu'elle soit à nouveau transportée aux portes de l'extase. Seulement, alors qu'elle était sur le point de basculer dans l'abîme pour la troisième fois en moins d'une heure, il se figea.

— Qu'y a-t-il ? balbutia-t-elle en rouvrant les yeux pour lui lancer un regard perdu. Pourquoi t'arrêtes-tu ?

— Rentre avec moi.

— Co… comment ?

— Rentre avec moi, répéta-t-il en s'enfonçant encore plus en elle.

Desi laissa échapper un gémissement et elle se cambra tout contre lui. Mais Nic la maintint fermement, l'empêchant de bouger d'un millimètre. Il lui refusait l'entrée du paradis !

— Je t'en supplie ! gémit-elle en sentant tout son corps trembler de désir. J'ai besoin…

— Je sais ce dont tu as besoin, murmura-t-il tout contre sa bouche. Dis-moi que tu vas rentrer avec moi à la maison et je te laisserai avoir un orgasme.

— Fais-le tout de suite, répliqua-t-elle en lui mordillant la lèvre suffisamment fort pour qu'il ne puisse pas l'ignorer. Et alors je rentrerai peut-être avec toi.

Cette réponse le fit rire. Nic avait un rire grave, très doux, qui la fit frissonner de la tête aux pieds.

— J'ai envie de t'avoir dans mon lit.

Desi resserra à nouveau ses muscles intimes autour de lui et eut le plaisir de l'entendre gémir, puis elle déclara :

— Dans ce cas, tu sais ce qu'il te reste à faire.

— Dois-je comprendre que c'est oui ?

— Ce n'est pas non, en tout cas.

— Desi, déclara-t-il en riant de nouveau, je crois que je t'apprécie énormément.

— Je l'espère bien, étant donné la façon dont nous venons de passer ces quarante-cinq dernières minutes.

Desi résista bravement à son envie d'ajouter qu'elle l'appréciait aussi beaucoup. Avant Nic, elle n'avait fait l'amour qu'avec deux hommes mais ni l'un ni l'autre ne l'avait fait rire. Ni hors du lit ni, à plus forte raison, pendant qu'ils faisaient l'amour. Avant Nic, elle ne s'était jamais doutée qu'elle passait à côté de quelque chose.

Celui-ci inclina alors la tête, agaçant les pointes de ses seins avec sa bouche, l'une après l'autre, jusqu'à ce qu'elle ne soit plus qu'une masse tremblante de désir. Là, il répéta d'un ton pressant :

— Rentre avec moi à la maison et je passerai le reste de cette nuit à te prouver à quel point je t'apprécie.

Desi se mordit la lèvre. Pas question de céder — non pas parce qu'il la laissait indifférente, mais parce qu'il lui plaisait trop, au contraire. Beaucoup trop. Allons, la dernière chose au monde dont elle avait besoin, à ce stade de sa vie, c'était de tomber amoureuse d'un homme sexy, charismatique et richissime qui lui briserait le cœur si elle n'y prenait garde.

Et pourtant… Elle non plus n'était pas tout à fait prête à voir cette nuit se terminer. A quitter cet homme aux magnifiques yeux d'émeraude, au sourire engageant et aux mains si douces. En tout cas, elle n'était certainement pas prête à renoncer au plaisir qu'il lui donnait si facilement.

— Desi, s'il te plaît, murmura-t-il tout contre sa joue. Je te désire. Si tu peux m'accorder juste une seule nuit, je l'accepterai. Mais s'il te plaît…

— C'est d'accord, s'entendit-elle répondre malgré elle.

— D'accord ?

— Je veux bien rentrer avec toi.

Desi vit alors Nic ouvrir de grands yeux étonnés.

— C'est vrai ? finit-il par dire.

— Oui, mais à une condition, précisa-t-elle avec un sourire malicieux. Je veux avoir un orgasme dans les soixante prochaines secondes.

A ces mots, elle plongea les yeux au fond des siens. C'était sa première aventure d'une nuit — et probablement sa dernière. Alors autant la savourer au maximum.

— J'ai cru que tu me le demanderais jamais, répondit-il avec un sourire éblouissant.

Desi frémit. Ce sourire aurait pu la rendre nerveuse si son corps ne voguait pas déjà avec délectation vers le troisième orgasme de cette soirée.

Nic inclina la tête et sa bouche sensuelle s'empara de la sienne. Moins de trente secondes plus tard, il étouffait son cri tandis qu'elle atteignait le septième ciel.

La maison de Nic était fabuleuse. Pire : elle était parfaite. En un sens, elle était le reflet fidèle de son propriétaire. Ce qui était assez effrayant. Certes, la plupart des femmes auraient été ravies à l'idée d'entamer une relation avec un homme fabuleux, riche, *parfait*, mais Desi n'était pas comme elles. A vrai dire, l'idée de tomber amoureuse de Nic la terrifiait.

Voilà pourquoi elle trouvait totalement absurde de se retrouver assise au bar de cette cuisine aux équipements étincelants, à 2 heures du matin, en train de le regarder préparer des pancakes aux myrtilles. Pourquoi ? Simplement parce qu'il lui avait demandé ce qu'elle préférait. Et c'était ce qu'elle avait répondu.

Nic avait troqué son smoking contre un jean délavé et retournait les pancakes d'un coup de poignet expert. Bon sang, aucun homme ne devrait avoir le droit d'être aussi beau en dehors des pages des magazines de mode.

Et d'ailleurs, comment arrivait-il à faire la cuisine avec une telle aisance après une telle expérience sexuelle ? Voilà qui allait à l'encontre de toutes les lois de la nature !

— Desi ? dit-il en prenant la bouteille de sirop d'érable. Tes pancakes vont refroidir.

Comme elle restait là à le fixer au lieu de s'attaquer à son assiette, il revint à la charge au bout de quelques secondes :

— Mes pancakes sont immangeables lorsqu'ils sont froids, assura-t-il. Fais-moi confiance.

Desi écarquilla les yeux. *Lui faire confiance ?* L'idée était tellement ridicule qu'elle faillit éclater de rire. Mais autant s'abstenir : Nic ne comprendrait pas la plaisanterie. Néanmoins, il était absolument hors de question qu'elle fasse confiance à ce M. Parfait. Non, merci. Elle était déjà passée par là et ce n'était pas un souvenir agréable.

Cela ne signifiait pas, bien sûr, qu'elle soit devenue amère ou sexiste.

De fait, Desi ne se méfiait pas uniquement des hommes. Elle se méfiait de *tout le monde*. La vie lui avait prouvé à maintes reprises qu'elle ne pouvait compter sur personne. Lorsqu'elle désirait une chose, elle ne pouvait compter que sur elle-même pour l'obtenir. Tous les autres finissaient invariablement par la décevoir.

C'était peut-être une philosophie très basique et un tout petit peu nihiliste, mais c'était la sienne. Et c'était celle qui l'avait guidée durant une bonne partie de sa vie. Même si cette attitude ne lui avait pas rapporté grand-chose — pas encore —, elle n'y avait rien perdu non plus. Dans son esprit, c'était comme une victoire.

Pourtant, Desi ne protesta pas lorsque Nic piqua une bouchée de pancake au bout de sa fourchette et la tendit vers ses lèvres. Au contraire, elle se pencha pour l'accepter sans trop savoir pourquoi elle agissait ainsi. Ce n'était sûrement pas parce que cela semblait le rendre incroyablement heureux, lui aussi. Non, jamais de la vie.

Dès qu'elle avala sa première bouchée, Nic lui rendit sa fourchette et retourna simplement vaquer à ses occupations sans se retourner. Desi fronça les sourcils. Voilà qui était très étrange. Etait-elle la seule à se sentir aussi troublée par cette drôle de nuit qu'ils vivaient ensemble ?

Ce n'était pas du tout impossible. Manifestement, Nic était tout à fait le genre d'homme à se trouver une nouvelle conquête chaque soir. Tout ceci — ces rapports sexuels extraordinaires, ces charmantes conversations et ces délicieux pancakes — était peut-être assez banal pour lui.

Au prix d'un effort douloureux, Desi tâcha d'ignorer le petit pincement au cœur que cette idée provoquait chez elle. A vrai dire, les aventures d'une nuit ne faisaient pas partie de ses habitudes, loin de là. Pourtant, elle n'avait pas voulu s'attendre à autre chose en l'accompagnant chez lui. Pas question de nourrir d'espoirs malgré le plaisir qu'elle avait ressenti dans les bras de Nic. Ce plaisir qu'elle ressentait à cet instant même en regardant cet homme dont elle ignorait toujours le nom de famille.

Celui-ci lui demanda alors quelle était sa chanson préférée, puis le film qu'elle avait le plus aimé. Lorsqu'il lui avoua qu'il avait adoré *Titanic*, Desi éclata de rire. Ce film racontait pourtant l'un des plus désastreux naufrages de l'histoire !

— Pourquoi toutes ces questions ? s'enquit-elle en portant une nouvelle bouchée à ses lèvres.

— Pourquoi ces réponses évasives ? répliqua-t-il.

— J'ai posé ma question la première.

— En réalité, si tu te souviens bien, je t'avais demandé quelle était ta chanson favorite et tu ne m'avais pas répondu.

— Tu es un homme très… insistant, remarqua-t-elle en le considérant d'un regard sévère.

— *Charmant*, tu veux dire, non ? répliqua-t-il en allant jusqu'au réfrigérateur pour en sortir une bouteille de champagne. A moins que ce ne soit *entreprenant*. Ou même, peut-être… *sexy* ?

Desi se mordit la lèvre à nouveau pour ne pas éclater de rire.

— Sexy ? Hum… peut-être. Personnellement, j'aurais plutôt penché pour *modeste.*

— La modestie est notre principale qualité, à nous, les professionnels des relations publiques. C'est bien connu.

— C'est ton métier ?

A vrai dire, elle était curieuse d'en savoir plus. C'était la première fois depuis le début de la soirée qu'il lui parlait de sa vie de tous les jours. Les relations publiques ? Voilà qui pouvait expliquer cette maison somptueuse et cet intérieur fabuleux.

— D'une certaine façon, oui, convint Nic avec un haussement d'épaules nonchalant.

— Ce n'est pas une réponse.

— Croyais-tu être la seule à savoir esquiver les questions ? répliqua-t-il en faisant glisser une coupe de champagne devant elle.

Cette fois-ci, Desi ne put s'empêcher d'éclater de rire. Nic était réellement l'homme le plus charmant, le plus intéressant qu'elle ait rencontré depuis longtemps. Peut-être même de toute sa vie.

Elle prit la coupe de champagne qu'il avait placée devant elle et avala une première gorgée. Nic en profita pour lui subtiliser son smartphone, qu'elle avait posé sur le comptoir. Hé !

— Que fais-tu ? intervint-elle alors qu'il tapotait rapidement sur l'écran.

— Je note mon numéro dans ton répertoire afin que tu puisses m'appeler quand tu en auras envie.

— Qu'est-ce qui te fait penser que je vais avoir envie de t'appeler lorsque cette nuit sera terminée ?

— Et toi, qu'est-ce qui te fait penser que tu n'en auras pas envie ? répliqua-t-il d'un air innocent.

— Allons-nous passer le reste de cette nuit à nous poser mutuellement des questions sans jamais obtenir de réponses ?

— Je ne sais pas. Qu'en penses-tu ?

Desi leva les yeux au ciel d'un air exaspéré. Seulement, avant qu'elle puisse lui donner une réponse, le téléphone de Nic, qu'il avait laissé posé près de la gazinière, se mit à sonner. Pourtant, il ne fit pas le moindre geste pour aller répondre.

— Tu ne vas pas répondre ? demanda-t-elle.

A vrai dire, la journaliste qu'elle était voulait bien savoir qui pouvait bien l'appeler à deux heures et demie du matin. Néanmoins, c'était aussi un bon moyen d'éloigner Nic car il se tenait un tout petit peu trop près d'elle. Ils ne se touchaient pas, mais elle sentait distinctement la chaleur qui émanait de son corps et cela l'empêchait de réfléchir correctement — et plus encore de garder ses distances avec lui comme elle s'efforçait désespérément de le faire.

— Ce n'est que moi qui appelle avec ton téléphone. Comme ça, j'aurai aussi ton numéro.

Tout en lui parlant, Nic la regardait droit dans les yeux. Mais ce regard, tout comme le ton de sa voix, suggérait bien davantage.

Soudain, Desi se sentit extrêmement nerveuse et encore plus vulnérable à l'idée qu'il lisait en elle comme dans un livre ouvert. Alors, elle fit ce qu'elle faisait toujours dans de telles situations — elle passa à l'offensive.

— Et si je n'avais pas envie de te donner mon numéro ?

— Tu ne souhaites pas que je l'aie ? s'enquit-il d'un air visiblement perplexe.

— Il ne s'agit pas de ça.

— Si.

— Non, c'est juste que… Ah, tu es impossible !

— Oui, on me l'a déjà dit une fois ou deux.

Nic marqua une pause avant d'ajouter :

— Alors, voilà. J'ai une proposition à te faire.

— Euh… non merci, répondit-elle.

Desi fit mine de se lever, mais Nic l'en empêcha en l'attrapant fermement par le poignet.

— Tu n'as même pas écouté ce que j'avais à te dire.

— Oui, mais lorsqu'un homme dit ce genre de phrase

à une jeune femme qu'il connaît à peine, elle finit généralement menottée dans sa cave.

Nic sembla soudain plus qu'étonné par cette réponse.

— Tu es bien soupçonneuse.

— Non, mais j'ai vu *Le Silence des agneaux*. Je sais comment ces choses-là se produisent.

— Oui, c'est évident. Malheureusement, je ne possède pas de menottes et ma maison n'a pas de cave. De plus, je ne souffre pas de problèmes psychiatriques. En tout cas, pas à ma connaissance. Tu es en sécurité avec moi, en principe.

— Laisse-moi en juger, répliqua-t-elle en réprimant un sourire. Et quelle est exactement ta proposition ?

— Je conserverai ton numéro de téléphone, même si cela ne semble pas te faire très plaisir. Mais je ne t'appellerai que si tu m'appelles la première. Qu'est-ce que tu en dis ?

Desi fit la moue avant de répliquer :

— Et si je ne t'appelle jamais ?

— Dans ce cas, je serai très triste mais je te promets que je ne t'embêterai pas. Marché conclu ?

Voilà qui méritait réflexion. Avait-elle envie de revoir Nic après cette nuit ? A vrai dire, garder cette possibilité sous le coude ne coûtait rien. Si elle décidait plus tard qu'elle n'avait pas envie de le revoir, Nic sortirait tranquillement de sa vie sans que personne n'en souffre.

— Marché conclu, répondit-elle.

— Excellent.

Là-dessus, Nic lui sourit et s'étira paresseusement. De son côté, Desi ne put s'empêcher de remarquer la puissance de sa musculature. Malgré elle, son regard s'attarda sur ses abdominaux. C'était incroyable de voir qu'ils étaient aussi… parfaits.

Elle fit de son mieux pour dissimuler sa réaction, mais, à l'évidence, Nic ne fut pas dupe car, une seconde plus tard, il s'enquit d'un ton amusé :

— Tu vois quelque chose qui te fait rêver ?

— C'est *toi* qui me fais rêver, s'entendit-elle répondre.

Aussitôt, Desi plaqua sa main sur sa bouche. Oh non,

elle n'avait tout de même pas dit ça ! Seigneur, elle aurait souhaité se dire qu'elle ne venait pas de tout gâcher en exprimant tout haut ce qu'elle avait pensé tout bas. En laissant ses émotions prendre le contrôle. Hélas, il était trop tard. A présent, ces mots étaient là, suspendus entre eux, comme une bombe sur le point d'éclater.

Nic, lui, ne paraissait pas aussi horrifié qu'elle. Il n'avait pas l'air de vouloir prendre ses jambes à son cou. En réalité, il avait l'air absolument ravi, comme si elle venait de lui offrir un cadeau exceptionnel…

Ce qui, à bien y réfléchir, n'était pas impossible. Après tout, c'était exactement ce qu'il avait fait pour elle en lui faisant vivre cette expérience sexuelle hors du commun.

Desi ouvrit alors la bouche pour essayer de rattraper sa bévue, mais Nic la rejoignit en deux enjambées et fit pivoter son siège pour qu'elle se retrouve face à lui. Puis il se rapprocha encore et vint se planter entre ses jambes écartées.

— Toi aussi, tu me fais rêver, dit-il en déposant mille baisers sur son front, sa joue et ses lèvres.

— Vraiment ? murmura-t-elle en levant la tête vers lui pour s'offrir à la caresse de ses lèvres.

— Oui, vraiment. Et puisque je ne te suis pas non plus totalement indifférent…

Desi sentit soudain les mains expertes de Nic défaire les boutons de la chemise trop grande qu'elle portait. *Sa chemise à lui.* Puis il glissa ses longs doigts à l'intérieur pour effleurer doucement ses seins.

— Et si nous passions dans ma chambre pour apprendre à mieux nous connaître ? suggéra Nic d'une voix suave.

— Apprendre à mieux nous connaître ? répéta-t-elle d'une voix mal assurée. C'est comme ça qu'on parle de faire l'amour, de nos jours ?

— Désolé si la formule n'est pas très heureuse, répondit-il en riant. Mon cerveau semble cesser de fonctionner sitôt que je pose les mains sur toi.

Malgré elle, Desi se sentit charmée par cet aveu. De fait,

cette simple phrase avait suffi à réveiller tout son corps. Mais elle répliqua d'un ton léger :

— Je pourrai sans doute m'accommoder d'un cerveau en panne si le reste de ton anatomie fonctionne encore.

— Tout fonctionne à la perfection, merci beaucoup, répliqua-t-il en la couvant d'un regard gourmand.

— Vraiment ? dit-elle en laissant glisser une main sur ses pectoraux fermes. Alors prouve-le.

Desi vit aussitôt le regard de Nic s'assombrir. Il agrippa fermement ses hanches et la tira vers lui jusqu'à ce qu'elle puisse sentir son sexe dur tout contre elle.

— C'est une preuve suffisante ? chuchota-t-il tout contre son oreille.

— Je n'en suis pas certaine, répondit-elle en se cambrant contre lui. Je crois que je vais avoir besoin d'une démonstration plus détaillée.

— Une démonstration plus détaillée ? murmura-t-il.

Sans attendre davantage, Nic la souleva comme si elle ne pesait pas plus qu'une plume. Et pour la seconde fois cette nuit-là, Desi noua les bras et les jambes autour de lui.

Elle resta accrochée à lui, son corps étroitement soudé au sien, tandis qu'il l'emportait à travers la cuisine, le salon, puis dans le couloir qui conduisait à sa chambre. Elle attendit qu'ils aient franchi le seuil avant de se pencher à son oreille pour chuchoter :

— Cette nuit, j'ai besoin de toi.

— Moi aussi, j'ai besoin de toi, répondit-il en la portant jusqu'au lit.

— *I Need You Too.* Tiens, c'est amusant, c'est le titre de ma chanson favorite !

Desi vit alors une lueur danser dans les yeux de Nic — à la fois excitante et terrifiante. On y devinait surtout un immense espoir. Puis il l'embrassa. Sa bouche sensuelle prit possession de la sienne avec une sorte de désespoir qui lui rappelait ce qu'elle éprouvait.

Sans cesser de s'embrasser, ils se laissèrent tomber sur le lit, le grand corps de Nic allongé sur elle.

— Et toi ? parvint-elle à articuler alors qu'il achevait de déboutonner sa chemise pour qu'elle puisse couvrir de baisers son corps magnifique.

Dans la brume de désir qui commençait à envelopper rapidement ses sens, Desi avait malgré tout envie — elle avait *besoin*, même — de connaître ce détail à son sujet.

— Je pensais que c'était évident, murmura-t-il en effleurant son ventre de ses lèvres brûlantes. C'est un titre de Leonard Cohen, *Tonight Will Be Fine*. « Cette nuit sera merveilleuse », si tu préfères.

- 4 -

A son réveil, Nic constata qu'il était seul. C'était tout à fait inattendu. Et pour tout dire, extrêmement contrariant.

D'autant que Desi ne s'était pas simplement absentée un instant. Elle n'était pas dans la cuisine en train de préparer du café, ni sous la douche. Non. Elle était partie pour de bon en effaçant toute trace de son passage. Elle ne lui avait laissé aucun petit mot pour lui dire au moins son nom, elle n'avait pas même perdu une pantoufle de vair qui puisse lui permettre de retrouver sa mystérieuse Cendrillon.

Elle était *vraiment* partie. S'il n'avait pas encore porté les marques de ses ongles un peu partout sur son dos et sans ce lit qui ne ressemblait plus à rien, il aurait été tenté de croire que toute cette nuit n'avait été qu'un rêve.

Seulement, le numéro de téléphone de Desi figurait toujours dans son répertoire, c'était bien la preuve qu'il n'avait pas rêvé ce qui s'était passé cette nuit. Desi était réelle et il avait son numéro pour le prouver.

Malheureusement, il lui avait aussi fait une promesse : celle de ne pas l'appeler avant qu'elle-même ne l'appelle.

Une promesse parfaitement stupide.

A quoi bon le nier ? Elle lui plaisait beaucoup. Enormément, même. Ce qui n'avait pourtant rien de très sensé étant donné qu'il ne savait quasiment rien d'elle, ou presque. Chaque fois qu'il lui avait posé des questions, elle avait de toute façon répondu avec une réticence manifeste.

Ce qui, à la réflexion, aurait dû le mettre en garde : les choses n'allaient pas se passer comme il l'aurait souhaité.

Nic fronça les sourcils. Bon sang, s'il y avait bien une chose qu'il détestait, c'était de passer pour un imbécile.

Un rapide coup d'œil à la pendule posée sur sa table de nuit lui apprit qu'il était à peine 7 heures. Desi était encore dans son lit deux heures plus tôt, lorsqu'il avait enfin succombé à la fatigue. Bon sang, il l'avait manquée de justesse ! S'il s'était réveillé quelques minutes plus tôt, il aurait pu la retenir avant qu'elle ne se volatilise.

Cette pensée acheva de le déprimer. Et pour cause : il avait prévu de commencer la matinée de la même façon qu'il avait terminé la nuit. C'est-à-dire en faisant l'amour à Desi. En regardant s'écrouler une à une toutes les murailles qu'elle avait bâties autour d'elle.

Nic secoua la tête. Maintenant qu'il se retrouvait seul dans ce lit, il se sentait parfaitement ridicule. Après tout, il avait deviné d'entrée de jeu que Desi ne se confiait pas facilement — il fallait être idiot pour ne pas remarquer son extrême réserve. Et pourtant, elle s'était ouverte à lui, elle l'avait laissé entrer dans son univers à de nombreuses reprises durant la nuit. Oh ! bien sûr, pas au point de lui dire qui elle était ou pourquoi elle avait une si piètre opinion de ses contemporains. Mais elle avait baissé sa garde suffisamment pour lui permettre d'entrevoir par bribes, par fragments, la personne qu'elle était réellement.

Nic avait énormément aimé ce qu'il voyait. Et c'était une raison supplémentaire de se sentir frustré par cette soudaine disparition. Pour la première fois depuis une éternité, il avait eu très envie d'explorer une personne, une *relation*. De découvrir tous les ressorts de la personnalité de Desi.

Il l'avait même ramenée *chez lui*, n'était-ce pas un signe ? C'était tout à fait contraire à ses habitudes, surtout pour un premier rendez-vous. Et il ne le faisait que lorsqu'il s'intéressait sérieusement à une femme.

Et pourtant, le soir précédent, sur cette terrasse, Nic s'était senti obligé de convaincre Desi de l'accompagner chez lui. Pourquoi ? Parce qu'il avait très, très envie de faire à nouveau l'amour avec elle, bien entendu : ces deux fois sur la terrasse n'avaient pas suffi à éteindre l'incendie qui les consumait. Seulement, pourquoi ce besoin de la ramener chez lui ? Ils étaient déjà dans un hôtel, non ? Il aurait été bien plus simple de descendre à la réception et de prendre une chambre pour la nuit.

Au lieu de ça, Nic avait ramené Desi chez lui. Il lui avait préparé des pancakes aux myrtilles et posé toutes sortes de questions. Lorsqu'elle avait fait quelques commentaires élogieux à propos de son ameublement, il avait été à deux doigts de lui proposer de voir son studio qu'il considérait comme le lieu le plus sacré de toute sa maison, où même son frère Marc était à peine toléré. Personne d'autre n'y était jamais entré.

L'ennui, c'est que Desi n'en savait rien. Lui avait-il montré clairement tout l'intérêt qu'il lui portait ? Rien n'était moins sûr. Peut-être avait-elle pensé qu'elle n'était pour lui qu'une aventure d'une nuit. Après tout, il ne lui avait pas dit le contraire.

Seulement, il lui avait tout de même donné son numéro de téléphone. Et il avait enregistré le sien. C'était bien une preuve qu'il s'intéressait à elle, non ?

Une minute. C'était peut-être *elle* qui ne s'intéressait pas à lui. Elle avait montré une grande réticence à répondre à ses questions, même les plus innocentes. Lorsqu'elle y répondait, c'était généralement d'une façon très évasive. Comme si elle avait peur de le laisser apprendre trop de choses à son sujet. Mais c'était peut-être pour le garder à distance, tout simplement.

Nic secoua la tête. Si c'était le cas, c'était vraiment dommage. Cela faisait si longtemps qu'il n'avait pas rencontré une femme qui l'intéresse réellement. Une femme brillante, pleine d'humour et incroyablement sexy par-dessus le marché. Pourquoi était-ce justement cette femme-là qui se volatilisait à la première occasion pour le fuir ?

Une fois dans la salle de bains, Nic fit couler la douche. En attendant que l'eau soit assez chaude, il s'examina attentivement dans la glace. Que voyait Desi lorsqu'elle le regardait ? Voyait-elle le personnage public, détendu, toujours de bonne humeur, prêt à partager une bière ou à jouer une partie de golf ? Le type qui ne faisait jamais de vagues et qui savait faire un bon mot en toute situation ?

Ou avait-elle vu qui il était tout au fond de lui-même, au-delà des apparences, sous la surface lisse et débonnaire ?

A vrai dire, cette idée le mettait un peu mal à l'aise. Impossible de la chasser de son esprit. Et pourtant, ce n'était pas faute d'essayer de penser à autre chose.

Pire : il lui suffit d'entrer dans le bureau de son frère, une heure plus tard, pour que la blessure se rouvre.

— Comment était ce gala ? s'enquit Marc sans lever les yeux de l'écran de son ordinateur.

— Très instructif, répondit Nic en allant se planter devant l'immense baie vitrée qui occupait tout un mur du bureau.

Au-delà du petit parc à l'arrière de l'immeuble, on apercevait des falaises et une petite plage. Plus loin encore s'étendait l'immensité du Pacifique.

Nic resta planté là à contempler l'océan, les vagues qui se formaient au large et qui se couvraient d'écume avant de s'abattre paresseusement sur la plage. On était en hiver, l'eau était froide, mais il distinguait quelques surfeurs qui faisaient vigoureusement avancer leurs planches en attendant la prochaine grosse vague.

Le temps d'une seconde, Nic eut une folle envie de se trouver là-bas, parmi eux. Une folle envie d'être libre, d'être désiré et, juste une seconde dans sa vie, de faire exactement ce qu'il voulait. Etre celui qu'il désirait être sans se soucier des conséquences.

C'est là que la voix de Marc résonna à nouveau dans la pièce. Nic secoua la tête et son rêve s'évapora comme une bulle de savon.

— Instructif comment ?

— Que veux-tu dire ? s'enquit Nic en se retournant vers son frère.

Marc se leva et fit le tour de son bureau pour aller jusqu'au petit réfrigérateur encastré dans le bar. Il prit une canette de thé glacé pour lui-même et lança une bouteille de jus d'orange en direction de Nic qui l'attrapa adroitement au vol.

— Lorsque je t'ai demandé comment était ce gala, tu m'as répondu qu'il avait été instructif, répondit Marc en venant le rejoindre près de la baie vitrée. Qu'entendais-tu par là ?

Nic hocha la tête. Autant rester évasif, cela valait mieux. Il évoqua donc les personnes qu'il avait rencontrées, le montant de leurs contributions à l'œuvre de charité. Voilà pour l'aspect professionnel de la soirée. Seulement, Marc était son frère et son meilleur ami, la seule personne à qui il s'était jamais confié. Du coup, avant même qu'il ait conscience de ce qu'il faisait, il s'entendit lâcher :

— J'ai rencontré une femme.

— Tu as rencontré une *femme* ? répéta son frère d'un air ébahi. Raconte-moi tout.

Marc lui fit signe de prendre place dans l'un des fauteuils. Même s'il se sentait trop plein d'énergie pour avoir réellement envie de s'asseoir, Nic s'exécuta. Comme toujours.

— Comment s'appelle-t-elle ? s'enquit son frère.

— Desi.

— Desi comment ?

— Juste Desi. Je ne connais pas son nom de famille.

— Vraiment ? observa Marc en le considérant plus attentivement. Ça ne te ressemble guère. L'affaire doit être importante.

— Je ne dirais pas que c'est très important. A vrai dire, il n'y a pas vraiment d'affaire.

Nic haussa les épaules. Mais à quoi bon nier l'évidence ? Ces mots lui laissaient un goût amer.

— Bien sûr que non, répliqua Marc en riant. Et c'est pour ça que tu as l'air d'avoir avalé un cafard en me donnant cette réponse.

— Ecoute, c'est un peu compliqué.

— Frérot, ces choses-là le sont toujours.

— Oui, mais cette fois-ci, c'est réellement très compliqué.

Nic se mit alors à raconter toute l'histoire à Marc. Il lui dit qu'il avait d'abord été attiré par sa beauté, puis par son esprit vif et son sens de la repartie. Il lui avoua ensuite qu'il l'avait ramenée chez lui… et qu'il s'était réveillé tout seul dans son lit.

— Mais tu as son numéro de téléphone, n'est-ce pas ? remarqua Marc à la fin de cette triste histoire. Dis-moi que tu as eu l'intelligence de lui demander son numéro.

— Oui, bien entendu. Mais j'ai commis l'erreur de lui promettre de ne pas être le premier à l'appeler. C'est à elle de le faire.

— Seigneur ! Après toutes ces années, je n'ai pas réussi à t'inculquer les principes de base de la séduction ? commenta Marc d'un air navré.

— Si on considère que tu viens de passer ces six dernières années à panser les plaies de ta relation avec Isabella, on peut douter de tes propres compétences en la matière.

Nic assortit sa remarque d'un regard moqueur. Voilà qui risquait de piquer au vif la susceptibilité de son frère…

— Je n'ai pas passé mon temps à panser mes plaies, grogna aussitôt Marc. J'ai été très occupé à diriger un conglomérat diamantaire qui pèse des milliards.

— Appelle ça comme tu voudras. Mais je te rappelle que j'ai toujours été à tes côtés. C'est aussi grâce à moi que Bijoux est aujourd'hui le second acteur du marché mondial du commerce des diamants équitables.

Marc leva la main comme pour lui donner raison.

— Ça, je le sais parfaitement et tu n'as pas besoin de me le rappeler. Ce que je voulais dire, c'est que je n'ai pas eu beaucoup de temps pour jouer les séducteurs, ces derniers temps. Et d'ailleurs, toi non plus. Tu es peut-être un peu rouillé.

— Je ne suis pas du tout rouillé !

Nic accompagna sa réponse d'un regard outré. Malgré l'image de play-boy que la presse donnait de lui, il avait toujours préféré la qualité à la quantité. Mais cela ne voulait certainement pas dire qu'il avait vécu comme un moine ces derniers mois. Non, il n'était pas rouillé du tout. Il se sentait encore capable de séduire. En tout cas, il voulait le croire.

Soudain, une idée surgit dans son esprit et il se figea. Et si c'était justement pour ça que Desi était partie sur la pointe des pieds sans attendre qu'il se réveille ? Parce qu'il avait été pitoyable au…

Non, non et non. Il n'allait pas tomber dans ce piège ce matin. Car sinon… il n'était pas sûr de pouvoir en ressortir.

— Je ne suis pas rouillé, déclara Nic avec force.

Un peu trop de force, d'ailleurs…

— Je n'ai pas dit que tu l'étais, se défendit Marc en riant. Mais si tu as son numéro de téléphone, pourquoi est-ce que tu ne l'appelles pas ?

— Je t'ai déjà expliqué…

— Je sais, oui. Tu ne peux pas l'appeler sauf si elle t'appelle la première. Mais tu ne lui as pas promis de ne pas lui envoyer des textos, n'est-ce pas ? Allez, rassure-moi, tu n'as quand même pas fait ça ? Laisse-moi te dire que, si c'est le cas, tu es encore plus bête que tu en as l'air.

Nic écarquilla les yeux. C'était comme si de nouveaux horizons venaient brusquement de s'ouvrir devant lui…

— En réalité, je ne lui ai rien promis de la sorte, répondit-il. Je suppose que ça mérite réflexion.

— Laisse tomber la réflexion ! l'interrompit Marc. Cette femme te plaît, non ?

Nic songea alors au rire cristallin de Desi — ce rire qui l'enveloppait comme une douce musique — et à son regard si doux et tellement envoûtant. A quoi bon essayer de nier la vérité ?

— Oui, reconnut-il d'une voix un peu rauque.

— Alors envoie-lui un texto. Fais-la rire, tu es très fort pour ça. Et ensuite, propose-lui de l'inviter à dîner.

Nic hocha lentement la tête. Son frère avait raison. Il savait faire rire les femmes et il n'était pas maladroit au jeu de la séduction. Alors pourquoi se sentait-il aussi empoté face à Desi ? Mystère. Néanmoins, il avait intérêt à comprendre pourquoi. Et il lui fallait absolument découvrir pourquoi il la trouvait aussi fascinante. Et pourquoi il avait passé toute la matinée à penser à elle alors qu'elle lui avait fait comprendre sans aucune ambiguïté qu'elle ne partageait pas ses sentiments ?

Ni une ni deux, il bondit de son fauteuil et sortit son téléphone. Sa décision était prise.

— Oui, c'est une bonne idée. C'est exactement ce que je vais faire. Merci, frérot.

— Je ne voulais pas dire « tout de suite » ! remarqua Marc en riant. Il est à peine 8 heures du matin. D'ailleurs, nous sommes attendus tous les deux à une réunion qui a commencé il y a cinq minutes.

— Oui, je sais, je ne suis pas idiot. Je… heu… je réfléchissais seulement à ce que j'allais lui dire.

— Mon pauvre vieux, tu es vraiment amoureux, observa Marc en lui tapotant le dos d'un air compatissant.

Nic se dégagea d'une secousse. Le temps de ranger son téléphone, il sortit du bureau le premier pour aller rejoindre les autres membres du conseil d'administration dans la salle de conférences.

Il allait sans doute passer une bonne partie de la réunion à composer mentalement un message destiné à Desi. Mais cela ne regardait que lui.

- 5 -

— Desi, venez par ici. J'ai un article pour vous.

Desi sursauta en entendant la voix de Malcolm Banks, son patron, à l'autre bout de la salle de rédaction.

— J'arrive, répondit-elle avec un enthousiasme très exagéré en ramassant sa tablette numérique.

— Bonne chance, lui chuchota son amie Stephanie, une jeune journaliste affectée à la rubrique de mode. J'espère pour toi que ce sera un travail intéressant.

Desi se contenta de hausser les épaules. Elle devinait déjà qu'on allait l'envoyer couvrir un nouvel événement mondain. A quoi bon s'obstiner à espérer qu'on lui confie un travail d'une quelconque importance durant les dix années à venir ? Même si elle avait travaillé d'arrache-pied à asseoir sa crédibilité, Malcolm refusait toujours de lui offrir l'opportunité d'écrire un article sur un sujet sérieux.

Son chef ne cessait de lui répéter qu'elle devait d'abord gagner ses galons à la rubrique mondaine. Du coup, elle continuait à faire de son mieux. Mais elle commençait à penser qu'elle risquait de rester à ce poste jusqu'à sa mort. Ou jusqu'à celle de Malcolm. Après avoir passé quasiment deux ans à couvrir des galas et des enterrements, comment pouvait-elle espérer obtenir un poste ailleurs ?

Desi fit donc de son mieux pour dissimuler son mécontentement en entrant dans le bureau de Malcolm. Son patron aimait à répéter qu'il détestait les pleurnicheurs encore plus que les contestataires. Par conséquent, elle n'avait pas envie de se retrouver tout en bas de sa liste d'amis. D'après ce qu'elle avait pu constater depuis qu'elle travaillait au journal, tous ceux qui venaient se plaindre vivaient très vite un enfer. Elle-même s'était déjà chargée des tâches les plus ingrates. Alors que serait sa vie si elle mettait réellement son patron en colère ?

Même si Desi avait mis moins d'une minute pour se présenter dans le bureau de Malcolm, celui-ci était déjà concentré sur autre chose. Du coup, il ne leva pas les yeux de l'écran de son ordinateur lorsqu'elle s'assit en face de lui. Comme ce manque d'attention n'était pas vraiment inhabituel, elle s'installa pour attendre patiemment en consultant ses documents sur sa tablette. Quelques secondes plus tard, elle sentit son téléphone vibrer dans sa poche. Un nouveau texto. Lorsqu'elle jeta un coup d'œil à l'écran, elle eut l'impression que son cœur allait exploser. Allons, inutile de se bercer d'illusions. Seulement, si cela pouvait être…

Ah, non. Ce n'était pas Nic mais Serena, son amie et voisine qui lui demandait de prendre une brique de lait sur le chemin de la maison.

En rangeant son téléphone, Desi ne put s'empêcher de se sentir affreusement déçue. Ce qui était parfaitement idiot, d'ailleurs. Pourquoi Nic lui aurait-il écrit ? Elle n'avait aucune nouvelle de sa part depuis trois semaines. Ce qui lui convenait très bien. Après tout, c'était exactement ce qu'elle avait désiré. Autrement, elle aurait répondu à la douzaine de textos qu'il lui avait déjà envoyés au cours des sept semaines, depuis qu'elle avait quitté sa maison sur la pointe des pieds alors qu'il dormait encore.

Seulement, elle avait obstinément refusé de répondre à ces messages, même s'il s'y montrait tour à tour drôle, tendre ou sexy. Elle les avait tous lus et relus à de nombreuses reprises — mais n'avait jamais pu se résoudre à répondre. Pas parce qu'il la laissait indifférente, ça non. C'était même tout le contraire : Nic était merveilleusement doux et drôle… et beaucoup trop charmant pour qu'elle puisse garder le contrôle.

En relisant ces messages, Desi prit soudain conscience

d'une chose. A quoi bon se voiler la face ? Elle était en train de tomber amoureuse de Nic. Or c'était bien une chose qu'elle ne pouvait pas se permettre. Pas question de s'ouvrir à lui. Sans compter qu'elle allait forcément finir par se rendre compte que c'était une erreur. Elle avait trop souffert pour prendre le risque de répéter la même erreur.

— Desi, je voulais vous voir parce que j'ai un article à vous confier, déclara enfin son patron.

— Excellent, répondit-elle.

Desi avait beau faire de son mieux pour paraître enthousiaste, le cœur n'y était pas. Qu'allait-il lui proposer ? De rapporter les ragots d'une garden-party dans le grand monde ou une autre mission tout aussi ridicule…

— Ma chère, pour quelqu'un qui demande à cor et à cri depuis des mois à sortir de la rubrique mondaine, vous ne manifestez pas beaucoup d'enthousiasme pour cette opportunité que je vous offre.

Desi fronça les sourcils. Il lui fallut une seconde pour assimiler le sens de ces paroles. Brusquement, tout son corps sembla revenir à la vie. Elle avait beau se répéter que cette excitation était peut-être prématurée — après tout, elle ignorait encore quel genre d'article Malcolm allait lui proposer —, son cerveau bouillonnait. Oui, elle se sentait à nouveau gonflée à bloc.

Malcolm avait dû sentir le changement parce qu'il éclata de rire avant de déclarer :

— Voilà la Desi que j'adore. Je vois que vous avez apporté votre tablette. Prête à prendre des notes ?

— Absolument, répondit-elle sans hésiter.

De toute manière, elle avait pris sa décision : s'il s'agissait simplement d'un nouveau jeu sadique de la part de Malcolm, si jamais il l'envoyait couvrir une autre soirée dans le grand monde, elle allait le tuer de ses propres mains.

— Alors voilà, dit-il, j'ai un article pour vous. Ce matin, une source m'a rapporté qu'une société récemment établie à San Diego n'est pas tout à fait aussi respectable qu'elle veut le paraître.

Desi se sentit frémir d'excitation. S'agissait-il d'un trafic de drogue, d'armes, ou de la mafia mexicaine ? Peu importe, elle se savait prête à mener à bien n'importe quelle mission. Elle avait été formée au journalisme d'investigation à un tout jeune âge. Quoi de plus normal avec un père grand reporter très respecté dans la profession ? Pas de doute, elle pouvait écrire cet article. Elle *l'écrirait.*

— Il s'agit de diamants, précisa Malcolm après une brève pause pendant laquelle il s'était retourné vers son ordinateur.

— De diamants ? répéta-t-elle. Quelqu'un utilise sa société pour faire entrer des diamants en fraude dans le pays ?

— Je viens de vous envoyer tout le dossier par mail. Vous allez le recevoir sur votre tablette. Vous y trouverez toutes les informations qui m'ont été communiquées par notre source ainsi que la liste de ses contacts. Je veux que vous ayez un entretien avec lui et que vous écoutiez son histoire. Ensuite, je veux que vous alliez fouiner un peu. Je veux savoir ce qui se passe dans cette société. Dites-moi si ces accusations sont fondées. Et si c'est le cas, cherchez comment ils organisent l'affaire.

Desi écarquilla les yeux. Elle avait du mal à en croire ses oreilles.

— Un trafic de diamants…

— Je n'ai jamais dit qu'il s'agissait d'un trafic de diamants, la coupa Malcolm en lui lançant un regard sévère. Evitez de faire des hypothèses farfelues. Ecoutez-moi bien, cette affaire est délicate et je ne suis même pas certain de la fiabilité de notre source. S'il dit vrai, c'est une affaire énorme. Je viens de mener une enquête de deux ans concernant les deux frères. Si la moitié de ce que notre source m'a dit est vrai, tout ce qu'ils ont bâti va leur exploser au visage. Ces deux types ont bâti toute la réputation de leur société sur le commerce exclusif de diamants équitables, et bien sûr…

Desi fronça les sourcils. C'était bien la première fois qu'elle entendait ce terme !

— Qu'entendez-vous par « diamants équitables » ? s'enquit-elle d'un air intrigué.

— Des diamants provenant de mines respectant certaines normes environnementales et sociales, précisa son chef. Et qui n'ont pas été extraits dans des zones de conflit armé.

— Oui, je vois. Le contraire des *diamants de sang.*

— Exactement.

— Nous parlons de Bijoux, n'est-ce pas ?

Grâce à son expérience de chroniqueuse mondaine, Desi savait deux ou trois choses sur cette société. Depuis quelques mois, la haute société de San Diego bruissait de la nouvelle de l'arrivée de Marc Durand et de son frère à San Diego. Les Durand étaient de grands philanthropes, la générosité de leurs contributions aux œuvres de charité était connue de tous. Chaque association espérait profiter de leurs largesses.

Néanmoins, Desi n'avait pas encore rencontré les frères Durand. Ils étaient trop occupés avec leur société et leur fondation pour apparaître aux galas auxquels elle avait assisté. Mais s'ils étaient venus, elle n'avait jamais fait leur connaissance. Ce qui était peut-être préférable puisqu'elle allait à présent devoir enquêter sur eux et sur leurs activités.

— Oui, ce sont bien eux, convint Malcolm.

— Ils sont aujourd'hui à la tête de l'un des plus grands conglomérats diamantaires du monde. Vous pensez qu'ils ont menti au sujet de l'origine de leurs diamants ?

— J'ignore s'ils ont menti ou non, mais ce sera à vous de le découvrir. Pour l'instant, tout ce que je sais, c'est qu'ils auraient organisé une escroquerie en prétendant respecter les règles du commerce équitable puis en commercialisant des diamants de sang. Au passage, ils auraient ramassé d'énormes profits. Je veux savoir si cette histoire est vraie et, si elle l'est, je veux connaître tous les détails de l'opération avant de pouvoir publier l'article qui enverra cette société aux oubliettes. Vérifiez autant de fois qu'il le faudra les allégations de cette source, vous avez carte blanche. C'est bien compris ?

— Absolument.

Desi ouvrit le dossier que Malcolm venait de lui envoyer par mail et passa rapidement en revue son contenu. Dans l'ensemble, c'était assez sommaire. Mais elle finirait vite par en apprendre davantage.

— Quelle est la date de publication prévue pour l'article ? s'enquit-elle. Et quelle place comptez-vous lui accorder ?

— Nous verrons cela plus tard. Vérifiez d'abord que cette source n'est pas simplement un ex-employé mécontent qui essaie de se venger. Si c'est le cas, l'article sera enterré.

— Et dans le cas contraire ?

— Nous y réfléchirons le moment venu. Ce serait une affaire énorme, et je crois que vous aurez probablement besoin de quelqu'un pour vous aider.

Desi secoua vigoureusement la tête. Pas question de laisser un collègue marcher sur ses plates-bandes.

— Je n'ai besoin de personne. Je peux…

— Ecoutez, Desi, je sais que vous êtes une bonne journaliste. Vous êtes impatiente de me prouver votre valeur, mais vous manquez encore d'expérience. Il n'est pas question que je confie une histoire aussi fabuleuse à une petite journaliste des pages mondaines.

— Je suppose que vous comptez m'utiliser pour toutes les tâches fastidieuses puis m'éliminer du projet, c'est ça ?

Desi se sentit bouillir. Elle avait réussi à garder un ton posé mais, au fond d'elle-même, elle avait envie de hurler. Ce travail pouvait être l'opportunité qu'elle attendait et son chef parlait déjà de la mettre sur la touche ?

— Je n'ai pas dit ça. J'ai dit que je vous laisserais mener l'enquête, non ? Si vous trouvez quelque chose, je vous laisserai être la coauteure de l'article le plus sensationnel de toute votre carrière. Seulement, si vous désirez voir votre signature à la une, vous devez d'abord me rapporter des preuves concrètes. Ça se tient, non ?

— Oui, naturellement.

A quoi bon le nier ? Derrière l'air serein qu'elle affichait, Desi jubilait. L'argument de son patron était raisonnable

— et juste. Elle allait mener une enquête approfondie sur toute l'affaire, rassembler toutes les informations possibles et peut-être réfléchir à la forme de son article. Et qui sait ? Elle l'écrirait peut-être elle-même. Là, elle le proposerait à Malcolm qui aurait tout loisir de juger de sa qualité et de prendre une décision. Si elle suivait la procédure à la lettre, si elle vérifiait trois fois toutes ses informations et si elle rendait un travail vraiment professionnel, son patron n'aurait pas d'autre choix que de lui confier des missions sérieuses.

Pas de doute, c'était l'opportunité qu'elle attendait. Sa grande chance. L'article qu'elle brûlait d'écrire.

— Alors, c'est compris ? insista Malcolm.

— Oui, répondit-elle sans l'ombre d'une hésitation.

— Parfait. Et maintenant, au travail. Et, n'oubliez pas, il s'agit seulement d'une mission complémentaire. Vous êtes toujours chargée de la chronique mondaine — ce qui implique d'assister à la grande soirée de charité qui aura lieu demain. Je vous soulagerai de certaines de vos tâches afin que vous ayez du temps à consacrer à votre enquête. Mais je ne veux pas que vous négligiez le reste de vos obligations.

— Ce ne sera pas le cas.

Desi vit Malcolm hocher la tête d'un air apparemment satisfait. Puis il retrouva son air furieux habituel et indiqua la porte d'un geste brusque.

— Allez, hop, au boulot ! J'ai l'air d'avoir le temps de rester là à bavarder toute la journée ?

— Très bien, j'y vais.

Ni une ni deux, elle rassembla rapidement ses affaires et se dirigea vers la porte. Mais avant de sortir, elle s'arrêta pour se retourner une dernière fois.

— Merci de m'avoir offert cette opportunité. Je vous promets que je ne vous décevrai pas.

— Je sais, mon petit. A la seconde où j'ai vu cette photo, j'ai compris que vous seriez parfaite pour ce travail.

Desi fronça les sourcils. De quoi parlait-il ?

— La photo ? répéta-t-elle. Quelle photo ?

— Celle de Nic Durand et de vous ensemble au gala

de l'hôpital pour enfants de San Diego, il y a quelques semaines. Je suis tombé dessus par hasard en jetant un coup d'œil au dossier Bijoux où elle était classée. Au fait, j'ai trouvé votre robe très élégante.

— Nic *Durand* et moi ? répéta-t-elle en se sentant blêmir.

— Oui, bien sûr. Pourquoi avez-vous l'air si surprise ? Vous ne lui avez pas demandé son nom avant de danser avec lui ?

A ces mots, Desi eut l'impression d'être percutée par un train lancé à pleine vitesse. Oh non… Nic — *son Nic* — serait Nic Durand ? Non, impossible. Il lui avait déclaré qu'il était chargé de relations publiques. Pas de doute, c'était exactement ce qu'il lui avait affirmé.

Mais l'avait-elle bien compris ?

Quelque chose comme ça.

C'étaient les mots exacts qu'il avait prononcés lorsqu'elle lui avait demandé ce qu'il faisait. Elle s'était empressée de conclure qu'il était une sorte de consultant en communication. Sauf qu'il ne l'avait pas détrompée. Au contraire, il l'avait encouragée dans son erreur.

Desi s'efforça de maîtriser la colère et la peur qui s'étaient emparées d'elle. Allons, du calme. La réaction de Nic était compréhensible, en un sens. Il n'avait pas voulu qu'elle sache qui il était réellement. Peut-être craignait-il qu'elle soit tentée de lui mettre le grappin dessus parce qu'il était riche à millions. Comme si elle était du genre à faire une chose pareille ! Comme si elle pouvait songer ne serait-ce qu'une seconde à mettre le grappin sur un homme, quel qu'il soit.

Hélas, le simple fait de comprendre tout cela ne rendait pas sa situation moins délicate. Qu'était-elle censée faire ? A l'évidence, elle se trouvait face à un conflit d'intérêts. Elle avait fait l'amour avec Nic Durand puis elle l'avait quitté sans aucune explication. Et maintenant, elle était censée mener une enquête sur lui ? Une enquête honnête et objective qui ferait enfin d'elle une vraie journaliste digne d'écrire de vrais articles d'information au lieu de rapporter les derniers potins mondains ?

Non, c'était impossible, elle devait refuser. Mais comment refuser alors qu'elle se trouvait encore dans le bureau de Malcolm et que celui-ci ne la quittait pas du regard ?

Un regard confiant, presque paternel, d'ailleurs.

Desi sentit son cœur se serrer. Pas question de décevoir son chef. Hélas, elle n'était pas non plus certaine de pouvoir s'acquitter d'une telle mission. Pouvait-elle se pencher sur ces allégations odieuses concernant Nic et son frère alors que, deux minutes plus tôt, une partie d'elle-même songeait à le revoir pour des raisons qui n'avaient rien de professionnel ?

Soudain, Desi sursauta en entendant résonner la voix de Malcolm. Mince, son petit moment d'introspection avait dû durer plus longtemps que prévu.

— Tout va bien, Desi ? s'enquit-il d'un ton bougon.

— Oui, bien sûr, mentit-elle. Je suis désolée. Je réfléchissais seulement à la meilleure façon de commencer mon enquête.

— Si j'étais vous, je commencerais par le gala.

— Le gala ? répéta-t-elle d'une voix éteinte.

— Oui, naturellement. Vous l'avez déjà rencontré à un événement de ce type, n'est-ce pas ?

Desi hocha mécaniquement la tête avant de répondre :

— Oui.

— Alors, appelez-le. Dites-lui que vous souhaitez visiter ses locaux, que vous écrivez un article au sujet de la société Bijoux qui est déjà un acteur économique majeur en Californie du Sud. Les hommes comme lui aiment qu'on flatte leur ego.

— Dois-je comprendre que je dois lui mentir ?

— Maddox, vous êtes une journaliste d'investigation, rappela Malcolm d'un ton sévère. Vous utiliserez tous les moyens possibles pour arriver à la vérité. C'est de cette façon qu'on fait bien son travail.

— Je sais, monsieur. C'est juste que…

— Que quoi ? Je vous ai confié cet article parce que

vous aviez déjà établi un contact avec Nic Durand. Est-ce que je me suis trompé ? Est-ce que je devrais confier cette mission à quelqu'un d'autre ?

Desi se sentit frissonner de la tête aux pieds. Malcolm la fusillait du regard. Pas de doute : si elle écoutait son instinct et lui demandait de confier ce travail à une autre personne, il le ferait sans hésiter. Et là, finis les doux rêves de promotion. Elle resterait cantonnée à la chronique nécrologique et aux potins des soirées mondaines pour le restant de ses jours.

— Non, bien sûr que non, répondit-elle alors d'un ton ferme.

Pourvu qu'elle ait l'air convaincue. C'était sa seule chance de s'en sortir !

— Vous ne me semblez pas très sûre de vous-même.

— Je suis sûre, lui assura-t-elle. Je gère la situation.

Malcolm hocha enfin la tête d'un air satisfait et Desi retint un soupir de soulagement.

— Dans ce cas, foncez. Et n'hésitez pas à venir me voir si vous avez besoin d'aide.

— Ce ne sera pas nécessaire, lança-t-elle en ressortant de son bureau pour regagner son espace de travail.

A ces mots, elle sentit sa gorge se serrer. Seigneur, dans quel guêpier était-elle allée se fourrer ?

Qu'était-elle censée faire ?

Que *pouvait*-elle faire ?

Ces questions particulièrement terrifiantes tournaient en boucle dans son esprit. Hélas, plus elle se les posait et moins la solution semblait évidente. Elle allait devoir enquêter sur Nic Durand. Et s'il était coupable de ce dont on l'accusait, s'il avait commis un délit, elle allait devoir révéler sa culpabilité au monde entier.

Quelle horreur.

Au fond, ce qui avait poussé Nic à cacher son identité n'avait pas grande importance. Desi savait bien que ce n'était pas forcément parce qu'il la prenait pour une aventurière. D'ailleurs, elle ne lui avait pas précisé la nature exacte de son travail, elle non plus. Quoi qu'il en soit, il ne méritait pas qu'elle profite de leurs liens pour se faire ouvrir les portes de la société Bijoux.

Desi poussa un long soupir. Elle ne s'était jamais servie de son corps pour obtenir ce qu'elle désirait et il n'était pas question de commencer, même si c'était *a posteriori*. Si elle menait cette enquête, ce serait à sa façon. Sans impliquer Nic, à moins qu'elle n'ait pas le choix. Le temps de rassembler suffisamment d'informations sur les sources d'approvisionnement des diamants de sa société, elle irait le voir. Mais elle le ferait comme il se doit. Elle jouerait franc-jeu, sans rien lui cacher.

C'était la seule approche possible. La seule façon d'écrire cet article tout en conservant son intégrité. Toute autre stratégie était inenvisageable.

Satisfaite de sa décision — ou, en tout cas, aussi satisfaite qu'elle pouvait l'être —, Desi prit connaissance du reste du dossier avant de sortir son carnet de notes pour établir une liste de toutes les questions qui lui venaient à l'esprit. Ce n'était qu'un début. D'autres questions surgiraient plus tard, au cours de ses recherches. Mais il fallait bien commencer quelque part et cette méthode en valait bien une autre.

Son père aimait à répéter qu'on devait toujours commencer par les questions. Comment savoir ce qu'on cherche lorsqu'on ne sait pas quelle information vous manque ? Il le lui avait répété des millions de fois lorsqu'elle était enfant, lorsqu'il revenait encore à la maison en rentrant d'un reportage. Au temps où il pouvait encore le faire.

Au prix d'un immense effort, Desi refoula fermement ces souvenirs douloureux. Allons, ce n'était pas le moment de se laisser submerger par l'émotion mais de se concentrer sur son article. Comme son père lui avait appris à le faire autrefois. Elle fut bientôt tellement focalisée sur son enquête qu'elle en oublia tout le reste. Le commerce des diamants était un univers fascinant, un monde brutal dans lequel les vies humaines avaient souvent beaucoup moins de valeur que les pierres qui étaient extraites des mines.

C'était absolument fascinant.

Soudain, Desi sentit que quelqu'un posait une main sur son bras et elle sursauta violemment en tournant la tête. Ouf, ce n'était que son amie Stephanie. Elle ne l'avait pas entendue approcher !

— Je suis désolée ! s'exclama celle-ci en riant. Je voulais seulement te demander si tu étais prête à aller déjeuner.

— Euh… Oui, bien sûr. Accorde-moi cinq minutes pour ranger tout ça, veux-tu ?

— Aucun problème. On dirait qu'on t'a donné une bonne histoire à écrire, finalement.

— Du tonnerre. Pourvu que je sois à la hauteur.

— Mais tu l'es, bien sûr ! Tu quitteras les potins mondains pour les vrais reportages en moins de temps qu'il ne faut pour le dire.

— Que Dieu t'entende, répondit Desi.

— Chut ! Il ne faut pas que Malcolm t'entende dire ça. Il va croire que tu parles de lui !

Elles éclatèrent de rire toutes les deux. A vrai dire, Stephanie n'avait pas tout à fait tort.

Desi éteignit son ordinateur et rangea les résultats de recherches qu'elle avait imprimés dans un tiroir fermé à clé. Elle n'en était qu'au début de son travail mais il n'était jamais trop tôt pour se montrer prudent. C'était une autre leçon que son père lui avait apprise avant son dixième anniversaire.

— Prête à partir ? lança-t-elle en ramassant son sac.

— Absolument, répondit Stephanie.

Alors qu'elles s'apprêtaient à sortir, son amie se pencha tout à coup vers elle pour lui chuchoter à l'oreille :

— Dis, tu aurais un tampon à me prêter ? J'en emporte toujours quelques-uns dans mon sac, mais va savoir pourquoi, je n'en ai plus un seul.

— Pas de problème, Steph. J'en ai justement une boîte dans le tiroir de mon bureau.

Ni une ni deux, Desi se retourna et ouvrit le tiroir où elle rangeait ses affaires personnelles. C'est là qu'elle avait rangé des tampons, quelques semaines plus tôt. Soudain, elle se figea. La boîte était neuve. Comme si elle n'avait *jamais été ouverte*.

Non, impossible. Elle avait apporté cette boîte à la rédaction huit ou neuf semaines plus tôt, lorsqu'elle avait terminé la précédente. Comment pouvait-elle ne pas avoir eu ses règles durant les neuf dernières semaines ? Et, surtout, comment pouvait-elle ne pas l'avoir remarqué ? Ses périodes n'avaient jamais été très régulières en dépit du fait qu'elle prenait la pilule, mais elles ne s'étaient jamais fait attendre aussi longtemps !

— Tout va bien, Desi ? s'enquit alors Stephanie en posant la main sur son épaule. Tu es toute pâle.

Desi ne répondit pas. Elle était trop occupée à essayer de calculer les jours. Et à refaire le calcul plusieurs fois. Mais cela ne changeait rien à l'affaire. Elle aurait dû avoir ses règles depuis longtemps. Pire : si elle calculait bien, elle avait dû ovuler à peu près à l'époque de sa rencontre avec Nic.

Soudain, elle crut que ses jambes ne la portaient plus. D'ailleurs, elle se serait probablement écroulée si Stephanie n'avait pas tiré un fauteuil pour l'aider à s'asseoir *in extremis*.

— Tout va bien ? répéta son amie d'un air inquiet.

— Je n'en suis pas sûre.

Desi secoua la tête. Elle, enceinte ? C'était tout simplement impossible. Elle prenait la pilule depuis des années ! Et à l'exception de la première fois, sur la terrasse de ce grand hôtel, Nic et elle s'étaient toujours protégés.

Il n'empêche : elle n'avait pas eu de règles. Dans son corps, tout était normal. Sauf, peut-être, cette légère nausée qu'elle ressentait de temps à autre depuis quelques jours. A part ça, aucune crampe, pas une goutte de sang. Rien.

Sauf la nausée. Sauf qu'elle n'avait pas eu ses règles. Sauf que… Oh ! non ! Non, non, non !

— Vas-tu enfin me dire ce qui ne va pas ? insista Stephanie. Tu es malade ?

— Non, répondit Desi avec un rire un peu hystérique. Je ne suis pas malade.

Et c'était vrai. Elle n'était pas malade, même si sa nausée persistait. Pire : elle s'aggravait. Allons, du calme. Il fallait qu'elle inspire par le nez et expire par la bouche à un rythme régulier comme elle avait vu des tas de femmes enceintes le faire.

Heureusement, cette méthode fonctionna et, en moins d'une minute, elle se sentit beaucoup mieux. Tout du moins, physiquement.

— Euh… Tu devrais peut-être aller déjeuner sans moi, finit-elle par dire à Stephanie.

Desi se sentit frémir. A vrai dire, elle avait hâte de filer à la pharmacie pour se procurer un test de grossesse. Il serait négatif, bien entendu, puisqu'elle prenait la pilule — mais elle avait besoin de le constater par elle-même. Pour se prouver qu'elle n'était pas enceinte du bébé de Nic.

C'est là que Stephanie la remit gentiment debout et lui murmura à l'oreille :

— La supérette au coin de la rue a sûrement des tests de grossesse. Tu veux que j'aille en chercher un pour toi ?

Desi se mordit la lèvre. Mince, Steph avait deviné quelque chose. Que faire ? Assurer qu'elle allait très bien et qu'elle pouvait aller chercher le test elle-même ? Ou mieux encore : prétendre qu'elle ne comprenait pas de quoi Stephanie voulait parler ? Impossible à dire.

Néanmoins, cela ne servait à rien de nier la vérité. Elle se sentait soudain épuisée, toute tremblante, terrifiée. Folle de terreur. Elle n'aurait jamais la force de marcher jusqu'au coin de la rue pour se procurer un de ces satanés tests de grossesse, qui pourrait changer sa vie pour toujours !

Du coup, Desi accepta la gentille proposition de Stephanie et attendit assise à sa table de travail pendant que son amie se précipitait vers la sortie aussi vite que possible.

Combien de temps s'était écoulé depuis le départ en trombe de son amie ? Aucune idée. Une chose était sûre : elle n'avait ni bougé, ni pensé, ni à peine respiré. Heureusement, Stephanie réapparut, un petit sac en papier brun à la main.

Dire qu'à l'intérieur se trouvait un petit objet de rien du tout qui risquait fort de bouleverser son avenir.

— Vas-y tout de suite, l'encouragea Steph en lui tendant le test. Il vaut mieux savoir que de ne pas savoir.

Desi acquiesça et c'est ainsi qu'elle se retrouva seule dans une cabine des toilettes des dames à fixer le bâtonnet blanc qu'elle tenait à la main. Elle avait suivi les instructions du mode d'emploi à la lettre, mais elle n'avait pas eu à attendre les résultats cinq minutes. Moins d'une minute plus tard, deux lignes violettes parallèles étaient apparues sur le bâtonnet, bien distinctes.

Pas de doute, elle était enceinte du bébé de Nic Durand. Or elle n'avait pas la moindre idée de ce qu'elle allait faire.

- 6 -

— Nic, une journaliste voudrait vous parler sur la ligne 2. Une certaine Darlene Bloomburg, du *LA Times*.

Trop occupé à étudier les propositions de l'équipe marketing pour la campagne d'hiver de Bijoux, Nic ne leva pas les yeux de l'écran de son ordinateur pour regarder Katrina, son assistante. On n'était qu'en juillet mais il tenait à s'assurer que la société Bijoux ferait exploser ses ventes à l'occasion des fêtes de fin d'année. C'était l'étape suivante de son plan pour faire de Bijoux une marque familière dans tous les foyers du pays.

— Passez-la à Ollie, répondit-il. C'est le directeur du service de relations publiques, il saura très bien répondre à toutes ses questions.

— J'ai déjà essayé, répondit Katrina. Mais elle est déterminée à ne parler qu'à vous.

Nic leva brusquement les yeux des propositions de campagnes publicitaires. Bizarre… Son assistante avait trente ans de maison et il était très difficile de l'émouvoir. Pourquoi y avait-il cette tension dans sa voix ? Difficile à dire, mais le fait qu'elle soit plantée devant lui, à se tordre les mains nerveusement, n'était pas un très bon signe.

— Pourquoi ça, Katrina ?

— Je ne sais pas, mais comme elle a beaucoup insisté, j'ai lancé une petite recherche sur elle. Cette femme est directrice de l'information au *Los Angeles Times*. Pas du tout le genre de reporter qui nous appelle de temps à autre pour nous demander un commentaire ou pour obtenir quelques informations concernant le commerce des diamants.

Nic fronça les sourcils. Tout cela était très bizarre…

— Pensez-vous qu'elle cherche à vérifier des informations pour un article au sujet de Bijoux ?

— Oui, reconnut Katrina d'une voix guère assurée. C'est bien possible.

— Comment se fait-il que personne ne m'ait informé que le plus grand journal de la côte Ouest s'apprête à publier un article sur nous ?

Cette fois, il vit son assistante baisser la tête avant de l'entendre bafouiller :

— Je ne sais pas.

— Eh bien je vais le découvrir tout de suite. Dites à cette journaliste… quel était son nom, déjà ?

— Darlene Bloomburg.

— Dites à Mme Bloomburg que je serai à elle dans deux petites minutes. Entre-temps, faites venir Ollie dans mon bureau, voulez-vous ?

— Tout de suite, Nic.

Moins de deux minutes plus tard, Nic vit son directeur des relations publiques entrer dans le bureau. Celui-ci affichait un calme olympien, même s'il avait traversé tout l'étage ventre à terre.

— Etiez-vous au courant de cette histoire, Ollie ?

— Non, je n'en savais rien. Mais je suis sûr qu'il n'y a pas à s'inquiéter. Ce n'est probablement qu'un article de tendances. N'oubliez pas que nous sommes en pleine saison des mariages.

— Peut-être, admit Nic.

Malgré tout il n'était pas vraiment satisfait par cette réponse, loin de là. Un directeur de l'information n'avait pas besoin de vérifier personnellement des informations concernant de tels articles. Ils avaient toute une équipe pour s'en charger, non ? Du coup, il tendit la main vers son téléphone et actionna le haut-parleur.

— Nic Durand à l'appareil.

— Bonjour, monsieur Durand. Je suis Darlene Bloomburg, directrice de l'information au *LA Times*.

— Appelez-moi Nic, je vous en prie. Que puis-je faire pour vous ?

— Je vous appelle parce que nous allons publier un article en première page dont Bijoux sera le sujet. Il paraîtra dans notre édition de vendredi et je souhaitais vérifier quelques informations. Et vous offrir l'opportunité de faire une déclaration sur le contenu de cet article.

Nic frémit. Attention, danger. Il tourna son regard vers Ollie, mais son directeur de la communication paraissait aussi stupéfait que lui.

— Vous souhaitez que je fasse une déclaration, c'est ça ?

— Oui, si vous le désirez.

— Et à quel sujet, s'il vous plaît ?

— Une journaliste du *Los Angeles Times*, D.E. Maddox, a la preuve que Bijoux commercialise des *diamants de sang* en les faisant passer pour des diamants de filières équitables. Et ce, depuis plusieurs années.

Nic écarquilla les yeux. Non, c'était un canular !

— C'est impossible ! Vous mentez !

Près de lui, Ollie était devenu écarlate et lui faisait signe de se calmer. Mais il était trop furieux pour l'écouter. Et il poursuivit :

— Comment comptez-vous prouver une chose pareille alors que c'est un énorme mensonge ? Qui est votre source ?

— Il serait contraire à notre politique de vous le révéler. Les sources du *LA Times* sont confidentielles. Dois-je comprendre que vous êtes en désaccord avec nos conclusions ? répondit calmement la journaliste.

Au prix d'un effort surhumain, Nic tâcha de se calmer afin de répondre d'un ton posé :

— Oui, je les nie catégoriquement. Bijoux ne commercialise que des diamants provenant de filières équitables. Et cela a toujours été le cas depuis dix ans, c'est-à-dire depuis que nous avons pris la tête de cette société, mon frère et moi. Et nous mettons un point d'honneur à poursuivre en justice quiconque porte de fausses accusations contre nous, dans la presse ou autrement.

— Je vois. Pouvez-vous fournir la preuve que tous vos diamants proviennent de filières équitables ?

— Vous plaisantez ? C'est *vous* qui m'accusez de mentir et de tricher. Pire : d'acheter des diamants dans des pays où on réduit des enfants à l'esclavage et où on les assassine pour enrichir les criminels qui se livrent à ce trafic. Il me semble que ce devrait être à *vous* de me fournir une preuve de ce que vous avancez.

A ces mots, Ollie prit une belle teinte d'aubergine et se mit à agiter désespérément les bras. Nic coupa aussitôt le haut-parleur. Inutile que son directeur de la communication succombe à une syncope sous ses yeux.

— Que voulez-vous que je lui réponde ? s'enquit-il en se tournant vers lui en couvrant le combiné de sa main.

— Je veux que vous nous fassiez envoyer cet article, répondit Ollie d'un ton pressant. Il n'est pas question qu'ils le publient sans que nous l'ayons lu. Dites-lui…

— Je sais ce que je dois lui dire. Allez me chercher Hollister.

A ce stade, il avait surtout besoin de la présence de son chef juriste. Tout de suite. Mais avant, il devait obtenir une copie de cet article pour la déchirer en petits morceaux. D'ailleurs, la journaliste qui l'avait écrit risquait de subir le même sort.

— Darlene ? finit-il par reprendre d'un ton suave. Je dois vous avertir que si vous publiez votre article tel quel, sans me laisser l'opportunité de le vérifier et de rectifier vos informations évidemment erronées, vous vous exposerez à un procès en diffamation retentissant.

Aussitôt, il entendit la jeune femme affirmer :

— Nos informations sont fiables.

— Vos informations sont fausses, répliqua-t-il. Ça, je peux vous le garantir.

— Elles proviennent d'une source interne à Bijoux. Une personne détient la preuve que la société a acheté de façon systématique des diamants dans des zones de conflit et les a commercialisés en les faisant passer pour des diamants de filières équitables. Et ce, depuis au moins sept ans déjà.

Nic se passa une main sur le visage. Surtout, ne pas paniquer.

— Voyons si j'ai bien compris. Vous m'affirmez que l'un de mes employés est venu vous communiquer des informations qui nous accusent d'acheter illégalement des diamants provenant de zones de conflit, mais aussi d'escroquer nos clients en les vendant comme des diamants issus de filières équitables ?

— Dans les grandes lignes, c'est bien ça. Notre source nous en a apporté la preuve, répondit la journaliste.

— Et cette source est l'un de nos employés, c'est bien ce que vous avez dit ?

— Oui, c'est exact.

— Et vous pensez pouvoir publier cet article dans trois jours, n'est-ce pas ?

— Nous *allons* le publier dans trois jours.

Nic serra les dents avant de répondre d'une voix douce :

— Eh bien Darlene, permettez-moi de vous dire que ça n'arrivera pas. Avec tout le respect que je vous dois, vous avez été bernées. Vous et votre employée, cette fameuse Mlle Maddox qui a écrit ces inepties.

— Le *LA Times* ne se laisse pas berner, monsieur Durand, répondit Darlene Bloomburg. Nous vérifions trois fois toutes nos sources.

— Eh bien dans ce cas précis, vous ne l'avez pas fait. C'est la première fois que Marc ou moi entendons de telles allégations. Personne ne connaît nos diamants et leur provenance aussi bien que nous. Marc inspecte personnellement chaque mine à intervalles réguliers. Tous nos diamants proviennent de filières équitables. Absolument tous. Naturellement, nous serons heureux de vous faire visiter nos installations. Vous constaterez par vous-même toutes les mesures de sécurité que nous avons mises en place pour éviter que ce dont vous nous accusez ne puisse se produire. En attendant, je serais heureux de vous faire livrer des documents attestant la véritable provenance de nos diamants.

— Notre reporter a demandé par deux fois à visiter vos installations alors qu'elle travaillait sur cet article. Votre service de relations publiques lui a opposé un refus.

Nic soupira longuement. Pourquoi Ollie avait-il refusé de laisser entrer une journaliste chez Bijoux ? Il avait peut-être estimé qu'il avait trop de travail, que leurs œuvres de charité leur offraient déjà suffisamment de visibilité dans la communauté sans qu'ils aient besoin de cette publicité supplémentaire.

Nic serra les poings. Si cette femme lui avait expliqué ce qu'elle cherchait à prouver, il ne se serait pas opposé à sa visite. Cela lui aurait évité d'être prévenu trois jours avant la publication de cet article !

Et c'était peut-être justement pour ça que cette fameuse D.E. Maddox s'était bien gardée de dévoiler la nature de l'article qu'elle écrivait.

— Je ne peux pas être tenu pour responsable de l'incapacité de votre journaliste à expliquer la nature de son article à mon service de relations publiques, fit-il remarquer.

— Non, bien sûr. Mais l'incapacité de votre service de relations publiques à répondre aux sollicitations de la presse n'est pas non plus notre faute.

Nic serra les dents et il compta mentalement jusqu'à dix pour retrouver son calme. Lorsqu'il se sentit à nouveau capable de parler sans craindre d'envoyer au diable la directrice de l'information du *LA Times*, il déclara :

— Je vais vous faire parvenir immédiatement cette documentation par coursier. Entre-temps, pourriez-vous envoyer à mon bureau l'article en question ?

— Nous n'avons aucune obligation de le faire, monsieur Durand.

Nic frémit. La voix de cette femme était ferme, sans la moindre trace d'incertitude. Comment était-ce possible étant donné la nature des accusations qu'elle portait ? Bijoux pouvait largement lui prouver qu'elle se trompait !

Bon sang, qui pouvait bien être cette source ? Ni une ni deux, il ressortit la liste des employés qui avaient récemment quitté la société. Seulement, tous étaient partis en bons termes et aucun d'eux n'avait accès au genre d'informations qui aurait pu convaincre le *LA Times* de publier un tel article. Parce que ces informations n'existaient pas. Et même si elles avaient existé, aucune de ces personnes n'y aurait eu accès.

— Vous n'y êtes pas obligée, Darlene, déclara Nic, mais vous allez le faire tout de même. Dans le cas contraire, mes avocats lanceront une procédure contre votre journal, contre vous-même et contre la journaliste qui a écrit cette ignominie. Si vous publiez votre article en l'état, sans chercher à découvrir la vérité, je vous ferai un procès. Et quand nous en aurons fini avec vous, Bijoux sera propriétaire du *LA Times* et de tout ce que vous possédez. Vous avez jusqu'à ce matin, 11 heures, pour me faire parvenir une copie de votre article ou faire face aux conséquences.

Là-dessus, Nic raccrocha le combiné sans laisser à la journaliste le temps de dire un mot. Il en avait plus qu'assez entendu.

Durant de longues secondes, il resta immobile, le regard perdu, à imaginer les pires scénarios possibles. Si ces mensonges étaient publiés, Bijoux perdrait tout. La presse et les défenseurs des droits de l'homme les cloueraient au pilori, lui et Marc. Ils seraient menacés par une avalanche de procès d'associations de consommateurs et de joailliers. Sans compter qu'ils feraient l'objet de nombreuses enquêtes de la part des autorités fédérales et internationales. Et, surtout, son frère aurait le cœur brisé.

Voilà pourquoi il allait s'assurer que cet article serait enterré. Marc et lui avaient travaillé trop dur pour bâtir cette société depuis qu'ils en avaient pris le contrôle, dix ans auparavant. Ils avaient affronté la désapprobation de leur père et celle de leur conseil d'administration. L'industrie diamantaire elle-même avait vu d'un mauvais œil leur détermination à commercialiser exclusivement des pierres provenant de filières équitables.

Dans les années qui avaient suivi, l'industrie s'était peu à peu rangée à leur point de vue, en grande partie grâce au travail des associations de défenseurs des droits humains au Liberia et en Sierra Leone. De nouvelles lois avaient été adoptées, interdisant le commerce des diamants provenant de zones de conflit. Hélas, malgré cette interdiction, certaines sociétés peu scrupuleuses continuaient à commercialiser des *diamants de sang*, même si elles le faisaient désormais en secret au lieu de l'étaler au grand jour.

Nic, lui, s'y refusait, tout comme Marc. Son frère et lui n'achetaient pas de diamants de sang. Ils ne faisaient pas d'affaires avec ceux qui en faisaient le trafic. Et ils ne dissimulaient pas des activités criminelles de ce genre en faisant passer de tels diamants pour des pierres issues de filières équitables respectueuses des traités internationaux.

C'était une accusation complètement absurde. Grotesque. Ridicule. Mais cela ne changeait rien. Dès qu'elle serait imprimée, dès que la rumeur se répandrait dans le grand public, la marque Bijoux serait anéantie. Tout ce que Marc et lui avaient patiemment construit pendant dix ans s'écroulerait d'un coup.

Mais cela, il ne le permettrait pas.

Nic fronça les sourcils. Si le *LA Times* cherchait réellement la bagarre, ces gens-là allaient trouver à qui parler. Car, de son côté, il était bien déterminé à consacrer le reste de sa vie à les détruire.

— Nous avons un problème, dit Nic en entrant brusquement dans le bureau de son frère en claquant la porte derrière lui.

— Que se passe-t-il ? s'enquit Marc en levant les yeux de son travail.

Dans l'état de rage où il se trouvait, Nic frappa du poing

sur la table de travail, si fort que la tasse de café de Marc tressauta sur sa soucoupe. Celui-ci la ramassa et la posa tranquillement sur l'étagère derrière lui. C'était Marc tout craché. Il restait d'un calme olympien dans la tempête. Mais ce calme apparent n'allait pas durer très longtemps. Son frère se contrôlait peut-être mieux que lui, mais il était encore plus férocement protecteur lorsque les intérêts de leur société étaient en jeu. Dès qu'il aurait appris ce qu'il se tramait, il allait exploser à son tour.

— Allez, raconte-moi, dit Marc en se retournant.

Le temps de prendre une grande inspiration, Nic se lança :

— Je viens de parler au téléphone avec la directrice de l'information du *LA Times*. Ils ont prétendument mené une enquête sur les activités de Bijoux et ils vont publier un article à notre sujet. Cette dame souhaitait savoir si j'avais un commentaire à faire avant que l'article de son employée, une certaine D.E. Maddox, ne passe sous presse.

— Une enquête ? répéta Marc en se levant pour faire rapidement le tour de sa table de travail. Que diable espère-t-elle découvrir ? Nous supervisons ensemble toutes les opérations. Rien de ce qui se passe ici ne nous échappe et je sais que notre société est irréprochable.

— C'est exactement ce que je lui ai répondu.

Nic poussa un soupir de frustration. Bon sang, cette situation n'avait aucun sens. Lui et son frère traitaient correctement leur personnel, entre les augmentations de salaire tous les six mois, les primes annuelles, des locaux ultramodernes face à l'océan, l'assurance médicale, les crèches gratuites et les trois repas par jour pour tous. Qui pouvait leur en vouloir ?

Marc et lui étaient invités aux mariages, aux baptêmes, aux fêtes d'anniversaire du personnel… et ils y assistaient. Ils tenaient à construire un lien avec les gens avec qui ils travaillaient. Leur société était une communauté, une famille. Et si c'était tellement important pour lui, c'était probablement parce qu'il n'avait jamais eu d'autre famille que son frère. Bref, l'idée que quelqu'un puisse être décidé à se venger était invraisemblable.

— Et alors ? lança Marc d'une voix tendue. Quel est le sujet de leur enquête ?

Nic fit la grimace. Il répugnait à informer son frère de cette histoire. Pas question de le voir dévasté par cette accusation. Marc avait consacré toute son énergie à assurer le succès de Bijoux, mais aussi à en faire une société avec une conscience sociale.

Hélas, il ne pouvait pas faire autrement. Alors autant aborder la question frontalement.

— D'après elle, commença Nic, l'enquête en question a révélé que nous extrayons des diamants dans des zones de conflit puis que nous les vendons à nos clients en les faisant passer pour des diamants provenant de filières équitables. Tout ça dans le but de nous remplir les poches.

Marc le dévisagea d'un air abasourdi et, durant un long instant, il resta sans rien dire.

— C'est ridicule ! s'écria-t-il soudain.

Nic secoua la tête avant de répondre :

— Je sais que c'est ridicule. C'est ce que je lui ai dit, d'ailleurs. Mais elle prétend qu'elle a une source totalement digne de foi qui lui a fourni des preuves irréfutables.

— Qui est cette source ? demanda Marc.

— Elle refuse de la nommer.

Au même instant, Nic sentit la colère l'envahir à nouveau. Toute cette histoire était tellement absurde !

— Bien sûr qu'elle refuse, parce que sa prétendue source raconte n'importe quoi. Je connais l'origine de chaque diamant que nous recevons. J'inspecte personnellement chaque mine. Les numéros de certification me sont communiqués directement et les seuls qui y aient accès sont nos experts les plus fiables.

— Je lui ai dit tout ça. Je l'ai invitée à visiter nos installations afin qu'elle voie de ses yeux comment nous travaillons ici, chez Bijoux.

— Et qu'a-t-elle répondu ?

— Qu'elle en avait fait la demande mais que notre service de relations publiques avait refusé. Et maintenant, il est trop tard. L'article doit paraître dans l'édition de vendredi et ils tiennent à ce que nous fassions un commentaire avant de l'imprimer.

— Vendredi ? C'est dans trois jours.

Nic hocha la tête d'un air sombre. Hélas, oui, le temps jouait contre eux.

— J'en suis pleinement conscient. C'est pour ça que je suis ici à me faire du mauvais sang.

— J'ai une meilleure idée, lança alors Marc en décrochant le téléphone avant de composer un numéro en interne.

— Hollister Banks, dit la voix de leur chef juriste dans le haut-parleur.

— Hollister, c'est Marc à l'appareil. J'ai besoin de vous dans mon bureau. Tout de suite.

— J'arrive dans cinq minutes.

Marc ne se donna pas la peine de dire au revoir avant de raccrocher et il composa aussitôt un autre numéro.

— Lisa Brown. Que puis-je pour vous ?

Nic entendit son frère lui donner les mêmes instructions qu'à Hollister, mais Lisa se plaignit :

— Mais, Marc, je viens de recevoir un nouveau lot et…

— Fourrez tout ça dans le coffre, et montez me voir.

Leur inspectrice en chef devait avoir senti qu'il y avait un problème car elle n'insista pas davantage. Le temps de répondre qu'elle arrivait, elle raccrocha.

Il fallut à peine deux minutes à Hollister et à Lisa pour se présenter dans le bureau de Marc. Bientôt, ils furent assis tous les quatre dans le petit coin salon à gauche de la table de travail. Dans le silence général, Nic raconta une nouvelle fois sa conversation avec Darlene Bloomburg.

Plus il avançait dans son récit, plus la colère le gagnait. Lorsqu'il se tut enfin, il tremblait littéralement de rage. Ce n'était pas sa société qui était attaquée. C'était sa vie, la vie de son frère, la vie de tous leurs employés. Il était dans le marketing depuis suffisamment longtemps pour être lucide :

si cet article était publié, la société ne s'en relèverait pas, même si ces accusations étaient totalement délirantes. Et si Bijoux sombrait à la suite de ces attaques, ce ne serait pas seulement Marc et lui qui seraient sur la sellette. Tous leurs employés feraient l'objet d'une enquête fédérale et pourraient perdre aussi leur emploi. Tout ça parce qu'une journaliste ignorante ne savait pas distinguer une vérité d'un mensonge.

Au prix d'un effort surhumain, Nic parvint à contenir sa colère. Sa décision était prise : si cet article était publié — et même s'il ne l'était pas —, il ferait tout ce qui était en son pouvoir pour que cette journaliste soit licenciée. Elle n'aurait pas dû avoir la bêtise de commettre une erreur aussi grossière.

— Qui est la source ? demanda alors Marc à Lisa.

— Pourquoi est-ce à moi que vous posez cette question ? s'étonna-t-elle. J'ignore qui aurait pu inventer de telles accusations et aller les répéter au *LA Times*. En tout cas, je suis certaine que ce n'est pas quelqu'un de chez nous.

— Cette journaliste affirme que sa source est quelqu'un de la maison. Une personne occupant un poste qui lui donne accès à ces informations et qui peut en apporter la preuve.

— Mais, c'est impossible ! protesta Lisa. Cette personne ment. Ses accusations sont ridicules. Marc et moi, nous sommes seuls responsables de la réception des diamants et de leur certification en tant que diamants équitables. Nous ne commettrions jamais une telle erreur — et nous n'accepterions jamais de certifier des diamants de sang pour gagner un peu plus d'argent. Certes, quelqu'un pourrait s'y risquer entre le moment où les pierres passent entre mes mains et celui où elles arrivent chez lui, mais Marc s'en apercevrait immédiatement.

Nic en profita alors pour intervenir :

— Sans compter que nous avons des caméras partout et des vigiles très bien payés pour les surveiller vingt-quatre heures sur vingt-quatre. Pour éviter justement cette tentation.

— Bref, ce que raconte cette personne est tout bonnement impossible, poursuivit Lisa. C'est pour cette raison que Marc insiste pour être le dernier maillon de la chaîne avant chacune de nos expéditions de diamants.

— Son histoire serait plausible si j'étais moi-même impliqué dans ce trafic, les interrompit Marc d'une voix moins ferme qu'à l'accoutumée.

— Mais ce n'est pas vrai ! s'exclamèrent Nic et Lisa à l'unisson. C'est absurde !

Nic secoua la tête. Il connaissait son frère presque aussi bien que lui-même. Celui-ci ne ferait jamais rien qui puisse nuire à Bijoux. Marc et lui avaient travaillé trop dur pour faire de leur société ce qu'elle était aujourd'hui. Pourquoi risquer de tout perdre pour gagner quelques milliers de dollars ? Surtout par des moyens aussi méprisables ?

Des gens *mouraient* dans les mines des zones de conflit. Des enfants y étaient exploités, battus, affamés, forcés à travailler jusqu'à l'épuisement. Rien ne pouvait justifier de tels crimes.

— Marc a raison, intervint Hollister. Ce sera leur argument.

On comprenait à son ton qu'il désapprouvait ce point de vue, bien sûr. Néanmoins, Marc semblait affecté par cette remarque.

Nic fit la moue. Pour eux tous, Bijoux était plus qu'une société, plus que des profits et des bilans financiers. Plus que des diamants, même. Leur arrière-grand-père avait fondé la société au début du XXe siècle. Depuis, elle avait toujours été dirigée par un Durand.

Lorsque lui et son frère avaient pris les commandes, ils avaient dû réparer les dégâts commis par leur père au cours de longues années de négligence et de désintérêt. Son intention n'était pas de ruiner la société, mais il s'intéressait davantage aux aventures — et aux femmes — que la fortune des Durand pouvait lui procurer qu'à la routine quotidienne du travail d'un P-DG.

Nic retint un soupir. C'était pour ça que lui et son frère avaient dû travailler d'arrache-pied pour remettre Bijoux à flot. Dix ans durant, ils avaient consacré leur vie à la société et avaient fait d'une entreprise au bord de la faillite le deuxième distributeur de diamants du monde. Ils avaient fait entrer Bijoux dans le XXIe siècle et avaient créé un modèle économique conçu pour venir en aide aux plus démunis.

— Hollister, je veux que cet article soit enterré, déclara Marc après une longue pause. Je ne veux pas savoir comment vous vous y prendrez, mais faites-le. Nous avons travaillé trop dur pour accepter une telle attaque sans réagir. Un scandale détruirait tout ce que Nic et moi avons œuvré à construire.

Il marqua une pause avant de poursuivre :

— Même si nous parvenons à prouver devant la justice que ces accusations sont fausses, notre nom en ressortira sali. Et même si nous obligeons le *LA Times* à publier un démenti, ça n'y changera rien. Le mal sera fait. Et ça, je ne le permettrai pas. Pas sur un sujet aussi important.

Nic acquiesça. C'était exactement ce qu'il pensait lui-même un instant plus tôt. Néanmoins, l'heure était grave. Depuis le moment où il avait eu connaissance de cet article, il avait cru qu'ils trouveraient un moyen d'empêcher sa parution. Mais que se passerait-il s'ils n'y parvenaient pas ? Si ces accusations mensongères étaient étalées en première page du journal ? Si tout ce qu'ils avaient construit au prix de tant d'efforts partait réellement en fumée ?

Que feraient-ils, alors ?

Que ferait-il, lui, Nic Durand ?

Marc devait ruminer les mêmes pensées, car il se tourna vers Hollister et dit d'une voix tendue :

— Appelez cette directrice de l'information. Dites-lui que cette histoire est un tissu d'âneries et que, si elle l'imprime, je lui ferai un procès qui l'occupera durant des années. Lorsque j'en aurai terminé avec eux, ils n'auront plus un seul ordinateur à leur nom, ni une seule presse pour imprimer leur torchon.

— Je ferai de mon mieux, mais…

— Faites mieux que ça. Faites tout ce qu'il faudra pour

que cet article ne paraisse pas. Si ces gens croient pouvoir infliger des millions de pertes à Bijoux avec une histoire mensongère sans que cela me fasse réagir, ils sont encore plus idiots que je ne le pensais. Vous pouvez leur dire que s'ils ne m'apportent pas la preuve incontestable du bien-fondé de leurs accusations, je me ferai un devoir de détruire tous ceux qui sont derrière cette histoire. Et dites-leur aussi que je ne lance jamais de menaces à la légère.

— Je leur expliquerai tout cela, promit Hollister. Mais, Marc… si vous vous trompez et que vous vous mettez à dos le plus grand journal de la côte Ouest…

Nic vit alors les traits du visage de son frère se durcir. Et il l'entendit répondre froidement :

— Je ne me trompe pas. Nous ne vendons pas de diamants de sang. Nous ne le ferons *jamais*. Et si quelqu'un prétend le contraire, c'est un menteur.

— J'ai déjà menacé la directrice de l'information en ces termes, observa Nic. Bien sûr, cette réponse aura plus de poids si elle émane de notre chef juriste, mais nous devons faire davantage que les menacer. Nous devons leur prouver qu'ils se trompent.

— Et comment allons-nous nous y prendre ? s'enquit Lisa. Nous ignorons qui les informe et même en quoi consistent ces informations. Comment pourrions-nous les contredire ?

— En engageant un expert en diamants de sang, répondit Hollister. En l'emmenant au Canada visiter les mines dont sont extraits nos diamants puis en le ramenant ici pour lui donner accès à toutes nos procédures. Nous n'avons rien à cacher. A nous de le prouver.

Nic hocha la tête. C'était la meilleure façon de procéder. D'ailleurs, il avait quelqu'un en tête pour ce travail…

— Oui, mais recruter un expert de cette envergure pourrait prendre des semaines, protesta alors Lisa. Ils sont à peine une douzaine dans le monde à posséder les qualifications suffisantes pour certifier nos diamants sans contestation possible. Même en doublant ses honoraires habituels, nous ne pouvons pas garantir que l'un d'eux sera disponible.

— Mais justement, l'un d'eux est disponible, intervint Nic en se tournant vers son frère.

Marc n'apprécierait pas du tout sa suggestion, mais les situations désespérées réclamaient des mesures désespérées. Comme remuer le passé douloureux de son frère.

— Cet expert est une femme, poursuivit-il. Elle vit ici même, à San Diego. Elle enseigne à l'Institut américain de gemmologie et elle est parfaitement qualifiée pour ce travail.

Marc savait très bien à qui il faisait allusion. D'ailleurs, cette suggestion lui causa visiblement un petit choc. Nic attendit un moment qu'il réponde, mais son frère demeura silencieux. Du coup, il se sentit obligé d'insister.

— Alors ? Qu'en dis-tu ?

— Je ne peux pas appeler Isa, Nic, marmonna enfin Marc. Elle se moquerait de moi. Ou elle saboterait délibérément le travail pour se venger de moi. Je ne peux pas lui demander de nous aider.

Nic secoua la tête. La réaction de son frère était prévisible, mais cela ne devait pas l'empêcher d'insister.

— Ce n'est pas toi qui déclarais que nous ne pouvions pas nous permettre d'hésiter sur les moyens à mettre en œuvre ? Isa est là et elle a l'expérience nécessaire. Si tu la rémunères généreusement et que tu lui trouves un remplaçant pour assurer ses cours, elle se rendra probablement disponible. C'est la meilleure solution.

— Vous devriez l'appeler, approuva Hollister.

— Oui, absolument, confirma Lisa. J'avais oublié qu'Isabella Moreno résidait ici, à San Diego. Je l'ai rencontrée plusieurs fois, c'est une femme charmante. Ce serait une excellente idée de faire appel à elle. Je peux essayer de lui parler, si vous le désirez.

— Non, répondit Marc d'un ton rude. Je me chargerai moi-même de la convaincre de nous aider.

Visiblement, cette perspective ne l'enchantait guère, mais Marc paraissait résigné, malgré sa méfiance. Il était souvent beaucoup trop arrogant, mais Bijoux signifiait tout pour lui. Il convaincrait Isa de les aider, peu importe comment.

Entre-temps, Nic allait demander à Ollie de se pencher avec lui sur ce fameux article qui devait déjà être arrivé dans sa boîte mail. Si le pire se réalisait, s'il paraissait effectivement dans l'édition de vendredi, il voulait être prêt à lancer la plus formidable contre-attaque que le monde de l'industrie ait jamais connue.

- 7 -

Les quelques jours qui suivirent semblèrent s'écouler avec une lenteur désespérante. Nic était certain que son frère attendait avec autant d'impatience les conclusions d'Isa. Marc avait emmené Isabella au Canada et il était à présent de retour avec elle. A cette heure, ils examinaient ensemble les diamants dans la chambre forte. Afin de prouver une bonne fois pour toutes, sans aucune équivoque, que la personne qui avait fourni cette information au *LA Times* avait menti.

Hélas, lui était condamné à rester là à attendre, avec l'impression de ne servir à rien. Ce n'était pas un sentiment très plaisant.

Surtout pas au moment où tout ce que Marc et lui avaient construit risquait de disparaître en fumée. Tout ça parce que quelqu'un leur en voulait personnellement. Et parce qu'une journaliste s'apprêtait à publier ces mensonges. La situation avait de quoi rendre n'importe qui fou furieux.

Au cours de ces trois derniers jours, Ollie et lui avaient élaboré une excellente contre-attaque. Pourvu qu'ils n'aient pas à s'en servir ! Hollister avait réussi à repousser de quelques jours la parution de l'article, mais pas à l'annuler. Désormais, il ne lui restait plus qu'à attendre.

Attendre qu'Isabella certifie leurs diamants conformes aux conventions internationales.

Attendre que le *LA Times* décide de ce qu'il convenait de faire de cet article.

Attendre que leur service de sécurité passe au peigne fin

tous les dossiers des employés afin de découvrir l'identité de la source.

Malheureusement, attendre était ce qu'il détestait le plus au monde.

Nic poussa un soupir. Attendre… C'était tout ce qu'il semblait faire, ces temps derniers, même avant le début de cette histoire. En vérité, cela avait commencé lorsqu'il avait fait la connaissance de Desi. Au cours des jours qui avaient suivi leur rencontre, il lui avait envoyé quelques textos mais elle n'avait jamais répondu. Par la suite, il s'était limité à un message par semaine, pour ne pas lui donner l'impression de la harceler. Il… la désirait, voilà tout. Autrement, il n'aurait pas insisté après son second message.

Mais il n'avait pas renoncé. Non, il avait attendu durant sept semaines une réponse de sa part — une réponse qui n'était jamais venue. Pas un seul texto. Pas un seul appel. Rien qu'un silence assourdissant. Voilà pourquoi il avait enfin décidé de l'oublier. Il était allé jusqu'à supprimer son nom de sa liste de contacts. Il l'aimait beaucoup, mais si elle n'éprouvait pas les mêmes sentiments pour lui, il n'avait pas l'intention de passer une année entière à pleurer une femme qui n'avait pas voulu de lui. Après tout, ils n'avaient passé que douze heures ensemble, au maximum.

Nic avait pensé qu'en chassant Desi de son esprit — et en effaçant son numéro de téléphone — il n'aurait jamais plus besoin de penser à elle.

Malheureusement, cela n'avait pas fonctionné.

Allez, il fallait qu'il l'efface de sa mémoire une bonne fois pour toutes. Du coup, il alluma son ordinateur portable et s'efforça de se concentrer sur la campagne marketing de la saison d'hiver. Ce matin-là, en faisant les cent pas dans sa maison déserte à 3 heures du matin, il avait eu une brillante idée. Il ferait probablement mieux de la mettre par écrit avant de l'oublier.

Il avait aussi les affaires courantes à expédier, bien sûr, mais à quoi bon mentir ? Rien de tout cela ne présentait le moindre intérêt pour lui. Une seule idée occupait son esprit : enterrer cet article définitivement.

Tiens, et s'il allait voir Marc ? Celui-ci lui avait demandé de passer.

Le temps de ramasser son téléphone et sa tasse de café, Nic se mit en chemin vers le bureau de son frère. Dans le long couloir qui séparait leurs bureaux d'angle, on le saluait comme d'habitude. Seulement, son équipe avait manifestement deviné qu'ils étaient confrontés à un problème. Il lisait des questions dans leurs regards et leurs saluts étaient plus réservés que d'ordinaire. Impossible de leur en vouloir. Lui non plus ne s'était pas montré très enjoué, ces temps derniers. Comment prétendre que tout allait bien alors que son frère et lui étaient peut-être les capitaines d'un vaisseau sur le point de sombrer ? Ils avaient déjà heurté l'iceberg. Restait à savoir s'ils réussiraient à ne pas couler.

Une fois dans le bureau de son frère, Nic lança :

— Tu voulais me voir ? Que se passe-t-il ?

— Je voulais parler avec toi de la campagne publicitaire de décembre. Je veux que nous frappions un grand coup, que nous soyons présents absolument partout où c'est nécessaire.

— Nous le serons, assura Nic. Je te le promets.

— Je voudrais tout de même injecter plus d'argent dans la campagne. Peut-être cinquante millions supplémentaires, et…

— Nous n'avons pas besoin de cinquante millions supplémentaires.

— Tu ne peux pas en être sûr, répondit Marc. Tu ne sais pas encore quels seront nos besoins, si…

Nic leva la main pour interrompre son frère avant de rétorquer :

— Au contraire, je suis parfaitement au courant. Et c'est pourquoi nous avons retravaillé certains aspects de la campagne. Nous garderons les spots habituels sur la joie d'offrir un bijou à l'être aimé, mais il y en aura aussi toute une série sur le thème de la construction d'un monde meilleur, de la défense des enfants et de toutes les victimes du trafic des diamants de sang.

— Je suis impressionné, déclara Marc. C'est une idée formidable.

— N'aie pas l'air aussi surpris, répliqua Nic en riant. Je peux avoir de bonnes idées de temps à autre.

A ces mots, il prit place en face de Marc à la table de travail.

Ah, que c'était agréable de pouvoir échanger des plaisanteries avec son frère à un moment où ils faisaient face à une crise sans précédent. Qui sait ? C'était peut-être le signe que tout allait s'arranger.

Harrison, l'un de leurs avocats et l'un de ses meilleurs amis dans la société, vint les rejoindre deux minutes plus tard. Il venait à peine de s'asseoir lorsque la porte se rouvrit. Cette fois, ce fut Isa qui fit son apparition, un épais dossier à la main.

Elle les salua tous d'un sourire avant de se percher sur le coin de la table de travail en faisant glisser le dossier sur la surface de merisier verni.

Marc lui jeta un regard interrogateur puis ouvrit le dossier et parcourut rapidement la première page. Alors, un grand sourire s'épanouit sur ses lèvres.

— Nous avons donc la certification ?

— Absolument, répondit Isa. Je n'ai découvert aucune irrégularité dans vos opérations.

En entendant cette confirmation, Nic bondit de sa chaise, le poing levé bien haut. Formidable !

— Je le savais ! s'écria-t-il. Je savais que la source de cette journaliste avait menti.

Dans son enthousiasme, Nic arracha le dossier des mains de Marc et se précipita vers la porte.

— Hé ! protesta son frère derrière lui. Tu vas où ?

— Je cours faire une copie de ce dossier. Ensuite, je me rendrai au siège du *LA Times* et je forcerai cette satanée journaliste à avaler toutes les pages, une par une. Et j'espère qu'elle s'étouffera.

— Il est de mon devoir de t'avertir qu'un tel acte serait illégal, déclara Harrison en réprimant visiblement un sourire.

Nic l'écarta de son chemin et sortit du bureau. Certes, il aurait adoré fêter l'événement avec Marc, Isa et tous les autres, mais sa tâche n'était pas encore terminée. Il devait s'assurer que cette information était communiquée au *LA Times* — et à une certaine journaliste en particulier. Il aurait pu envoyer le rapport par mail, mais il tenait à remettre personnellement ce rapport à qui de droit. En mains propres. De plus, il avait très envie de voir l'expression de cette D.E. Maddox lorsqu'il poserait le rapport sur son bureau.

C'était le milieu de la matinée et Nic eut besoin de moins d'une heure et demie pour se rendre en voiture des bureaux de Bijoux, à Carlsbad, au siège du *LA Times*. En route, il réfléchit à ce qu'il allait dire à Maddox et à sa directrice de l'information. Il prépara donc à leur intention un petit discours lapidaire et incisif. Le tout sans la moindre parole injurieuse, car il n'avait pas pour habitude d'insulter les femmes. Non, sa petite tirade irait droit au but — et, pour être honnête, elle exprimerait aussi la satisfaction qu'il ressentait. Il était peut-être un gentleman, mais cela ne signifiait pas qu'il doive avoir le triomphe modeste. Surtout dans un cas comme celui-ci.

Nic se gara sur le parking du journal exactement une heure et quatorze minutes après avoir quitté son bureau à Carlsbad. A vrai dire, il avait ignoré quelques limitations de vitesse. Seulement, il avait trop hâte de tourner la page pour se soucier de tels détails.

Sans doute aurait-il à négocier avec quelques agents de sécurité et peut-être avec une ou deux réceptionnistes avant de voir Maddox ou Bloomburg. Par chance, le site gigantesque qui avait autrefois été la propriété exclusive du *LA Times* abritait à présent une espèce de centre d'appels ainsi que d'autres sociétés sans aucun rapport avec la presse.

Du coup, Nic traversa sans difficulté le hall et il lui suffit de consulter le tableau d'affichage. Il prit alors un ascenseur qui le déposa à l'étage principal des bureaux du journal.

Une fois à l'étage, Nic se retrouva dans une immense salle de rédaction. Celle-ci était presque déserte, ce qui n'était guère étonnant car c'était l'heure du déjeuner. Les quelques personnes qui restaient étaient réunies autour d'une table à l'entrée de la salle et bavardaient avec animation.

Là encore, il n'y avait aucune réceptionniste pour lui demander son nom. Certes, il savait que les mesures de sécurité de Bijoux étaient extrêmement strictes à cause de la nature de leurs affaires — et des diamants que contenait leur chambre forte dernier cri — mais à vrai dire, il était pour le moins choqué de voir qu'un journal de cette envergure protégeait si mal ses locaux.

Bien sûr, ce laisser-aller jouait en sa faveur, alors pourquoi s'en plaindre ? Le journal avait certainement profité de l'effet de surprise lorsqu'ils l'avaient contacté, moins d'une semaine auparavant. Aujourd'hui, c'était son tour. Il allait trouver le bureau de cette Maddox et attendre qu'elle revienne de déjeuner.

Nic fut enfin intercepté par un grand type avec un appareil photo suspendu à son cou alors qu'il avait déjà traversé la moitié de la salle. Mais lorsqu'il lui déclara qu'il était venu apporter des documents à Maddox, l'homme lui indiqua un poste de travail dans un coin tout au fond de la salle.

Parfait. Il allait pouvoir s'entretenir avec Maddox sans attendre et régler cette histoire une bonne fois pour toutes.

Lorsqu'il s'approcha, Nic constata qu'elle était assise dos à lui, ce qui lui permit d'admirer sa magnifique crinière blond platine. Ce qui lui fit immédiatement songer à Desi et à la nuit qu'il avait passée à contempler sa chevelure étalée sur l'oreiller. Mais il chassa aussitôt cette image de son esprit — pas question de se laisser distraire par de tels souvenirs à cet instant. Seulement, pour une raison mystérieuse, il ne pouvait s'en empêcher. C'est seulement en arrivant tout près de cette femme qu'il comprit pourquoi.

Lorsqu'il fut suffisamment près pour voir distinctement son profil, Nic se figea. Ces pommettes hautes, ces lèvres généreuses, cette peau délicatement hâlée par le soleil, cette fossette sur la joue droite… Pas étonnant que cette femme lui ait rappelé celle qu'il s'efforçait d'oublier depuis dix-huit semaines.

— Desi ?

Nic se mordit la lèvre. Il avait prononcé son nom à voix haute mais ce n'était pas son intention. A vrai dire, il aurait bien voulu une seconde ou deux pour surmonter le choc de cette découverte. D.E. Maddox, la journaliste qui menaçait de détruire son entreprise, n'était autre que la femme qu'il avait ramenée chez lui, et avec qui il avait passé une nuit inoubliable.

Elle se retourna aussitôt et ses yeux s'écarquillèrent de surprise lorsqu'elle l'aperçut planté à un mètre de sa table de travail. Il s'attendait à ce qu'elle prenne un air coupable, ou au moins gêné. Au lieu de ça, la colère qu'il vit flamber dans ses yeux ne manqua pas de le surprendre.

— Que fais-tu ici ? gronda-t-elle en se levant d'un bond.

Nic resta sans rien dire. Comment répondre alors que son esprit était encore sous le choc ? Alors qu'il découvrait avec horreur que sa Desi et la mystérieuse journaliste qui enquêtait sur lui depuis des semaines étaient une seule et même personne ?

— Alors ? insista-t-elle.

L'agacement qui perçait dans sa voix le tira finalement de sa torpeur et il brandit le dossier qu'il avait apporté.

— Je suis ici pour remettre ce rapport en mains propres à D.E. Maddox, répondit-il. Mais je dois admettre que je suis un peu surpris de *te* voir assise à *son* bureau.

— Et pourquoi serais-tu surpris ? eut-elle l'audace de répliquer. Au fond, tu ne sais rien de moi.

Nic se sentit frémir et il lança d'une voix blanche :

— Alors comme ça, tu vas faire semblant qu'il ne s'est rien passé entre nous ?

— Il ne s'est rien passé entre nous, répondit-elle d'un ton froid. Tout du moins, rien d'important.

— Alors dis-moi une chose : elle représentait quoi, pour toi, cette nuit entre nous ? Une simple manœuvre pour te permettre d'accomplir ta mission ? Pour connaître ta cible avant de ruiner son entreprise et sa vie ?

— Je n'ai pas ruiné ta vie ou ton entreprise, répliqua-t-elle. Tu as fait ça tout seul lorsque tu t'es lancé dans le commerce des diamants de sang.

— Je l'ai dit à ta directrice de l'information l'autre jour et je te le répète maintenant, dit-il en jetant le dossier sur sa table de travail. Bijoux ne commercialise pas de diamants illégaux. En voilà la preuve.

Nic fixa alors Desi. Voyons voir… Comment allait-elle réagir une fois confrontée à la vérité ?

— Et moi, rétorqua-t-elle sans même se donner la peine de jeter un coup d'œil au dossier devant elle, j'ai la preuve que vous trempez dans ce trafic, ton frère et toi.

— Alors, montre-la-moi, cette fameuse preuve, répliqua-t-il.

— Il n'en est pas question.

— Bien sûr. Quelle importance puisque tes preuves sont truquées ? Le principal, c'est que tu te fasses une réputation dans le métier.

Nic vit alors Desi se lever d'un bond et se planter face à lui. Elle semblait furieuse.

— Je ne truque pas mes preuves ! s'insurgea-t-elle. Et tout ce que j'ai écrit dans cet article est absolument vrai.

— En tout cas, quelqu'un a bien falsifié ces prétendues preuves. Ce n'était peut-être pas toi. Tu n'es peut-être pas foncièrement malhonnête, mais seulement une piètre journaliste.

— Pour qui te prends-tu ? gronda-t-elle, nez à nez avec lui.

Durant une seconde — une toute petite seconde —, Nic se laissa distraire par l'éclat de ses yeux, par sa peau dorée. Par son parfum envoûtant de chèvrefeuille et de vanille. Et puis il songea à ce qu'elle venait de dire. Et tout à coup, sa fureur ne connut plus de bornes.

— Pour qui je me prends ? répéta-t-il, les dents serrées. Je sais exactement qui je suis, ma petite. Je suis l'homme dont tu essaies de ruiner la carrière et le patrimoine. Par simple caprice ou par ambition. Je suis l'homme que tu as accusé des crimes les plus méprisables, des plus abjectes violations des droits humains. Je suis l'homme avec qui tu as fait l'amour dans le seul but de pouvoir écrire ton article et que tu as laissé tomber dès qu'il ne t'a plus servi à rien.

— Je n'ai porté aucune fausse accusation contre toi. Et je ne t'ai pas laissé tomber. C'est *toi* qui m'as laissée tomber.

Nic la dévisagea un instant sans pouvoir articuler un mot. A vrai dire, il n'en croyait pas ses oreilles. Mais il finit par murmurer, comme s'il pensait à haute voix :

— C'est ça, ta technique ? C'est comme ça que tu te justifies d'avoir détruit des vies ? Tu réécris l'histoire pour la faire cadrer avec la version qui t'arrange ? Tu as besoin d'écrire un article explosif qui fera décoller ta carrière ? Pas de problème. Rien de plus facile que de fabriquer des preuves de toutes pièces. Tu as besoin d'oublier que tu as fait l'amour avec moi uniquement pour écrire ton article ? C'est très facile aussi. Il te suffit de faire semblant que je ne t'ai pas envoyé un nombre incalculable de textos, des semaines durant, dans l'espoir que tu m'appellerais.

Nic marqua une pause, avant de conclure :

— Tu as raté ta vocation, Desi. Tu ne devrais pas être journaliste mais romancière. Je suis certain que tu deviendrais une auteure à succès dès ton premier roman.

Desi demeura silencieuse durant de longues secondes, se contentant de le dévisager, les mâchoires serrées, ses yeux aussi bleus, aussi froids que le Pacifique en hiver.

— Tu ne sais pas de quoi tu parles, déclara-t-elle enfin.

— Evite de me traiter à nouveau de menteur, gronda-t-il. Sans quoi, je vais…

— Tu vas quoi ?

Nic écarquilla les yeux. L'arrogance de Desi, son absence totale de remords, le laissait absolument sans voix.

— C'est bien ce que je pensais, dit-elle finalement d'un ton sarcastique. Tu n'as rien à répondre.

A ces mots, Nic sentit la colère qui couvait en lui exploser d'un coup. Impossible de contenir plus longtemps cette amertume teintée d'incrédulité et de confusion — et, pour être honnête, de désir. Alors il s'avança vers elle, la repoussant contre le bord de sa table de travail. Mais à l'instant où leurs corps s'effleurèrent, il comprit qu'il venait de commettre une erreur. Car ce seul contact suffit à ce que son attirance pour Desi devienne une véritable déflagration de désir brûlant.

Et manifestement, il n'était pas le seul à la ressentir. De fait, il lisait le même désir dans les yeux brillants de Desi, il l'entendait dans sa respiration précipitée, sans parler de ses mains posées sur son torse, qui tremblaient.

— Que fais-tu ? murmura-t-elle alors qu'il se rapprochait encore davantage.

— Je n'en ai pas la moindre idée, reconnut-il.

— Dans ce cas, tu devrais peut-être arrêter.

— Oui, peut-être bien. Mais si c'est vraiment ce que tu désires, tu ne devrais peut-être pas serrer ma chemise aussi fort dans tes mains.

A cette remarque, elle cessa de respirer et fit mine de reculer. Mais Nic ne l'entendait pas de cette oreille, ça non. Du coup, il l'empêcha de bouger, une main sur sa hanche et l'autre dans son dos.

Ils restèrent ainsi un moment, leurs corps serrés l'un contre l'autre, et le temps sembla s'arrêter.

Nic baissa les yeux. Il ne savait pas ce qu'il était en train de faire, ce qu'il cherchait à obtenir. Tout ce qu'il savait, c'était qu'une partie de lui-même voulait punir Desi pour ce qu'elle lui avait fait subir. Hélas, une autre partie désirait la ramener à la maison et lui faire l'amour jusqu'à ce qu'elle crie son nom.

Ils auraient pu rester là jusqu'à la fin des temps, figés dans cette position étrangement intime, si Nic n'avait pas senti quelque chose collé contre son estomac. Une minute… Pourquoi le ventre de Desi semblait légèrement arrondi ?

— Qu'est-ce que c'est que ça ? gronda-t-il en se reculant vivement.

— *Ça*, répondit Desi en baissant les yeux vers son ventre, c'est la raison pour laquelle j'ai laissé un message sur ton répondeur.

- 8 -

— Tu devrais refermer la bouche, remarqua Desi alors que Nic fixait son ventre arrondi d'un air stupéfait.

— Tu es *enceinte* ?

— On dirait bien, non ?

Desi détourna un instant les yeux. A vrai dire, elle n'avait pas eu l'intention de paraître aussi désinvolte. Seulement, durant combien de temps Nic allait-il jouer à ce petit jeu ? Après avoir tenté sans succès de le joindre au téléphone à trois reprises, elle s'était résignée à laisser un message sur son répondeur. Et elle n'avait pas pris de gants pour lui communiquer la nouvelle. Elle lui avait déclaré sans détour qu'elle était enceinte et qu'elle aurait aimé lui parler rapidement.

Inutile de dire que Nic ne l'avait jamais rappelée.

Et maintenant, il était là, l'air choqué parce qu'il avait senti son ventre arrondi. Et dire qu'il venait tout juste de l'accuser d'avoir fabriqué des preuves pour écrire son article ! Des accusations totalement infondées car elle avait vérifié trois ou quatre fois toutes les informations contenues dans son article. Mais à présent, il jouait les offensés et la menaçait des pires représailles pour la seule raison qu'il n'aimait pas ce qu'elle avait découvert ? C'était un peu fort, tout de même !

Desi se sentit aussitôt frémir. Elle entendait déjà le tintement des portes des ascenseurs : le reste de l'équipe revenait de déjeuner. Il valait mieux emmener Nic dans un endroit plus calme. Une salle bondée de journalistes n'était pas l'endroit idéal pour avoir une telle discussion.

— Viens avec moi, dit-elle.

Allez, autant quitter la salle avec lui avant que la situation ne devienne encore plus compliquée.

Ni une ni deux, Desi attrapa Nic par le bras et l'entraîna à grands pas vers l'escalier. Elle allait l'emmener dans le parking à l'arrière du bâtiment. Depuis que les effectifs du *LA Times* avaient été considérablement réduits, aucune voiture ne s'y garait plus.

Une fois dehors, Nic semblait avoir repris ses esprits. Suffisamment, en tout cas, pour lui poser la question qui fâche :

— Il est de moi ?

— Bien sûr qu'il est de toi, rétorqua-t-elle. Dans le cas contraire, je ne me serais pas sentie tenue de t'appeler et de te laisser un message.

— Je te jure que je n'ai jamais écouté ce message. Autrement, je t'aurais appelée immédiatement. J'aurais…

Il s'interrompit un instant et secoua lentement la tête, avant d'ajouter :

— Alors tu es enceinte de dix-huit semaines, n'est-ce pas ?

— Tu as trouvé la date précise bien vite !

A vrai dire, Desi était surprise qu'il se souvienne encore exactement du jour où ils s'étaient rencontrés.

— Ce n'est pas moi qui ai disparu du jour au lendemain.

— Que suis-je censée comprendre ?

— Que je désirais te revoir. Je t'ai envoyé une avalanche de textos dans l'espoir que tu me répondrais. C'est toi qui as choisi de ne pas le faire.

Desi hocha la tête. Nic avait raison. Mais elle était incapable de s'arrêter, d'en rester là.

— Si tu t'intéressais un tant soit peu à moi, pourquoi ne m'as-tu pas rappelée quand j'ai tenté de te joindre ? Même si tu n'as pas écouté mon message, tu as dû remarquer que je l'avais laissé, non ?

Pour la première fois depuis qu'il avait débarqué devant

sa table de travail, l'air furieux, Nic détourna le regard. Ce qui voulait dire beaucoup…

— J'avais effacé ton numéro de mes contacts, avoua-t-il finalement, la tête basse. Si tu avais appelé…

— *Quand* je t'ai appelé, corrigea-t-elle.

— Quand tu m'as appelé, l'appel a dû s'afficher « inconnu ».

Desi hocha la tête. Ce détail montrait clairement où elle en était avec le père de son enfant. Elle avait passé des semaines, des mois, à relire ses textos sans pouvoir s'en empêcher alors qu'il l'avait tout simplement effacée de sa vie.

Cela étant, c'était tout à fait typique de ses relations avec les hommes. Elle s'attachait tout en sachant qu'elle devait éviter de le faire. Là-dessus, les hommes lui prouvaient encore et encore qu'elle ne comptait pas du tout pour eux.

— Oui, bien sûr, répliqua-t-elle en s'efforçant d'afficher une attitude désinvolte. C'est très bien. Parfait, même. Tu es libre d'y retourner.

— Retourner à quoi ?

— Retourner à ta vie. Moi, je vivrai la mienne et nous n'aurons plus jamais besoin de nous croiser.

Desi vit alors Nic lui jeter un regard abasourdi, comme si elle était devenue folle, avant de déclarer d'une voix tendue :

— Je suis désolé de te détromper, Desi, mais nos destins se sont déjà croisés. Et le résultat est notre bébé.

— A t'entendre, je devrais être surprise par les conséquences de notre seule nuit ensemble. Je te rappelle que c'est moi qui porte ce bébé depuis dix-huit semaines. C'est moi qui vais devoir l'élever après sa naissance. Alors tu peux oublier ce « notre bébé » et retourner d'où tu viens.

— Ça ne va pas être aussi facile, tu le sais, n'est-ce pas ?

— Je ne vois pas pourquoi ça devrait être compliqué. Tu vas continuer à vivre ta vie exactement comme tu l'as toujours fait. Moi, je réfléchirai à ce qu'il convient de faire avec mon bébé.

— Comme nous savons déjà tous les deux que tu es enceinte de dix-huit semaines, j'en conclus que tu as déjà pris ta décision. Et si tu n'as pas songé à avoir recours à une IVG…

— Jamais ! gronda-t-elle. Pas de chance pour toi.

— Pourquoi fais-tu semblant de ne rien comprendre ? répliqua Nic en serrant les poings. Je te dis que tu avais déjà visiblement pris ta décision de garder ton enfant et tu en déduis que je te pousse à te débarrasser du bébé ? Qu'est-ce qui ne va pas, chez toi ?

A ces mots, Desi faillit éclater de rire. Si elle avait reçu un dollar chaque fois qu'on lui avait fait ce genre de remarque… Eh bien, elle n'aurait pas été obligée de garder ce job de journaliste subalterne, c'était certain.

— Ecoute, rétorqua-t-elle, je ne vois pas l'intérêt de poursuivre cette discussion. Ce n'est pas ton problème. Mon job n'est pas très rémunérateur, mais il me procure une excellente couverture sociale et l'assurance-vie de mon père m'a laissé de quoi voir venir. Tu n'as donc pas à t'inquiéter : je ne te demanderai rien. Je sais que ce bébé est le mien, et…

— Ton bébé ?

Desi fusilla aussitôt Nic du regard. Ce qu'il pouvait être agaçant à l'interrompre constamment alors qu'elle déployait de tels efforts pour arriver au bout de cette conversation sans éclater en sanglots. Depuis le début de sa grossesse, elle vivait l'enfer tous les jours.

— On croirait entendre un perroquet, dit-elle.

— Et toi, tu parles comme une folle. Ce bébé que tu portes est autant le mien que le tien, et…

— Vraiment ? l'interrompit-elle. Autant le tien que le mien ? Je suis sa mère, Nic. Et pour le moment, je le porte dans mon ventre, alors…

Desi haussa les épaules d'un air dégagé pour souligner sa déclaration — et un peu aussi pour le faire enrager.

Et à en juger par la façon dont il grinçait des dents, elle avait réussi.

— Tu *le* portes ? Tu sais déjà que c'est un garçon ?

L'espace d'un instant, Desi fut tentée de mentir à Nic, de

lui répondre qu'elle l'ignorait. Depuis qu'elle avait appris qu'elle était enceinte, et surtout depuis qu'elle avait appelé Nic sans obtenir la moindre réponse de sa part, elle avait commencé à se dire que le bébé était exclusivement à elle.

Et tout à coup, voilà que Nic était là, à parler de ce petit être comme s'il représentait déjà quelque chose pour lui… Et elle n'y croyait pas une seconde. Elle ne lui faisait pas confiance.

Mais il n'aurait pas été juste non plus de lui mentir dans le seul but de lui faire mal. Alors elle hocha la tête à contrecœur.

— Oui, répondit-elle. C'est un garçon.

Le regard de Nic perdit toute expression et, durant de longues secondes, il eut l'air d'avoir été frappé par la foudre. Comme assommé. Puis il s'exclama :

— C'est fantastique ! Soudain, je viens de comprendre que toute cette histoire est bien réelle, tu te rends compte ? Nous allons avoir un fils !

Desi leva une main pour interrompre Nic. Pas question de le laisser s'emballer. Car, à vrai dire, elle était quelque peu inquiète du tour que prenait cette conversation.

— *Je* vais avoir un fils, corrigea-t-elle.

— Oh non, ne me dis pas qu'on est de retour à la case départ ! observa-t-il en soupirant.

Desi se mordit la lèvre. Voir Nic aussi déçu lui faisait mal au cœur. Cet homme semblait prendre ses responsabilités très au sérieux. Pas de doute : il n'abandonnerait pas son enfant au premier signe de difficulté. Mais pouvait-elle être totalement sûre de lui ? Il venait d'apprendre qu'elle était enceinte et, tout naturellement, il était intéressé. Il désirait jouer un rôle dans la vie de cet enfant, bien sûr. Mais cela ne signifiait pas pour autant qu'il y ait sérieusement réfléchi. Il pouvait encore changer d'avis.

Cette seule idée suffit à la faire reculer, une main protectrice posée sur son ventre arrondi.

— De retour à la case départ ? répéta-t-elle. En réalité,

je pense que nous ne sommes jamais allés plus loin. C'est *mon* fils.

— *Notre* fils, insista Nic.

— Non, c'est *mon* fils. Il…

— Pourquoi te montres-tu aussi obstinée ? éclata-t-il brusquement. Je ne te comprends vraiment pas. D'abord, tu ne réponds pas lorsque je cherche à te contacter après la nuit que nous avions passée ensemble. Ensuite, tu écris cet article assassin et tu essaies de ruiner l'entreprise de ma famille en racontant des mensonges. Et voilà maintenant que tu essaies de m'exclure de la vie de mon fils avant même qu'il soit né. Je ne comprends pas. Qu'ai-je bien pu te faire pour que tu me détestes à ce point ?

— Je ne te déteste pas, assura-t-elle.

Pourtant, Desi ne pouvait pas s'empêcher de ressentir une vague culpabilité. Mais pourquoi, enfin ?

— Vraiment ? répondit Nic en hochant tristement la tête. Parce que de mon point de vue, on le dirait bien.

Et à ces mots, il tourna les talons et commença à s'éloigner.

Desi le suivit des yeux, le cœur serré. Nic s'en allait déjà. Il renonçait. Enfin, c'était peut-être mieux ainsi. Il valait mieux qu'il le fasse tout de suite plutôt qu'après la naissance du bébé. Probablement aurait-elle fini par dépendre de lui.

Toutefois, il n'alla pas très loin. Elle le vit s'arrêter près du grillage, quelques mètres plus loin. Il resta là un long moment, la tête baissée, les mains au fond des poches. Et la culpabilité qui la rongeait de l'intérieur devint de plus en plus difficile à ignorer.

— Ecoute, dit-elle finalement en s'approchant de quelques pas. Si j'ai écrit cet article, ce n'était pas du tout contre toi.

— Tu as lancé une enquête contre ma famille, répondit Nic en la dévisageant comme si elle avait perdu la raison. Tu as pratiquement crucifié mon frère avec les mensonges malfaisants d'une source que tu continues à protéger. Tu m'excuseras si je me sens personnellement visé.

Desi hocha la tête avant de répondre le plus calmement possible :

— Ce n'étaient pas des mensonges.

— Oui, c'est cela, dit-il d'un air méprisant. Continue à te gargariser de tes certitudes. Pour une journaliste, tu ne sembles pas te préoccuper beaucoup de la vérité.

— Tu ne sais rien de moi ! s'insurgea-t-elle.

— Parce que tu ne me parles pas. Bon sang, tu en es à la moitié de ta grossesse et tu ne m'en as rien dit !

— Si, je t'ai dit que…

— Avec un misérable message sur mon répondeur ? l'interrompit-il en se tournant brusquement vers elle. Qui aurait l'idée de faire une chose pareille ?

Desi serra les poings. Il fallait à tout prix qu'elle lui réponde posément. Surtout, ne pas s'énerver.

— J'étais enceinte du bébé d'un inconnu ! Que voulais-tu que je fasse ?

— Répondre à mes textos ! rugit Nic. Me mettre au courant des accusations calomnieuses portées contre Bijoux. Venir me parler de ta grossesse.

— Ce n'est pas comme ça que je fonctionne.

A vrai dire, Desi avait décidé une chose : elle ne voulait plus quémander l'attention des hommes. Plus jamais. Et certainement pas celle d'un homme qui ne signifiait rien pour elle.

— Et comment fonctionnes-tu ? Raisonnablement ? Honnêtement ? Comme une adulte responsable ? Crois-moi, j'ai déjà remarqué que ce n'est pas ta façon de faire, siffla Nic.

— Va au diable ! rétorqua-t-elle alors d'un ton rageur. Tu exploites les enfants et les consommateurs. Tu t'enrichis grâce au commerce des diamants de sang. Ta vie entière n'est qu'un mensonge. Qui es-tu pour me juger ?

A quoi bon se mentir ? Lorsque les allégations de sa source s'étaient trouvées confirmées, Desi s'était sentie affreusement déçue, blessée, même si elle savait que sa réaction était ridicule. Cette nuit-là, chez lui, Nic avait semblé si gentil, tellement parfait, qu'elle n'avait pas supporté d'apprendre qu'il faisait en réalité des affaires avec des monstres pour augmenter encore ses profits alors qu'il était déjà milliardaire. C'était comme s'il l'avait poignardée.

— Tu n'écoutes jamais personne, n'est-ce pas ? observa-t-il d'un air incrédule. Tu crois ce que tu choisis de croire et puis tu suis ton petit bonhomme de chemin sans penser aux conséquences. Ou à la vérité. Comment espères-tu devenir une vraie journaliste avec une telle attitude ?

Desi écarquilla les yeux. Ces paroles lui firent l'effet d'une gifle, d'une attaque contre la partie la plus sensible de son âme, et elle ne put s'empêcher de protester :

— Je *suis* une vraie journaliste !

— Tu es une enfant qui joue à l'adulte, répondit Nic en soupirant tristement. Ecoute, nous ne réglerons rien de cette façon. Tu devrais remonter dans ton bureau et lire le dossier que je t'ai apporté. Après ça, tu pourras aller parler à ta directrice de l'information qui doit déjà en avoir une copie, elle aussi. Ensuite, réfléchis à ce que tu vas faire et appelle-moi. A ce moment-là, nous parlerons.

— Oui, c'est cela. Je n'y manquerai pas. Je te laisserai peut-être un message sur ton répondeur.

Desi vit aussitôt le visage de Nic s'assombrir. L'espace d'un instant, elle crut qu'il allait définitivement tirer un trait sur elle. Mais finalement, il sembla ravaler la repartie cinglante qui lui brûlait les lèvres et il déclara simplement :

— Appelle-moi lorsque tu auras envie de parler.

— Je n'aurai jamais envie de te parler.

— Alors c'est bien dommage, n'est-ce pas ? Parce que c'est *mon* bébé que tu portes. Et je ferai partie de sa vie, sois-en sûre. La seule vraie question, de mon point de vue, c'est de savoir si *toi*, tu auras une place dans sa vie.

Et sur ces mots, Nic tourna les talons et s'éloigna à grands pas. Desi le vit disparaître, comme pétrifiée, la gorge serrée d'angoisse. Car ce n'étaient pas des paroles en l'air.

Seigneur, comment en était-elle arrivée là ? Quelques heures plus tôt, elle était encore une future maman célibataire et cela lui convenait très bien. Elle en était même très heureuse. Or, moins d'une demi-journée plus tard, le géniteur de son fils, un homme qu'elle ne connaissait même pas, venait de la menacer de lui enlever son bébé. Et il était suffisamment riche et influent pour y réussir.

Allons, elle ne pouvait pas le laisser partir comme ça !

— Hé, Nic ! lança-t-elle tout à coup. Attends !

Hélas, il ne se retourna pas. Il ne semblait même pas l'avoir entendue.

Desi s'apprêtait à le rattraper en courant lorsque son téléphone se mit à vibrer dans sa poche. Elle jeta un coup d'œil à l'écran : c'était un texto de Malcolm. Elle afficha le message et se figea brusquement.

L'article mettant en cause Bijoux a été supprimé. Nous nous sommes fait avoir. Passez me voir dès que possible.

- 9 -

Nic monta dans sa voiture et sortit du parking en faisant crisser les pneus. Pas question de s'arrêter avant d'avoir laissé loin derrière lui Desi Maddox et le *LA Times*. Fuir était peut-être une réaction d'adolescent. Seulement, s'il était resté plus longtemps avec elle, il aurait prononcé des paroles qu'il aurait regrettées. Et comme elle était la mère de son enfant — *son enfant* —, cela ne lui semblait pas souhaitable. Ni pour elle ni pour lui.

Pour une fois, la circulation à Los Angeles était fluide. Il put donc rouler à bonne allure dans ses rues en essayant de se calmer, d'assimiler le fait qu'il avait retrouvé Desi après tous ces mois, mais qu'il était aussi sur le point de devenir papa. *Papa*. Ce mot résonnait dans son esprit, comme la voix du destin.

Nic retint un soupir. Dans moins de cinq mois, il allait devenir le père d'un petit garçon plein de vie. Et que ferait-il ensuite ? Il ne savait rien de la paternité. Mais comment aurait-il pu en être autrement puisque son propre père avait été un si piètre exemple dans ce domine ?

Mais, à bien y réfléchir, il en savait peut-être plus long sur le sujet qu'il ne le croyait. Il lui suffirait de faire tout le contraire de ce que son père avait fait.

Nic continua à rouler, se frayant un passage avec sa Porsche dans la circulation en faisant de son mieux pour ne pas céder à la panique. Allons, du calme. Il n'avait pas peur d'assumer ses responsabilités, ça non. Même si c'était ce que Desi pensait de lui, même si elle le prenait pour un monstre égoïste. A vrai dire, il était plus que désireux d'assumer son rôle, d'avoir sa place dans l'éducation de son enfant.

Hélas, quelque chose le retenait. De fait, il était terrifié de ne pas en être capable. De commettre des erreurs qui blesseraient son fils comme son propre père l'avait fait avec Marc et lui. Et ça, il n'en était pas question. Il ne voulait pas être celui qui décevrait sa famille encore et encore.

Perdu dans ses pensées, Nic traversa un carrefour alors que le feu passait au rouge et il eut droit à des coups de klaxon des deux côtés. Il leva une main pour s'excuser. Allez, il était probablement temps de s'arrêter un moment pour éviter de causer un accident.

Comme Griffith Park et l'observatoire n'étaient qu'à deux pâtés de maisons devant lui, il regagna la file de droite pour tourner dans le parking.

Mais une fois garé, il lui fut impossible de rester simplement assis là, à ne rien faire. Trop de pensées se bousculaient dans son esprit. Il avait besoin de faire quelque chose, et vite, pour ne pas se laisser écraser.

Nic descendit de sa voiture et entra dans le parc. Il pouvait au moins marcher un peu. Rien de tel qu'une oasis de nature en pleine ville pour aider un homme à réfléchir.

Toutefois, cette promenade ne fit qu'aggraver la confusion de son esprit. Ce qui le tracassait, ce n'était pas tant l'idée de devenir le papa d'un bébé. Cette partie-là était déjà parfaitement limpide dans son esprit. C'était *son* fils. *Sa* responsabilité.

Mais, pour le reste… c'était beaucoup moins clair.

Quel genre de père serait-il ?

Comment éviterait-il de blesser son fils comme son propre père l'avait fait avec lui ?

Comment franchirait-il le mur que Desi avait construit autour d'elle ? Comment parviendrait-il à la convaincre de lui parler — et de l'écouter ?

Comment allaient-ils pouvoir former une famille où leur enfant se sentirait en sécurité alors qu'elle le haïssait ? Alors qu'elle avait une si piètre opinion de l'homme qu'il était et qu'elle ne voulait rien avoir à faire avec lui ?

Hélas, c'était ce que lui-même avait vécu, coincé entre deux parents qui se détestaient et qui utilisaient leurs enfants pour se faire du mal l'un à l'autre.

Nic secoua la tête. Hors de question que son fils subisse la même situation.

Seulement, comment allait-il s'y prendre ? Comment parviendrait-il à convaincre Desi qu'elle pouvait avoir confiance en lui et qu'il ne leur ferait jamais de mal, à elle ou au bébé ? Et d'ailleurs, comment pourrait-il avoir confiance *en elle*, après tout ce qu'elle avait fait ?

D'accord, il était prêt à accepter qu'elle se soit laissé abuser par un mythomane, qu'elle ait cru les mensonges qu'on lui avait débités. Pourtant, c'était une journaliste d'investigation, non ? Son travail consistait à vérifier ses informations. A parler à des gens des deux côtés de la barrière pour mieux comprendre qui disait la vérité.

Or Desi ne l'avait pas fait. Malgré la nuit fabuleuse qu'ils avaient passée ensemble, malgré le fait que le bébé qu'elle portait dans son ventre hériterait un jour de la société Bijoux, elle n'avait pas hésité à écrire un article qui aurait pu conduire la famille Durand à la faillite. Et elle n'avait même pas eu la décence de l'avertir. Et moins encore de le contacter pour entendre sa version de l'histoire.

Nic se passa une main sur le visage. Desi devait vraiment le haïr pour avoir fait une chose pareille, aucun doute là-dessus. Et dans quel but ? Que lui avait-il fait ? Il l'aimait beaucoup. Il l'aimait même énormément… C'était vrai, en tout cas, jusqu'à ce qu'elle se conduise de cette façon.

Tout en marchant, Nic se remémora leur nuit ensemble. Il avait peut-être fait quelque chose qui avait déplu à Desi, mais quoi ? Elle avait un peu tiqué lorsqu'il avait enregistré son numéro de téléphone, certes, mais ils avaient fini par trouver un compromis. Il avait respecté les règles qu'elle avait établies, non ? Et en dépit de tout cela, elle avait failli le détruire.

Cela n'avait aucun sens.

— Papa ! Papa ! Pousse-moi plus haut !

Nic faillit sursauter quand retentit ce cri enfantin, suivi d'un rire grave. Le temps de se tourner vers l'aire de jeux, il vit un homme à peu près de son âge en train de pousser un petit garçon sur une balançoire. Le gamin était adorable avec ses boucles noires, ses grands yeux bruns et le plus grand sourire que Nic ait jamais vu.

— Plus fort, papa ! Plus fort !

L'homme rit à nouveau et il obéit au souhait de son fils.

Nic resta un instant à les regarder. Oh ! il n'avait pas l'intention d'être indiscret, mais il ne parvenait pas à détourner son regard de cette scène. Ils avaient l'air tellement heureux, ce fils et son père. On voyait bien qu'ils étaient naturellement complices.

Combien de temps était-il resté là à les observer ? Aucune idée, mais ce fut suffisant pour que le papa commence à lui lancer des regards soupçonneux. Mince. Décidément, cette journée s'annonçait mémorable.

Nic vit soudain l'homme s'avancer vers lui. Oh non…

— Désolé, marmonna-t-il en reculant. Je viens d'apprendre que… je vais bientôt être papa… heu… d'un garçon.

Bon sang, que lui arrivait-il ? Il ne pouvait même plus parler sans bafouiller. Cela ne lui était jamais arrivé ! Il avait toujours une plaisanterie ou une bonne histoire sous la main. Il savait mettre n'importe qui à l'aise. Et voilà qu'il ne parvenait même pas à former une simple phrase sans avoir l'air d'un crétin.

Heureusement, l'homme comprit ce que Nic venait de lui dire et son air soupçonneux s'évanouit aussitôt. Un sourire de sympathie s'étira alors sur ses lèvres. Ouf.

— Vous venez tout juste d'apprendre que vous allez avoir un fils, c'est ça ? s'enquit-il.

Nic hocha la tête. Certes, ce n'était pas tout à fait la stricte vérité, mais cela y ressemblait assez pour qu'il s'abstienne de le détromper.

— Oui, répondit-il. C'est…

— Intense, termina l'autre à sa place.

— C'est ça, exactement. Incroyablement intense. Je n'arrive pas encore à le croire. Quel âge a le vôtre ? s'enquit Nic.

— Il vient d'avoir quatre ans.

— Il est magnifique.

— C'est vrai, n'est-ce pas ? répondit l'heureux papa en bombant un peu le torse. Mais c'est un casse-cou. Toujours à rechercher les émotions fortes. Sa mère et moi, nous devons le surveiller comme le lait sur le feu. Justement, le devoir m'appelle. Je vous souhaite bonne chance avec le bébé.

— Merci, c'est gentil.

— Vous allez en avoir besoin. C'est la chose la plus folle qui puisse vous arriver. Mais c'est aussi la plus fantastique.

Nic regarda l'homme retourner vers la balançoire. Après l'avoir fait ralentir, il aida son fils à descendre. Là-dessus, il souleva le garçonnet pour le poser à califourchon sur ses épaules et partit au trot à travers le parc, à la grande joie du petit garçon, qui criait et riait aux éclats.

Nic les suivit des yeux jusqu'à ce qu'ils aient atteint l'autre aire de jeux. Lorsque le petit garçon se lança sur le grand toboggan, son papa était juste derrière lui et le serrait fermement entre ses bras.

Il sentit alors un grand calme l'envahir. Tout irait bien. Il ignorait encore tout de l'art d'être parent, mais il avait cinq mois devant lui pour en apprendre les bases. Et toute une vie pour apprendre le reste.

Desi ferait mieux de se faire à cette idée. Il voulait bien lui laisser la première place, faire les choses à sa façon, à condition, bien sûr, que ce ne soit pas en l'excluant totalement. Parce qu'elle portait son enfant — son fils.

Nic hocha la tête. Il était prêt à négocier un compromis, mais il n'accepterait jamais de disparaître de la vie de son fils. Plus vite Desi l'accepterait et mieux ce serait pour tout le monde.

*
* *

Comment ai-je pu me tromper à ce point ?

Desi contempla le dossier ouvert devant elle, avec ce rapport d'expert qu'elle avait déjà relu cent fois, toujours avec la même conclusion : elle avait commis une terrible erreur.

Nic lui avait apporté une foule de documents, et notamment des analyses chimiques des diamants commercialisés par Bijoux. Et les résultats étaient clairs : la composition chimique de ces pierres correspondait exactement à celle des diamants extraits des mines canadiennes. Des mines qui appliquaient les conventions internationales et respectaient les droits des populations et l'environnement.

Et ces preuves, signées par l'un des plus grands experts mondiaux dans le domaine des diamants de conflits, n'étaient pas les seules que Nic avait apportées. Il y avait aussi des déclarations sur l'honneur des contremaîtres de chacune de ces mines, portant sur la quantité de diamants que la mine produisait et le poids exact des diamants livrés à Bijoux au cours des trois dernières années. Des chiffres qui reflétaient exactement ceux des documents internes.

Desi devait l'admettre : Nic avait bien fait son travail en fournissant au journal toutes les preuves possibles pour réfuter son article. Certes, elle aurait pu s'obstiner à ne pas le croire — après tout, des preuves pouvaient être falsifiées —, mais Malcolm avait passé ces derniers jours à mettre un nom sur son informateur. Nic ayant menacé Darlene d'intenter un procès au journal s'ils publiaient l'article tel quel, son chef avait tenu à s'assurer lui-même de la fiabilité de la source.

Ce qu'elle-même avait fait, d'ailleurs. Hélas, plus tôt ce matin-là, Malcolm avait eu un entretien avec l'homme qui avait été sa source. Et obtenu l'aveu qu'elle n'avait pas su lui arracher. L'individu avait reconnu qu'il avait falsifié tous les documents qu'il avait produits dans le but de faire passer Marc et Nic pour des escrocs.

Desi poussa un soupir. Tout était faux. Et elle avait

gobé ces mensonges comme une idiote. Parce qu'elle avait besoin de croire à la véracité de son histoire pour pouvoir écrire son article et faire décoller sa carrière. Et tant pis si elle détruisait la vie de deux hommes innocents. Tant pis si elle ruinait une société centenaire — et tout un journal par-dessus le marché. Elle avait voulu décrocher un scoop, à quoi bon le nier ?

Bon sang, comment pouvait-elle avoir été aussi stupide ? Aussi crédule pour négliger certains détails troublants chez sa source. Et il y en avait eu beaucoup, elle s'en rendait compte, maintenant.

L'homme était nerveux.

Il s'embrouillait un peu dans ses déclarations, même si, une fois calmé, il était resté cohérent.

Il avait fait preuve de courage en s'exposant comme lanceur d'alerte, mais ce n'était qu'un amateur.

A cette idée, Desi se sentit incroyablement stupide. Dire qu'elle avait eu l'arrogance de ne pas voir la réalité en face et, pire, de ne pas admettre qu'elle avait tort ! Elle se souvenait désormais des propos qu'elle avait tenus à Nic lorsqu'il avait essayé de lui remettre ces documents qui contenaient les preuves de son innocence. Dans son entêtement, elle ne les avait même pas regardés.

Et maintenant, l'article sur lequel elle avait tant travaillé était mort et enterré. Malcolm lui avait assuré que ce n'était pas sa faute. Que Candace, une journaliste plus expérimentée qui l'aidait sur ce projet, s'était laissé prendre, elle aussi.

Seulement, Candace n'avait pas passé autant de temps qu'elle à travailler sur cette histoire.

Candace n'avait pas été formée dès l'enfance par Alan Maddox, l'un des plus grands journalistes d'investigation que le monde ait connu.

Desi poussa un long soupir et regarda son bureau. Retour à la case départ. Et à la rubrique mondaine — en tout cas pour un petit moment. Malcolm lui avait assuré que son emploi n'était pas menacé : difficile à croire, après une bourde aussi monumentale ! Si cet article avait été publié — si Malcolm et Darlene avaient été un tout petit peu moins consciencieux —, le journal serait aujourd'hui sérieusement menacé. Et Bijoux serait assailli de toutes parts par la presse, par les organisations de défense des droits de l'homme, par les associations de consommateurs et par une nuée d'avocats désireux d'obtenir d'énormes dommages et intérêts pour les clients de Bijoux s'estimant trahis… Ce cauchemar n'aurait jamais eu de fin.

Et elle aurait été la seule responsable.

Malgré tout, Nic avait essayé de lui parler. Il était toujours prêt à l'écouter. Hélas, dans son arrogance sans bornes, elle l'avait repoussé. Pire encore, elle l'avait placé dans une situation où il était forcé de l'affronter dans une lutte sans merci — pour sa société et pour leur bébé.

Joli travail, Desi.

Sans trop savoir comment c'était arrivé, elle avait fait de sa vie un tel champ de ruines qu'elle ne savait même pas comment commencer à réparer les dégâts. Et d'ailleurs, pouvaient-ils être réparés ?

Pas de doute : il fallait essayer. C'était elle la responsable de cette catastrophe et même si Malcolm l'aidait à remettre de l'ordre dans sa vie professionnelle, Nic et leur bébé méritaient qu'elle tente de réparer le mal qu'elle avait fait sur un plan plus personnel.

Ce qui signifiait qu'elle allait devoir l'appeler. Et lui expliquer la situation. Et le supplier. Le supplier à genoux.

Desi ferma les yeux. Seigneur, cette situation était absolument atroce. Elle détestait supplier. C'était ce qu'elle haïssait plus que tout au monde. Surtout lorsqu'elle avait tort.

Seulement, elle ne pouvait s'en prendre qu'à elle-même. Autant être lucide, c'était elle qui avait refusé d'écouter Nic. C'était elle qui avait renoncé à lui après avoir laissé un simple message sur son répondeur. Et ce, alors qu'elle portait son enfant. Et qu'il y avait de très fortes chances pour que Nic ne se donne plus la peine d'écouter ses éventuels messages. Rien d'étonnant, puisqu'elle l'avait ignoré pendant des semaines !

Hélas, savoir ce qui lui restait à faire ne signifiait pas forcément que ce serait facile.

Le temps de rassembler son courage, Desi mit sa tenue la plus sexy avant d'appeler Nic. C'était la seule chose à faire.

- 10 -

Nic avait choisi d'emmener Desi dans l'un de ses restaurants favoris, une petite trattoria au cœur de Beverly Hills. Il appréciait l'établissement parce que la cuisine y était succulente et que le frère du propriétaire avait travaillé pour Bijoux durant de longues années. Hélas, à la seconde où ils étaient entrés dans la salle, il avait compris qu'il avait fait le mauvais choix.

Desi ne dit pas un mot, mais elle était visiblement mal à l'aise. L'espace d'un instant, il fut tenté d'ignorer son embarras pour ne pas l'aggraver, mais ils avaient eu trop souvent l'occasion de se disputer. Allons, ce dîner devait les aider à trouver un terrain d'entente, pas créer un nouveau conflit. Si elle préférait qu'ils aillent ailleurs, il était tout disposé à lui faire ce plaisir.

Seulement, lorsque Nic avait demandé à Desi si elle aurait préféré dîner dans l'un des autres restaurants de la rue, il l'avait vue hausser les épaules.

— Celui-ci conviendra très bien.

— Tu es sûre ? Parce que si tu n'aimes pas la cuisine italienne…

— Tout le monde aime la cuisine italienne, l'interrompit-elle en levant les yeux au ciel d'un air excédé. Le problème n'est pas là.

Nic fronça les sourcils avant de demander :

— Alors, où est le problème ?

— Ce restaurant est très cher.

— Ne t'inquiète pas pour ça. Tu es mon invitée.

— Je ne veux pas de ton argent. Ce n'est pas pour ça que je t'ai appelé ce soir. Et ce n'est certainement pas la raison pour laquelle j'ai décidé de garder le bébé. Avant toute chose, j'ai besoin de te le dire, et tu dois me croire. Je n'ai ni besoin ni envie que tu m'emmènes dans des restaurants chics ou que tu dépenses des fortunes pour moi.

— Crois-moi, répondit-il en réprimant un sourire, je sais déjà parfaitement que tu n'en veux pas à mon argent. Autrement, tu n'aurais pas écrit un article qui risquait de me coûter jusqu'à ma dernière chemise.

Nic vit Desi rougir. Pour la première fois depuis qu'ils s'étaient assis, elle détourna son regard.

— Comme je te l'ai déjà dit, je suis terriblement désolée, finit-elle par murmurer. Mon but n'était pas de te nuire. J'ai écouté la mauvaise personne, et…

Le reste de sa phrase mourut sur ses lèvres et elle baissa tristement la tête.

Nic secoua la tête d'un air navré. Il n'aimait pas du tout que Desi semble aussi triste. Certes, dix heures plus tôt, il avait eu envie de sauter à la gorge de cette D.E. Maddox. Mais c'était avant de découvrir que Desi et elle étaient une seule et même personne. Que c'était en réalité la femme avec qui il avait passé la nuit la plus fabuleuse, la plus sensuelle, la plus extraordinaire de toute sa vie. La femme qui lui avait tenu tête avec force et détermination. La femme — il le savait désormais — qui portait en elle son enfant.

— Ecoute, dit-il alors en posant la main sur la sienne. Pourquoi ne pas recommencer à zéro ?

— Recommencer à zéro ? répéta Desi d'un ton incrédule. Je suis enceinte de presque cinq mois. Je crois qu'il est un peu tard pour recommencer à zéro.

Nic éclata de rire avant de répondre :

— Ce n'est pas ce que je voulais dire. J'aimerais que nous entamions un nouveau chapitre dans notre relation. Le passé est le passé. Je voudrais que nous vivions pleinement l'instant présent sans laisser de vieilles histoires nous gâcher l'existence.

Desi ouvrit de grands yeux avant de demander :

— Es-tu en train de suggérer que nous devrions tout oublier ?

Nic haussa les épaules avant de répliquer :

— Pourquoi pas ?

— Crois-tu que nous en sommes capables ?

— Et toi, tu en doutes ?

— Allons-nous recommencer le même jeu ? remarqua-t-elle en riant. Répondre à des questions avec d'autres questions ?

— C'est moi qui t'ai posé la première question. Toi, tu n'as fait qu'en ajouter d'autres, fit-il remarquer.

— Je suis presque certaine que ça ne s'est pas passé de cette façon, mais je suis prête à en accepter la responsabilité. Mais seulement cette fois-ci, en signe de bonne volonté.

Nic commença alors à se détendre. Pour la première fois depuis des jours. Desi était là, avec lui, et ils avaient une conversation qui n'était pas une dispute. Et qui, avec un peu de chance, deviendrait bientôt un véritable échange. Sans oublier que sa société était désormais hors de danger. A cet instant précis, qu'aurait-il pu demander d'autre ?

Après avoir passé leur commande au serveur — une *piccata* au poulet pour lui et des pâtes pour elle —, Nic et Desi bavardèrent amicalement en abordant des sujets anodins, comme les concerts auxquels ils avaient l'un et l'autre assisté.

Hélas, à mesure que le repas avançait, Nic se sentit de plus en plus frustré. Pas parce qu'il n'aimait pas parler avec Desi — elle était intelligente et pleine d'humour. D'ailleurs, si leur situation avait été normale, il aurait été heureux de passer la soirée à rire et à flirter avec elle à la lumière romantique des bougies.

Malheureusement, leur situation n'était pas du tout normale. Et il lui était difficile de faire semblant du contraire.

Car elle portait son enfant en elle. Et il restait encore bien des problèmes à résoudre entre eux.

Après avoir commandé le dessert — Desi n'en voulait

pas, mais il espérait bien la tenter avec un délicieux mascarpone au citron —, Nic eut envie de parler de leur fils et des arrangements qu'ils allaient décider pour lui. Pas question d'attendre plus longtemps pour aborder le sujet.

Desi sembla sentir son changement d'humeur, car elle s'arrêta net en plein milieu de l'histoire qu'elle racontait pour le dévisager d'un air inquiet.

Nic sentit son cœur se serrer. Il n'aimait pas du tout l'appréhension qu'il lisait dans ses beaux yeux. Ni la tension qu'il devinait dans son attitude. On aurait dit qu'elle se préparait à recevoir un coup. Or la dernière chose au monde qu'il désirait, c'était que la mère de son fils ait peur de lui.

La main tendue par-dessus la table, il caressa délicatement la magnifique chevelure de Desi. Il la vit tressaillir à ce contact mais elle ne repoussa pas sa main. Il en profita pour repousser une mèche rebelle derrière son oreille avant d'effleurer sa joue satinée du bout des doigts.

Elle ferma les yeux et elle oscilla légèrement sur sa chaise avant de presser la joue contre sa main. Et il n'en fallut pas davantage pour que l'incendie dévastateur qui les avait consumés le soir où ils s'étaient rencontrés se rallume aussitôt.

Nic prit une grande inspiration. Dix-huit semaines s'étaient écoulées depuis qu'il avait serré Desi dans ses bras, depuis qu'il avait parcouru du bout des lèvres ses épaules et la courbe délicate de son dos. Mais il se rappelait parfaitement la sensation de son corps voluptueux contre le sien. Son doux gémissement lorsqu'il était entré en elle. Et ses ongles qui lui labouraient le dos lorsqu'elle avait atteint l'orgasme.

— Laisse-moi te raccompagner chez toi, murmura-t-il d'une voix rauque de désir. Laisse-moi te donner du plaisir.

A ces mots, Desi rouvrit brusquement les yeux. Et dans ces profondeurs d'azur, Nic lut un désir égal au sien, un même besoin. Mais on y lisait aussi une réticence qui témoignait d'un conflit intérieur qui n'était pas encore résolu. Inutile de se faire d'illusions : même s'il la désirait à en mourir, elle ne serait pas à lui. Pas maintenant. Pas tant que leur situation serait aussi confuse.

Alors il battit en retraite. Sa main abandonna la joue de Desi.

— Je suis désolée, bredouilla-t-elle. J'ai vraiment tout gâché.

Nic resta un instant sans mot dire. C'était vrai, mais il n'allait pas lui en vouloir pour ça. Car lui aussi avait commis des erreurs. C'était lui qui avait effacé son nom du répertoire de son téléphone. Et qui avait oublié volontairement d'écouter les messages sur son répondeur. Ce qui l'avait amené à passer à côté de la nouvelle la plus importante de toute sa vie.

— C'est pour cette raison que nous recommençons à zéro, finit-il par dire. Tirons un trait sur ces moments pénibles.

Nic sentait encore son corps frémir de désir. Alors il s'adossa à sa chaise et but une longue gorgée d'eau tout en s'efforçant de recouvrer ses esprits. Allons, ce n'était pas le moment de perdre la tête !

— Ecoute, dit Desi, je sais que tu souhaites que nous parlions du bébé, mais je ne sais pas encore quoi faire. J'ai passé ces trois derniers mois à penser que j'allais l'élever seule. Et maintenant, tu es là et tu manifestes le désir de jouer un rôle dans sa vie. C'est merveilleux mais j'ai besoin d'un peu de temps pour m'habituer à cette idée.

Nic hocha la tête avant de répondre doucement :

— Je te comprends. Et nous avons tout notre temps pour réfléchir. Mais je veux que tu saches que tu n'es plus seule dans cette aventure.

— Je sais.

— Non, je ne crois pas que tu en sois vraiment consciente, insista-t-il. Je ne désire pas seulement faire partie de la vie du bébé après sa naissance. Commençons tout de suite. Tu es enceinte et les femmes enceintes ont des besoins, n'est-ce pas ? Lorsque tu voudras quelque chose, je veux être là pour t'aider.

Desi demeura silencieuse durant de longues secondes.

Ce qui était plutôt bon signe puisqu'elle ne repoussait pas sa proposition d'emblée. Mais comme ce silence s'éternisait, Nic commença à se sentir de plus en plus anxieux. Se méfiait-elle encore de lui ?

Il s'apprêtait à la rassurer sur ses intentions lorsqu'elle déclara :

— Je suis d'accord.

— Vraiment ?

— Inutile d'avoir l'air aussi surpris, lança-t-elle en riant.

Nic secoua la tête avant de bafouiller :

— Ce n'est pas ça. C'est juste que… Je me suis conduit comme un idiot, tout à l'heure, et j'en suis désolé. D'ailleurs, ça n'a aucun rapport avec notre passé.

— Je te rappelle que c'est toi qui parlais de commencer un nouveau chapitre. Je suppose que c'est vrai pour nous deux, n'est-ce pas ?

— Oui, sans doute.

Desi hocha la tête puis prit une profonde inspiration avant de remarquer d'un ton faussement détaché :

— Alors comme ça, tu désires m'accompagner durant ma grossesse ?

— Absolument.

A vrai dire, Nic avait souvent repensé à cet homme qu'il avait vu en train de jouer avec son fils dans le parc. C'était de cette façon qu'il souhaitait vivre sa paternité.

— Très bien, finit par dire Desi. J'ai rendez-vous chez l'obstétricienne la semaine prochaine. Tu peux venir avec moi si tu veux.

— J'en ai envie, oui. Mais je veux plus que ça, aussi.

— Plus que ça ? répéta-t-elle sans trop comprendre. Pour le moment, je crains que ça suffise. J'aurai un rendez-vous au cabinet médical chaque mois puis, lorsque je me rapprocherai du terme, un toutes les deux semaines. Et je dois t'avertir, ce ne sont pas des parties de plaisir. Le meilleur moment, c'est quand j'écoute le cœur du bébé. Quelquefois, on prend ma tension et c'est à peu près tout.

Nic hocha la tête. A priori, ce programme était parfait.

— Tout ça a l'air de pouvoir me convenir.

— C'est parce que ce n'est pas toi qui reçois les injections.

— Et je m'en réjouis ! s'exclama-t-il avec une grimace comique. Je dois t'avouer que je pleure facilement.

— Ça, je l'avais déjà deviné, dit-elle en riant. On le sent.

— Que je pleure pour un rien ? s'étonna-t-il.

— Non. Disons que tu as l'air… sensible.

— Alors là, je dois avouer que c'est la toute première fois que quelqu'un me dit *ça* ! remarqua-t-il en éclatant de rire.

— C'est parce que tu dissimules ton côté sensible derrière des tonnes de charme.

Nic se sentit frémir. Desi avait fait cette remarque sur le ton de la plaisanterie, mais quelque chose dans son regard lui disait qu'elle avait le pouvoir de lire en lui comme dans un livre ouvert. Et c'était bien la première fois que quelqu'un y parvenait. Toute sa vie, il avait été le boute-en-train, le charmeur, le type décontracté, tout le contraire de Marc. C'était lui qui calmait le jeu quand les choses se gâtaient à la maison. C'était lui qui s'interposait entre son frère et leur père. Et il réussissait à faire tout cela avec le sourire.

Nic n'avait aucun mal à admettre qu'il avait passé des années à peaufiner son personnage jusqu'à ce que tout son entourage soit persuadé que c'était sa véritable personnalité. Et à vrai dire, la plupart du temps, il y croyait lui-même. Bref, l'idée que Desi ait pu voir ce qu'il cachait derrière ce masque, qu'elle ait deviné ce que personne d'autre ne s'était jamais donné la peine de chercher, était particulièrement troublante.

Et c'était sa seule excuse pour ce qui s'était passé ensuite.

Depuis cet instant, dans le parc, où il avait déterminé sans hésitation ce qu'il désirait dans sa vie, il n'avait eu d'autre souhait que d'en arriver là. Oui, autant l'avouer tout net : il avait besoin que Desi lui fasse confiance et qu'elle accepte sa proposition.

Seulement, Nic devait se rendre à l'évidence : il se retrouvait désormais profondément bouleversé par ce qui aurait dû être une remarque anodine mais qui, bizarrement, ne l'était pas. Et il aurait tout donné pour changer de conversation. Pour qu'on ne parle plus de lui. Alors, avant de comprendre qu'il sabordait son propre plan, et sans se donner la peine d'amener l'idée en douceur, il déclara :

— Je veux que tu viennes vivre avec moi.

Aussitôt, Desi le dévisagea comme s'il était devenu fou.

— Vivre avec toi ? répéta-t-elle. Tu plaisantes ?

— Je n'ai jamais été plus sérieux

— C'est impossible.

Nic attendit que le serveur ait déposé leur dessert sur la table et se soit retiré, puis il plongea généreusement sa cuillère dans le mascarpone et la lui tendit.

— Pas du tout, insista-t-il. C'est tout à fait logique.

Desi n'accepta pas tout de suite la bouchée qu'il lui tendait. Au lieu de ça, elle l'observa attentivement durant un instant qui lui parut interminable.

— Tu es peut-être sérieux, après tout, convint-elle enfin en se penchant pour avaler la bouchée qu'il lui offrait. Mais ton idée n'est pas très raisonnable. Nous ne savons presque rien l'un de l'autre.

Nic s'aperçut soudain qu'une minuscule quantité de crème fouettée était restée sur la lèvre de Desi. Bon sang, ce qu'il avait envie de se pencher pour la déguster du bout de sa langue. Non, c'était une mauvaise idée : il ne marquerait certainement pas de points en agissant de la sorte. Lui qui cherchait à la convaincre qu'il n'était pas simplement à la recherche d'une colocataire doublée d'une compagne occasionnelle de lit…

— Au contraire, elle est parfaitement sensée, insista-t-il. Imagine, en cas de problème d'ordre médical, je serais là !

— J'ignorais que tu étais aussi médecin.

— Ce n'est pas ce que je voulais dire.

— Non, mais si j'ai besoin de toi, je peux t'appeler. Les téléphones sont faits pour ça. A condition, bien sûr, que tu consentes à décrocher, cette fois, rétorqua Desi.

Nic fit la moue. C'était dit sur le ton de la plaisanterie,

mais il aurait fallu être idiot pour ne pas sentir la pique cachée derrière.

— Tu vois ? répliqua-t-il. C'est exactement ce que je te disais. Si nous vivions sous le même toit, tu n'aurais pas besoin de me téléphoner. Je serais toujours près de toi.

— Ecoute, Nic, dit-elle en poussant un profond soupir, je sais que cette histoire de bébé t'a profondément bouleversé. Crois-moi, je le comprends. Je le sais moi-même depuis des mois et je suis encore épouvantée lorsque j'y réfléchis. Mais ça ne veut pas dire que nous devons faire n'importe quoi. C'est ton premier réflexe, certes, mais tu devrais peut-être prendre quelques jours pour y penser. Pour être certain que tu as réellement envie de t'engager dans une relation, et…

— J'en suis certain, Desi. Et je ne suis pas le genre d'homme à fuir ses responsabilités.

Nic vit Desi secouer la tête. Et puis elle répondit :

— Seulement, tes responsabilités vis-à-vis du bébé ne sont pas une raison suffisante pour qu'on vive ensemble, toi et moi. Tu devrais faire partie de sa vie parce que c'est ce que tu désires, pas parce que tu estimes que c'est ton devoir.

— Tu déformes mes propos. Je désire faire partie de sa vie, bien évidemment…

— Ecoute-moi une minute, veux-tu ? le coupa-t-elle en posant à son tour la main sur la sienne. Tu dois réfléchir sérieusement avant de prendre une décision que tu pourrais regretter. Si tu souhaites reprendre ta liberté, il serait préférable que tu le fasses tout de suite plutôt que dans quatre mois ou dans quatre ans. Lorsque tu auras décidé que tu t'ennuies dans une telle relation.

Nic écarquilla les yeux. Une minute, que venait-elle de dire ?

— Pourquoi es-tu si certaine que je vais te quitter ? remarqua-t-il.

— Pourquoi es-tu si sûr que tu ne le feras pas ?

— Nous voilà à nouveau en train d'échanger des questions sans réponse, lâcha-t-il d'un ton excédé.

— C'est vrai, convint Desi en esquissant un sourire.

Mais ce sont des questions importantes. Et tu n'as pas répondu à celle que je t'ai posée.

— Toi non plus, rappela-t-il en la fixant d'un regard brûlant d'intensité.

Desi détourna les yeux la première avant de marmonner :

— Je crois seulement que tu devrais réfléchir sérieusement au problème.

— J'y ai déjà réfléchi, répliqua Nic.

— En seulement quelques heures ?

— Quelquefois, c'est amplement suffisant pour prendre une décision.

— Tu es totalement irrationnel, remarqua-t-elle en levant les yeux au ciel d'un air excédé.

Nic baissa la tête. Pas de doute, cette discussion mettait Desi au supplice. Oh ! bien sûr, elle essayait de faire bonne figure, de faire semblant d'être amusée ou exaspérée. Mais on devinait bien qu'elle était triste. Et peut-être un peu effrayée.

C'est cette peur qui le fit réfléchir. S'adossant à sa chaise, il la dévisagea un instant. Que pensait-elle, à ce moment précis ? Difficile à savoir. C'était frustrant, mais, sur ce point précis, elle avait raison. A quoi bon se mentir ? Ils ne savaient presque rien l'un de l'autre. C'est en apprenant à la connaître qu'il pourrait savoir comment elle fonctionnait.

C'était une raison supplémentaire pour qu'elle vienne vivre avec lui. L'intimité forcée de la cohabitation était la meilleure façon de briser les barrières entre deux personnes. Néanmoins, inutile de partager cette réflexion avec Desi. Sans quoi, elle serait peut-être tentée de s'enfuir pour de bon.

Lorsque le lourd silence entre eux devint insupportable, Nic finit par demander :

— Que dois-je faire pour te convaincre d'emménager avec moi ?

— Rien, répondit aussitôt Desi. Parce que ça n'arrivera pas. Outre toutes les bonnes raisons pour lesquelles deux personnes qui ne se connaissent pas ne devraient pas vivre ensemble, il y a la question de la logistique. Tu vis et tu travailles à San Diego. Moi, je vis et je travaille à Los

Angeles. Il n'est pas question que je m'inflige un trajet de trois heures en voiture matin et soir. C'est impossible.

— Si c'est là ta plus grande objection, n'y pense plus. Nous pouvons facilement remédier à ça.

Nic vit alors Desi lever les yeux au plafond avant de dire :

— Et quelle solution proposes-tu ? Ton argent ne pourra rien contre les embouteillages de Los Angeles aux heures de pointe.

— Peut-être. Mais il est possible de se déplacer autrement qu'en voiture.

— Ah ? Et comment ?

— En hélicoptère, par exemple, répondit-il en terminant son verre d'eau. Tu vois ? Problème résolu.

— Oui, mais je n'ai pas d'hélicoptère.

— Toi, non, mais moi j'en ai trois.

A ces mots, Desi jeta sa serviette sur la table et se leva. Une fois debout, elle déclara :

— Ecoute, ce débat est clos. Je vais faire un saut aux toilettes des dames. A mon retour, je voudrais que nous changions de sujet de conversation. Dans le cas contraire, je vais te laisser planté là et je vais rentrer chez moi. Et je peux te promettre que ni le bébé ni moi n'allons apprécier d'avoir à chercher un arrêt de bus à Beverly Hills.

- 11 -

Lorsqu'elle ressortit des toilettes des dames — où elle avait bataillé avec ses doutes —, Desi constata que Nic avait déjà payé l'addition et l'attendait pour l'escorter jusqu'à la voiture — une splendeur qu'elle n'aurait jamais pu se payer, même en économisant pendant des années ! Mais, au lieu de lancer un nouveau sujet de conversation, il s'installa derrière le volant et déclara :

— Je crois que j'ai trouvé la solution à notre problème.

— J'ignorais que nous avions un problème, répliqua-t-elle.

— Puisque tu n'as pas envie de venir vivre chez moi, poursuivit-il malgré tout, pourquoi est-ce que je ne viendrais pas m'installer chez toi ?

Desi éclata de rire. C'était très grossier de sa part, d'autant que Nic semblait sincère, mais elle n'avait pas pu s'en empêcher. L'idée d'un multimilliardaire campant dans son minuscule appartement au quatrième étage sans ascenseur à Los Feliz était tout bonnement hilarante. Allons, le cellier de la maison de Nic était plus vaste que la totalité de son appartement !

— Je ne vois pas ce qui est si amusant, marmonna-t-il en lui lançant un regard de reproche.

— Vraiment ? Tu ne vois pas ?

— Non.

Desi fit la moue. Et si elle disait oui à Nic ? Tout bien réfléchi, c'était peut-être la meilleure solution pour lui faire abandonner son idée ridicule. Il ne tiendrait même pas une journée dans son petit appartement. Pourquoi ne pas le laisser s'y installer ? Dès qu'il n'aurait plus d'eau chaude, dès que la climatisation tomberait en panne, il battrait en retraite. Les play-boys milliardaires élevés dans l'opulence étaient rarement capables de supporter des conditions spartiates. Bien sûr, elle n'avait jamais connu aucun autre milliardaire à part lui, mais elle était certaine que les choses se passaient comme ça.

— Très bien, alors, dit-elle tandis qu'il accélérait pour s'engager dans la circulation. Tu peux emménager avec moi.

A ces mots, Desi vit Nic sursauter. Il avait l'air de ne pas en croire ses oreilles !

— Vraiment ? s'étonna-t-il en lui lançant un bref regard en biais avant de se retourner vers la route. Tu veux bien ?

— Oui. Je dois t'avertir que mon appartement est minuscule, mais, si tu tiens tant à t'y installer, pourquoi m'y opposer ? Toutefois, nous allons devoir établir quelques règles de cohabitation.

— Des règles de cohabitation ? répéta-t-il d'un air perplexe.

— Oui. Par exemple, qui a droit à la salle de bains à quel moment, quelle est la part de chacun dans les tâches ménagères, et, surtout, l'interdiction des relations sexuelles.

A présent, Nic fronçait les sourcils et Desi fut à deux doigts d'éclater de rire. C'était mal de prendre tant de plaisir à le provoquer mais c'était plus fort qu'elle. Après toute la tension de cette journée, il était bien agréable de le taquiner un peu.

— Ces règles te posent-elles un problème ? s'enquit-elle une fois calmée.

— Tu peux disposer de la salle de bains à ta guise, répondit-il. J'engagerai une personne pour le ménage et je me chargerai du reste des tâches ménagères. Mais la règle concernant l'interdiction des relations sexuelles… Non, vraiment. Celle-là, je ne peux pas l'accepter.

— Ah bon ? fit-elle d'un air aussi innocent que possible. Moi, je considérerai ça comme une rupture de contrat.

Desi jeta un regard appuyé à Nic. Le pauvre… Il avait l'air désemparé.

— Mais nous avons déjà fait l'amour, et… tu es enceinte, bafouilla-t-il. Pourquoi s'imposer une telle abstinence sexuelle ?

— Parce que, comme je te l'ai déjà expliqué tout à l'heure au restaurant, je ne te connais pas. Et à part cette aventure d'une nuit, la seule que je me sois permise de toute ma vie, je n'ai pas l'habitude de faire l'amour avec des inconnus. Alors oui, j'estime que ce serait une rupture de contrat.

— Alors j'ai été ton unique aventure d'une nuit ?

Desi ne put s'empêcher plus longtemps d'éclater de rire. Pourquoi cette réponse ?

— Sérieusement, c'est tout ce que tu as retenu de ce que je viens de te dire ? Que tu as été mon unique amant ?

— Non, j'ai entendu tout le reste. Mais c'était ça, le passage le plus intéressant.

— Naturellement, ironisa-t-elle. Tu es un homme.

— Je n'ai jamais prétendu être autre chose, mon cœur.

A ces mots, Desi manqua de sursauter. *Mon cœur ?*

Voilà des mots qui resurgissaient d'un passé qu'elle croyait avoir oublié…

— Ne m'appelle plus jamais de cette façon, gronda-t-elle.

— Quoi donc ? C'est le terme « mon cœur » qui te gêne ?

— Oui, exactement. Ne m'appelle plus jamais ainsi.

— Pas de problème, répondit-il d'un ton conciliant. Je suis désolé de t'avoir fâchée.

— Je ne suis pas fâchée, marmonna-t-elle.

Nic demeura silencieux, mais ce silence était plus éloquent qu'un long discours. Il se doutait sûrement qu'elle ne disait pas la vérité. Et pourtant, il ne lui faisait aucune remarque. Est-ce que cela devait rendre Nic plus cher à son cœur ou l'irriter encore davantage ?

Il fallut plusieurs minutes pour que la gêne entre eux commence à se dissiper. Nic lui demanda alors de lui indiquer le chemin de son appartement.

Desi lui répondit d'un ton léger et détendu. Peu à peu,

la tension disparut. Tout du moins jusqu'à ce qu'il se soit garé devant son appartement et qu'il commence à grimper l'escalier derrière elle.

— Il n'y a pas d'ascenseur, chez toi ? s'enquit-il alors qu'ils arrivaient au quatrième étage.

— Non, convint-elle d'un ton léger.

— Ça risque de devenir un problème durant les deux derniers mois de ta grossesse, tu ne crois pas ?

Desi retint un soupir. Voilà qui allait devenir un argument pour qu'elle quitte son appartement et emménage chez lui.

Ce qui, bien sûr, était totalement hors de question.

— J'ai déjà interrogé mon obstétricienne à ce sujet. Elle m'a répondu que ce serait parfait, qu'un peu d'exercice nous ferait du bien, à moi et au bébé. Bien sûr, si l'accouchement se faisait par césarienne, je ne pourrais pas monter ces marches durant quelques semaines. Mais pour l'instant, rien n'indique que ce sera le cas. Ma grossesse est tout à fait normale — ennuyeuse, même — mais il paraît que c'est un bon signe.

Nic n'avait toujours pas l'air très convaincu, mais il ne fit plus aucune remarque à ce sujet tandis que Desi déverrouillait la porte de son appartement.

— Tu n'entres pas ? s'enquit-elle alors qu'il restait planté dans son minuscule hall d'entrée.

— Le souhaites-tu vraiment ? répondit-il en scrutant son visage. Tu as l'air fatiguée.

A vrai dire, Desi se sentait épuisée, effectivement. Cette journée avait été une séance de montagnes russes émotionnelles et elle avait presque l'impression d'avoir couru un marathon. L'accablante fatigue des trois premiers mois avait disparu depuis quelques semaines, certes, mais elle était tout de même épuisée à la fin de chaque journée. Comme Stephanie l'avait remarqué l'autre jour, lorsqu'elle l'avait surprise en train de faire une petite sieste dans la salle de repos, donner la vie à quelqu'un est un travail très fatigant.

Seulement, Nic et elle avaient encore quelques questions à régler, notamment les règles qu'elle avait évoquées.

Tenait-il encore à rester, maintenant qu'il avait constaté la taille minuscule de son appartement ?

C'est là que Desi s'effaça pour le laisser entrer. C'était la meilleure façon d'en avoir le cœur net.

— Oui, entre donc.

Mais il avait dû lire son état de fatigue sur son visage, car il secoua la tête.

— Non, je crois que je vais te laisser te reposer.

Nic sortit alors son téléphone de sa poche puis, d'un air visiblement gêné, il ajouta :

— Puis-je te demander de me rappeler ton numéro ? Cette fois, je te promets de ne plus l'effacer.

— Ça, je crois que seul le temps le dira, répondit-elle.

Desi avait dit ça en plaisantant, mais le regard de Nic vint aussitôt se plonger dans le sien.

— Je ne vais pas disparaître de ta vie, Desi.

Certes, il semblait très sérieux — et totalement sincère —, mais c'était ce que lui avaient dit tous les hommes. Oh ! bien sûr, ils avaient tous une excellente raison pour partir — ou pour lui suggérer de partir elle-même. Mais le résultat était toujours le même. Elle se retrouvait seule, à ramasser les morceaux d'un cœur brisé trop souvent.

Mais ce temps-là, celui où elle ouvrait son cœur à une personne qui finissait par l'abandonner, était révolu. Elle allait laisser sa chance à Nic, lui permettre de faire partie de la vie du bébé. Mais rien de plus. Il n'était pas question de devenir dépendante de lui, ni de lui permettre de la faire souffrir lorsqu'il déciderait enfin de la quitter.

Autant être lucide. Nic n'avait eu besoin que de huit semaines pour effacer son numéro de téléphone lorsqu'elle ne répondait pas à ses textos. Lorsque le bébé serait né et que tout deviendrait plus compliqué, combien de temps lui faudrait-il pour décider de les abandonner tous les deux ?

Sûrement pas très longtemps. Pas très longtemps du tout.

Desi donna alors à Nic son numéro. Mais avec un pincement au cœur.

— Tu devrais aller dormir, dit-il finalement en rangeant

son téléphone. Je t'appellerai demain et nous discuterons des aspects logistiques de mon installation chez toi. J'aimerais emménager le plus tôt possible.

— Qu'entends-tu par là ? s'enquit-elle d'un ton prudent.

— Dès le week-end prochain, si tu n'y vois pas d'inconvénient. Je le ferais bien plus tôt, mais je sais que tu travailles et je ne voudrais pas te causer de problèmes au journal.

— Je crois que c'est déjà fait, observa-t-elle d'un ton las.

Desi sentit son cœur se serrer et sa culpabilité se raviva. Dire qu'elle avait failli ruiner Nic et son frère. Qu'elle avait presque conduit leur société à la faillite ! Et pourtant, il ne voulait pas lui causer de problèmes à son travail. A sa place, elle aurait exigé sa tête sur une pique.

— Je suis désolée, Nic, murmura-t-elle. Je sais que de simples excuses ne suffiront pas à me faire pardonner une erreur qui a failli ruiner ta famille, mais c'est tout ce que je trouve à dire.

— C'est oublié, l'interrompit-il en se penchant pour déposer un doux baiser sur son front. On recommence à zéro.

Desi fit la moue. Etait-ce vraiment le cas ? Ce baiser gentiment platonique avait suffi à embraser son corps comme la toute première fois. En un sens, ils reprenaient exactement là où ils s'étaient arrêtés dix-huit semaines plus tôt.

Ce qui était inquiétant, étant donné l'espace réduit qu'ils allaient devoir partager. Et sa ferme intention d'appliquer à la lettre sa règle excluant les relations sexuelles. L'alchimie entre eux n'avait jamais été aussi forte. Si elle laissait Nic entrer dans son lit, il resterait beaucoup plus longtemps dans son petit appartement. Or comment allait-elle lui prouver à quel point ils étaient incompatibles dans la vie réelle, s'ils ne quittaient jamais le lit ?

Desi devait se rendre à l'évidence : Nic l'attirait comme un aimant et elle se surprit à tendre les lèvres pour l'embrasser... même si c'était une très mauvaise idée. Hélas, à quoi bon se mentir ? Elle brûlait de sentir ses grandes mains caresser sa peau. Lorsqu'elle leva les yeux vers les siens, elle vit son regard s'assombrir, devenir du même vert que l'océan secoué par la tempête et elle sentit sa résistance faiblir peu à peu. S'il l'embrassait à cet instant précis… S'il la touchait… elle n'aurait sûrement pas la force de se refuser à lui.

Finalement, Nic ne fit pourtant ni l'un ni l'autre. Au lieu de ça, il recula de deux pas, hors d'atteinte de ses bras. Il lui adressa un sourire très doux et déclara :

— Va te reposer. Je t'appellerai demain matin et nous discuterons des détails de mon installation. A ce moment-là, nous nous sentirons mieux tous les deux.

Desi ne put que se réjouir. Lui avait au moins cette certitude car, de son côté, elle n'était plus sûre de rien. Néanmoins, elle acquiesça et fit de son mieux pour lui adresser un semblant de sourire.

— Oui. Nous parlerons demain matin.

Ils restèrent encore un long moment face à face, personne n'osant rompre ce lien nouveau et ténu qui s'était tissé entre eux. Elle aurait pu reculer d'un pas et refermer la porte. Lui aurait pu tourner les talons et s'en aller. Et pourtant, ils restaient là à se dévisager sans un mot. A imaginer en silence ce que pourrait être la suite… pour eux deux.

Pourtant, malgré toutes ses bonnes résolutions, Desi se sentit hésiter. Pourvu que Nic reste encore un peu — pour le bébé, bien sûr, pas pour elle.

Malgré tout, après toutes les épreuves qu'elle avait traversées, après avoir dû dire adieu à tant de gens au cours de ces années, le seul fait d'espérer qu'il resterait pour le bébé lui apparaissait comme une faiblesse. Pire, comme une trahison.

Alors, Desi trouva la force de faire un pas en arrière.

La volonté de souhaiter à Nic une bonne nuit.

Et sans trop savoir comment, elle trouva même la force de refermer la porte sur le beau visage sensuel de Nic et sur son expression si douce.

Dimanche, Desi devait se rendre à l'évidence : elle n'était toujours pas remise de son moment de faiblesse. En réalité, elle avait passé une bonne partie de la semaine à se reprocher amèrement son manque de volonté. Pourtant, chaque jour qui passait, elle tombait davantage sous le charme de Nic : voilà la vérité.

Il l'avait appelée deux fois par jour, tous les jours, simplement pour prendre de ses nouvelles. Il lui faisait livrer un petit panier de fruits frais qu'elle trouvait sur son paillasson chaque matin et le traiteur lui apportait de sa part un délicieux dîner parfaitement équilibré chaque soir. Un jour, il était même venu en voiture depuis San Diego dans le seul but de s'assurer qu'ils allaient bien, elle et le bébé. Et il n'avait jamais élevé une seule critique contre les règles de plus en plus ridicules qu'elle édictait pour encadrer leur cohabitation.

Desi devait bien l'admettre : Nic était visiblement bien décidé à vaincre sa résistance et elle ne pouvait pas se permettre de céder. Et c'était très difficile car il se montrait si doux, si gentil. D'ailleurs, elle-même avait la sensation d'être à deux doigts de basculer dans un tourbillon de besoin, de désir et d'attachement émotionnel.

Or il n'en était pas question.

Et c'est ainsi qu'elle se retrouva, un radieux dimanche matin, plantée au centre de sa toute petite cuisine à observer son amie Serena qui donnait des ordres à deux solides gaillards — son petit ami et son frère — chargés de déplacer le grand sofa qu'ils venaient de lui apporter. Le but était de l'installer à la meilleure place dans son salon mais, au fond, cela importait peu. Ce monstre dominerait la pièce, où qu'il soit.

Comment s'en étonner ? C'était un meuble énorme, de faux style campagnard et d'une affreuse teinte rose fuchsia. De plus, il était incurvé et dur comme la pierre. Une torture pour le dos de Nic qui allait passer des nuits horribles lorsqu'il aurait à dormir là-dessus.

En d'autres circonstances, Desi se serait sentie coupable de vouloir torturer Nic alors qu'il lui offrait son soutien inconditionnel. Mais les situations exceptionnelles exigeaient des mesures exceptionnelles. Il s'apprêtait à emménager chez elle l'après-midi même et elle n'était même pas sûre de pouvoir s'empêcher de se jeter sur lui dès qu'ils seraient seuls. Ou, pire encore : de tomber amoureuse de lui.

Voilà pourquoi elle avait supplié Serena de lui laisser emprunter le meuble auquel son amie tenait tant contre deux cents dollars et la promesse de passer toute une journée avec elle au spa. Néanmoins, dans les circonstances présentes, ce prix à payer lui paraissait modeste.

Nic devait partir… et très vite.

Desi avait pris sa décision : elle se répéterait ces mots comme un mantra chaque fois qu'elle sentirait sa volonté faiblir. C'est-à-dire chaque fois qu'elle voyait Nic, qu'elle entendait sa voix au téléphone, ou même qu'elle pensait à lui — ce qui lui arrivait de plus en plus souvent depuis quelque temps.

Tout ça à cause de ses stupides hormones !

Lorsque Nic apparut finalement à sa porte avec deux valises et une sacoche à ordinateur portable, quelques heures plus tard, Desi était au bord de la crise de nerfs. Elle venait de passer des heures à attendre sans rien faire.

En temps normal, elle passait son dimanche matin à faire le ménage dans son appartement mais une société de nettoyage s'était présentée à sa porte le jeudi matin, alors qu'elle s'apprêtait à partir pour son travail. Lorsqu'elle avait essayé de les renvoyer, pensant qu'ils s'étaient trompés de porte, les employés lui avaient annoncé qu'ils venaient de la part de Nic. Et qu'ils reviendraient chaque semaine pour rendre son appartement « propre comme un sou neuf ».

Lorsqu'elle avait essayé de dire à Nic qu'elle n'avait pas besoin de gens pour nettoyer son appartement, il lui avait assuré que ce n'était pas pour elle mais pour lui. Il était très peu soigneux et avait besoin que quelqu'un nettoie après lui.

Desi avait eu l'impression de l'entendre rire alors qu'il lui donnait cette explication. Elle le lui avait fait remarquer, d'ailleurs, mais il avait nié. C'est là qu'elle avait compris ce qu'elle avait seulement soupçonné le soir où elle l'avait suivi chez lui, des semaines plus tôt : elle avait trouvé un adversaire à sa mesure, aucun doute là-dessus.

Et voilà désormais que Nic se trouvait sur le pas de sa porte, face à elle.

— J'ai débarrassé la moitié du placard pour toi, l'informa-t-elle alors qu'il entrait dans l'appartement. J'ai pensé que tu pourrais avoir besoin de cette commode pour ranger tout ce que tu n'as pas besoin de pendre.

Joignant le geste à la parole, Desi indiqua un joli coffre ancien qu'elle avait trouvé dans un vide-grenier et repeint en jaune vif — et qui, comme elle le constatait maintenant, jurait horriblement avec le fuchsia du sofa qui dominait son salon.

Normalement, elle utilisait ce coffre pour ranger ses livres, mais ceux-ci étaient désormais dans des cartons entassés sous son lit. Allez, si elle jouait finement, ces livres retrouveraient leur place habituelle dès le mercredi suivant. Peut-être même encore plus tôt si cet horrible sofa était aussi inconfortable qu'elle l'imaginait. Nic n'allait sûrement pas tenir longtemps !

— Merci, répondit celui-ci avec ce sourire beaucoup trop sexy. C'est très gentil de ta part.

Desi se sentit aussitôt submergée par une nouvelle vague de culpabilité. Elle avait les mains moites et la gorge serrée. Mais il fallait qu'elle résiste, sa vie en dépendait. Nic devait partir, et le plus tôt serait le mieux.

— As-tu besoin d'aide pour ranger tes affaires ? s'enquit-elle en tendant la main vers l'une de ses valises.

— Je peux le faire tout seul, assura-t-il. Tu devrais rester tranquillement assise pendant que je défais mes bagages. Et ensuite, je t'emmènerai déjeuner.

— Je suis enceinte, protesta-t-elle. Pas invalide.

— C'est vrai. Mais moi, je ne suis ni l'un ni l'autre. Alors c'est moi qui gagne. Assieds-toi donc.

Nic indiqua alors cette monstruosité de sofa et Desi fit de son mieux pour conserver son calme. Pourquoi n'avait-elle jamais envisagé qu'elle allait devoir s'asseoir là-dessus, elle aussi ? Ce truc devait être à peine plus confortable pour s'asseoir que pour dormir, elle le devinait déjà.

— Je crois que je préfère l'un des tabourets du bar.

Alors qu'elle se détournait de lui, Desi crut entendre Nic murmurer : « Ce n'est pas très étonnant. » Mais lorsqu'elle tourna la tête, il lui fit un sourire parfaitement innocent.

Comme si elle allait se laisser berner aussi facilement…

Elle ramassa son ordinateur portable sur son bureau et s'installa au bar pour terminer un article au sujet d'un bal de charité auquel elle avait assisté la veille. On l'attendait pour 17 heures, mais le remettre plus tôt ne pourrait qu'aider sa carrière. De fait, même si Malcolm continuait à la traiter comme avant, elle sentait qu'elle était devenue *persona non grata* dans la salle de rédaction.

Mais avec un peu de chance, c'était peut-être seulement l'effet de sa culpabilité : elle était seule responsable de sa chute, non ? Certes, Stephanie, qui travaillait au *LA Times* depuis dix ans, lui assurait que tous les journalistes commettent une erreur un jour ou l'autre, mais elle avait un peu de mal à y croire. Combien d'entre eux causaient un désastre dès leur première mission importante ?

Desi l'avait d'ailleurs fait remarquer à Stephanie et son amie avait précipitamment prétendu qu'elle devait passer un coup de fil. C'était bien un signe, non ?

Du coup, elle avait rédigé l'article du zoo plus tôt ce jour-là. Travailler en présence de Nic dans un appartement de soixante mètres carrés où sa silhouette imposante occupait tout l'espace risquait d'être difficile.

Pourtant, il se montra aussi discret que pouvait l'espérer un homme de sa stature. Il ne l'interrompit pas, ne lui demanda pas une seule fois où il pouvait ranger ses affaires. Non, il fit ce qu'il avait à faire et la laissa tranquille. Certes, si elle s'était mieux contrôlée, elle aurait pu s'abstenir de jeter un regard dans sa direction toutes les quinze secondes et elle aurait terminé ses corrections beaucoup plus tôt.

De fait, Desi et Nic terminèrent leurs tâches en même temps. Là-dessus, celui-ci insista pour l'inviter à déjeuner afin de fêter leur cohabitation. Il l'emmena dans un petit restaurant mexicain puis ils firent une promenade dans Griffith Park. Le parc grouillait de monde car c'était un week-end, mais ce fut tout de même très distrayant.

Dire qu'elle avait passé une grande partie de sa vie totalement seule — par le hasard des circonstances lorsqu'elle était enfant et par choix à l'âge adulte. C'était incroyable de voir qu'une simple promenade dans un parc était tellement plus agréable à deux.

Lorsqu'ils retournèrent enfin à l'appartement, Desi vit quelque chose qu'elle n'avait pas remarqué précédemment : trois livres sur la grossesse et l'art d'être parent que Nic avait déjà visiblement potassés à en juger par les nombreux marque-pages qu'il y avait laissés. Oh non… Inutile de se bercer d'illusions : elle avait un sérieux problème sur les bras.

Car pour la première fois depuis qu'elle avait permis à Nic de s'installer chez elle, elle ne songeait plus à la façon de le faire déménager. Non, elle réfléchissait à ce qu'elle pourrait faire pour le convaincre de rester avec elle.

- 12 -

Tôt le lundi matin, Nic venait d'achever de se raser lorsque Desi l'appela depuis la cuisine.

— Nic ! Viens vite !

Oh non, bon sang, qu'est-ce qui avait bien pu arriver ? Ni une ni deux, il sortit en courant de la salle de bains sans même enfiler une chemise.

— Que se passe-t-il ?

Il arriva dans la cuisine avant qu'elle ait eu le temps de répondre et il jeta un regard affolé autour de lui. Seulement, tout avait l'air d'aller bien. Desi était adossée au plan de travail, une main sur son ventre et tout sourire.

— Un problème avec le bébé ? s'enquit-il en s'arrêtant juste devant elle.

— Il me donne des coups de pied !

Nic sursauta. Ce n'était pas du tout ce qu'il s'attendait à entendre et il lui fallut un instant pour assimiler le sens de ce qu'il venait d'entendre. Alors il baissa les yeux vers le ventre de Desi.

— Il te donne des coups de pied ? balbutia-t-il.

— Oui.

Aussitôt, elle écarta ses vêtements et attrapa la main de Nic pour la poser contre son ventre dénudé.

Durant un long moment, il ne sentit rien et leva un regard interrogateur vers Desi. Mais elle hocha la tête d'un air encourageant et appuya sa main plus fort. Alors, il attendit, sans respirer, le cœur battant…

C'est là qu'il sentit quelque chose. Un petit coup contre sa paume.

— Il m'a donné un coup de pied ! s'écria-t-il d'un air ravi.

— En réalité, corrigea-t-elle, je crois que c'est à moi qu'il a donné un coup de pied. Tu n'es qu'un dommage collatéral.

— N'écoute pas ta mère, dit-il en s'adressant au bébé avant de tomber à genoux devant Desi pour poser les lèvres sur la douce rondeur de son ventre. Elle est de mauvaise humeur parce qu'elle n'a plus droit à son café, le matin.

— Je t'interdis de dire au bébé que je suis de mauvaise humeur, répliqua Desi. Sinon, je ne t'avertirai plus la prochaine fois qu'il me donnera des coups de pied.

— Tu vois, mon bébé ? Je t'avais dit qu'elle était de mauvaise humeur. Tu as entendu comme elle est méchante ?

Nic effleura son ventre d'une caresse. Desi avait-elle beaucoup changé physiquement depuis la dernière fois où il s'était trouvé aussi près d'elle ? Non, il n'y avait que ce petit ventre rond et ces seins plus épanouis qu'il trouvait follement sexy.

— Toi aussi, tu deviendrais méchant si tu devais te sevrer d'un seul coup de caféine, remarqua-t-elle.

— Je n'en doute pas une seconde, répondit-il d'un ton conciliant alors que le bébé lui donnait un second coup de pied. Tu vois ? J'ai eu droit à une nouvelle ruade ! Je t'avais bien dit que c'était moi, sa cible.

— Je ne voudrais pas t'offenser, mais je te signale que ta main recouvre pratiquement tout *mon* ventre, en ce moment.

A ces mots, Nic prit soudain conscience d'une chose. Il était agenouillé devant Desi, la main posée sur la peau nue et satinée de son ventre. La bouche à quelques centimètres du centre de sa féminité.

Soudain, il ne put s'empêcher de se pencher un peu pour humer son doux parfum.

Desi se raidit contre lui et il s'immobilisa, prêt à s'excuser. Mais elle ne le repoussa pas. Au lieu de quoi, il sentit ses mains fines se poser sur ses épaules puis remonter lentement sur son cou. Là, elle glissa les doigts dans ses cheveux, se cambrant contre lui.

Nic sentit un éclair de désir le traverser instantanément et il se pencha davantage. Il entendit Desi gémir lorsqu'il posa les lèvres sur son ventre. Mais, cette fois encore, elle ne le repoussa pas. Il avait lu dans l'un de ses manuels sur la grossesse que les hormones des femmes étaient très perturbées durant cette période, ce qui causait souvent une augmentation du désir sexuel. Si c'était ce qui se produisait maintenant, il ne tenait pas à profiter de cet instant de faiblesse pour satisfaire sa propre libido, même s'il brûlait de la caresser, de l'embrasser, d'entrer en elle.

En même temps, il devinait la force du désir de Desi dans sa façon d'onduler les hanches contre lui. Il l'entendait dans le râle qui montait du fond de sa gorge, il la sentait dans la sensuelle tiédeur de sa peau.

— Laisse-moi te donner du plaisir, murmura-t-il en effleurant son ventre du bout des lèvres. Rien de plus, je te le promets.

— Oui, répondit-elle dans un souffle en appuyant sa nuque contre la porte de l'un des placards. Oui, Nic, s'il te plaît. J'en ai envie…

Nic posa alors doucement la main contre sa bouche — pas parce qu'il n'avait pas envie d'entendre ces mots-là mais parce qu'ils faisaient démesurément croître son propre désir. Même s'il mourait d'envie de faire l'amour à Desi, les règles qu'elle avait édictées l'autre soir étaient encore présentes dans sa mémoire.

Oh ! cela ne le gênait pas du tout de les contourner si c'était seulement pour lui donner du plaisir. Seulement, jusqu'à ce qu'elle en décide autrement, il n'était pas question de lui faire l'amour. Et pourtant, dire qu'elle était si belle, si incroyablement sexy, dans ces moments-là…

Enfin, ils auraient tout le temps d'y penser plus tard, d'essayer de comprendre où allait leur relation et comment tout cela finirait. Pour le moment… Tout ce qu'il désirait, c'était poser la bouche sur Desi et l'entendre crier son nom lorsqu'elle atteindrait les cimes du plaisir.

Fort de cette décision, Nic déposa mille baisers sur son ventre en remontant vers sa poitrine généreuse. Lorsque le petit débardeur qu'elle portait gêna sa progression, il le lui ôta rapidement et le lança par-dessus son épaule. Soudain, Desi fut là devant lui, avec sa peau douce dorée par le soleil, ses seins épanouis, avec leurs pointes roses à peine visibles entre les longues boucles de sa crinière blonde comme les blés de l'été.

— Ravissante, murmura-t-il en levant les yeux vers les siens. Tu es incroyablement belle, Desi.

Celle-ci plongea son regard dans le sien. Nic vit alors qu'elle était nerveuse car ses paroles la firent rougir. Elle détournait déjà la tête mais il lui saisit gentiment le menton et la força à le regarder en face.

— Ne te cache pas, murmura-t-il en mordillant délicatement la partie inférieure de ses seins.

Elle gémit et il vit son regard chavirer. A cet instant, il fut à deux doigts de renoncer à se contrôler. Il eut brusquement envie de se donner à elle sans plus attendre, comme il avait rêvé de le faire de si nombreuses fois au cours de ces cinq derniers mois.

Mais ce n'était pas ce dont elle avait besoin à cet instant précis — et lui non plus. Alors, au prix d'un effort surhumain, il dompta son désir sauvage et se concentra sur elle. Uniquement sur elle.

Les changements qui avaient eu lieu dans le corps de Desi étaient plus visibles à présent qu'elle était nue — son ventre arrondi, ses seins lourds, aux pointes d'un rose intense et dures comme des rubis. Sa carnation était toujours aussi dorée, mais Nic distinguait maintenant des veines bleutées sous la peau douce de ses seins.

Ce détail la faisait paraître infiniment fragile, délicate, et il s'obligea à faire preuve de la plus grande douceur lorsqu'il recueillit ses seins dans ses paumes. Là, il sentit qu'elle cessait brusquement de respirer.

— C'est douloureux ? s'enquit-il. Un de mes livres dit…

— Non, pas vraiment, le coupa-t-elle. C'est juste un peu sensible, mais, si tu fais ça avec douceur…

Le reste de sa phrase mourut sur les lèvres de Desi car Nic effleurait désormais tendrement le haut de sa poitrine. Inutile de se presser. Après avoir été privé d'elle durant de longs mois, c'était comme s'il la redécouvrait à chaque seconde.

Nic explora avec les lèvres, avec la langue, chaque centimètre carré de sa peau. Moins de deux minutes plus tard, Desi se tortillait contre lui, son corps merveilleux tremblant de désir, ses mains fiévreuses parcourant ses épaules, son dos, se glissant dans ses cheveux. Ah, que c'était bon de sentir ses mains fines et, plus encore, de la voir réagir à ses caresses. Elle avait renoncé à toute retenue, elle se donnait entièrement à lui.

Mais il désirait faire de même avec elle. Il voulait *tout* lui donner. Il voulait qu'elle le désire — qu'elle ait besoin de lui, comme il avait besoin d'elle.

— Nic, s'il te plaît…

Desi tremblait tout contre lui, cambrant les reins pour rapprocher son corps du sien, elle le suppliait de lui donner ce dont elle avait besoin.

Tout en riant doucement, Nic écarta la bouche de sa poitrine voluptueuse mais resta suffisamment près pour qu'elle sente encore son souffle sur la pointe durcie de ses seins.

— Ne joue pas avec moi, gémit-elle en plongeant ses doigts dans ses cheveux pour qu'il plaque à nouveau la bouche contre son sein.

— Ma chérie, je n'ai même pas commencé à jouer avec toi, répliqua-t-il.

A ces mots, Nic suça son téton si fort qu'elle en eut le souffle coupé.

— Trop fort ? s'enquit-il aussitôt.

— Non ! Je t'en supplie, je suis si près de… je…

Desi s'interrompit pour se débarrasser rapidement de

son pantalon de pyjama et le laisser tomber sur le sol avant de murmurer :

— Fais-moi l'amour, Nic. Je veux te sentir en moi.

— Je suis là, dit-il en déposant des baisers jusqu'à son ventre ferme et arrondi.

Nic frémit. Les gémissements de Desi, sa douce supplique embrasaient son propre désir. Il lui était de plus en plus difficile de le contenir, de prendre son temps avec elle.

— Desi, tu es si belle, murmura-t-il en laissant glisser ses lèvres jusqu'à son mont de Vénus, puis à l'intérieur de sa cuisse, avant de remonter pour mordiller sa hanche. Si belle…

— Nic, je ne peux pas, gémit-elle en s'accrochant à ses épaules. Je vais… tomber.

— Je te tiendrai, promit-il en posant la bouche sur son nombril. Je suis là, Desi. Je suis là, ma chérie.

Et il poursuivit sa tendre exploration des douces rondeurs de Desi. Chacune de ces caresses n'avait qu'un but : attiser le feu du désir qui la consumait.

A présent, Nic avait posé la bouche devant le centre de sa féminité. Il émanait d'elle un délicieux parfum de miel et il resta ainsi un instant, agenouillé devant elle, à inhaler son parfum divin. C'est là qu'il laissa glisser ses doigts jusqu'à sa moiteur brûlante.

Lorsque Nic approcha la bouche pour souffler gentiment sur sa peau d'un rose nacré, Desi ne put retenir un cri et son corps fut secoué de spasmes à chacune de ses caresses.

Il se sentit frémir. Le désir qui le tenaillait était si douloureux qu'il avait peur de perdre le contrôle de son corps, comme un adolescent au moment de sa première fois. Mais attention : il s'agissait d'abord de donner du plaisir à Desi. Jusqu'à ce qu'elle n'en puisse plus.

Bon sang, ce qu'il avait envie de la goûter, de l'envoyer au septième ciel, le plus haut possible, puis de la faire basculer dans un abîme de plaisir.

Une chose était sûre : il n'aurait pas à attendre longtemps, car Desi tremblait littéralement sous ses mains. Son corps merveilleux frémissait à chacune de ses caresses.

— Tu es incroyable, murmura-t-il en savourant le centre de sa féminité. Sexy, ravissante, tellement brûlante. Je pourrais…

Nic se tut brusquement car, au même instant, Desi laissa échapper un cri et plongea les doigts dans ses cheveux. Il posa à nouveau la bouche sur sa féminité brûlante et ses caresses se concentrèrent sur son point le plus sensible.

Là, Desi prononça son nom comme une prière tandis qu'elle basculait dans un abîme d'extase. Nic la maintint fermement en place, nourrissant les flammes de cet incendie pendant qu'elle montait toujours plus haut, en poussant un long cri étranglé. Il s'attarda toujours davantage sur son bouton de rose secret tandis qu'elle s'accrochait à lui comme un naufragé dans la tempête. Puis, lorsqu'elle revint finalement sur terre, il lui murmura des mots doux en continuant à embrasser tout son corps.

Lorsque Desi retrouva sa lucidité — c'est-à-dire lorsqu'elle cessa de trembler et qu'elle fut à nouveau capable de poser les yeux quelque part —, elle s'affaissa sur le sol près de lui et entreprit aussitôt de défaire la boucle de sa ceinture.

Pourtant, même si cela lui déchirait le cœur, Nic l'arrêta d'un geste.

— Tu n'as pas envie de…

Comme elle s'interrompait pour lui lancer un regard à la fois étonné et peiné, il l'attira sur ses genoux et la serra dans ses bras pour lui murmurer à l'oreille :

— Crois-moi, j'en meurs d'envie, moi aussi. Mais pas maintenant. Il reste encore trop de questions non résolues entre nous.

— Je ne comprends pas, Nic. Je pensais que tu me désirais. Je pensais…

Desi se tut et détourna le regard. Le cœur serré, Nic lui saisit le menton et tourna gentiment son visage face à lui.

— Ne fais pas ça, ma chérie. Parle-moi. Tu pensais quoi ?

— Je ne sais pas. C'est juste que… C'est moi qui ai

édicté la règle interdisant le sexe entre nous, mais j'avais pensé qu'elle s'appliquerait davantage à toi qu'à moi. Et maintenant, c'est moi qui la transgresse, qui profite de toi…

Il ne put s'empêcher d'éclater de rire.

— Ma chérie, tu peux profiter de moi chaque fois qu'il te plaira, je t'assure. Je n'y vois aucun inconvénient, au contraire.

— J'essaie de te parler sérieusement, répondit-elle d'un ton boudeur.

— Je suis tout à fait sérieux, moi aussi, crois-moi. Quand tu voudras, où tu voudras, je suis à toi.

Sur ces mots, Nic approcha lentement les lèvres de celles de Desi, mais alors qu'il s'apprêtait à céder à nouveau au sortilège de ses baisers fiévreux, il entendit un bruit reconnaissable entre mille. Celui d'un hélicoptère en approche.

Nic s'écarta alors à contrecœur et déposa un dernier baiser sur le front de Desi avant de l'aider à prendre place sur le sol près de lui.

— Je dois partir, mon ange. Cet hélicoptère qui est sur le point de se poser sur le toit de l'immeuble est pour moi.

— Pour toi ? répéta-t-elle d'un air abasourdi.

— Oui, bien sûr. C'est comme ça que je me déplace.

— J'avais cru que tu plaisantais quand tu me parlais de tes hélicoptères.

— Croyais-tu vraiment que je perdrais cinq heures dans la circulation chaque jour alors que je peux les passer auprès de toi, ma chérie ?

A ces mots, Nic ne résista pas à l'envie de l'embrasser une dernière fois puis il se remit debout. Ce qui n'était pas chose facile après la nuit épouvantable qu'il venait de passer sur ce sofa grotesque qui lui avait brisé le dos.

S'il ne connaissait pas mieux Desi, il aurait pu soupçonner qu'elle avait acheté cette horreur dans le seul but de rendre ses nuits aussi inconfortables que possible. Cela étant, ce modèle de sofa ne courait pas les rues. Si Desi l'avait choisi, ce n'était sûrement pas par hasard. Ce qui signifiait qu'elle devait réellement l'aimer. Même si cela paraissait incroyable, à vrai dire…

— Je serai à la maison vers 19 heures, dit-il en récupérant sa chemise accrochée à la poignée de la porte de la salle de bains.

Nic la boutonna rapidement puis glissa les pieds dans ses élégantes chaussures, ramassa sa mallette et se dirigea tout droit vers la porte. Allez, en route.

Il changea pourtant de cap à la dernière seconde et fit un crochet par la cuisine pour déposer un autre baiser rapide sur les lèvres de Desi.

— Si je suis en retard, je t'enverrai un texto.

— Je dois couvrir un gala ce soir, je ne serai pas à la maison quand tu rentreras.

— Un gala ? Où ?

— Au parc d'attractions SeaWorld. C'est un gala de charité au profit d'une fondation qui milite pour la défense des océans. Une foule d'acteurs et de producteurs de Hollywood doivent y assister, ainsi que la crème de la société locale.

Nic haussa un sourcil. Voilà qui était intéressant…

— Défendre nos océans ? lança-t-il. C'est un beau combat. As-tu déjà un cavalier ?

— Dois-je comprendre que tu proposes de m'y accompagner ? répondit Desi.

— Le dernier gala auquel j'ai assisté m'a laissé un merveilleux souvenir. Alors, oui, je crois que j'aimerais t'y accompagner.

— Il n'est pas question que je fasse l'amour avec toi sur une terrasse de SeaWorld, remarqua-t-elle en riant.

Nic rit à son tour puis ouvrit la porte avant de dire :

— On peut toujours rêver, non ? J'enverrai l'hélicoptère pour te prendre et nous nous retrouverons au gala. Qu'en penses-tu ?

— Euh… oui, d'accord.

— Quel est le problème ? s'enquit-il.

La question était légitime, vu l'hésitation dans la voix de Desi.

— C'est que… je ne suis jamais montée dans un hélicoptère, répondit-elle d'un ton hésitant.

— Oh ! je vois. Tu préfères venir en voiture ? Je pourrais envoyer une voiture te chercher, et…

— Je suis une grande fille, Nic. Je peux conduire jusqu'à San Diego. Après tout, c'est comme ça que j'ai fait ta connaissance.

Nic eut un sourire avant de s'empresser de répondre :

— Je n'ai jamais douté de tes capacités. J'ai seulement pensé que, si je t'envoyais une voiture, tu pourrais passer la nuit chez moi. Le lendemain, je te raccompagnerais à Los Angeles en hélicoptère. Comme ça, tu ne serais pas seule pour ton premier vol et ce serait beaucoup plus amusant.

— Mais, et toi ? Tu n'es pas censé travailler à San Diego, demain ?

— Si, mais l'hélicoptère doit retourner là-bas de toute façon. Je le prendrai pour rentrer.

Au même instant, Nic sentit son téléphone vibrer et le sortit de sa poche pour y jeter un œil. Le pilote lui signalait par texto que l'hélico l'attendait — comme s'il n'avait pas entendu le vacarme de son arrivée…

— Je file avant que tes voisins ne se plaignent du bruit, dit-il. Que penses-tu de mon plan ?

— Oui, monsieur le P-DG. Votre plan est parfait.

A ces mots, il fit un clin d'œil à Desi et referma la porte derrière lui.

Tout en sortant, Nic se rendit compte d'une chose. Pour être honnête, elle avait raison. Cet arrangement entre eux lui convenait aussi tout à fait. En réalité, le seul point noir dans leur relation, c'était ce satané sofa.

- 13 -

Desi n'en croyait pas ses yeux. Nic lui avait envoyé une limousine. Une vraie limousine, longue et noire, avec des vitres teintées et un chauffeur en uniforme impeccable. Sans compter qu'il ne s'agissait pas de l'une de ces limousines de location. Celle-ci appartenait à la société Bijoux et elle était exclusivement à la disposition des frères Durand. C'était en tout cas ce que lui avait dit le chauffeur qui n'avait été que trop heureux de chanter les louanges de ses employeurs.

Ce qui n'était pas très surprenant. Tout le monde *adorait* Marc et Nic Durand. Tout le monde, sauf elle, en un sens. A quoi bon se voiler la face ? Elle leur avait fait du tort en prenant pour argent comptant les allégations d'un soi-disant lanceur d'alerte qui n'était qu'un employé dépité cherchant à se venger de ses anciens patrons. D'ailleurs, elle était même prête à admettre qu'elle appréciait beaucoup Nic. Il aurait été presque impossible de rester indifférente à un homme aussi chaleureux, aussi charmant, aussi attentionné que lui.

Desi s'installa prudemment sur la luxueuse banquette en cuir puis poussa un soupir. Cela ne signifiait évidemment pas qu'elle l'aimait ou qu'elle soit en train de tomber amoureuse de lui. Après tout, elle ne savait presque rien de lui.

Bien sûr, ce n'était pas la stricte vérité. Elle connaissait sa couleur préférée, savait qu'il aimait marcher pieds nus sur la plage à minuit, qu'il donnait généreusement aux œuvres de charité et qu'il aimait son café avec une goutte de crème. Mais connaître ces quelques détails, était-ce connaître un homme ? En tout cas, ce n'était pas suffisant pour qu'elle soit amoureuse de lui alors qu'elle s'était juré de ne plus l'être. *Plus jamais.*

Nic Durand pouvait être un vrai prince charmant, faire un million de choses merveilleuses pour elle et pour le bébé, elle resterait ferme dans sa décision. Elle ne se laisserait pas influencer ou convaincre. Pas question de l'oublier. Elle ne deviendrait jamais dépendante de lui. Parce que pour elle, cela ne fonctionnait pas. Cela n'avait jamais fonctionné et cela ne fonctionnerait jamais. Dès l'instant où elle commençait à croire qu'un homme l'aimait, qu'il ne la quitterait jamais, c'était *exactement* ce qui se produisait.

Alors non, elle ne tomberait pas amoureuse de Nic.

Desi regarda le paysage défiler tandis que la limousine sortait des rues de Los Angeles pour s'engager sur l'autoroute. Oui, Nic habitait chez elle. Oui, ils s'entendaient à la perfection, y compris physiquement, et oui, elle allait mettre au monde son bébé — mais c'était tout ce qu'il y avait entre eux. Et c'était suffisant. Plus que suffisant. Toute tentative d'aller plus loin conduirait certainement à d'amères déceptions. Pour lui, pour elle ou pour eux deux.

Les yeux clos, Desi s'efforça de chasser cette idée pénible dans un coin de sa conscience. Nic ne vivait chez elle que depuis vingt-quatre heures et il n'était réapparu dans sa vie que depuis une semaine. Malgré cela, l'idée qu'il allait la quitter un jour prochain la perturbait énormément. Même si elle n'était pas prête à l'avouer, loin de là.

Après une journée aussi mouvementée, il ne fallut pas longtemps pour qu'elle sombre dans le sommeil. Elle qui ne souhaitait faire qu'un petit somme, pour être prête à répondre si Nic lui envoyait un texto ! Hélas, lorsqu'elle rouvrit les yeux, la voiture s'engageait sur l'immense parking de SeaWorld. Le chauffeur connaissait visiblement son chemin car il se dirigea tout droit vers une discrète entrée privée.

Une fois devant le grand pavillon, Desi remercia chaleureusement le chauffeur et elle tenta de lui donner un pourboire qu'il refusa. Bien évidemment.

Un coup d'œil à l'écran de son smartphone lui apprit

qu'elle n'avait manqué aucun texto de Nic. De toute manière, elle était arrivée à San Diego plus tôt que prévu. Du coup, elle en profita pour régler l'appareil en mode magnétophone — une de ses méthodes pour noter qui parlait avec qui et les tenues de chacun — puis remonta l'allée jusqu'aux grandes portes du pavillon.

Elle se soumit aux formalités de l'entrée puis fit quelques pas à l'intérieur en jetant des regards curieux autour d'elle. A vrai dire, elle n'avait jamais assisté à une soirée ici. C'était assez extraordinaire de voir les aquariums géants qui entouraient la salle de tous côtés.

Desi nota soigneusement qui était déjà là — pour la plupart, c'étaient des gens qui n'intéresseraient pas ses lecteurs — puis elle se dirigea vers les aquariums. Pourquoi ne pas regarder un moment les poissons ? Elle imaginait déjà le début de son article : elle commencerait par évoquer ces espèces marines, puis enchaînerait sur les océans pour en venir au but de ce gala. La journaliste chargée de couvrir ces événements avant elle se concentrait exclusivement sur l'élégance des invités, mais Desi avait pris l'habitude de donner à ses lecteurs ses impressions sur l'ambiance générale. Là-dessus, elle entrait plus en détail dans le projet caritatif avant de se lancer dans la description des célébrités présentes.

Jusqu'à présent, ses lecteurs avaient semblé apprécier ce nouvel angle. En tout cas, ils ne s'en étaient jamais plaints. Il fallait savoir savourer même les petites victoires.

Surtout après la débâcle de son article concernant Bijoux.

Desi devait bien l'admettre : elle rougissait encore au souvenir de la maladresse avec laquelle elle avait géré cette enquête. Elle avait occupé une bonne partie de la semaine précédente à relire ses notes, pour essayer de comprendre où elle s'était trompée. Hélas, tout avait l'air parfaitement en ordre… jusqu'à ce que tout s'écroule.

Seigneur, comment avait-elle pu commettre une erreur aussi monstrueuse ?

Malcolm lui avait déclaré qu'elle n'avait pas encore le

flair des grands reporters. Pourtant, lorsqu'elle était enfant, avant que sa mère ne décède, son papa lui avait affirmé le contraire. Il lui avait même dit qu'elle deviendrait un jour une grande journaliste.

Même s'il l'avait souvent déçue au cours des années en partant toujours aux quatre coins du monde, elle n'avait jamais douté de lui sur ce point. Probablement parce qu'elle n'avait pas envie d'en douter. Parce qu'elle n'avait jamais voulu admettre que ce lien ténu qui la reliait encore à lui n'était qu'un mensonge.

Tandis qu'elle admirait un aquarium particulièrement spectaculaire où des poissons-clowns et des poissons-anges jaune et bleu évoluaient parmi des anémones de mer aux couleurs éclatantes, Desi sentit une idée encore plus effrayante effleurer son esprit. Et si elle ne désirait pas vraiment faire une carrière de journaliste ? Et si elle s'était donné tout ce mal pour attirer l'attention de son père, tout simplement ? Pour que son père l'aime ?

Cela n'avait pas fonctionné, en tout cas. Après la mort de sa mère, Desi avait cessé d'exister pour lui. Cela dit, tout le reste aussi avait cessé d'exister pour lui, si ce n'est son travail. Il l'avait casée chez tous les membres de la famille, les uns après les autres, tandis qu'il courait le monde pour écrire ses articles.

Et qu'est-ce que cela leur avait rapporté ? Désormais, il était mort et elle était plantée au milieu de cette salle de bal à se demander si toute sa vie passée n'avait été qu'un mensonge.

Soudain, Desi fut tirée de ses réflexions par une voix masculine.

— Eau gazeuse ?

Elle se retourna et vit alors Nic, une coupe de champagne dans une main et un verre d'eau gazeuse dans l'autre. Il était vêtu d'un smoking différent de celui qu'il portait le soir où elle avait fait sa connaissance. Cela dit, il était toujours aussi éblouissant. Absolument canon. Seigneur, ce qu'elle avait envie de se jeter dans ses bras, de blottir son visage contre son large torse en se disant que tout irait bien pour eux.

— Tu avais l'air d'avoir soif, dit-il.

— C'est curieux, répondit-elle sur le même ton badin en acceptant le verre qu'il lui tendait. Je m'apprêtais à dire la même chose à ton sujet.

Desi vit alors Nic lui lancer un regard pénétrant, puis son sourire mourut sur ses lèvres et il fronça les sourcils.

— Qu'est-ce qui ne va pas ?

— Tout va bien, mentit-elle. Pourquoi cette question ?

— Je vois bien que quelque chose te tracasse.

Comment pouvait-il le savoir ?

Desi s'efforça de ne pas manifester la moindre émotion. Mais à vrai dire, elle n'en menait pas large. Elle avait appris très tôt dans sa vie à enterrer ses émotions au plus profond d'elle-même, tant et si bien qu'il lui arrivait d'oublier qu'elles étaient là. Alors comment Nic avait-il deviné ? C'était presque comme s'il lisait dans ses pensées… Ou alors, elle n'était pas très habile pour dissimuler ce qu'elle éprouvait, finalement.

— Regarde, poursuivit-il en effleurant sa joue d'une caresse. Ta fossette a disparu. C'est le signe que tu es soucieuse.

Desi frémit. Personne n'avait jamais remarqué ce détail — pas même elle. Depuis longtemps, elle s'était persuadée d'avoir caché ses émotions si profondément que personne ne pouvait les deviner.

Et voilà que Nic venait bousculer cette certitude alors qu'ils se connaissaient depuis à peine une semaine ! Comment était-ce possible ? Comment voyait-il chez elle des choses qu'elle-même ignorait ?

— Desi ? insista-t-il en se rapprochant. Qu'y a-t-il ?

— Rien…

— Ne dis pas ça, s'il te plaît. Je vois bien que tu me caches quelque chose.

— Je ne te cache rien, je t'assure.

Et, curieusement, c'était vrai. Parce qu'à cet instant

précis, debout tout près de lui, Desi se sentait parfaitement *heureuse*. Cela faisait très longtemps qu'elle ne l'avait pas été.

— J'ai eu une journée assez folle, ajouta-t-elle, mais je me sens très bien maintenant.

Elle leva alors la tête vers Nic. On sentait qu'il comprenait ce qu'elle n'avait pas osé lui avouer — que c'était sa présence qui la rendait heureuse. Mais il ne dit pas un mot. Au lieu de quoi, il reposa sa coupe sur le plateau d'un serveur qui passait à proximité et la prit dans ses bras.

— Et maintenant, que se passe-t-il ? C'est la scène où tu me proposes de danser ? lança Desi d'un ton taquin.

A vrai dire, elle était heureuse de cette diversion. Voilà qui allait lui permettre de refouler ses douloureux souvenirs.

— En réalité, c'est la scène où je t'emporte dehors pour passer un moment coquin avec toi.

Dési faillit se figer mais Nic se contenta de l'entraîner jusqu'à la piste de danse presque déserte. Ils se mirent alors à tournoyer au rythme d'un air qu'elle connaissait mais dont elle avait oublié le titre.

— Je croyais t'avoir averti tout à l'heure que nous ne ferions pas l'amour sur la terrasse, cette fois.

— Je sais, répondit-il en riant, mais j'ai tout de même jeté un coup d'œil. Il n'y a aucune terrasse, ici.

Desi ne put s'empêcher de rire à son tour. Même dans ses moments les plus noirs, Nic trouvait toujours le moyen de lui rendre sa bonne humeur.

— Dois-je prendre ça pour un « oui » ? s'enquit-il en esquissant un sourire.

— Disons que c'est un « peut-être ».

— « Peut-être », ce n'est pas « non », observa-t-il d'un air satisfait.

Et alors qu'elle tournoyait follement dans les bras musclés de Nic sur cette piste de danse où ils étaient presque seuls, à un gala de charité où il était à sa place mais certainement pas elle, quelque chose d'inattendu se produisit.

Desi tomba follement amoureuse de Nic Durand.

*
* *

Desi avait du mal à y croire. Elle passait toute cette soirée à transgresser ses propres règles. Au lieu de se fondre dans le décor et d'observer les stars et les millionnaires, elle s'autorisa à se les faire présenter, à se mêler à leurs conversations. Cela dit, elle n'avait pas eu le choix.

Etre la cavalière de Nic signifiait être entourée d'une foule de gens à tout moment. Après tout, elle n'était pas la seule à l'adorer. Nic était peut-être un nouveau visage dans la haute société de la Californie du Sud, mais sa personnalité flamboyante attirait les gens comme un aimant — et les milliards de dollars qu'il représentait ne faisaient qu'ajouter à son charme naturel. Pourtant, indépendamment de son argent, il était l'une de ces personnes dont tout le monde désire être l'ami. Un personnage hors normes, plein d'humour, fabuleusement séduisant — doublé de l'homme le plus gentil du monde. Comment ne pas l'aimer ? Elle-même avait bien essayé de résister, mais en vain.

Tout de même, Desi ne parvenait pas à croire qu'elle se trouvait au centre de l'attention — et, pour être honnête, elle n'était pas sûre de le désirer. En acceptant d'être la cavalière de Nic au gala, elle avait prévu de rester dans son rôle de spectatrice discrète. A vrai dire, elle avait même pensé que ce serait d'autant plus facile pour elle de se mêler à la foule.

Sauf que Nic ne comptait pas lui permettre de se faire discrète. De fait, il ne la laissa jamais s'éloigner à plus d'un mètre durant toute la soirée. Pas d'une manière possessive et étouffante qui l'aurait poussée à se rebeller et à le laisser planté là, mais avec une sollicitude qui annonçait clairement qu'il veillait sur elle. Et qu'il était fier de l'avoir à ses côtés.

Desi se retrouva donc à prendre mentalement une foule de notes sur qui faisait quoi avec qui, sans oublier les tenues de chacun. A deux occasions, elle s'éloigna sous prétexte de se rendre aux toilettes des dames. En réalité, c'était pour se cacher dans un coin et enregistrer ses remarques à toute vitesse dans son smartphone.

Le plus étrange, c'est que toutes les personnes à qui Nic la présentait étaient informées qu'elle travaillait au *LA Times* et qu'elle couvrait la soirée pour le compte de son journal. Néanmoins, personne ne semblait s'en soucier. Les gens continuaient à se comporter tout à fait normalement avec elle.

Tout du moins jusqu'à l'arrivée de Marc Durand.

Dès l'instant où leurs regards se rencontrèrent, Desi sut que les choses allaient tourner court. Inutile de prétendre qu'elle ne le méritait pas, parce que ce serait faux. Marc était le P-DG de Bijoux, l'homme qu'elle avait failli accuser publiquement d'être un menteur, un tricheur et un escroc complice des pires violations des droits humains. Comment s'étonner qu'il la regarde comme s'il s'apprêtait à la tailler en pièces ?

Hélas, Nic ne s'était pas rendu compte de la situation. Elle essaya bien de s'éloigner discrètement avant que l'aîné des Durand ne vienne faire un esclandre, mais elle avait à peine fait un pas quand Nic se tourna vers elle, les sourcils froncés.

— Tout va bien ? s'enquit-il.

Desi resta sans rien dire. Elle qui avait toujours la repartie facile, pourtant ! Du coup, elle se contenta de tourner la tête vers Marc et sa cavalière qui essayaient de s'extraire des griffes du maire de San Diego.

Nic suivit son regard et soudain, elle lut sur son visage qu'il avait tout compris. Puis il la serra tout contre lui pour lui chuchoter à l'oreille :

— Tout va bien, ne t'inquiète pas.

Ne pas s'inquiéter ? Facile à dire, pour lui.

Nic sourit à son frère mais Marc continua à la fusiller du regard. C'était normal, alors autant se préparer à l'orage imminent.

Desi était bien consciente qu'elle devait des excuses à cet homme, quand bien même elle aurait préféré que cela ne se passe pas devant tous ces gens. L'humiliation d'avoir commis une grossière erreur avait été difficile à supporter, mais elle ne serait rien comparée à celle qu'elle allait connaître en étant justement traitée de tous les noms devant une foule de gens importants. Des gens qu'elle serait appelée à revoir dans le cours de son travail.

Nic devait l'avoir compris aussi car il s'excusa auprès du groupe de producteurs de Hollywood avec qui il bavardait. Là-dessus, il posa une main dans le creux de son dos et la propulsa vers le centre de la salle de bal. Tout droit vers Marc.

— Salut, frérot, dit Nic lorsqu'ils arrivèrent près de l'autre couple.

Desi vit alors Nic assener une claque amicale dans le dos de son frère avant de se tourner vers sa cavalière, une ravissante jeune femme rousse au regard très doux.

— Isa, dit-il en se penchant pour déposer un baiser sur sa joue, tu es ravissante ce soir, comme toujours.

— Je fais de mon mieux, répondit-elle en le serrant affectueusement dans ses bras. Il n'est pas toujours très facile de se maintenir au niveau des frères Durand.

— Je crois que tu as pris le problème à l'envers, répliqua Nic en riant. Tu as indéniablement obligé Marc à donner le meilleur de lui-même, ces dernières années.

— Oui, mais il fallait bien que quelqu'un s'en charge, répondit-elle en jetant un regard gentiment ironique vers l'intéressé avant de serrer sa main.

— Sages paroles, approuva Nic.

Desi, qui sentait toujours la main de Nic dans son dos, le vit se tourner vers elle. C'est là qu'il dit :

— Desi, voici Isa, ma future belle-sœur. Isa, je te présente Desi.

Il avait prononcé son nom d'une voix douce, chaleureuse, intime, tout en la serrant plus fort contre lui. C'était peut-être le signe qu'il éprouvait peut-être des sentiments aussi forts que les siens !

A cette idée, Desi se sentit envahie par une vague de panique qui vint s'ajouter à sa gêne de se retrouver face à Marc. Durant un bref instant, elle aurait tout donné pour pouvoir disparaître sous terre.

Mais ce n'était pas juste — ni pour Nic ni pour Marc et

Isa. Elle avait commis une énorme erreur et l'heure était venue de payer la facture.

Du coup, lorsque Nic se tourna pour la présenter à son frère, Desi s'obligea à regarder Marc droit dans les yeux malgré son appréhension. Il était aussi bel homme que son frère, mais dans un style beaucoup plus froid, plus distant.

— Heureux de pouvoir enfin mettre un visage sur un nom, dit-il en serrant la main qu'elle lui tendait, son regard bleu plongé dans le sien. Nic ne cesse de me chanter les louanges de sa Desi depuis des mois.

Desi fit la grimace. Ces paroles auraient dû la réconforter car elle aussi avait pensé à Nic à chaque instant, ces cinq derniers mois. Mais quelque chose dans le ton de Marc la mettait terriblement mal à l'aise.

Cela dit, il n'y avait rien de surprenant là-dedans. Dans l'esprit de Marc, elle était celle qui avait séduit son frère, qui était tombée enceinte de lui et qui avait ensuite disparu puis écrit un article bourré de mensonges. Qu'il ait envie de l'insulter n'était guère étonnant. Ce qui l'était bien davantage, c'était qu'il accepte encore de lui adresser la parole.

Desi prit alors une profonde inspiration. Même si elle craignait d'aggraver encore son cas, compte tenu de son extrême nervosité, elle parvint à articuler :

— En réalité, je suis heureuse que nous ayons enfin l'occasion de nous rencontrer, Marc.

— Vraiment ? fit-il avec un étonnement poli plus intimidant qu'une menace. Et pourquoi ?

Malgré le ton presque insouciant de Marc, une lueur dans son regard le trahissait. Il était furieux contre elle. Cela dit… elle l'avait amplement mérité.

— Je tenais beaucoup à vous présenter mes excuses pour le désagrément que mon article vous a causé, expliqua-t-elle.

Desi sentit alors que Nic se figeait. Alors qu'il s'apprêtait à intervenir, elle l'arrêta en posant une main sur sa hanche. C'était un moyen de lui signifier en silence qu'elle était une grande fille et qu'elle pouvait se défendre toute seule. Tout cela sans jamais quitter Marc des yeux.

— Je sais que c'est loin d'être suffisant, poursuivit-elle d'un ton calme malgré ce regard bleu et froid rivé sur elle. Je suis consciente des dégâts que mon article aurait pu provoquer s'il avait été publié. J'ai commis de nombreuses erreurs et je vous demande sincèrement pardon de vous avoir causé tous ces soucis, à Nic et à vous.

— Tout va bien, Desi, assura Nic en lui entourant les épaules d'un bras protecteur. Marc comprend.

Desi vit Nic accompagner cette dernière affirmation d'un regard appuyé en direction de Marc, un regard qui lui ordonnait d'accepter ces excuses ou de faire face aux conséquences. Seigneur, pourquoi devait-elle être un sujet de discorde entre les deux frères ? Nic et Marc étaient très proches. En les voyant ensemble à cet instant, on ne pouvait que le constater. Et l'idée de causer une querelle entre eux lui brisait le cœur.

— Il y a un côté positif à cette histoire, intervint Isa pour dissiper la tension ambiante. Si vous n'aviez pas écrit cet article, Marc et moi, nous ne serions probablement pas ensemble. Et Nic et vous non plus. Voilà deux raisons de se réjouir, non ?

— Absolument, répondit aussitôt Nic.

Desi eut du mal à en croire ses oreilles. Comment pouvait-il parler avec une telle sincérité après tout ce qu'elle lui avait fait subir ?

Mais à l'évidence, il parlait sérieusement quand il disait qu'un nouveau chapitre les attendait dans leur histoire. Ce qui faisait de lui un homme encore plus formidable qu'elle ne l'avait jamais imaginé.

— Je dois reconnaître que c'est loin d'être faux, convint Marc.

Desi fit la moue. Le ton du frère de Nic était plus amical que tout à l'heure, mais le pli de ses lèvres était toujours là même lorsqu'il souriait.

Méfiance : cette histoire n'était pas tout à fait oubliée.

- 14 -

Desi dut se rendre à l'évidence : elle avait vu juste. Il ne fallut que deux heures pour que la situation ne devienne critique. Entre-temps, elle avait dansé avec Nic, enregistré de nombreuses notes et avait même fait le tour des aquariums qu'elle n'avait pas eu le temps de voir plus tôt. Elle s'était aussi laissé convaincre par Nic de participer à une enchère sur un joli berceau offert à l'association par un artisan local.

Certes, cet objet serait parfait dans la maison de Nic. Néanmoins, elle s'en voulut aussitôt de se faire cette réflexion : elle ne songeait pas sérieusement à emménager chez lui ? Cela étant, le berceau était ravissant et elle adorerait y coucher son bébé. L'essentiel, c'était que son fils s'y sente heureux et en sécurité, pas l'endroit où il se trouvait.

— Puis-je t'apporter encore un verre d'eau ? s'enquit alors Nic en l'escortant hors de la piste de danse.

— A vrai dire, j'espérais t'emprunter ta cavalière, intervint Marc en apparaissant soudain près d'eux. M'accorderiez-vous cette danse, Desi ?

Desi se mordit la lèvre. Elle avait intérêt à refuser, à trouver n'importe quelle excuse pour éviter de danser avec lui. Hélas, il y avait dans le regard de Marc une lueur menaçante : impossible de battre en retraite sous peine d'envenimer les relations entre les deux frères. Ce qui était impensable.

Au demeurant, elle allait être appelée à régler ses comptes avec Marc un jour ou l'autre — après tout, il était l'oncle du bébé. Le mieux était d'écouter ce qu'il avait à lui dire tout de suite. Ensuite, ils pourraient peut-être laisser cet épisode derrière eux. Si elle avait de la chance.

— J'allais justement lui chercher un verre d'eau, intervint Nic, alors…

— Mais non, je vais d'abord danser avec Marc, le coupa Desi en se haussant sur la pointe des pieds pour déposer un baiser sur la joue de Nic. Le bébé et moi, nous sommes parfaitement hydratés, je t'assure. Cesse de t'inquiéter et danse plutôt avec Isa.

Et sur ces mots, elle se tourna vers Marc et le laissa l'entraîner sur la piste de danse.

Pour être honnête, Marc était un excellent danseur. Bien sûr, il n'avait pas la finesse de Nic, mais quel homme pouvait se comparer à lui ? A cet instant, cependant, il n'était pas question de finesse entre eux. Lorsqu'elle leva les yeux vers les siens, elle constata qu'il l'examinait comme s'il s'efforçait de comprendre ce qui la motivait.

A leur second tour de piste, Desi n'y tint plus.

— Très bien, dit-elle. Dites-moi ce que vous avez sur le cœur, d'accord ?

— Je crois que je commence à comprendre ce que mon frère aime en vous, remarqua-t-il d'un air légèrement surpris.

— Non, c'est faux. Vous préféreriez que votre frère m'évite comme la peste.

— Bien vu, commenta-t-il d'un ton mélancolique. Hélas, mon frère ne partage pas mon point de vue. D'ailleurs, étant donné que vous allez donner naissance au premier héritier de la fortune Bijoux, ce choix ne nous appartient déjà plus.

— Si c'est effectivement le cas, qu'attendez-vous vraiment ?

Desi sentit alors Marc poser sur elle son regard de glace. C'est là qu'il observa :

— C'est une question que je m'apprêtais à vous poser.

— Moi, je n'attends rien…

— Tout le monde a des attentes, Desi. C'est dans la nature humaine, et je préfère connaître les vôtres tout de suite plutôt que de les découvrir plus tard dans la douleur, lorsque vous aurez détruit mon frère.

Desi secoua vigoureusement la tête avant de répliquer :

— Ça n'arrivera pas.

— Tout à fait d'accord avec vous. Ça n'arrivera jamais, parce que je ne le permettrai pas. Alors dites-moi ce que vous voulez et je ferai en sorte que vous l'obteniez. En échange de quoi…

— En échange de quoi ? gronda alors Nic.

Desi sursauta. Nic venait soudain d'apparaître. Voilà une chose à laquelle elle ne s'attendait pas.

— Qu'est-ce que tu veux faire, Marc ?

Il n'avait pas élevé la voix afin de ne pas attirer l'attention, mais ses yeux lançaient des éclairs. Pour autant, Marc ne se laissa pas impressionner.

— Il me semble que c'est moi qui devrais te poser cette question, rétorqua-t-il d'une voix blanche. Cette femme a failli nous détruire et toi, tu files le parfait amour avec elle ? Elle va même mettre au monde ton enfant, on dirait. Si tu ne comprends pas que tout ça a été organisé d'avance, tu es encore plus stupide que je ne croyais. Je ne sais pas encore ce qu'elle cherche à y gagner, mais tu pourrais éviter d'être aveuglé par ta libido. Ça te permettrait de te rendre compte qu'elle a une idée derrière la tête.

— Tu ferais mieux de te taire et de rester à ta place, mon vieux, répliqua Nic en serrant les poings.

— Nic, tout va bien, intervint précipitamment Desi en posant une main sur son torse. Marc ne cherche qu'à te protéger.

Il fallait à tout prix qu'elle arrive à calmer le jeu. Sans quoi, la situation allait devenir incontrôlable.

— Si c'est vrai, il s'y prend très mal, répondit Nic en s'interposant physiquement entre son frère et elle.

— Et que comptes-tu faire ? lança Marc d'un air de défi. M'assommer en plein milieu d'un gala de charité ? Vas-y, ne te gêne pas. Je crois que ce sera une fantastique opération de relations publiques pour Bijoux. Une semaine avec cette fille t'a fait oublier le travail de toute une vie ?

— Je crois que c'est toi qui as oublié…

A ces mots, Desi se cramponna au bras de Nic. Oh non, elle n'allait tout de même pas devenir la cause d'un pugilat entre les deux frères sous les yeux de tous ces gens fortunés. Quel cauchemar !

— Nic, arrête, je t'en prie !

— Ça suffit, vous deux, intervint Isa en attrapant à son tour le bras de Marc pour l'obliger à reculer. Vous aurez tout le temps demain de débattre de ce sujet au bureau. Et maintenant, tu vas me ramener à la maison.

— Nous n'en avions pas terminé, argua Nic.

— Oh ! que si ! répliqua Isa en soutenant tranquillement son regard furibond. Nous en avons tous terminé. Ton frère a besoin d'une pause.

— Je n'ai pas cinq ans ! protesta Marc.

— Alors, cesse de te conduire comme si c'était le cas, répliqua-t-elle en lui souriant et en le tiraillant par le bras jusqu'à ce qu'il cède.

Marc sembla finalement se rendre aux arguments d'Isa. Mais il pointa tout de même un doigt menaçant vers son frère avant de lâcher :

— Demain, il faudra qu'on parle, tous les deux.

— Tu peux y compter, répondit Nic. Et ce sera ton tour de faire des excuses à Desi.

— Je n'ai pas besoin qu'il me fasse d'excuses, Nic, protesta-t-elle alors qu'Isa et Marc s'éloignaient.

— C'est absolument essentiel. Tu es ma…

Nic s'interrompit, le temps de pousser un soupir de frustration, avant de conclure :

— Il n'a pas le droit de te parler de cette façon.

Desi fit la moue. A vrai dire, une partie d'elle-même aurait tout donné pour entendre les mots que Nic avait failli prononcer, mais l'autre savait qu'il valait mieux ne pas savoir. Ne pas se laisser aller à imaginer qu'il existait entre eux d'autres liens que le bébé — et ce, quels que soient les sentiments qu'elle éprouvait pour lui.

— Il cherchait seulement à te protéger, tu sais.

— Je ne te suis pas très bien, Desi, observa-t-il en

l'entraînant hors de la piste de danse. Il t'a insultée. Pourquoi le défends-tu ?

— Parce que c'est ton frère. Et il t'aime. Il me soupçonne et c'est tout naturel — pourquoi aurait-il confiance en moi après tous les ennuis que je vous ai causés ?

— Moi, je ne te soupçonne pas, marmonna-t-il.

— C'est parce que tu es un idiot.

— Eh ! protesta-t-il.

Nic prit un air faussement courroucé mais Desi s'empressa d'ajouter :

— Ou peut-être l'homme le plus adorable de la terre. Je n'ai pas encore tranché.

— Dans ce cas, lorsque nous serons de retour à la maison, je trouverai peut-être un moyen de t'aider, murmura-t-il d'une voix un peu rauque.

— Qui sait ? répondit-elle en lui lançant son regard le plus sensuel.

Seulement, tandis que Nic l'escortait jusqu'au parking puis la faisait monter dans la limousine qui était apparue comme par magie le long du trottoir, Desi était encore hantée par les paroles de Marc.

Impossible d'oublier l'expression qu'elle avait vue sur son visage lorsque Nic l'avait défendue.

Non, elle ne pouvait pas faire ça. Pas question de devenir un motif de discorde entre eux. D'être la cause d'une brouille entre deux frères. D'être celle qui détruirait la relation la plus importante dans la vie de Nic.

Elle-même avait été seule. Elle connaissait la solitude par cœur. C'était une expérience qu'elle ne souhaitait à personne. Et moins encore à Nic. Merveilleux, drôle, sexy et adorable comme il l'était.

Hélas, elle ne pouvait pas non plus le lui dire alors qu'il la serrait contre lui, qu'il la caressait et qu'il la contemplait comme s'il venait de décrocher la lune.

Desi se mordit la lèvre. Une partie d'elle-même avait envie de se plonger avec délice dans ces sensations. De se laisser envelopper par cette affection débordante et de savourer l'instant tant qu'il durerait.

Néanmoins, cet instant allait bien prendre fin — car il y avait toujours une fin. Alors qu'adviendrait-il de Nic ? Il se retrouverait tout seul. Et elle ne pouvait pas lui faire ça. Elle ne lui *ferait pas* ça.

Oh ! cela ne signifiait pas qu'elle doive le quitter tout de suite. Elle pouvait s'autoriser une nuit avec Nic, un peu de temps volé avant de devoir renoncer définitivement à lui. Ce n'était pas assez, bien sûr, mais c'était tout ce à quoi elle pouvait prétendre. Et elle allait savourer chaque instant au maximum.

Le trajet du retour se déroula presque en silence. Nic et Desi se contentèrent de rester serrés l'un contre l'autre, main dans la main, leurs cuisses s'effleurant constamment. Lorsque le chauffeur arrêta la limousine au bout de la longue allée qui conduisait à la maison de Nic, elle tremblait littéralement de désir. Un besoin brûlant, désespéré, qui devait autant à la présence de Nic qu'à l'idée que c'était la dernière fois qu'ils seraient ensemble.

A la seconde où la porte se referma derrière eux, Nic passa à l'action. Il la plaqua dos au mur et sa bouche sensuelle vint s'emparer de la sienne. Ce fut un baiser interminable, qui mobilisa leurs bouches, leurs mains et leurs corps tout entiers, soudés l'un contre l'autre comme s'ils ne faisaient plus qu'un. Comment résister ?

Desi sentit alors les mains de Nic remonter sur ses jambes, ses doigts fiévreux agrippèrent sa culotte. Attention : si elle lui permettait de la caresser, c'en serait fini de sa résistance. Elle serait perdue, emportée dans la tornade de plaisir qu'il faisait naître en elle chaque fois qu'il la touchait.

Et c'était ce qu'elle désirait — c'était ce que tout son corps désirait. Pour autant, elle voulait aussi lui donner du plaisir, l'entraîner jusqu'aux mêmes hauteurs où il l'avait emportée, dans cet éther de plaisir infini. Et, ensuite, l'observer au moment d'exploser.

Voilà pourquoi elle le repoussa.

— Desi ? murmura Nic comme s'il se réveillait d'un rêve merveilleux. Qu'y a-t-il ?

Desi ne répondit pas. Au lieu de quoi, elle posa les mains sur ses épaules et le repoussa d'un geste décidé, jusqu'à ce que ce soit *lui* qui soit adossé au mur.

Puis, lorsqu'elle le tint à sa merci, elle prit tout son temps. Si ces instants ensemble étaient tout ce qu'ils pouvaient espérer, il n'était pas question de se hâter. Elle voulait faire durer son plaisir, vivre un instant de perfection.

Elle défit un à un les boutons de la chemise de Nic, laissa glisser ses mains sur son torse lisse et musclé en se délectant de l'entendre gémir au contact de ses doigts tandis qu'elle le déshabillait entièrement.

L'instant suivant, Desi était agenouillée devant lui et le caressait de ses mains et de sa bouche. Lorsqu'il cria son nom au moment de l'extase, ce son se répercuta dans tout son être et elle ressentit un bonheur immense. Un bonheur tel qu'elle crut que son cœur allait éclater.

- 15 -

A son réveil, Nic était seul.

A nouveau seul.

Tout d'abord, il eut du mal à croire que Desi était réellement partie — comment aurait-elle pu faire une chose pareille après la nuit qu'ils venaient de vivre ? Elle avait fait l'amour avec lui comme s'il était tout pour elle, comme s'il était le seul homme sur terre. Il avait essayé de lui rendre ses caresses avec une passion égale à la sienne. Il avait exprimé avec son corps ce qu'elle aurait refusé de croire s'il le lui avait dit avec des mots — qu'il l'aimait. Qu'il désirait passer le reste de sa vie à les rendre heureux, elle et le bébé.

Bon sang… Elle avait dû se lever avant la sonnerie du réveil uniquement dans le but de faire ses bagages.

Ni une ni deux, Nic enfila un pantalon de jogging et se dirigea vers la cuisine. Pourvu qu'il la trouve en train de se préparer une tasse de thé. Ou bien…

Hélas, la cuisine était déserte. Le reste de la maison aussi. Il le savait, parce qu'il avait vérifié toutes les pièces une par une, comme un idiot. Desi était partie. Et il ignorait pourquoi.

Elle n'avait pas semblé en colère contre Marc le soir précédent. Lui-même avait été furieux contre son frère — il l'était encore —, mais Desi s'était montrée étrangement indulgente avec lui. Elle avait même insisté pour que Nic surmonte sa colère et qu'il parle avec Marc de ce qu'il lui avait dit, même si lui n'en avait pas du tout envie.

Alors pourquoi était-elle partie ? L'avait-il fâchée, d'une

façon ou d'une autre ? S'était-il montré trop brutal avec elle lorsqu'ils faisaient l'amour ? Lui avait-il fait mal ? Cette seule idée lui donnait la nausée.

Sans attendre une seconde de plus, Nic retourna dans sa chambre et récupéra son téléphone pour l'appeler.

C'est là qu'il s'aperçut alors que Desi l'avait devancé. Elle lui avait envoyé une série de textos, où elle lui expliquait tout ce qu'il avait besoin de savoir.

Je suis désolée, Nic. Ça ne fonctionne pas entre nous. Je croyais en être capable, mais c'est vraiment impossible. Je compte toujours garder le bébé, bien sûr, et tu peux avoir une place dans sa vie, petite ou immense, ce sera à toi de décider. Mais l'idée d'être en couple, de vivre avec un homme… tout cela n'est pas pour moi. Je te ferai livrer toutes tes affaires à ton bureau cette semaine. Je ne te demande qu'une seule chose : ne m'appelle pas avant que je t'appelle. Et je le ferai, je te le promets. Mais pas avant quelque temps. Merci pour tout.

Ne m'appelle pas.
Merci pour tout.

Nic relut le message une bonne douzaine de fois, jusqu'à ce qu'il finisse par être gravé dans sa mémoire. Et par se répéter en boucle dans son esprit.

« Ça ne fonctionne pas entre nous. »

« Ne m'appelle pas. »

« Merci pour tout. »

Quel choc. A quoi bon le nier ? Il se sentait dévasté — même si cela n'avait aucun sens, puisqu'il ne la connaissait qu'à peine. Le temps de s'affaler sur le bord du lit, la tête dans les mains, il s'efforça de comprendre ce qui avait bien pu se passer. Quelle erreur il avait pu commettre. De quelle façon il lui avait fait peur.

Dire qu'il se vantait d'être un homme d'affaires avisé et

un excellent connaisseur de la nature humaine ! Et pourtant, il ne comprenait rien à cette situation. Marc avait attaqué Desi au gala, mais c'était elle qui avait calmé le jeu. C'était même *elle* qui avait défendu Marc. C'était le comble !

Nic secoua la tête. Par la suite, elle n'avait pas semblé lui en vouloir. Elle était rentrée avec lui et ils avaient fait l'amour avec autant de passion que la première fois. Peut-être même davantage, car cette fois ils savaient l'un et l'autre que cet acte était chargé de sens.

Ou, en tout cas, c'était ce qu'il avait cru. Et à présent, assis sur ce lit qui avait gardé la trace de son parfum, il n'en était plus aussi certain.

Non, tout à coup, il n'était plus sûr de rien concernant Desi et la relation qu'il s'efforçait de bâtir avec elle. Pour le bonheur du bébé… et aussi, il devait l'avouer, pour le sien.

Parce qu'il aimait cette femme, il l'aimait comme il n'avait jamais aimé personne. Bien sûr, certains trouveraient ridicule de tomber amoureux de quelqu'un aussi vite, mais ce n'était pas vrai dans son cas. Car il n'était pas tombé amoureux de Desi ces derniers jours, alors qu'ils essayaient de décider ensemble ce qu'il convenait de faire pour le bébé.

Non, il était tombé amoureux d'elle cette nuit-là, dix-huit semaines plus tôt, lorsqu'il l'avait ramenée chez lui et qu'il lui avait fait l'amour comme si sa vie en dépendait. Parce que, comme la suite l'avait prouvé, c'était la réalité. La vie qu'il désirait si désespérément vivre — avec elle et avec le bébé — en dépendait.

Nic se passa une main sur le visage. Il aurait pu jurer que Desi l'avait senti, elle aussi. Au moins la veille au soir, lorsqu'ils avaient fait l'amour, encore et encore. Lorsqu'il le chuchotait à son oreille, lorsqu'il déposait une pluie de baisers sur son ventre arrondi et qu'il se sentait tellement heureux qu'il avait les larmes aux yeux. Lorsqu'il la serrait dans ses bras et qu'ils parlaient de tout et de rien, mais aussi de leur bébé et de leur avenir, à eux trois.

Non, décidément, il n'avait pas pu se tromper à ce point, quand même ! Il ne pouvait pas avoir rêvé l'expression qu'il avait lue sur le beau visage de Desi, l'amour qu'il avait entendu dans sa voix, la merveilleuse tendresse qu'il avait sentie dans ses caresses. Impossible !

Cela ne voulait dire qu'une chose : Desi n'avait pas répondu à toutes ses questions. Et surtout pas à la plus importante de toutes : *Pourquoi ?*

Assis sur le bord de son lit, son smartphone serré dans la main et le cœur en miettes, Nic comprit soudain une chose : c'était la seule réponse qui comptait pour lui.

Nic était arrivé à l'appartement de Desi — à *leur* appartement — avant elle. Heureusement qu'il pouvait compter sur son hélico !

Pourvu qu'il ne soit pas trop tard. Pourvu qu'elle accepte de lui parler, de lui donner une chance de combler le terrible fossé qui s'était creusé entre eux.

En attendant, que faire ? Allait-il respecter ses désirs et l'attendre dehors ou bien entrer dans l'appartement afin de bénéficier de l'élément de surprise ?

Il ne tarda pas à choisir. Il avait absolument besoin de mettre toutes les chances de son côté.

Nic entra donc dans l'appartement qu'ils avaient partagé si peu de temps, grâce aux clés que lui avait données Desi. Comme il n'était pas question d'attendre assis — et surtout pas sur ce sofa aussi hideux qu'inconfortable —, il se mit à faire les cent pas dans le salon en passant en revue les arguments qu'il avait préparés durant le vol en hélicoptère. Planté devant la fenêtre, il vit le soleil se lever sur la Cité des Anges. Autant être lucide : aucun de ses arguments n'était suffisamment convaincant.

Bon sang, il se sentait terrifié à l'idée que rien de ce qu'il pourrait dire ne parviendrait à la convaincre qu'il la désirait, qu'il avait besoin d'elle. Qu'il l'aimait.

Nic se débattait encore avec cette pensée angoissante lorsque la porte s'ouvrit. Et soudain, Desi était là, plantée sur le pas de la porte, les traits tirés de fatigue, et elle le dévisageait comme si elle avait vu un revenant.

Il lui rendit son regard. Il n'aurait rien pu faire d'autre.

Ils demeurèrent face à face durant d'interminables secondes, à se dévisager en silence. Hélas, tous les non-dits, toutes ces paroles et tous ces sentiments non exprimés les séparaient. Comme si un mur de silence s'était dressé dans cette petite pièce.

Brusquement, Desi rompit ce lien ténu entre eux en laissant tomber son sac de voyage à ses pieds.

— Que fais-tu ici, Nic ?

— Je suis venu pour toi.

Ce n'était pas du tout le discours qu'il avait préparé. Mais ces mots étaient sincères, honnêtes, et c'était tout ce qu'il pouvait lui offrir puisqu'elle avait refusé tout le reste.

Elle poussa un long soupir qui sembla la priver de toute énergie, de toute volonté car, soudain, elle s'effondra sur le sol, tout son corps secoué de gros sanglots.

Nic traversa aussitôt la pièce et s'assit près d'elle, en murmurant :

— Non, Desi, non, mon ange. Ne pleure pas, je t'en prie. Je suis désolé. Si je t'ai fait de la peine, j'en suis sincèrement désolé.

Ces paroles ne firent que déclencher un nouveau torrent de larmes. Etait-ce l'expression de ses émotions, de ses hormones ou un peu des deux ? Impossible à dire. Quoi qu'il en soit, le spectacle de cette douleur était insupportable. Nic sentit son cœur se serrer à l'idée d'en avoir été la cause, même involontairement.

Lorsqu'il se sentit incapable de soutenir cette vision plus longtemps, Nic ignora les mains de Desi qui essayaient de le repousser puis la souleva du sol.

— Non, s'il te plaît, je…

— Chut ! fit-il en glissant une main derrière sa nuque. Détends-toi. Laisse-moi m'occuper de toi.

— Je n'ai pas besoin que tu t'occupes de moi, marmonna-t-elle.

Pourtant, il voyait bien que ses mains fines avaient agrippé le tissu de sa chemise.

— Crois-moi, j'en suis parfaitement conscient, assura-t-il en la berçant contre lui. Mais à cet instant, j'ai besoin de te serrer dans mes bras. S'il te plaît, ne me l'interdis pas.

Desi continua à pleurer contre son torse mais elle ne protesta plus. Elle sanglota. Et sanglota. Et sanglota encore.

Lorsqu'il eut l'impression que son cœur allait éclater devant la force du chagrin de Desi, Nic inclina la tête pour déposer mille baisers sur ses tempes, sur ses joues.

— Desi, je t'en prie, murmura-t-il, dis-moi ce qui te chagrine. Laisse-moi t'aider, mon cœur, s'il te plaît…

Il s'interrompit car il l'avait brusquement sentie se raidir dans ses bras. Exactement comme la fois où il l'avait appelée « mon cœur » et où elle avait réagi presque violemment.

— Je suis désolé, s'excusa-t-il.

— Arrête de répéter ça, protesta-t-elle entre ses larmes. C'est ma faute. Uniquement ma faute

— C'est *notre* faute, corrigea-t-il. Quelque chose dans mon comportement t'éloigne de moi et j'en suis désolé, même si j'ignore ce que c'est. Seulement, Desi, tu dois me parler. Tu ne peux pas t'éloigner de moi comme si nous n'étions rien l'un pour l'autre. Tu portes mon…

— Je t'ai déjà dit que tu pourrais voir le bébé chaque fois que tu en éprouverais le désir.

— Et je m'en réjouis, crois-moi, c'est vrai. Mais ce que mon cœur désire, ce n'est pas seulement le bébé ! s'exclama-t-il.

— Tu ne penses pas ce que tu dis.

— Je le pense sincèrement.

— C'est impossible, répliqua-t-elle en s'arrachant à son étreinte.

Nic suivit Desi à travers l'appartement — jusqu'à ce qu'elle s'arrête et se retourne face à lui.

— Arrête, s'il te plaît. Arrête-toi une seconde.

— Euh… oui, d'accord, répondit-il en se figeant sur place. Comme tu voudras, bien sûr.

Alors elle éclata de rire. Et, étrangement, c'était le son le plus triste qu'il ait jamais entendu.

— Pourquoi faut-il que tu sois toujours aussi parfait ? observa-t-elle.

— Je ne suis pas…

— Oh ! si ! Tu l'es, le coupa-t-elle. Je l'ai su dès cette première nuit. Tu correspondais tellement à mon idéal d'homme que ça m'a fait peur. Résultat, je me suis enfuie aussi loin que possible. Et ça aurait pu fonctionner. Si tu n'étais pas réapparu, ma vie aurait repris son cours normal. Au lieu de ça, tu es ici et tu me brises le cœur…

— Je ne veux pas te briser le cœur, assura-t-il en se rapprochant. Et je ne veux pas non plus que tu brises le mien. Je t'aime. Je suis amoureux de toi, Desi, et je désire que nous soyons ensemble. Je désire t'épouser. Pourquoi est-ce si difficile pour toi de le comprendre ?

Nic vit alors Desi baisser la tête. C'est là qu'elle répondit d'une voix douloureuse :

— Parce que personne ne l'a jamais fait.

— Te demander de l'épouser ?

— Personne ne m'a jamais aimée, corrigea-t-elle.

— Ce n'est pas possible.

A ces mots, elle posa les mains sur son ventre d'un geste protecteur qui le bouleversa.

— C'est la stricte vérité, assura-t-elle. Personne ne m'a jamais aimée. Sauf ma mère, bien sûr, mais elle est décédée lorsque j'avais neuf ans et… beaucoup de temps a passé depuis.

Elle marqua une pause, avant de poursuivre :

— Mon père a craqué, à la mort de ma mère. Il était incapable d'accepter sa disparition… et de s'occuper de moi, d'ailleurs. Il était reporter, lui aussi. L'un des meilleurs journalistes d'investigation dans le monde. Le lendemain de l'enterrement de ma mère, il m'a casée chez mes grands-parents, ravagés de chagrin, et il est parti à la recherche d'une guerre à couvrir. Il est réapparu quelques mois plus tard, juste à temps pour se disputer avec ma grand-mère et m'emmener de chez elle. Pas parce qu'il désirait avoir une vraie relation avec moi mais pour la punir : elle l'avait accusé d'être un mauvais père. Deux semaines plus tard, il m'abandonnait chez son vieux copain d'université et son épouse pour repartir à l'autre bout du monde. Il est rentré six mois plus tard car ce couple allait avoir un enfant à eux et ils étaient pressés de se débarrasser de moi. Alors il m'a emmenée en visite chez sa sœur et il est parti sur la pointe des pieds en plein milieu de la nuit.

Desi poussa un profond soupir et continua :

— La nuit de son départ, je savais qu'il s'apprêtait à partir. Lorsque je suis montée me coucher, il m'a appelée « mon cœur ». Et j'ai tout de suite deviné ce qu'il allait faire. Il ne m'appelait comme ça que lorsqu'il s'apprêtait à me quitter. Ma tante m'a gardée durant trois mois avant de m'envoyer chez le frère de ma mère. Bref, ça a continué jusqu'à mon départ pour l'université.

Elle eut alors un rire amer avant d'ajouter :

— Et tu sais le pire ? A ce gala, hier soir, j'ai soudain compris que j'avais fait tout ça pour lui. J'ai travaillé d'arrache-pied pour décrocher un diplôme de journalisme à Columbia. J'ai passé deux années à écrire des articles ridicules pour le *LA Times*. J'ai accepté cette enquête sur Bijoux tout en sachant que j'aurais dû la refuser, et nous savons tous deux comment elle s'est terminée. J'ai fait tout ça dans l'espoir qu'il serait fier de moi. Qu'il reviendrait un jour, qu'il verrait tout ce que j'avais accompli, et qu'il me dirait que j'avais été formidable. C'est pathétique, hein ?

Nic secoua vigoureusement la tête avant de répondre :

— Je ne te trouve pas pathétique du tout.

— C'est cela, oui, répondit-elle avec un rire sans joie.

Desi refusait de le regarder dans les yeux. Pourtant, il désirait désespérément voir son visage. Hélas, elle gardait la tête baissée.

Que pouvait-il lui dire ? Comment aborder ce sujet sans avoir l'air d'un parfait crétin ? Bien sûr, lui aussi avait eu des parents souvent absents — un père qui s'intéressait plus à ses aventures avec des femmes deux fois plus jeunes que lui qu'à sa propre famille, et une mère qui se souciait davantage de son statut social que des fredaines de son mari. Malgré tout, il avait toujours eu un toit au-dessus de la tête. Il avait toujours su où il dormirait le soir, quelle serait sa routine du lendemain et qui il verrait à l'école. Et toujours, toujours, il avait eu Marc. Son frère était peut-être un bourreau de travail qui ne faisait pas confiance à grand monde, mais il avait toujours été un grand frère formidable qui avait toujours été là pour lui.

Nic sentit alors son cœur se serrer. Qui avait été là pour Desi ? Qui l'avait soutenue lorsqu'elle en avait le plus besoin ? Personne, absolument personne. L'idée que la femme qu'il aimait avait vécu pratiquement seule depuis l'âge de neuf ans le déchirait.

— C'est pour cette raison que tu as gardé le bébé, n'est-ce pas ? Pour avoir quelqu'un qui t'aime.

— Peut-être, reconnut-elle avec un haussement d'épaules avant de mettre un sachet de thé dans sa tasse. Il n'était pas question d'avoir recours à une IVG et je n'aurais jamais pu me résoudre à le confier à des parents adoptifs. Je serais devenue folle à force de me poser des questions : est-ce qu'il va bien ? Est-ce que sa nouvelle famille l'aime ou est-ce qu'il n'est que… toléré ?

La voix de Desi se brisa sur ces derniers mots, mais elle poursuivit courageusement :

— Je ne supportais pas l'idée qu'il puisse grandir dans un foyer où il n'était pas aimé.

Aussitôt, Nic fut auprès d'elle en deux enjambées. Il serra Desi dans ses bras puis posa les deux mains sur l'arrondi de son ventre. Sur leur bébé.

— Notre enfant n'aura jamais à souffrir de ça, la rassura-t-il. Jamais. Il saura chaque jour que nous l'aimons. Et toi aussi, tu le sauras si tu acceptes de me faire confiance. Si tu me permets de t'aimer. Je n'affirme pas que je ne commettrai jamais d'erreurs, car je suis moi-même un novice en matière de relations sérieuses. Mais je te promets, Desi, que je t'aimerai toujours. Que je serai là pour te voir te réveiller ou t'endormir. Je serai là chaque fois que tu auras besoin de moi.

Nic la vit alors secouer la tête. Comme si elle était loin de le croire.

— Tu ne peux pas en être sûr, finit-elle par dire.

— J'en suis tout à fait certain.

Un nouveau sanglot secoua tout le corps de Desi et elle plaqua la main sur sa bouche pour l'étouffer.

— Ne dis pas ça, gémit-elle lorsqu'elle fut à nouveau capable de parler. Ne dis pas ça si tu ne le penses pas.

— Ce que je dis, je le pense toujours, répliqua-t-il en s'approchant encore pour l'entourer de ses bras.

Nic attendit alors qu'elle le regarde droit dans les yeux. Ce qu'elle ne se décidait toujours pas à faire.

— Je t'aime, murmura-t-il. Je t'aimerai demain. Je t'aimerai l'année prochaine. Je t'aimerai encore dans vingt ans si tu me le permets. Je…

Desi le fit taire avec un baiser qui le fit frissonner de la tête aux pieds. A vrai dire, il ne s'attendait pas à une telle intensité. On sentait tellement de choses dans ce simple geste… Lorsqu'elle écarta ses lèvres des siennes, il ne put que la dévisager en silence.

— Tu devrais te montrer prudent avec les promesses que tu fais, murmura-t-elle lorsqu'ils eurent tous les deux repris leur souffle.

— Je fais toujours très attention avant de faire une promesse, répondit-il. Parce que je tiens toujours parole.

— Je sais, convint-elle en effleurant ses lèvres d'un baiser. Moi-même, je fais rarement de promesses parce que je crois aussi qu'on n'a pas le droit de les renier. Mais je vais t'en faire une, si tu me le permets.

S'il le lui permettait ?

Nic acquiesça avec enthousiasme, peut-être même un peu trop à en juger par le rire cristallin que poussa Desi. Mais il n'y pouvait rien. Il était prêt à mourir pour l'entendre dire qu'elle l'aimait. Qu'elle désirait le voir faire partie de sa vie et de celle du bébé.

— Alors, c'est à mon tour de te faire une promesse, Nic Durand. Je te promets de t'aimer aussi longtemps que je vivrai. Je vivrai avec toi dans ta grande maison au bord de l'océan. Je rirai avec toi. J'élèverai nos enfants avec toi. Et je t'aimerai jusqu'au jour de ma mort.

Nic sentit des larmes lui monter aux yeux. Mais lorsqu'il tendit les bras vers elle, Desi l'arrêta d'un geste.

— Je n'ai pas encore terminé.

Vraiment ? Elle lui avait pourtant dit tout ce qu'il avait envie d'entendre. A vrai dire, il n'en espérait pas tant lorsqu'il avait sauté à bord de son hélico pour la rattraper. Mais il hocha la tête et attendit qu'elle lui dise le reste.

— En plus de tout ça, je te promets de ne jamais, *au grand jamais*, écrire un autre article au sujet de ton frère, de toi ou de votre société. Promis juré !

A ces mots, Nic éclata de rire. Comment aurait-il pu s'en empêcher ? Il venait d'obtenir tout ce dont il avait toujours rêvé. Et pour cela, il lui avait suffi de tomber amoureux de la femme la plus merveilleuse du monde. Ça y est, il avait pris sa revanche sur la vie. Et c'était un sentiment fabuleux.

Alors il souleva Desi dans ses bras et l'emporta à grands pas en direction de la chambre. C'est là qu'il lui arracha une dernière promesse.

Celle de changer de sofa.

Et comme elle pouffa à peine de rire et accepta quasiment sans discuter, Nic en conclut que c'était parce que Desi l'aimait.

Retrouvez en novembre,
dans votre collection

Passions

eur fils, son secret, de Sarah M. Anderson - N°625

ÉRIE L'EMPIRE DES BEAUMONT TOME 4

la naissance de son petit Percy, Leona s'est fait une promesse : ce n'est pas parce ɹe son bébé ne connaîtra jamais son père qu'il grandira dans la solitude. Elle sera pour lui, et peu importe si Byron Beaumont ignore qu'il a un fils, elle l'aimera our deux ! Pourtant, le jour où Byron revient dans sa vie, elle sent une angoisse dicible la gagner. En effet, si les puissants Beaumont décident de lui prendre son ıfant, son amour de mère sera vain face à leur fortune. Surtout que leurs familles ɔnt ennemies, et que les Beaumont n'auraient aucun scrupule à lui nuire…

ne valse entre tes bras, de Caro Carson

ne valse, une seule, a suffi à Kristen pour tomber éperdument amoureuse de yan Roarke. L'alchimie qui les a attirés l'un vers l'autre était irrésistible et, pour première fois, Kristen a connu l'évidence d'un coup de foudre. Du moins, c'est qu'elle a cru. Car, depuis cette soirée d'été qui les a unis, les mois ont défilé ans que Ryan revienne à Rust Creek Falls. A-t-il oublié les promesses qu'il lui avait ites ? Hélas, cela n'a plus d'importance désormais. Qu'il soit menteur ou infidèle, risten est sûre d'une chose : c'est à lui que son cœur appartient, pour toujours.

---

ne dangereuse conquête, de Barbara Dunlop - N°626

ÉRIE LES MILLIARDAIRES DE CHICAGO TOME 1

restera célibataire. Voilà ce qu'a décidé Shane, le temps que les accusations alomnieuses que son ex-conquête a colportées à son encontre soient oubliées u grand public. Pourtant, le jour où le destin place sur sa route l'exquise Darci, évidence s'impose à lui : ils sont faits l'un pour l'autre. Mais peut-il vraiment être ûr que l'apparente innocence de la jeune femme ne cache pas, cette fois encore, ne intrigante appâtée par sa fortune ?

e piège de la vengeance, d'Elizabeth Bevarly

race Sumner. Comment Harrison aurait-il pu deviner que la douce et ravissante une femme qui se tient devant lui est son ennemie jurée ? Celle qui a séduit et anipulé son père juste avant sa mort, alors qu'il était fragile et malade… et est arvenue à s'accaparer l'héritage qui revenait à Harrison de droit. Aussitôt, sa écision est prise : malgré la colère qu'il sent enfler en lui, il suivra Grace pas à pas. insi, il en est sûr, il trouvera les preuves de sa perfidie…

Pour un sourire de Cody, de Sheri WhiteFeather - N°627

Jusqu'où Bridget irait-elle pour le bonheur de son fils, Cody ? Au bout du monde, à n'en pas douter. Pourtant, il ne lui en demande pas tant : tout ce qu'il veut, c'est rencontrer son père. Mais, à l'évocation de Kade, Bridget est envahie par les souvenirs troublants de la semaine qu'elle a passée avec l'homme qu'elle a pris pour son prince charmant, mais qui a disparu sans jamais plus lui donner de nouvelles. Bien sûr, elle craint de ressentir à nouveau les émotions violentes qu'il lui a inspirées. Mais, surtout, elle s'interroge : que fera-t-elle s'il brise les espoirs de Cody comme il a ruiné les siens ?

L'aube d'un nouvel amour, de Catherine Mann

Alaina a réalisé ses rêves de petite fille : elle a une belle maison, un mari magnifique et un bébé adorable. Une vie parfaite, en somme. Qui le serait plus encore si elle parvenait à se souvenir des cinq dernières années… Car, depuis le terrible accident de voiture qui l'a privée de sa mémoire, son époux et leur enfant sont comme des étrangers pour elle. Et plus elle enquête sur leur passé, plus elle découvre que, malgré les apparences, son couple battait de l'aile. Ne tient-elle pas là l'occasion, unique dans une vie, de tout redémarrer de zéro ?

Un mariage inoubliable, d'Andrea Laurence - N°628

SÉRIE LES MARIÉES DE NASHVILLE TOME 3

Gretchen est exaspérée : ce n'est pas parce que Julian Cooper est un acteur célèbre qu'elle doit satisfaire ses caprices et lui servir de cavalière le temps d'un mariage ! Et ce, même si la superstar refuse d'apparaître seule devant les caméras après une rupture médiatisée, même si l'agence de *wedding planner* qu'elle a montée avec ses amies s'enorgueillit d'avoir toujours satisfait ses clients… et même si la beauté de Julian lui coupe le souffle ! Pourtant, Gretchen avait sous-estimé un détail : l'obstination de ses trois associées. Mêlée, peut-être, d'un brin de curiosité…

Cinq ans à t'attendre, de Brenda Jackson

Voilà cinq ans que Bane n'a pas revu Crystal. Cinq ans passés à l'aimer en silence, à attendre de devenir enfin un homme digne d'elle, loin de l'adolescent difficile qu'il était autrefois. Il le sait, cette séparation n'a pas été vaine et lui a permis de grandir, de se détacher des pressions familiales qui pesaient sur lui à l'époque. Aujourd'hui, il est prêt. Pourtant, lorsqu'il aperçoit Crystal sortir de sa voiture, c'est le choc : elle aussi a changé ; elle est devenue une femme. Bane comprend alors qu'il ne pourra pas se contenter de la retrouver. Il devra la reconquérir.

Un brûlant désir, de Christine Rimmer - N°629

De retour à Justice Creek, sa ville natale, après avoir divorcé d'un mari manipulateur et violent, Chloe se fait une promesse : elle reprendra sa vie en main. Et, surtout, elle ne retombera jamais dans les bras d'un homme qui serait capable de lui briser le cœur… Pari tenu ! se dit-elle au bout de quelques mois. Sauf que, bientôt, Quinn, son ami d'enfance, l'engage en tant que décoratrice d'intérieur pour rénover sa maison. Et que ce sportif célèbre, également père célibataire d'une petite fille de quatre ans, est si séduisant que Chloe en viendrait presque à oublier les règles qu'elle s'est fixées…

Le mariage du scandale, de Rachel Bailey

« Tout ce qui se passe à Vegas reste à Vegas. » Cet adage, Callie l'a fait sien. Surtout depuis qu'elle y a épousé – le temps d'une nuit dont elle ne garde que peu de souvenirs – un homme incroyablement séduisant prénommé Adam, qu'elle compte bien ne jamais revoir. Aussi manque-t-elle de tomber à la renverse lorsqu'elle se rend compte que son nouveau collègue de travail n'est autre… qu'Adam lui-même ! Comment ne pas perdre la face vis-à-vis des autres employés ? Aussitôt, Callie trouve la solution : elle prétendra que son union avec Adam est véritable et sincère. Encore faut-il que celui-ci accepte cette folle proposition…

Composé et édité par HarperCollins France.

Achevé d'imprimer en septembre 2016.

CPI BLACK PRINT

Barcelone

Dépôt légal : octobre 2016.

Pour limiter l'empreinte environnementale de ses livres, HarperCollins France s'engage à n'utiliser que du papier fabriqué à partir de bois provenant de forêts gérées durablement et de manière responsable.

Imprimé en Espagne.